李致文存
Lizhi Wencun

第二卷
我的人生（下）

四川人民出版社

图书在版编目（CIP）数据

李致文存：共5卷6册/李致著. — 成都：四川人民出版社，2019.6
ISBN 978-7-220-11344-4

Ⅰ.①李… Ⅱ.①李… Ⅲ.①散文集—中国—当代 Ⅳ.①I267

中国版本图书馆CIP数据核字（2019）第062006号

LIZHI WENCUN
李致文存

出品人	黄立新
项目统筹	谢雪
责任编辑	谢雪 张丹 江澄 董玲
封面设计	张妮
版式设计	戴雨虹
特约校对	蓝海 袁晓红
责任印制	李剑
出版发行	四川人民出版社（成都槐树街2号）
网址	http://www.scpph.com
E-mail	scrmcbs@sina.com
新浪微博	@四川人民出版社
微信公众号	四川人民出版社
发行部业务电话	（028）86259624　86259453
防盗版举报电话	（028）86259624
照排	四川胜翔数码印务设计有限公司
印刷	成都东江印务有限公司
成品尺寸	160mm×238mm
印张	172.75
字数	2270千
版次	2019年6月第1版
印次	2019年6月第1次印刷
书号	ISBN 978-7-220-11344-4
定价	820.00元

■版权所有·侵权必究

本书若出现印装质量问题，请与我社发行部联系调换
电话：（028）86259453

李 | 致 | 文 | 存
我的人生（下）

在四川省政协迎春茶话会上

李 | 致 | 文 | 存
我 的 人 生（下）

目 录

李 致 文 存
我 的 人 生（下）

海外印象

中岛君 / 513

一次不寻常的早餐 / 515

"黑森林"见闻 / 518

航班·商店·签证 / 523

第一次住在陌生的美国人家里 / 526

难忘的小事 / 531

珊珊的学校 / 533

费克斯先生 / 537

一位美国演员的心里话 / 542

金杏时光

坚决制止校园"大欺小" / 547

关于教师节送礼有感 / 550

一寸光阴一寸金
——谈准时 / 552

学唱歌 / 555

大雪纷飞
　　——生日杂忆 / 558

找回名字 / 563

上当受骗以后 / 568

喜见麻雀 / 570

权当"追思会" / 573

新书柜引起的遐想 / 593

电脑开阔了我的眼界 / 600

大放光明 / 604

在搏斗中奉献
　　——读张珍健同志的《砚边随笔》/ 608

割不断的文化情结
　　——迎香港回归 / 611

一生追寻鲁迅 / 616

我的文学创作经历 / 629

我与《四川文学》的不了情 / 639

多多的日记
　　——写给妈妈、涂阿姨、老爷爷、老奶奶、梅梅 / 644

山盟海誓，始终如一
　　——我与秀涓的夫妻情 / 653

像一朵白色花
　　——思念我的姐姐 / 670

姨　妈 / 683

我和女儿的小故事 / 687

家庭文件 / 690

难忘的良师益友
　　——怀念汪道涵同志 / 693

颂百岁马老（四则）/ 699

团徽在我胸前闪光 / 708

邻居三题 / 710

找到杨洁
　　——缅怀杨洁并杨伯恺 / 719

回重庆，圆了我的高铁梦 / 721

他 人 评 说

情深文自茂
　　——读李致散文《往事》　马识途 / 727

真诚·质朴·幽默
　　——《往事》随感　沈　重 / 730

白发的芬芳　沈　重 / 733

李致散文的艺术特色和老年文学的走向　王地山 / 737

散文名家李致　王　火 / 746

由《往事》想到的往事　高　缨 / 750

历历在目的《往事》　洪　钟 / 754

写好一个"真"字
　　——读李致的散文集《回顾》　马献廷 / 757

真实的故事　真诚的情感
　　——读李致的《往事》　冉　庄 / 763

读《回顾》 颂巴金　白　峡 / 766

时代缩影　真情倾吐
　　——喜读李致散文集　郝志诚 / 769

别集别裁别有天
　　——李致《终于盼到这一天》补识　杨　牧 / 774

003

浩劫一"斑"
　　——读李致《终于盼到这一天》　王小遂 / 778
今天，我们写什么
　　——李致《终于盼到这一天》读后　杨泽明 / 782
内庄外谐　意深韵长
　　——李致散文的幽默与启示　杜建华 / 786
有一种记忆叫刻骨铭心
　　——读李致《"牛棚"散记》　余启瑜 / 790
真情无价
　　——读李致老先生《终于盼到这一天》有感
　　　　袁瑞珍 / 800
读《终于盼到这一天》有感　梅　红 / 804
说话要说真话，做人得做好人
　　——《关注明天》杂志专访　卢泽明 / 808
守望历史　守望心灵
　　——读《铭记在心的人》　朱成蓉 / 817
把别人铭记在心的人是深情的人
　　——读李致散文集《铭记在心的人》　江永长 / 822
他拥有这样一片心灵空间
　　——对李致散文的一种解读　廖全京 / 826
李致和他的散文
　　——读《往事》《回顾》《昔日》　萧祖石 / 830
文学的最高境界是无技巧
　　——评李致"往事随笔"　李治修 / 839
遥远的记忆　永恒的信念
　　——读李致"往事随笔"中的少儿篇　李临雅 / 851
一位老共青团员的精神自传
　　——祝贺李致三卷本"往事随笔"出版　廖全京 / 859

随笔并不随意
　　　　——读"往事随笔"有感　宇　心 / 862
"往事随笔"的心灵启示
　　　　——李致"往事随笔"的一种解读　向　荣 / 867
敦厚是散文的重要品质　刘　火 / 873
为中国知识分子的人品而歌
　　　　——"往事随笔"丛书读后　张　恒 / 876
风雨忆故人　丹心著信史
　　　　——李致"往事随笔"读后　赵　雷 / 880
重见贵族精神
　　　　——读李致"往事随笔"有感　田海燕 / 883
致公印象　卢子贵 / 888
李致的普鲁斯特问卷　阮长安 / 893
力行真实　永葆童心
　　　　——李致采访录　郑涵兮 / 899
最难风雨故人来
　　　　——童心之李致　陈迎宪 / 906
八旬李致"往事随笔"风雨人生的心灵自传　张　杰 / 916
有担待的领导，讲真话的老师　包　川 / 922
行文中矗立丰碑
　　　　——李致先生的怀人散文　张叹凤 / 925
笔尖纸头方寸地　赤子痴心真性情
　　　　——论李致的"往事随笔"　朱丹枫 / 934

后　记 / 943

海外印象

李致文存·我的人生(下)

中岛君

按："海外印象"收录了我于20世纪80年代末90年代初访问日本、美国的九篇随笔。其中的平凡小事反映了各国在文化观念、价值取向上的诸多不同。

日本的山梨县是四川省的友好县。1987年我随四川省川剧院到日本演出，在去富士山参观时，山梨县知事望月幸明和夫人，曾在途中设宴招待我们。1990年我又随芙蓉花川剧团去日本，头两场演出就从山梨县开始。

我们在山梨县受到很热情的接待，主人请我们参观了县美术馆、文学馆及其他一些文化设施。陪同我们参观的日本朋友，有一位叫中岛幼八，他的中国话说得不错，曾到过四川。他说"久仰"我的"大名"，因为有一次他随山梨县友好代表团访蓉时，我曾与该团有关人员商谈省

李致与中岛幼八。摄于日本山梨县甲府市

歌舞剧团去日本访问演出的事宜。

中岛君文质彬彬，热情友好。途中在车上主动给我们介绍山梨县的一些基本情况。其中谈到该县盛产葡萄，味道好，产量大。为了说明问题，他引用了一些数字。我这个人从小数学不好，但那天忽然发现他谈的年产量前后有些矛盾。我怕自己弄错，不敢明确质疑，但反复问了两次。中岛君显然感到了我的疑问。

我们在山梨县的活动安排紧凑。演出为主，参观为辅，还有两次宴会。山梨县的葡萄产量无疑早被我丢到爪哇国去了。接着去东京。一天夜场演出结束，我收到中岛君的来信，是用中文写的，不用找翻译。信不长，除了一些友好的话外，重点在这一段：

我必须向您纠正一点：山梨县的葡萄产量每年为"七千吨"左右，此为误，应为八万一千四百吨（昭和六十二年的统计），现在可能更多些。请向有关人员订正，并表示歉意。

中岛君这种负责的态度，令人感动。改革开放以来，我参加了不少的外事活动。有时不同的人在介绍四川的情况时，所谈及的数字各有不同。有人介绍我们省叫"四川"，随意地说是因为有四条大江。在一次宴会上，谈到意大利的马可·波罗是从什么地方出发的。我说是从威尼斯，而另一位主人坚持说是突尼斯。虽然都有一个"尼斯"，但前者在欧洲（意大利），后者却在非洲。一个人的知识有深浅不同，难免有差错，但是否有中岛君的这种负责精神，有错必纠呢？

勇于纠正自己错误的人是值得尊敬的。

1998年7月1日

一次不寻常的早餐

朋友保尔·宫知道我和老伴到了美国，便邀请我们到他居住了三十多年的城市布法罗（又称水牛城）去。我们在布法罗受到保尔和他妻子伯蒂的款待，陪我们去参观了世界有名的尼亚加拉大瀑布。临别那天早晨，保尔和伯蒂坚持要再请我们出去吃一顿早饭。

由伯蒂开车，保尔和他们的女儿南希，我和老伴，一起到了一家叫丹尼斯的饭馆。当时餐馆的人不多，还有许多空位。我们安静地站在入口。这里有一个牌子用英文写着：请等候安排座位。

来了一位女服务员，她问了"早安"以后，把我们带到座位上去。我一眼发现：桌上放着一个液晶显示的小钟。

我拿着小钟观看。液晶显示出三个零，用手触动开关，便开始变化：每秒钟显示一个新数字。我忍不住问：

"这是做什么用的？"

保尔原籍河南，抗日战争时逃难到四川，年轻时候吃了很多苦。三十八年前到美国学习，以后加入美国国籍。他把四川称为他的"第二故乡"，关心四川的一草一木。这几天，他陪我们参观，主动向我们介绍有关美国的情况。听到我们的询问，他回答说：

"计算顾客从叫饭菜到拿到饭菜的时间。"

我联想到昨天在一家台湾同胞开的中国餐馆吃饭的情况。也是我们五个人，叫了菜以后，足足等了五十分钟菜饭才到。服务员向我们解释："顾客太多，一下忙不过来。"但我总觉得餐馆的管理工作有问题。现在这个餐馆，居然拿一个钟来放在桌上，让顾客计算时间，实在太有意思了。

年轻的女服务员来了。我们各自要了自己的早餐，三杯咖啡、两杯冰水，一人一份菜饭。我和老伴要的是面包、香肠、炒鸡蛋、炒土豆丝。保尔·宫夫妇和女儿要的大同小异，我说不出具体的名称。

女服务员一走，我按了小钟的开关，开始计时。

保尔见我这样有兴趣，便说："为了节省顾客的时间，餐馆里规定有些菜必须十分钟做出，否则顾客不给钱。"他又指着女儿说："南希叫的菜，就是十分钟内必须做出的。"

我们一边等候，一边聊天。我说，人们称"时间就是金钱"，应该体现在各个方面，不值得为等饭浪费时间。我还说，一般人都爱惜生命，但有些人不知道生命是由时间组成的，浪费时间就是浪费生命。与此同时，我注视着小钟的液晶显示的变化。

伯蒂重新看了菜单。她是一个有教养的美国妇女，与保尔结婚三十多年，白头偕老，相敬如宾，受到朋友们的尊敬。看完菜单以后，伯蒂把结果告诉保尔，保尔又给我们翻译。原来我们五人叫的菜饭，都是属于该在十分钟内做出的。

我期待能准时得到饭菜，但液晶显示的数字很快就过了十分钟。我不免感到遗憾。

保尔向服务员招手，服务员把小钟拿走了。

我想："总要起一个催促的作用吧。"

果然，起了"催促"的作用，五份菜饭都送来了。至于咖啡和冰水，早就送上桌的。我们为节约时间感到高兴。我对保尔说："应该向昨晚我们去的餐厅，推广这种做法。"

说实在的，我并没注意是否不收费。到我们吃完以后，女服务员送账单来时，我错以为要收费，也没有感到奇怪。因为"宣言"

和实际不一致,我看得太多了。

"我们本来应付十九元六角六分,现在我们只需付咖啡的价钱三元六角六分,其余五分饭菜十六元就不付款了。"保尔是一个乐观主义者,经常开玩笑。他说:"我是真心实意请你们吃饭的。小钟上的开关,是李致按的,与我无关。"

大家高兴地笑了。

保尔去付了款。然后,按照十九元六角六分的百分之十五的标准付了小费。他认为只有这样才"合情合理",因为服务员的工作"并没有差错"。整个过程,没有发生任何争吵,一切按规定办理,十分正常。

唯一不平静的是我的心。

在归途中,保尔不停地向我解释。他说,有些菜太复杂,时间可以超过十分钟;还说,六人以上的顾客,人多了,也不在这个规定范围内;等等。我理解这些规定,但即使如此,我仍认为这种做法显示了一种精神,即为顾客服务、爱惜时间和敢于竞争的精神。这种精神如果在各个领域推广,将是一件了不起的事情。回想起我们离开餐馆时,不但已经没有空位,门外还站了不少等候安排座位的人。这是兴旺的表现,它体现了这种精神的力量。

1992年8月22日于波特兰

"黑森林"见闻

我儿子住在美国大都会波特兰的卫星城奥斯维哥湖市。波特兰市约有五十万人,是俄勒冈州的主要城市。

美国大陆有三个州在太平洋海岸线上。中为俄勒冈州,北为华盛顿州,南为加利福尼亚。俄勒冈州是公认的居家胜地。

我在这儿住了八个多月。

一

我们住在"黑森林"村,离波特兰市中区十二英里,汽车二十分钟可到。初听"黑森林",似乎有点恐怖,好像有孙二娘卖人肉包子。其实,这是一个新建住宅区,住着十四家人,每家一幢两层的楼房,车库可放两辆汽车。屋前屋后有草坪,种有鲜花。有三个公共区域,共有三十多棵高大的松树,既壮观又遮阳。

美国人喜欢养狗、养猫,称为宠物。狗一般关在家里,猫可以自由出入。邻居的猫只要招呼一下,它就在地上打滚。这两种动物已经"异化",狗不看门,猫不抓老鼠。经常能看见的还有松鼠,在树枝上跑来跑去,或者停下来,摆动着毛茸茸的尾巴,十分可爱。

人们忙于自己的工作,假日又多出去旅游,所以很难看见闲人。当然，看得见成人开车上下班，看得见小孩骑自行车或滑旱冰玩。邻居家的一个一岁多的男孩，自己掌握方向盘，开一种简易的电动车。看起来不免提心吊胆，但他却很自如。

二

美国这类住宅，一般没有院墙，只用木板拦住与邻居交界的地方，以示区分。大门面临人行道，后门是落地玻璃门，但没有一家装防盗门。有些家庭常打开车库门晒太阳，车库里大多摆有工具，没有听说丢失什么东西。

有两三次，我和老伴出去散步，途中想起没有锁大门，急忙赶回。所幸安然无恙。

村里有一个信箱，分为十几个专柜。一个专柜是寄信用的，十分方便。一家有一个专柜，用钥匙打开取信件。但这个专柜体积不大，只能装一般信件和少量报刊。大一点的东西（如包裹），邮递员就把它送到住宅大门前。我朋友寄来的盒装饼干、几十张彩色大照片，都是我打开门发现放在地上的。当时，我总想："丢了怎么办？"

我常看见一家私营的包裹公司（即UPS）开车送包裹。一般是按一下门铃，把包裹放在门前就走。

让人有路不拾遗、夜不闭户的感觉。

三

在美国，人们尽可能减少家务劳动的时间。

厨房的设备齐全。一个大冰箱，可容一周的食品。电炉有四个炉盘，可以同时使用。微波炉既可以加热食品，又可以做菜。大烤箱，可以烤鸭、烤鸡、烤蛋糕。吃米饭用电饭煲，炖鸡鸭用

Sowpot。有一个洗碗机，一次可洗很多碗和盘子。

除了洗衣机外，还有烘干机。一般一两天换一次衣服，一周洗一次。洗和烘干大约一小时，但主妇同时可以做别的事。由于可以烘干，室内室外都看不见挂晒衣服的"万国旗"。

由于环境污染少，室内灰尘很少，用不着每天擦桌椅。地板铺地毯，一周用吸尘器吸一次即可。

草坪一般用定时浇水器，到时即自动浇水。割草用割草机，前后草坪半小时就可割完。

以上所有机器使用方便，一学即会。

四

一般家里自己有一个垃圾桶。桶里铺一个大塑袋。收垃圾的车一周来一次或两次。在垃圾车来的早上，各家各户把垃圾桶推到马路边。如有报纸、酒瓶之类可以回收的东西，则需捆好或装在废纸箱里，一并收去。运垃圾要收费：一个容量二十加仑的垃圾桶，每月收十三点五美元；超过容量要加收费用。这对中国人来讲，也许不理解，但它保证了马路的清洁，并养成了不乱丢东西的习惯。

五

散步是我们坚持的一项运动。只要天气好，就每天散步一小时。附近能走到的地方，大多去过。

路上行人不多。偶尔可碰见老年夫妇散步，中年人跑步或遛狗。美国人喜欢弄庭园，散步时可以看到男人在割草或剪枝。只要相遇，不论是否相识，都会互相微笑问好，说声："Hi（嗨）！"

这里虽是郊区，但汽车不少，没有交通警察。重要路口有红绿灯。一般路口仅有一个写着 Stop（停）的圆牌。任何汽车到这里一定停住，看清有没有障碍再继续前进。如果对面也有车停住，往往彼此谦让。要是前面、两旁都没有车，是否也要停呢？我观察了很多次，没有发现一辆车违反规定。

我常和儿媳一起去银行或邮局。

银行和邮局办公的地方不大，去的人也不多，但秩序井然。一般在离柜台一米远的地方开始排队。一定要等前面的人办完事，后一个人才上去。有几次，银行里没有人站队，我儿媳仍站在一米远处排队的地方。当然，她立即受到办事员的邀请。

秩序建立在人们的自觉上。

六

我多次去奥斯维哥湖市图书馆。

我们常在机关、学校下班的时候去，但这正是图书馆服务的时间——一般在晚九时才闭馆。图书馆的面积比中国的县图书馆大，分图书、音像和儿童读物三个部分。一眼可见，没有营业性的录像室、台球、舞厅或小吃店。工作人员的服务态度很好，正正经经地在搞文化事业。

凡居住在这个市的人，均可申请办借书证。图书馆实行电脑管理，借阅图书（或音像）的手续极为简单。用不着填表，只需把所借图书和音像抱到办手续的柜台，拿出磁卡借书证。工作人员用一个类似小电筒大小的激光扫描器在借书证上一晃，记下借书人的姓名，再在图书或录像带的背脊上一晃，记下图书或录像带的名称。一两分钟即可办好。

借书不限量，借录像带每次不超过三盒。时间都不超过两周。到时如果没有人借阅，可打电话续借。逾期不还，每本书每天罚三十美分。还书的手续也很简便：开馆的时候把书放在一个固定的地方，闭馆的时候把书丢进馆外一个专用的还书箱。

七

邻居之间乐于互相帮助。

我儿子刚搬去的时候,不会割草——过去住在学校公寓,邻居曾帮助他们割草。

有一天下大雪,恰巧儿子没有自己开车,公共汽车停开,受阻在城里。到晚上附近的电线被风吹断,家里一片漆黑,连蜡烛也找不到。儿媳打电话给邻居Gail,几分钟后Gail带着蜡烛和火柴来,我们才有了光明。稍后,他又主动表示愿意陪我儿媳开车到附近一个小镇(公共汽车已可通到小镇)把我儿子接回来。

圣诞前几天,村里各家都布置得很漂亮。除夕,Bill和Cindy邀请我们和Gail一家聚会。餐桌上摆了一些酒和自做的点心,由客人自取。客厅的沙发不多,有的便随意坐在地毯上,堆一种很有趣的积木。其余的人聊天,开玩笑。我拍了一些照片做纪念。室内有暖气,放着声音很小的交响乐,使人感到友情的温馨。

附 记

"黑森林"及奥斯维哥湖市的大多数居民,经济状况属中产阶层以上。市财政的税收较高,所以教育、治安和公共设施较好。美国很大,千奇百怪的事(暴力、枪杀、强奸、吸毒)都有,不能以点代面,以为全美国都如此。但我在"黑森林"的见闻,是真实的。

1993年3月2日

航班·商店·签证

航　班

我们在美国阿拉斯加的某市入境，然后飞往西雅图候机，再飞往目的地俄勒冈州的波特兰。

在西雅图换了飞机。因不是国际航班，换成了可乘几十人的小飞机。按时上了飞机，乘客很少，只有五六个人。眼看起飞的时间快到了，仍没有乘客上来。以往在国内乘飞机如乘客少，可随意找个理由（或天气不好，或飞机有某种障碍），推迟起飞时间或取消航班。我习惯性地担心，如果今天推迟起飞时间或取消航班，都会带来很多麻烦。因为儿子一家都在波特兰机场等候，又无法通知他们。

我把这个担心告诉老伴，她也有同感。

离起飞的时间并不长，因为有所担心，就感到时间漫长了。到了起飞的时间，乘客并没增加，我的担心更加重了。

正在这个时候，我听见了飞机启动的声音。

我为正点起飞感到愉快。因为乘客少，机上的空姐对我们的服务特别周到。我们用一些简单的英语交谈。下飞机时，他们都欢迎我们有机会再乘他们的飞机。

商　店

波特兰的气温突然高达一百华氏度，相当于四十摄氏度，与重庆的夏天差不多了。我感到了威胁。

儿子和媳妇到一家叫Kmart的百货商店，为我们买了一台落地电扇，价格是十四点九九美元。珊珊得意地向我报告：Made in China！

这一年，波特兰的气温三次高达一百华氏度，中国制造的电扇帮助我们度过了盛夏。电扇可以上下移动，也可以左右摆动。夏天过了，却出现一点毛病：只能低头转动，再也不能把头抬起来。这说明，尽管中国有不少产品进入美国市场，但某些产品的质量还没有完全过关。

美国一般的商店都可以退换商品，甚至设置退货的专柜。但这台电扇已用了两个多月，谁好意思去退货呢？

"是不是送去修理一下，可能就是一个螺丝钉的问题。"我提出建议。

到了Kmart百货商店，我儿媳向售货员讲明情况。售货员看了发票，毫不犹豫地说："可以换一台。"因为过了季节，货架上没有货，售货员又到库房去找。不久，她回来说："对不起，今年太热，电扇卖光了。按原价退给你，明年来买新的。"

这里没有挂什么"信得过商店"的牌子，但它赢得了顾客的心。中国产品只有提高质量，才能在美国站稳脚跟。

签　证

我们在布法罗（即水牛城）旅游的时候，儿子打电话来，希望我们在加拿大领事馆办签证，下周去加拿大玩几天。

有关填表格的材料，儿子早准备好了。我的照片大小不同的各有两张，而我老伴的照片只有一大一小。按国内平常办类似手续的习惯，照片尺寸不一样，是难以通过的。我把这个顾虑告诉朋友保尔·官，并问他附近有没有翻拍照片的地方。

"你们去申请签证，领馆人员主要看是不是本人的照片。"保尔很不理解我的顾虑，又说，"他不需要拿起尺子去量照片的大小。"

彼此说不通，只好去试一试再说。

第二天，保尔陪我们去加拿大驻布法罗领馆。一位白发的工作人员，主动帮我们填好申请签证的表格，没有收费。我们在深圳出境前，帮我们填报关表的人是收了费的。

申请的人较多，我们等了一会儿。轮到和我们谈话的时候是一位中年妇女，挺有礼貌，没有几分钟就给了签证。我们担心的照片尺寸问题，谁也没有提及。

保尔在商业中心小吃部请吃中午饭，他一边吃炸鱼，一边笑着说："这下相信了吧，谁会用尺子去量照片的大小？"

1992年11月12日

第一次住在陌生的美国人家里

1992年夏天，我和老伴在美国参加一个国际大学生旅行团，从波特兰到加利福尼亚州旅游。第一天在旧金山参观"中国城"（即唐人街）。从日程表上，我们得知当晚将住在美国人家里。

我读中学在成都上教会学校，早在十几岁时就与外国人有接触。后来多次出国，也参观过一般家庭，但从来没有在外国人家里住过。为此不免有些好奇，且有点忐忑不安。

四位中国客人在埃贝夫妇住宅前

我们在"中国城"玩了大半天。下午四时在靠太平洋海岸指定的地点集合，乘一辆大旅行车到郊外一个村。旅行团负责人先下车与人商洽。同时，看见有不少小轿车向这里开来。

旅行团负责人宣布："今晚大家分别住在一些朋友家里。他们已经来接我们了，我会给大家介绍。明天早上八时在这里集合，我们去洛杉矶。"

我和老伴，还有中国留学生小姜和她母亲，被介绍给一位叫埃贝的美国老人。他身材高大，衣着随便，立即表示欢迎。我当时在患肩周炎，全靠我老伴提行李。西方有尊重妇女的习惯，埃贝先生赶忙帮助我老伴把行李装进汽车的行李箱。我颇不好意思，无法用英语解释。主人已请我们上车，开始行驶了。

女主人埃贝太太在家门口欢迎我们。她穿一身连衣裙，体型富态，但很匀称，十分热情。不知什么原因，她使我想起20世纪50年代在苏联见过的一些妇女。

第一件事是安排住处，请我们先休息，洗一洗。我和老伴的住房，有一张很好的床，屋子的许多地方放满了玩具和儿童杂志。仅这一点就引起我的兴趣。这可能是主人女儿原来的住房，现在用来欢迎孙子们住的。我为这屋子拍了几张照片，可惜后来换胶卷时曝光了。

一小时以后，主人来请我们吃晚饭。

埃贝先生殷勤地说："因为天热，我们在凉棚下吃饭，会舒适一些。"他先请我们参观凉棚外的花园。花园不大，但修整得很好。草是绿的——草当然是绿的，但加州缺水，我们沿途看见的许多草都是黄的。花园除了花以外，还种了葡萄。在美国，夫妇在家里分工：女的负责烹调，男的管理庭院。埃贝先生不停地解说，显示了他对自己劳动的喜悦。

晚餐的时候的确令人愉快。不热，且有阵阵凉风。菜不多，远不像国内招待外宾，剩下许多吃不完。有面包、点心，还有米饭。

一大碗鸡肉拌黄瓜和番茄，略有一点辣味，很可口。我们夫妇是四川人，小姜和她母亲来自上海，都一致称赞。埃贝太太看见我们吃得津津有味，表明我们的称赞不是客套，十分高兴。只是我有些不安，因为我不知道该参加什么劳动。看见小姜把盘子端进厨房，我立即仿效，但被主人劝阻。

主人兴致勃勃地欢迎我们参观他们的住宅。按美国人的习惯，没有主人邀请，客人是不能随意到卧室去的。我们跟随主人进了卧室。最引人注目的是床头的墙壁上挂有六张他们子女的照片：四男两女。埃贝太太开朗活泼，一再说现在的美国家庭已不时兴养这么多孩子了，但她乐意，并以能把他们养大成人为荣。我们还到了一间十几平方米的屋子，一台彩电，两边陈列了一些精装书，对面是一张双人沙发。平常，老两口就在这儿读书或看电视。

参观完毕，主人又陪我们聊天。

埃贝夫妇已在这里居住了四十五年。埃贝先生曾参加第二次世界大战，战后在钢铁厂工作，已退休多年。他们喜欢收藏艺术品。

在埃贝夫妇家里

客厅挂着一幅中国单条,有花有鸟,作者是滕英琼。我把作者的名字念给他们听。埃贝先生拿出一个小纸盒,打开一看,竟是袖珍的《清明上河图》。我作了一些说明,他们听得也有兴趣。高兴之余,埃贝太太又拿出一个竹编的三层花篮,她指着两个中国字问是什么意思?原来是"杏花"。他们对中国艺术品的热爱,使我们有了共同语言,感情上得以亲近。主人说他们每年都要接待一些外国朋友,这也给他们增添了欢乐。当他们知道我们夫妇月底要去纽约旅游,表示很担心,说:"纽约那地方,社会秩序不好,你们一定要小心!"很自然,小姜充当了聊天的翻译。

十时后回到卧室,在安静的环境中舒舒服服地睡了一觉。第二天六时半被闹钟叫醒。收拾行李时,发现带有一盒四川的茉莉花茶。我老伴把它作为小礼物送给埃贝太太。

按昨晚约定的时间,七时四十分在餐厅早餐。除牛奶、鸡蛋外,还有女主人做的甜点。今天是星期日,主人要去教堂,衣着整齐,埃贝先生还系上领带。经我提议,我们分别合影。埃贝太太先去教堂,埃贝先生开车送我们到集合地点。分别时我们都依依不舍地说"再见!"但我知道这种机会很难再有。

旅行车准时出发去洛杉矶。

1992年6月13日,我们第一次住在陌生的美国人家里,并没有感到拘束。按过去所知美国人的习惯,即使父母在子女家吃饭也要付钱,不知我们四人在这家住了一夜,吃了两顿饭,还乘他家的汽车,旅行团该付多少钱?我向旅游团一个负责人提出这个问题。

"他们都不收费,他们喜欢和外国人交朋友。"旅游团负责人回答说,"你们吃那些东西并不贵,对他们不是负担。"

我把这个答案告诉老伴,我们都感到出乎意料。仔细一想,这些主人有条件,住房宽,有汽车,按美国人的收入,吃的东西不贵。这些条件中国人目前暂不具备。将来我们有了条件,是否也可能这样做呢?"有朋自远方来,不亦乐乎!"这是我们民族的优良传统，但必须抵制"拜金主义"思潮的影响。

当年圣诞节前，我们与埃贝夫妇互致贺年卡。他们在贺年卡上感谢我们夏天到他们家做客，并称赞我们送的茶叶是他们喝过的茶叶中"最好的茶叶"。看过贺年卡，联想到上次旅行的归途中我们住在另一户美国人家里所受到的同样热情的接待，我有些激动。我情不自禁地在贺年卡上写了一句话：善良的美国人民！

1996年初根据日记整理

难忘的小事

在美国旅游期间,应朋友宦新民(即保尔·宦)的邀请,我和老伴到了纽约州北部的布法罗市(即水牛城)。宦新民夫妇到机场迎接我们。宦新民的夫人伯蒂,有文化教养,一见面便给我们好感。

伯蒂开车,路不远,很快到了他们家。

他们家在郊区,安宁静谧,室外有草坪。住房是20世纪50年代修建的,原是平房,后来又加了一层。旁边是车库,屋后有树林。室内整齐清洁,让人感到女主人很能干。

在保尔·宦的住宅前

保尔·宫夫妇为李致夫妇准备的客房

我们被安排住在楼上的一间屋子。室内铺有红色地毯，房门左边有一些柜子，放着书和一些别的东西。老宫是美籍华人，在美国住了三十多年。他客气地问："你们就住在这屋子，行不行？"

我和老伴几乎同时说："很满意了。"

老宫请我们休息，随即告退。我们的行李不多，几下就安放好了。过了一会儿，响起敲门声，我立即回答："请进。"

老宫应声而入。我以为他有什么安排和叮嘱，他却抱歉地说："伯蒂要进来取一样东西，可以吗？"我们当然没有任何意见。伯蒂进来取走东西，还对她的"打扰"表示歉意。

我们住在主人家里，主人进我们住的房间取东西，先要征得我们同意。这类事我在国内没有遇见过。相反，有的客人不征求意见，即可随便"参观"我的每一间屋子。甚至一天早上，我们还没有起床，一位同志来谈工作。我的小外孙开了大门，他竟闯入了卧室，弄得十分尴尬。两相对比，我似乎汲取到了一点什么东西……

1997年4月30日

珊珊的学校

今天是孙女珊珊的生日，我一早想起她，也想起她的学校。

美国的学校，从小学到中学实行义务教育。按照法律，如果到了年龄不上学，家长要受传讯或处罚。但在我儿子住的那个社区，这类事没有发生过。谁会不愿孩子上学呢？

珊珊，她的英文名字叫Susan。1992年我在美国探亲那八个月，她正上小学一年级下期和二年级上期。我每天早晨送她上学，下午去接她回来。按美国法律规定，十二岁以下的孩子，无论在家里或别的地方，必须有成人监护，否则家长或监护人也得受处罚。我曾在报纸上看见一个报道：芝加哥的一对年轻父母，丢下两个未成年的孩子，到南方佛罗里达州去玩。他们把食品放在冰箱里，每餐吃什么也写在纸上，靠大的孩子管理。他们是悄悄走的，邻居不知道。但有一天孩子不小心，把警报器弄响了，警察赶来，发现这个情况。当这对年轻父母从佛罗里达归来，一下飞机即被拘留。

我一般在早上七时叫醒珊珊。督促她赶快起来，穿好衣服，洗脸刷牙，吃完早饭，背起头晚放在靠大门的书包，便去上学。离学校很近，一般家长开车送孩子上学，我和珊珊则步行。无论早晚，空气都很新鲜，沿途有树、有草、有花，令人感到十分舒适。住在附近的大孩子，有的步行，有的骑自行车，有的用旱冰鞋，有的玩滑板，一片生气蓬勃的景象。

认识珊珊的同学不少，沿途常听见有人叫：

"Hi！Susan。"

珊珊也招呼："Hi！Whitney（威特尼）。""Hi！Adine（阿丁）。"

在两个主要路口，各有两个高年级学生执勤。他们身穿黄色背心，手执有黄旗的木棍。当同学过马路，凡有汽车来，他们便把带有黄旗的木棍横起。这时，所有汽车都停下来，让学生安全通过，等执勤的学生把木棍竖起，再开动汽车。

学校没有围墙，我把珊珊送到办公楼前。如果没有带午饭，她就在学校购买，交一点二美元。午饭有汉堡包、牛奶、水果、生菜和别的一些东西，珊珊吃不完。我问她剩下的怎么办？她说倒掉，其他同学也这样。我觉得浪费，可惜。下午去接她。下课铃响，老师站在教室门口，学生依次出来，一般说声"再见"，女生往往要和老师拥抱。我则藏在一个地方，突然出现，让珊珊感到惊喜。

放学回家，不必赶路。我和珊珊边走边玩，十分愉快。每到周末，珊珊的书包里总要装一些在学校里做的工艺品，如绘画、剪纸、编织等。国内小学生上什么奥林匹克学校之类，一般要交费，我禁不住问她："每周用这么多材料，要交多少钱？"

珊珊不太理解我的意思，摇摇头说："不交。"

为了证实珊珊的话，回家再问我的儿媳。儿媳说，中小学是义务教育，不收学费，也不收什么杂费。不仅手工材料不收费，甚至书籍也不收费。教科书由学校供给，学期结束把书退还学校，给下一年级同学用。我在美国八个月期间，的确没有发现学校巧立名目收费。圣诞节前，学校希望同学帮助推销一点包装纸。珊珊年龄小，不会推销，社区的一位高年级大姐姐主动帮忙，也只卖出一卷。我陪珊珊去学校交卖包装纸的钱，退还没卖出的包装纸。经手人说了感谢的话，丝毫没有摊派和强迫之意。

有一天归家途中，珊珊有点不高兴，她说老师请她妈妈晚上去学校谈话。以后才知道是珊珊上课有时不专心。我以为老师要家长责备她，其实不然。他们分析了珊珊不专心的原因，主要是珊珊在家里学了不少算数，自己极爱阅读，觉得学校这两门课程浅了一些。怎么办？老师决定：珊珊上数学五年级的课，阅读增加相当于四年级的内容。

从此在上下学途中，常有五年级的大姐姐招呼珊珊：

"Hi! Susan."

学校也有"政治"活动。当时正值美国总统大选，竞选人有共和党的布什、民主党的克林顿和独立候选人佩洛。老师给学生介绍了这三人的情况，要学生用剪纸（驴或象）来表示愿意选谁。珊珊剪的是驴，愿意选克林顿，因为她的爸爸吃晚饭时老称赞克林顿。我问他们班老师的态度。她说："两个老师，一个愿意选克林顿，一个愿意选佩洛。"

珊珊爱在学校玩梭梭板

珊珊的同学几乎全是白人小孩，仅发现有两个黑孩子，每次相遇，我们都招呼致意。有一个女孩，黑头发，漂亮，像东方人那样文静。与她交谈，她名叫吉娜（Gina），妈妈是台湾人，我顿时对她产生亲切感。后来遇见她姑妈，她告诉我吉娜的父亲是美国人，遇车祸身亡，母亲留在旧金山，吉娜跟姑妈住在一起。我本想多知道一些情况，但按照美国人的习惯，别人不讲的，不能"打破砂锅问到底"。我很同情吉娜，每次见面都要主动和她交谈。在这所学校，我没有发现种族歧视。

我参观过珊珊的教室。靠墙三边放着方桌，四方有椅子。教室中间有一大块空地，便于学生活动。学校有室内和室外的体育场，许多男学生在这里打球。还有低年级的游乐场。夏天吃过晚饭，我们全家散步。只要走到学校，珊珊就要去玩梭梭板。

看得出来，珊珊喜欢她的学校。珊珊是学校的佼佼者，她为中国人争了光，我们也为她骄傲。

1993年11月21日

附 记

这是五年前写的，最近偶然发现，今天把它改出来。目前我儿子搬了家，珊珊已离开这所学校。因成绩优秀，她跳了两级，去年夏天升入高中一年级。

1998年11月21日

费克斯先生

1985年夏天,我儿子去美国攻读博士研究生,每月由世界银行贷款资助三百六十美元;仅房租每月即需一百三十美元,由此可见留学生的艰苦。经过几年奋斗,儿子取得博士学位,1990年应聘在波特兰大学教书。他们省吃俭用,略有储蓄,加上有固定收入,在银行贷款买了一幢房子。1992年我年过花甲,有机会和老伴一起去美国探亲。

儿子的房子不错,大约二百三十平方米以上,屋前屋后还有草坪。只是刚买了房子,一时还没有买家具。客厅是空的。偌大一个起居室,只有两张长沙发,一张小饭桌。儿媳说:"这两张长沙发是费克斯(Fix)先生借给我们的。"

我开玩笑说:"没关系!面包会有的,沙发会有的,家具也会有的。"

费克斯,这是我们到儿子家第一天,听到的第一个美国人的名字。不久,儿媳领我们到波特兰市中区参观,途经一个公寓,看见一户中国学生在搬家。她告诉我:"费克斯先生又在帮忙了。"我回头一看,一个瘦高的老人,正帮助把家具搬上一辆卡车上。儿媳热情地叫了一声:"Hi! Mr.Fix."虽然我只看见费克斯先生的背影,却引起了我的兴趣。

儿媳见我有兴趣,便给我介绍费克斯先生的情况。费克斯先生曾任全美田径教练协会会长，积极从事社会活动。主要活动之一是帮助外国留学生，特别是帮助中国留学生。美国人有个习惯，爱迁新居，爱换家具，旧的家具或用品，或低价出售，或捐赠别人。费克斯先生经常与教会和朋友联系，收集旧家具和日常用品，稍加整修，并储存起来。外国学生初来美国留学时，一般会遇到许多困难。费克斯先生通过教会和朋友了解到谁有困难，就帮助谁。儿子刚到波特兰时，费克斯先生便主动借给他们两张长沙发，这是雪中送炭。当这些学生度过困难时期，自己买了家具，就把旧家具送还给费克斯先生，以便他再借给别人。儿子他们也是这样，此为后话。

说着话，就看见费克斯先生开着装满家具的卡车驶过。

大约在半年以后，儿子家的客厅逐渐布置就绪。有一套大沙发和茶桌，一个大餐桌和八个椅子，还摆了一些有民族特色的工艺品，挂了吴一峰先生送的山水画。他们准备分别请一些客人，其中

费克斯（左一）与李致的儿子

当然有费克斯先生和夫人。我老伴会做菜，为他们做了凉拌鸡丝、啤酒烤鸭、肉粽子和蛋炒饭等。我们边吃饭边聊天。儿子感谢费克斯夫妇一贯坚持帮助中国学生。

"用不着表示感谢，朋友们接受我的帮助，充实了我的生活，给了我很大的乐趣。"费克斯先生说，"我有一个感觉，我帮助别的国家学生，往往一两个人就结束了。唯有中国学生越来越多。这证明中国学生彼此关心互助，我和中国学生的联系面大，感情也深。"

费克斯先生已八十高寿，我感到十分惊讶。他说前不久，家里的铁窗漏雨，他还上屋顶去修理和换下水管。这与他一贯爱好体育有关。八十高寿的老人能有这样好的精神和体力，我对他更充满敬意了。

每年11月最后一周的星期四，是美国的感恩节。一周前，得到费克斯夫妇的邀约，请我们全家到他们家共度节日。届时，儿子和儿媳，我和老伴，孙女珊珊和梅梅，在下午五时到达费克斯先生的家，受到他们热情的接待。主人的宠物，一条白色又有黑斑点的狗，亲切地靠近我们，用摆尾表示欢迎。

费克斯先生首先让我们参观了他珍藏的西安兵马俑的图片。美国朋友喜欢我们的国宝，自然令我们高兴。客厅很漂亮，墙上挂了许多风景画，充满文化气氛。最大的一张画，是绿色的山和草，中间有一匹雄壮的白马正在吃草。右角有一架钢琴，钢琴上的花瓶插满了黄色的花朵。凭我的直觉，费克斯先生大概很喜欢马。

晚餐是节日的高潮。费克斯先生和夫人分别坐在主人的座位上。桌上有标签，标明客人的座位。费克斯夫妇的儿子、儿媳、孙儿、孙女坐在我们的对面。只有梅梅刚出生不久，正在酣睡，无法入座。感恩节显然也是美国家庭团聚的节日。

费克斯先生用聊天的形式，给我们讲了感恩节的来历。大意是，1620年12月1日，一批英国清教徒横渡大西洋，到达现属马萨诸塞州的普利茅斯。饥寒交迫再加疾病，夺去了许多人的生命。到

费克斯的儿子与他的宠物狗

第二年春天，一百多人中只有一半幸存。困难之际，有一位名叫斯夸诺的好心的印第安人，教他们在荒野上狩猎、捕鱼和种玉米，他们才活下来。1621年10月秋收之后一天，幸存者欢聚在一起，饱食了野火鸡和其他食品，唱歌跳舞，感谢上帝的恩赐。两年后又遇大旱，人们禁食祈祷一天，突然天降甘霖，祈祷日变成感恩日。后来这种群众自发性的活动逐渐扩展到各地。1864年，林肯总统才正式指定一个日子为感恩节。其实，我早从书上知道感恩节的来历，当天中午在一次国际学生的聚会上又听了主人的介绍。看见费克斯先生那样诚恳的态度，我又认真地听了一遍，由儿子担任翻译。

我不免联想，感恩节是否类似我们的"忆苦思甜"？美国现在很繁华，但两百多年前移民者是很艰苦的。繁华是艰苦奋斗得来的，应该告诉子孙后代。除了感谢"上帝"，还应该感谢那个叫斯夸诺的印第安人。现在国内有些青年，一听讲过去的艰苦，总爱讽刺地说："又来忆苦思甜了。"我仍然相信"忘记过去就是背叛"这句名言。我也想起"文化大革命"时在"五七"干校，军代表经常要大家吃"忆苦饭"。在长期重体力劳动之后,去吃那些难以入口的东西,完全是折磨人;而并不参加劳动的军代表,却在吃米面鱼肉。可惜我没有魏明伦的才华,否则也可以写一部"荒诞戏"。

晚餐的主菜是火鸡。这种"忆苦思甜",比吃"忆苦饭"高明多了。美国人爱吃火鸡。费克斯先生的孙儿孙女,各用手拿一只鸡腿在啃,津津有味。我这个"外国人"不习惯吃火鸡,尝一尝算是"调查研究"了。晚餐结束时,我问是否可以把座位标签带走作为纪念?因为那上面有一个火鸡图形,主人欣然赞同。

饭后小坐,我们表示感谢和告辞。费克斯一家也感谢我们和他们一起愉快地度过感恩节。在归途中,我感到带走的不仅是一个有火鸡图形的座位标签,而是费克斯的那颗善良的心,那种助人为乐的精神,那样高寿而又年轻的心态。

"呀!"珊珊望着路旁一个气温显示器说,"零下一度。"

我也看见气温显示器,看见雪花纷飞;但我不感到寒冷,我心里充满温暖。

1998年11月末根据1992年旅美日记整理

一位美国演员的心里话

"千万里，我追寻着你……"

午睡醒来，打开电视机，一下就听见刘欢在《北京人在纽约》中唱的片头曲。

我是在1993年首看这部电视剧的。1992年，我去美国探亲，在美国住了八个多月，曾去纽约旅游。我记得华尔街的高楼，也看见黑人在街上敲乐器。毫无疑问，我有兴趣看完这部电视剧，同时也喜欢刘欢唱的这首歌。

我无法全面评论这部电视剧，因为我对美国的国情了解太少，更不了解众多华人在美国打工的情况。当我和一些朋友交谈时，对剧中一个情节颇为反感。即毛衣厂厂长大卫，明知女工郭燕有丈夫，竟公开追求郭燕，要郭燕转告她丈夫王起明，说他"要和他（指王起明）竞争，并一定要打赢"。我弄不清这是个别的现象，还是美国的"文化"，因为中国人认为这样的第三者是不道德的。

大约在1995年，四川省对外友好协会组织了一次活动，我是被邀参加人员之一。友协会长陈麟章主持这次见面会。对方是美国人，似乎面熟，原来是《北京人在纽约》中扮演毛衣厂厂长大卫的演员。他本名为Robert Daly，中文名为戴博。戴博是爱尔兰人的后裔，1962年生于美国纽约市，可以说是个地地道道的纽约人。戴博曾于1989年至1991年在美国驻华使馆文化处工作，为中美两国在文化领域的交流做出了贡献。来华之前，他曾用了五年的时间潜心学习汉语。使馆工作结束回国后，由于对中国文化和历史过于倾心，戴博辞去了外交官这个令人羡慕的工作。之后，他一边在美国大学讲授中国文化课，一边从事和中美文化交流有关的自由职业。剧中的厂长大卫留有胡须，而戴博的脸上并无胡须，显得很年轻。

戴博有可能知道中国观众对《北京人在纽约》的反映，也可能有朋友在交谈中提到对上述那段恋情的意见，他认真地表示：他是一个演员，不是编剧，也不是导演，他是严格遵照导演的意图表演的。他并不赞同争夺有夫之妇，这也不是美国人的道德标准，众多的美国人是看重家庭的。

为了强调他听导演指挥，他说，剧中有一个开车的镜头，超过美国规定的时速。"我说不能开这么快，但导演坚持，我也没有别的办法。"

交流是心灵的沟通，增加彼此的了解。分别时我们相互拥抱。参加这次见面会的人不多，我只记得有表演艺术家庞家声。幸好留下了几张值得保存的照片。

中为大卫的扮演者戴博

事过十几年，我一直觉得有责任把这位美国演员的话公开出来，以便增加了解，避免误会。当然，作为一个成熟的演员，可以对剧本提出修改意见，也可以拒演。当时我并没说出这个意见，因为就这个问题来说，主要责任应在中方的编剧和导演身上。

2009年5月4日

金杏时光

李致文存·我的人生（下）

LI ZHI WEN CUN

坚决制止校园"大欺小"

按 小娃娃中的"大欺小"现象，因事关祖国未来，引起了各级领导的高度关注。4月中旬，省关心下一代工作委员会副主任李致专门就此致信原省委老领导张力行[①]。张力行收信后即致书省市各有关领导，就如何治理这一不良现象提出了中肯的意见。省市领导对此极为重视，中共四川省委副书记秦玉琴还专门作了批示，要求有关部门就加强学校德育教育及对此进行综合治理提出意见。

李致的信

力行同志并省关心下一代工作委员会：

看到《家教博览》杂志社收集的信件，触目惊心，现呈上请您和有关同志一阅。

小学生遭受这样的欺负和骚扰，对他们身心的成长将起很不好的影响。需要政府有关部门和学校、家长都引起重视，采取有效措施来解决。

为此我建议：一、通过新闻媒介（主要是报纸）适当披露一些事件，引起有关部门的重视。二、请主管教育的副省长（或副市

[①] 张力行：曾为中共四川省委常委，后为四川省关心下一代工作委员会副主任。

李致与张力行（右）

长）组织教育、公安、新闻、共青团、妇联等有关方面的负责人和教师家长代表，研究综合治理办法，并加以宣传。三、有关信件均来自成都市，可请成都市率先做起。

　　当否，请指示。

　　此致

敬礼！

　　　　　　　　　　　　　　　　　　　　　　　李致

　　　　　　　　　　　　　　　　　　　　1996年4月17日

张力行的信

省市领导：

现送上李致同志（省关工委副主任）的来信及其附件（群众来信），请一阅。

信中所述问题很值得重视，所提的建议我认为也是可行的。对待这类问题主要还在于加强学校德育教育，因为问题的双方都是未成年人，大多数是在校学生，因而各校老师（当然欺人一方的家长也有责任）就应经常向学生进行团结、友爱、互助和遵纪守法的良好道德风尚教育，并不断地发现表彰这方面的好人好事；坚决制止个别人以大欺小，以男欺女，以多（三五一伙）欺少，拦路索要钱物，对方不给就打人、搜身、脱衣服等违法行为，一有发现则应批评教育或视情况给有关学生予以必要纪律处分。同时也请政法部门同志注意：在这些无知孩子的背后是否还有人支使，如有发现应依法严加惩处，以保障社会安定，让孩子们的家长放心！

以上意见如无不当，请批转有关部门认真抓一抓为盼。

此致

敬礼！

张力行

1996年4月20日

关于教师节送礼有感[1]

明天就是教师节了，我正打算给外孙的老师送点礼物，以表达尊师重教的心意。在树德中学上学的外孙给我带回一封该中学给家长的信。其言殷殷、其情切切、其心真真，让人感动。

信的全文如下：

家长同志：

忠诚党的教育事业是我校教职员工的神圣职责，我们将全心全意为教育教学服务，为学生服务，努力做好各自的本职工作，全面提高教育质量，把学生培养成为德智体全面发展的跨世纪的建设人才。

教师节到来之际，我们得知，不少家长将自发地给老师们送礼品慰问，以表达尊师谢意之情，令人感动，完全理解。家长的心意我们全领了，礼物却万万不能收。家长若一定要表达尊师重教之意，请把它化作甘露滋润那渴望雨露的"希望工程"吧。

---

[1] 李致时任四川省关心下一代工作委员会副主任，《成都商报》曾对此事作了报道。

致以
崇高的敬礼!

成都树德中学

　　一年一度的教师节来临，出于对教师的尊重，家长、学生买点礼物送给教师本无可厚非，但正如当下媒体所言"教师节送礼风越吹越烈"，并形成学生、家长相互攀比的风气，这样就不好了。树德中学给家长的一封信的确让人感动，如果我们每个学校都能这样做，每位学生、家长都能"把它化作甘露滋润那渴望雨露的'希望工程'"，就让人欣慰和温馨了……

　　在此，作为家长，谢谢树德中学的老师们。

一寸光阴一寸金
——谈准时

我有一个习惯：准时。

凡通知我参加的会，或与朋友相聚，我一定准时。如时间紧迫，可以放弃吃饭，快走甚至跑步。要是正有人和我作马拉松似的谈话，我就告罪事先有安排，暂停听取"长篇小说"。时间一久，多数同事和朋友也就习惯和谅解了。

如果我主持会议，得提前十分钟左右到会。我怕早来参加会的同志一看人少或没有人，又去办别的事。主持人早一点到，可以"稳定人心"。准时开会，先表扬准时到会的人，同时宣布议程和预计散会时间，张贴"安民布告"。无特殊情况一定准时结束。对迟到的人，在适当时间逐个"慰问"，了解他们的困难。这样，一般人都能准时参加会议。我向领导汇报工作或拜访别人，一般先联系，说明只需要十分钟或二十分钟。准时到，把手表拿出来，准时结束。如有人打岔或领导发表意见，我就申明这不算在我预计的时间之内。长话短叙，说完就走。因为时间短，对方大多愿意会见我。当然如朋友要留我玩，那就另当别论了。

不准时的会议或活动时有发生，有的因主要领导未到，或因电视台记者还在路上，等等。魏明伦有出戏叫《易胆大》，写旧社会艺人生活。他们演出，只要舵把子"麻五爷"未到，就不敢开场。

我不愿当"麻五爷",当年到市、地看演出,宁可暂不吃饭,也要准时到场。我也不喜欢大大小小的"麻五爷",只顾自己,目中无人。如果某位"麻五爷"和我比较好,我就断章取义地赠送他一条语录:"伟大人物往往是迟到的。"以期他改正。

由于改革开放,与外国人接触多了,知道外国人比较准时。这本是好事,但为了准时接待外国人,常要同胞提前半小时恭候,似乎中国人的时间不值钱。有一次,一个外事单位约我向某国外宾介绍出版情况。我提前到达,外宾迟迟不来。等了半小时以上,我很不高兴,最后坚决地走了。此事幸蒙宽大,未被追究。

准时,常常也把自己搞得比较紧张。离休以后,觉得可以松懈一点,不幸又被一个群众团体选为主席。主席者,专司主持开会的人也。江山易改,本性难移。我又旧病复发,强调准时。某次年终前的会议,我把一个闹钟放在桌上,准时开会,掌握一人发言不超过几分钟,到预定时间结束。四川电视台一位记者十分敏感,认为这种会风值得提倡,顺手拍了一个几分钟的专题片《李致的小闹钟》,并予播放。

区区小片,并未引人注意,但对我却是很大的压力。我既怕辜负了拍片人的好意,又怕名不副实,被打成"伪劣"或"冒牌"产品,凡有会议更不敢迟到。有两三位好友专抓我是否准时,颇似"打假"小组。呜呼!真是人怕出名猪怕壮。

有朋友问我为什么能准时?小时候常听大人讲:"一寸光阴一寸金,寸金难买寸光阴。"话记住了,但并不懂它的含义。上小学读过一篇课文,其大意是讲:汉代张良为一老人穿鞋,老人很欣赏张良,约他第二天一早相会。张良迟到两次,老人很不高兴。第三天张良早到,老人赐以"兵书",对张良一生起了很大的作用。我并不想争夺江山,也不知"兵书"是什么玩意儿,但却留下了相约要准时的印象。长大后参加地下工作,单线联系,如果不准时,弄不好会失掉组织关系,千万不可大意。这是从实践中体会到的,印象很深。新中国成立后，会议很多，有的会议或不准时，或过长，浪费了很多时间。这也是"大锅饭"和形式主义的必然产物。彭德怀同志说过，有些人很爱生命，经常吃补药，但却浪费时间。生命是由时间组成的。他们不知道浪费时间就是消耗生命，这真说到问题的关键了。

1998年12月29日

学唱歌

我从小爱唱歌。这是受几个姐姐的影响,她们能唱许多歌,对我潜移默化。还得感谢小学的杨霜泉老师,她反对大喊大叫——当时我们一唱便大喊大叫——对我们作了一点美声训练,使我懂得怎样用胸音和鼻音。

一首好的歌曲,常把人们引入过去的时代,激发起各种不同的感情。唱抗日战争的歌曲,常想起节约一个铜板,给前方战士捐寒衣。唱《跌倒算什么》和《团结就是力量》,仿佛在街上游行示威,高呼口号:"反对内战!"唱《志愿军战歌》,似乎在重庆大学团结广场,欢送青年学生参加军干校。不用说,一听到"语录歌"和"样板戏",就想起那最黑暗的年代,感到暴力和恐惧。不过,当时我也有自己的歌声。每当在"五七"干校放牛或放鸭的时候,四周无人,百灵鸟在高空飞翔,我放声高歌:"戴镣长街行,告别众乡亲。砍头不要紧,只要主义真!"我唱歌一般都动感情,也有人喜爱听。如我年轻时学蔡绍序唱歌,每首歌只唱我最喜欢的一两句,居然成了老朋友间的"保留节目"。省音协副秘书长金桂娟在一次联欢会上听了我唱歌,称赞我"感情之投入",以至找不到形容词,只能用手比画。

喜欢唱,不等于会唱。这一点我有自知之明。我分管文艺工作近十年,绝不"利用职权",挤进任何表演团体去唱歌或拉什么乐器。"出风头"非我所欲。偶尔参加机关组织的大合唱，我的座右铭是："口张大，声音小，头尾轻。"绝不突出个人，以免损害集体荣誉。我唱歌纯系自娱，最多被迫在联欢会上表演。如躲不过，一定先自嘲一番："我唱歌，说得好是有创造性，临场自由发挥；说得不好是自由主义，怕受曲谱的约束。一首歌，我唱一百遍，会有一百个唱法，很难找到两次是完全一样的。不过，唱得好不好是水平问题，唱不唱是态度问题。"这一讲，全场活跃，唱几句就"蒙混过关"。

我一度想学唱歌，但受到"打击"。那是1990年和1991年两次随团到香港新界演出，上台演唱的都是我省著名歌唱家：第一次是德西美朵、王存惠，第二次是李存琏、罗丽珉。但台下联欢的时候总要出我的"洋相"，第一次我唱了《槐花几时开》，第二次唱了《可爱的一朵玫瑰花》，都引起"轰动效应"。美朵和王存惠说，把她们的"肚子都笑痛了"。掌声的确诱惑人，我似乎有点飘飘然，想在原有的基础上提高一步，即领导经常号召的"再上一个新台阶"。找罗丽珉当老师，罗丽珉委婉地说："不行，我当你的老师，会破坏你的风格！"碰了软钉子还不觉悟，又请求李存琏收我为徒。李存琏"月亮下耍刀——明砍"："你五音不全！声音是左(走调)的。"过去各种政治运动，我常被批评为右，唯有唱歌是"左"。无可奈何，学阿Q安慰自己：呜呼！无名师教诲，只有走"自学成才"之路矣。

实际上，我既没有自学，更没有成才。不过我仍然喜欢音乐，听动情的歌唱。一有机会自己也要唱一段，以抒发积压在心底的情感。

1997年6月4日参加大合唱以后

附 记

该文发在《成都日报》上，王火兄读后，在报纸上写下批语："写得挺好！读来有趣，写散文一个'趣'字并不容易，向您学习！"

这是对我的鼓励，特此感谢。

大雪纷飞

——生日杂忆

生日是人的脚印，它记载着自己的经历。

我出生在1929年的二十四个节气中"大雪"那天。故乡成都在祖国西南，冬天不很冷，少见雪花。不过从有记忆的时候起，我就喜欢生日。每逢生日，母亲一早就给我吃一个放在饭锅里煮熟的"米锅蛋"。蛋拿在手上，有些烫手，慢慢剥去蛋壳，心里乐滋滋的。母亲还会说一些祝福的话，多给我一两个铜圆，似乎有求必应。但我若提出不上学，在家玩一天，母亲绝不同意。有一次叔祖母为我说情："哎呀！一天不上学，将来就考不起状元了？"母亲不敢当面顶撞她老人家，但我生日那天仍坚持要我提着书包，按时上学。

我的童年时值抗日战争。八岁生日时，四姑妈送了我一个石头做的小骆驼，非常好看，我爱不释手。有人说它是日货，这还了得！我不假思索地把它摔坏了。由此可见抗日和抵制日货深入人心。

1946年我的十七岁生日是一个转折点。我在中学参加"反内战"的学生运动，成为积极分子。地下党员贾唯英在我生日后几天约我谈话，送了我一件小礼物，并提出要介绍我入党。我在第三天递交了申请书。我是为实现理想入党的，尽管以后的道路漫长曲折，我没有违背誓言，没有为自己牟取私利。

在学校读书的那些年头，我们主要是参加"反内战"的学生运动。因为办报纸，认识了革命前辈杨伯恺。他支持我们办《破晓半月刊》，在我被学校变相开除后，又支持我考上西南学院，充分体现了对青年人的爱护。1949年12月，国民党反动派撤离成都前夕，在十二桥屠杀了一批共产党员和民主人士，杨伯恺不幸遇难。后来知道，杨伯恺和这一批烈士牺牲那天，恰好是我生日，大雪节气。从此每到大雪，我便会想起这位我尊敬的革命前辈和烈士。

我喜欢文学艺术，新中国成立时分配工作，我提出当演员。地下党领导人王宇光说，现正缺干部，你到青年团去吧。这样我一直在共青团工作十七年，直到史无前例的"文化大革命"爆发。20世纪50年代，把十四岁到二十五岁划为青年。我二十五岁生日那天，去一个中等专业学校做报告，返回机关时在车站等公共汽车，思绪万端，写了一首短诗：

很早以前就想到今天
我原以为到了今天就不再是青年

到了今天我才明白
青年并不能单按年龄计算

我要更加努力学习和锻炼
永远保持青年的热情和勇敢

1955年开展肃清"胡风反革命集团"运动，我被隔离审查近半年。二十六岁生日那天，几乎没有一个人与我说话。当时思想很单纯，相信组织会调查清楚，做出正确结论。受到不公正的批判时，也认为"在打仗时，难免误伤自己人"。但从此思想被搞乱，如履薄冰，夹着尾巴做人。

我爱读鲁迅的书。1947年前，我已收集到全部鲁迅的小说和杂文，但1950年又被一个朋友捐赠给图书馆。而立之年，我在一家儿童刊物工作。生日前，母亲拿出她的钱，为我买了一部《鲁迅全集》。这部书不仅帮我净化心灵，还帮我度过一生最困难的时期——"文化大革命"时期关在"牛棚"的日子。

六十年代开始在农村开展"四清"。1963年我被派到简阳县的绛溪公社工作。生日那天，我收到妻子、女儿和儿子的贺信。九岁的女儿在信上画了一个圆圈，旁边注明是蛋糕，耀华食品店生产。1965年我又被派到辽宁锦县大业公社工作。生日那天，我同样收到妻子、女儿和儿子的贺信。儿子当时七岁，信由他口述，他母亲笔录。除向我拜生外，特别问我："你们那里下雪了吗？大极了吧？"啊！东北的雪像鹅毛一样，千里冰封，万里雪飘，让我这个南方人大开眼界。

1966年开始闹"文化大革命"，横扫一切"牛鬼蛇神"，"革那些'革过命的人的命'"。我被揪出来，靠边站，被夺权。第二年造反派"打内战"，把我放在一边。三十九岁生日那天，我女儿从学校归来，为我打回一扁瓶绍兴酒。我两口把它喝完，醉醺醺地倒在床上，暂时忘了那震耳欲聋的口号："凡是反动的东西，你不打它就不倒。"

孔老先生说，四十而不惑。我四十却大为困惑。在"牛棚"里写不完的交代和检查，受不完的批判和辱骂，连大小便都得先请示报告。我看不见国家的前途，也看不见自己的前途。生日那天早上，我儿子送来妻子为我织的毛衣。妻子的患难与共之情，温暖了我的心，鼓励我无论遇到什么困难或灾难，都决心坚持下去。

在"五七"干校第一年，即1969年底，我获得"解放"，恢复了党组织生活。第二年，军代表为了表示执行干部政策，让我有一官半职：当了代班长和党小组副组长。当年大雪，我接到在黑龙江北大荒劳动的女儿发来的电报，全文是"共产党员是用特殊材料做成的"。这是年轻人以特有的方式祝贺我的生日。可是"领导"找我谈话，指出我不应该为当代班长而骄傲，弄得我啼笑皆非。更使我沮丧的是，虽已"解放"，并无通信自由，仍属"另册"。

粉碎"四人帮"，大快人心事。这时我正在四川人民出版社工作，奋力解决"书荒"问题。1977年12月20日，巴老来信说："本月六日我寄了一包书给你，想已收到。以后每年你过生，我总会送你几本书。当然平时我想起来，也会寄点书给你。"那年我四十八岁。书，是我最喜欢的生日礼物。我每年生日，几个姐姐都爱送我书。我十九岁生日那年，大姐送我的《白雪公主》保存至今。

20世纪80年代我多次去上海看望巴老。鉴于六十岁要从领导岗位上退下来，巴老几次对我说，他六十八岁才进"五七"干校，可干的事还多。我知道他意在鼓励我不要为此中断自己的工作。我平常有准时的习惯，喜欢钟，常把钟放在不同的位置，以提醒自己不要迟到。1989年，我的女儿和儿子为了祝贺我六十岁生日，提前各送我一个钟。我知道民间有不给老人送钟的习惯，因为"钟"与"终"的发音相同，怕老人不高兴"送终"这个词儿。我从不迷信，很乐意接受了他们送的钟。

1989年我六十岁生日那天上午，是在上海与巴老一起度过的，我们坐在客室外走廊的藤椅上，沐浴着冬日的阳光，做了长时间的交谈。巴老向我重申了他的看法："要有信仰，人类社会一定会进步，好人也会为此而奋斗！"他对四川的出版工作仍充满感情，并为我离开出版社感到遗憾。这是我唯一和巴老在一起过的生日，我永远不会忘记。

邓小平倡导改革开放。我儿子去美国读研究生并获博士学位，后在波特兰大学任教。女儿则以访问学者身份去加拿大进修。1992年，我和老伴去美国探亲，住了半年多时间，能有机会看一看另一个社会。生日那天早上被老伴叫醒。原来昨晚下了大雪，窗外所有松树全部银装素裹，真像童话世界。孙女珊珊的学校因雪大放假，我们冒着大雪在室外拍照，堆雪人，打雪仗，玩得很高兴。晚餐吃了鸡、鱼、虾，喝了啤酒和香槟。这种变化，过去做梦也想不到。若干年来，做梦也多是阶级斗争。

我一生在共青团工作时间最长，共十七年（未计"文化大革命"时间）。1999年我七十岁生日时，原在四川工作过的一些老团干部联合送我一张贺卡。下面是诗人杜谷代表大家写的一首诗：

峥嵘岁月七十年，于今头白身未闲。
夜读三更人神健，日书千言力尚犍。
往事梦萦情脉脉，故交魂牵意绵绵。
升沉不忘青春侣，翰墨相亲因凤缘。

我离耄耋之年尚有八载，但早在七年前就从马识途老人那儿预支了礼物。马老是我们地下工作时期的老领导，又是我们的老师。他是作家，又是书法家。他长于把隶书和篆字结合起来并加上自己的创新。1994年巴老九十华诞之际，马老写了一副对联赠送巴老。几次试笔，其中之一写的是"福如东海寿比南山"。马老觉得有点"落套"没有采用，但我觉得字写得很好，非常喜爱。我请马老将此联赐我以作纪念，马老题款时写下"预为致公八十寿"，在场友人不禁失笑。而今年年加岁，如无意外能争取活到八十岁，取得"阶段性"的成果。我没有"欢度晚年"的计划，只想在身体条件允许下，做一点力所能及的事。到了八十岁，我一定将对联高挂墙上，以不负马老的期望。

"大雪呀纷飞呀，为我洗征尘。"我很喜欢《长征组歌》中的这句唱词。由于大雪与我的生日吻合，我似乎也有些豪气。想想我一生所遇的坎坷，似乎大部分时间是在纷飞的大雪中度过，这大雪对我却是寒冷和灾难。好在我未在困难中停止前进，终于迎来春天，真有豪爽之气了。

2001年3月18日

找回名字

若干年来,许多同志以官衔称我。我很想找回自己的名字。

我当然有名字,正名叫李国辉,"辉"字在汉字简化时已被作为异体字归并为"辉"。这是父亲按李家的名序为我取的。曾祖父辈给他们的子孙后代定了辈分名序:道尧国治,家庆泽长,勤修德业,世守书香。我祖父叫李道河,我父亲叫李尧枚,我就叫李国辉。从小到读高中,这个名字用了十七年。

我还有字和号。号叫耀庭,光耀门庭之意。原来的大家庭已衰落,父亲为我取这个号反映了他的愿望。字叫芝荪。芝,是灵芝,瑞草也;荪,亦古书上的香草。大概是希望我成为瑞草、香草,才可能光耀门庭。我很小时父亲就逝世,只有我母亲知道我的字和号。因为没有人使用,似乎与我没有关系。

我小时很淘气,蛮不讲理,人称"五横牛"。

我还有个贱名,曾困扰我一段时期。鲁迅早就说过:"中国有许多妖魔鬼怪,专喜欢杀害有出息的人,尤其是孩子;要下贱,他们才放手,安心。"我是否有出息,当时很难说。但母亲生四个女儿,好不容易才生了我这个儿子,物以稀为贵,当然要倍加保护,包括取贱名了。如果像鲁迅的师父那样给他取个法名叫"长庚",或是像一般百姓家那样取个"狗娃"之类的名字,对我不会有什么影响。但不知是哪一位长辈,异想天开,居然给我取了"五丫头"

这个贱名，害得我遭到小伙伴的嘲笑。要是当时就知道男女平等，妇女是"半边天"的理论，也就无所谓了，但我不知道。我十分反感，坚决抵制这个女孩子的名字：不管谁这样叫我，一律不答应。人世间总有许多事料想不到：有一次成都市检阅童子军，我们学校的队伍排列整齐，举校旗，敲洋鼓，吹洋号，神气十足地在大街上走"齐步"。没想到我被一位爱看热闹的叔祖母发现，她兴高采烈地指着我大喊："五丫头！"同学们莫名其妙，不知是在叫谁。我一看大事不好，强作镇静，挺胸昂头，目中无人，才逃避了这场灾难，没有被同学发现。这时我已经上初中了。

也是上初中的时候，一个同学在课堂上胡乱给我取歪名，引起同学哄堂大笑。我认为这是人身侮辱，绝不能容忍，挥拳示意要"武力解决"，他也表示应战。课间休息，我们来到邻近的空地。同学中不但没有"维和部队"，反而都是像阿Q似的看客，怂恿我们决一雌雄。我俩高矮相差不多，势均力敌；但我拥有维护自己人格的正义，打得非常勇猛，直到上课铃响才住手。我被打出鼻血，他的头上肿起了包。这是我一生中唯一的一次正规"武斗"，至今还记得其中的细节。

我还有一个洋名，叫Peter，是我的四爸巴金给我取的。一般人都没有用这个洋名叫我，只有一个年轻的姑姑，她讲时髦（当时叫摩登），喜欢打扮，走"电影路"（类似时装模特儿的猫步），常在大庭广众之中，用四川话高声大叫："彼得！"但我很少答应。直到半个世纪过去，重读克鲁泡特金的《我的自传》，发现克鲁泡特金的名字叫Peter，才意识到巴老给我取这个名字的含意，他希望我长大以后能成关心劳苦大众的革命者。

由正名还派生出另一个谐名，叫"李国飞"。我十二岁时四爸回成都，住在家中，他目睹我每天放学之后，总在外面玩，不肯回家，便说："我给你取个名字，干脆叫李国飞吧！"我在一篇散文中回忆过，当时我不知道四爸这是在批评我，反而认为如果真的飞起来，那才好玩哩！

以上，都是长辈给我取的名字，不算少吧。

十五岁起我开始学习写作，在成都、重庆、自贡等地的报刊上发表。我信手拈来，为自己取了不少笔名。诸如屈侬、横牛、下迹、夏吸、柏西、李河、冯钦之类，有十几二十个吧。这些随意取的笔名，没有给我带来什么好处，却害得我在"胡风问题"和"文革"中交代不清。我十分后悔不该附庸风雅，模仿文人学士，自投罗网。然而悔之晚矣。

读中学期间我开始接受进步思想，不满国民党的黑暗统治，1945年参加了地下党领导的学生组织破晓社。正如社歌里的两句话："我们从梦想走向实践，又在实践中学习。"当时我们的梦想可多了！我们向往着一个"光明世界"，没有剥削和压迫，所有的人亲如一家。因为崇拜屈原，破晓社成员一律姓屈，我取名屈侬（后改为屈致）。这体现了我们当时的纯真，在后来的实际斗争中，破晓社绝大部分成员先后加入地下社和地下党，至今没有一个人堕落或变质。目前所有成员都已离退休，经常互相鼓励保持晚节，注意身体健康。

1946年底，我因为参加抗议美军暴行的运动，被国民党特务注意，又被学校变相开除。客观条件迫使我改名。另取一个什么名字呢？经过反思，我感到自己经常感情用事，不懂斗争策略，脱离群众，需要理智，于是，用其谐音，改名为李致。我喜欢这个名字，它将伴我终身。

1949年初，老张（实为地下党成都市委书记洪德铭）在重庆市沙坪坝找到我，指定我为川康特委川西派遣组沙磁区工作组成员。为避免敌人破坏，实行易名单线联系，党内称我为小陈。

新中国成立后到"文革"前，我一直在共青团系统工作。在耀邦同志的影响下，共青团保持一个好传统：同志之间不用官称，一律直呼其名。如表尊重，便在名字后加"同志"二字。粉碎"四人帮"以后我在出版社工作，称呼也比较随意。我和出版社同事的一批孩子的关系很好。有一天他们自办学校玩，有学生有老师，但没有校长。正好我路过，他们一致"拥戴"我当"校长"，而且不管我是否接受，就叫我校长；甚至一些父母也跟着孩子叫校长。不少人感到奇怪，问我究竟是哪一个学校的校长。我觉得很亲切也很有趣。可是以后到了政府部门，便被官称了，我常常反应不过来，不知道是在叫我。但政府部门允许官称，我也没有办法。再以后到了党委部门。中央早发过通知：党内一律称同志，不以职务官称。我为此感到高兴。可是除了我主管的处室以外，仍不能摆脱官称。我不断做出解释，别人却以为我在谦虚，还有人误以为我对他有意见。打电话也遇到困难。我自报名字，对方常不认识。有一次有急事要与一位书记通话，说名字总机不转。无可奈何之际，只好自报官衔，才把事办成。这时一身发热，我相信一定从脸红到脚心。收信也常出差错，李致被写为李智、李治、李贽、李志、李直等，既当过唐朝皇帝，又做过古代文人。究其原因，皆为平常被官称所致。年过花甲，从领导岗位上退下来，被一个群众团体选为主席。我想，这一下可以彻底摆脱官称了。谁知仍有人官称，位高竟至主席。局长、部长也就算了，主席是能随便当的么？显然忘掉"文革"的惨痛教训了。这些同志对我出自尊敬，我也尊敬他们，但希望他们能理解我的感情。

都是常人，直呼其名最好。

1998年10月16日

附 记

我七十岁时，不少人称我为李老。比我大十五岁的马识途老人，认为我这个在他心目中的"手舞足蹈"的少年，不能被称李老。他说："叫你'李老'恐不够格，直呼'李致'，似又不恭。过去人际交往，常以'公'相称，如在重庆时，人称周公、夏公之类，故以此称你为'致公'我看倒是合适。致公者，求天下为公也。"从此，马老和文艺界一些朋友，称我为致公。

我离休后，曾居住在金杏苑小区。邻居对我的称谓五花八门：知道我过去职务的，冠以官称或称李老师；保安叫我老革命；婆婆们和打工的叫我李爷爷；清洁工"三朵金花"称我为老太爷；有些幼儿起初叫我爷爷，我宣布已有重孙后，他们又改叫祖祖。我认为，作为普通公民，叫个大爷，就很好了！

2017年6月28日

上当受骗以后

不久前我上当受骗一次。

在商业街遇一男一女推着平板车卖香蕉。我买了一串。付款时，擦口红、戴戒指的女贩发现我有几张百元的钞票，恳求用零钱来换。她说："我们要去昆明进货，带小钞去不方便，帮个忙嘛。"

我想给人方便，未尝不可，便给了她两张一百元的钞票。她塞了若干十元一张的钞票给我，我一数发现多出一两张，便立即告诉她。男贩说："我再数一下。"等他数完以后，我匆匆去办别的事。不到半小时再买东西，才发现少了五十元。

这事怪我没有重数，否则不会上当。但我更不满这两个骗子：想钱可以，靠自己的劳动嘛，为什么要骗人呢？

"报上早登过这种事了，你天天看报，没有看见？"在我家打工的小李带着安慰的口气对我说。

的确，我一天到晚很忙，眼睛有白内障。报纸又多，除重大新闻外，只爱看好人好事，对一般的社会新闻往往顾不上。我从此开始看看社会新闻，仅几天就看见这种骗人的方法在另一地方出现。新闻还提醒人们，说这种骗子作一次案便转移一个地方。

我得了教训：以后少管闲事，免得上当。

昨天，在街上碰见一位中年妇女，衣着整齐。她先尊称我为"大爷"，然后问："往九眼桥该怎么走？"

我仔细地告诉她如何走法，似乎又觉得没有讲清楚，便说："其实，你先搭四路公共汽车到盐市口，再搭……"

她说："我没有钱，走路。"一听到"没有钱"，我马上警惕。但她没有提出任何要求，独自往前走了。

看着她走了一段，我突然觉得应该资助她到九眼桥的车费。我不知道她的姓名，无法叫她。去追她不行，我的心肌缺血，稍走快就累，只有看着她的背影消失。

这时，我一下感到，不能因为曾上当受骗便不相信一切人。整整一天，一有空就想起那张朴实的脸和穿着花格子上衣的背影，有一种比上当受骗还沉重的失落感。

1998年8月1日

喜见麻雀

清晨，用计算机写作，听见叽叽喳喳的叫声。抬头一看，窗外飞过四五只麻雀，还在窗檐上停留了一两秒钟。难怪声音这样熟悉。

这声音，岂止熟悉，而且亲切。

它使我想起外婆家的天井，经常能看见麻雀，听见它的叫声。也使我想起抗日战争的小学校，我常从教室窗户看麻雀在草房顶上打架，叫声不停。还使我想起在简阳县农村，刚吃完饭，麻雀就来抢吃地上的饭粒。

这小精灵一直与人和睦相处。

直到20世纪"大跃进"年代，麻雀突然被定为"四害"之一。伟大领袖一声令下，全国必须"人人共灭之"。当时的政治运动，谁一旦定为重点对象，根本没有申辩权利。人且如此，何况小小麻雀。

谁说中国人没有发明？在消灭麻雀的运动中，不知是谁发明了全城"全天候"地哄赶麻雀，让它无处可停，直到飞得累死。我当时在一家儿童杂志社当总编辑，几次被指定在楼房的最高处，拿一破盆和长竹竿，凡看见麻雀，或虽没看见麻雀，也得十几分钟一次，把破盆敲得咚咚响，且大声吆喝，让那些被戴上"四害"帽子的麻雀无处藏身。

其实，哪只是哄赶麻雀，是哄赶所有的鸟类。

对鸟类，既不能发"红头文件"，又无法召开大会，向其宣布"区别对待"的政策：这次只赶麻雀，不赶其他雀鸟。在哄赶声中，城市所有鸟儿，统统地累死或逃亡了。谁还敢与你这"万物之灵"的人类生活在一起？

原来早晚可见的大群飞过的乌鸦，没有了。再听不见孩子们叫"乌鸦，乌鸦上学！"或"乌鸦，乌鸦放学！"

叫得人高兴的喜鹊，也没有了。再听不见老人讲"喜鹊报喜"，孩子说"喜鹊叫，客人到"。

黄昏时，常一排排地站在电线上的燕子，也没有了。过去有幅漫画，成群的燕子站在电线上，像五线谱的音符。如今，电线上光秃秃的，有线无音符。

惹不起，躲得起！大批鸟儿远离城市，向市民"拜拜"。

城市变得沉寂，人类显得孤独。

农村的虫害增加，粮食减产。一些勇敢的科学家不怕被扣上"划不清界限"的帽子，为麻雀说话了：麻雀主要吃害虫，不能消灭。伟大领袖终于给麻雀恢复名誉，说应对它进行三七开（也许是四六开），准予生存，以观后效。除"四害"的口号不能丢。让臭虫来顶麻雀的空额，以免"四害"缺一。当然，过去的决定是正确的，现在的改变也是正确的。虫害增加，粮食减产，只当交了"学费"，这是当年极为"正常"的思维。

在"以阶级斗争为纲"的年代，许多城市的人也被赶到农村。闹"文化大革命"时，干部下放到"五七"干校，不仅要在干校"脱胎换骨，重新做人"，而且要"长期安家，扎根农村"。初到干校，劳动过重，营养不足，生活单调，我们班曾发生吃麻雀的事件。

一天下雪，麻雀找不到吃食，便飞进牛棚（是关牛的牛棚，不是关人的"牛棚"）饱餐。我们犁地回来，发现牛棚内有成群的麻雀。麻雀见人来，便飞向亮处逃亡。牛棚的窗户装了玻璃，麻雀撞上玻璃，又得回头飞向别的窗户。众人赶快把门关上，急急追赶。

麻雀一撞再撞，被撞得昏头昏脑，说不定撞成了脑震荡。我们一手可抓到两三只。由于事前没准备工具，抓住的麻雀只好往中山服的口袋里塞。小口袋装两只，大口袋装四五只。麻雀一旦醒来，也会挣扎着飞出去。这次算大"丰收"，一共抓了二十几只，立即拔毛红烧，其味鲜美无比。当时，精神空虚，腹中饥饿，哪儿顾得上保护鸟类。现在想来，实在是罪过罪过。

一度大量被消灭，继又因误吃农药污染的食物而死亡的麻雀，有的品种被宣布为"稀有鸟类"。

人类在进步，中国也在进步。人们开始觉悟到应该保护生态环境，一些城市开展了爱鸟活动。麻雀现又开始出现，它们回到城市，回到我的窗前。

麻雀，你叫吧！听见你的叫声，我感到喜悦。

2003年7月22日

权当"追思会"

2009年，我满八十岁。

我的女儿和儿子在国外，他们问我有什么愿望，我表示希望他们同时回家，与我一起度过生日，别无其他。

没想到我生日的前一天，省作家协会的朋友打来电话，说他们十几位作家、诗人和编辑要为我做生。我说明女儿和儿子都回来了，不麻烦他们了。他们说连女儿和儿子一起请，他们没用公款，是自愿凑份子的钱。这样，我只好带着女儿、儿子，一行赴宴了。

在餐厅的一个大房间里，摆了两张圆桌。

朋友们让我坐在中间，陈之光、徐康、沈重、文辛、方赫、杨宇心、丁隆炎、胡笳和金桂娟、包川，加上原省委宣传部文艺处的邢秀田、严福昌、张仲炎等十多位友人，围坐在四周。这种形式，类似几十年前各种政治运动的批判会。而这一次不是批判，他们一个一个地站起来表扬我，多数人还朗诵了为我写的诗歌。

我坐在那里，既高兴，又尴尬。

过去的批判会，不仅不符合事实，还无限上纲上线，多数时候我这只耳朵进，那只耳朵出，脸上毫无表情。这一次是朋友们在说我的好话，如果我满面春风，让人以为我表示赞同，不好。当然，更不能像在批判会上那样无动于衷，辜负朋友们的一片心意。

合影，聚餐，大家都高兴。

陈之光（左）、文辛（右）贺李致八十寿诞

事后一想，过去往往是在开批判会的时候，采取这样围坐的方式；也只有在人逝世后发讣告，才全是颂扬，还说什么"这是我党我界的重大损失"。这几年时兴的"追思会"，也全是说好话。可惜，在天之人已无法听见。

其实，不妨在人们在世时，互相多鼓励。

我似乎得到一些安慰。这次的生日聚会，可以算是一次"追思会"，好在我都听见了。我自信不会头脑发热，以至像阿Q那样飘飘然；我会好好做人，不辜负朋友的期望。

以下，是在这次聚会上及没有参加聚会的朋友们送我的诗。还有前后几年我生日时，几位朋友为我写的诗或散文，一并收入。

2015年12月7日

致公八十寿志庆

"难得糊涂　吃亏是福",此乃板桥名句,读之悚然。板桥一生沉浮,终得此八字真言,字字含泪,句句茹辛。能彻悟者是不糊涂,是真福气;能大糊涂者是大聪明,会小聪明者终是大糊涂。大智若愚,大巧若拙,小聪明误大事,此之谓乎。吃亏本是祸,到头偏得福,古往今来,所见多矣。吃亏是造福之本,苟得乃蹈祸之源。祈福得祸,因祸得福,此中道理,惟板桥得之,惜世人多不悟耳。

1987年作于成都

2008年9月复书　九四叟　马识途

贺李致同志八旬华诞

天降圣贤双眼井　部长原本是书生
一篇慈母千人泪　十卷诗书赤子心

不恋高官爱黎民　文心如许记真情
赢得文坛皆知己　千杯起舞祝寿星

拔剑高歌出蓉城　帅领千万红领巾
笑看祖国花开遍　应领军衔上将军

陈之光[①]　拜

[①] 陈之光:作家,曾任四川省作协党组副书记。

贺致公八十华诞

岁月之霜

抹亮你满头银发

发如秋苇

枝枝叶叶尽沾人生劳累

如秋苇就如秋苇吧

自自然然才是成熟之美

眼里还有火

掌心还有雷

刨开胸膛让人看

还有片片青翠

胡笳　金桂娟[①]　敬贺

2008年12月3日

恭祝致公八十华诞

华西坝上斗龙虎，锦南案头编图书。
牛棚压顶铸壮志，干校含辛练傲骨。
敢向强权掷匕首，愿为弱辈割肌肤。
峥嵘李公是斗士，和善致兄乃大儒。

---

① 胡笳，诗人；金桂娟，曾任四川省音协秘书长。

风雨八十堪回味,华彩百岁又招呼。

方赫[1]　敬贺
2008年12月3日

贺李致同志八十大寿

（一）

礼贤下士素谦逊,广交文友受推崇。
身虽离位心未退,孜孜不倦笔耕勤。

（二）

出书一本又一本,美轮美奂受欢迎。
小故事显大时代,娓娓道来最动人。

（三）

一向重视传帮带,常为他人作序文。
鼓励同辈奖后进,万紫千红才是春。

（四）

《素描》描述前半生,我学马老续后文。
致公欣逢八十寿,众友祝贺万年青！

戊子冬　仿马老《致公素描》
文辛[2]　敬贺　2008年11月

---

[1] 方赫：诗人。
[2] 文辛：戏剧家,曾任四川省戏剧家协会秘书长。

致公，永远不老的长寿翁——八十喜寿贺诗

致公，致公
您曾为新生的共和国
为建国初期的共青团
献出您青春的热血，年轻的梦
您是耀邦的好学生
继承了
爱国为民的好传统
朴实无华的好作风
容不得半点虚伪
容不得一丝一毫的假大空

致公，致公
文艺界的功臣
出版界的元戎
振兴川剧功不可没
盛世梨园春色浓
支持巴金文学院
殷殷关爱，谆谆教导
文苑新林硕果红

致公，致公
您的回忆录
记录了历史的脚踪
《回顾》《昔日》《往事》
一生反"左"，正直做人

字字铿锵，句句警钟
《终于盼到这一天》
大地春回擒"四凶"
"讲真话"的勇气
《随想录》的文风
篇篇真实
似金石铮铮
句句朴实
如清泉淙淙

致公，致公
继承了巴老的好家风
忠厚长者
仁爱而又宽容
豁达的智者
开阔的心胸
儒雅的学者
虚怀若谷君子风
您是老年人的朋友
青年人的良师
中年人的长兄
您又是
妻子的好丈夫
儿女们的好父亲
孙子们的好爷爷、好家公

致公，致公
乐呵呵的"不倒翁"

八十犹如十八

耄耋而不龙钟

"休将白发唱黄鸡"

桑榆未晚夕阳红

老骥伏枥志千里

满目青山绿葱葱

您仍是青年团员

团徽闪闪映笑容

您仍是少先队辅导员

岁月如歌领巾红

致公，致公

愿您神爽、体健

愿您目明、耳聪

家和日子旺

儿孙绕膝，笑语春风

愿您：

坐如钟

站如松

行如风

福如东海

寿比南山松

愿您做一个

永远不老的长寿翁！

徐康[1]　敬贺

2008年12月5日于省作协

---

[1] 徐康：作家，曾任四川省作协副主席。

李致与杜天文

贺诗

致公理文勤笔耕,卷卷书香照丹心。
文坛老将实可敬,寿比南山松柏青。

杜天文[1]
戊子年贺李致同志八十华诞

贺致公八十大寿

难得两头真,一生不整人。
敢于说真话,八旬仍年轻。

---

[1] 杜天文:音乐家,曾任四川省文化厅厅长、四川省文联副主席。

文章亮肺腑，晚霞照人品。
我师亦我友，诚期百寿星。

朱炳宣①
2008年12月26日于成都敬贺

贺李致大兄八秩

君是海儿否？书魂传子孙。
几分觉慧胆，十足明轩情。
菊圃灌园叟，花田写扇人。
八旬李老伯，一位德先生！②

魏明伦③
戊子冬按平仄写五律贺李致大兄八秩

为李致同志祝寿

巴金有胞侄，其名曰李致。品格效四爸，耳渲目染之。
蜚声出版界，总编创时势。立足驻四川，胸怀天下志。

---

① 朱炳宣：戏剧家，曾任四川省文联党组书记。
② 诗中的海儿、觉慧、明轩（即觉新）均系巴金小说《家》中的人物；花田写扇人，指李致曾因张爱萍将军来蓉，与陈书舫演过川剧《花田写扇》中的一小段。
③ 魏明伦：戏剧家，杂文家，辞赋家。

面向全中国，好书能济世。心中有太极，五内纳世事。
从官慎其行，立身仰青史。岂随流俗转，忧乐在民智。
川剧当振兴，尽瘁乐于斯。出国播文化，千红映万紫。
散文聚名篇，杂文亦多姿。一支生花笔，浮香荡文思。
谦谦主文联，礼遇精英士。交贤方汲汲，友情每偲偲。
同声自相应，知己贵相知。宅居芳草地，愿睹傲霜枝。
凌风翠萱花，浥露香灵芝。老骥壮千里，云鹤翔高姿。
白发虽苍苍，青春日迟迟。何以祝高寿，人生一首诗。

王火[1] 2004年冬大雪节气之前

2006年贺生诗

丙戌大雪即届凑句，格律不修谨表衷忱。

大雪时节倍思君　　同心同志同龄人
蜀山蜀水旧游处　　津沽津门故人心
心香一片祝君寿　　微露满天长精神
保得心头夕阳美　　桑榆岁岁清景新

弟　献廷[2]　谨拜

---

[1] 王火：作家，茅盾文学奖获得者。
[2] 献廷：马献廷（1929—2018），作家、评论家，笔名黑瑛、弋兵，曾任中共天津市委宣传部副部长，《文学自由谈》主编，天津市文联副主席、天津市作家协会副主席。

西江月·读李致《昔日》后

　　昔日风华正茂，征途历经沧桑，　真情走笔写文章，妙语连珠顺畅。　描绘身边故事，晶莹剔透周详，　风流格调志轩昂，荡气回肠遗响。

李培根①

致李致

文章叙事复抒情，岁暮才华更纵横。
犹忆沙坪驰骋日，口词能动少年魂。
暴风初起曾闻讯，再晤已消五十春。
文坛不负书香后，政坛能保藕香清。

张恒②

小诗赠李老

我不会把您说成卑微的小草
也不会把您看作参天的大树
因为，真诚的友谊圣洁高尚
虚假的言辞会将它玷污

---

① 李培根：曾任四川省政协副主席、共青团四川省委书记。
② 张恒：中国人民大学教授，20世纪50年代初，曾与李致一起在重庆沙坪坝做青年工作。

我觉得，您是一枚矿石
　　既有生活的内涵又有硬度
　　在生活的熔炉中锤炼、淬火
　　铸成你那质朴坚韧的风骨

　　噢，即使那些许的残渣
　　也可给人类铺路，造福
　　啊！美丽的灵魂无须任何修饰
　　您令人由衷赞叹、欣然佩服

2011年12月1日

杨泽明[①]　于清水河畔，幽草居

远山葱茏

　　我心中有一座山，它苍茫，翠微。我曾经喝过它涧中的水，吃过它林中的蜜。它宽宏、坦荡而又厚实。我曾经踏着它的石级跋涉过，攀登过，也曾经在它的山岩上摔过跤，但我又爬了起来，在它那崎岖的山路上继续前行——哪怕我淌着大汗，喘着粗气。它虽没给我鲜花和掌声，却给了我平实和丰沛……

　　我还是一个梳着两条小辫的黄毛丫头时，啊，远山，你派我单枪匹马去远地组稿。由于脸上没有皱纹，受人藐视，问我几岁了。有了你的信任，我战胜了腼腆和陌生。

　　有了第一次，就有了第二次和第三次……

　　我慢慢成熟和练达了起来。

[①] 杨泽明：军旅诗人，作家。

当"十年浩劫"结束,文学艺术的萧条风逝,我,一个年轻编辑提出编一套作家近作丛书以满足读者十年没书读的饥渴时,你拍案定板,并立即把我们派向了四方。随着作家近作丛书走向大江南北,千家万户,我们又提出编辑四川作家丛书,继而编辑"现代作家选集"丛书时,均获得了你的首肯、支持以及调动全部的力量以促其大成。彭德怀还没有平反,你支持编辑出版了《在彭总身边》;徐懋庸这三个字还遭人冷落的时候,你批准了《徐懋庸选集》的编辑出版;丁玲还没有平反,你叫我们这些小萝卜头儿去北京寻找她,为她出版了散文集《到前线去》。这是中国杰出的女作家被打入深渊,沉没十多年之后的第一本书啊!丁玲在书的前言中激动地写道:"天啊!编辑同志!我真感谢你让我回到我仅有的,为时不多的一段日子里。"并说她是"为一位热情而能干的编辑同志编辑这本小集"。她对编辑的称赞,毋宁说是对你的赞美。因为编辑只是你山中的一棵小草、一粒小石,没有你的胆识、卓见,哪能使小草常青、小石发光?

　　这些在全国叫得响、影响很大的书籍的出版,虽然凝聚着小草、小石的心血,但书上并没有他们的名字。因为你规定,凡有作者提到编辑名字的地方通通涂掉!哪里还允许像如今的个别人,不是自己编的书也通通冠上"××主编"的现象产生呢?你虚怀若谷,你淡泊名利,你兢兢业业,你以繁荣社会主义文学事业为己任!

　　呵,远山,你在我们心目中,虽远却近,永远葱茏!

曹礼尧[1]　贺

---

[1] 曹礼尧:四川文艺出版社副编审。

李老，您好！
——贺李致老八十二诞辰

李老，您好！
请允许我以一个文友的名义，
向您问好！
和我们在一起的时候，
您总是谦称是"文友"，
一个书生气十足的称呼，
把官员与平民的距离，
缩短为零。

李老，您好！
请允许我以一个读者的名义，
向您问好！
一本《铭记在心的人》，
让我走进你的内心。
鲜活的人物形象，
细微的身边小事，
让我一次次潸然动情。
真实地再现历史，
深刻地思考社会，
让我看到您的赤子之心

李老，您好！
请允许我以一个共青团员的名义，

向您问好!
十五岁的我加入共青团。
那火红的团旗下,
有您在奋勇前行。
我亦启航人生小舟,
跟随前进!

李老,您好!
请允许我以一个少先队员的名义,
向您问好!
九岁的我捧读的《红领巾》,
是您的辛勤耕耘。
《红领巾》啊,
描画着我梦想的乐园,
书写出我纯真的童年!

李老,您好!
请允许我以一个晚辈的名义,
向您问好!
您和我的父亲,
都是中共地下党员,
这让我感到格外的亲!
同样澎湃的热血,
同样崇高的理想,
使您和我的父亲,
成为一条战壕的战友。
死,为了真理!
活,为了正义!

李老，您好！
在您已经迈入耄耋之年的今天，
请允许我以一颗虔敬的心，
祝福您，
福寿康宁！

刘小苹[1]

心如雪花
——致李致

在大雪节令来临时，
成都平原依旧葱绿一片。
可我意念中的大雪纷纷扬扬，
蓉城在漫天飞雪中披上银装。

一朵雪花
那是你啊，
在"大雪"的日子里飞扬。
从此你的晶莹，
让心路变得坦坦荡荡。

雪花飞舞着，在天空飘洒，
找寻着自己的方向。
巴金老人一句"要讲真话"，
成为生命的原色，

---

[1] 刘小苹：四川散文学会会员，曾任核工业西南物理研究院党委宣传部部长。

演绎着悲凉与旷达。
雪花飞舞着，在天空飘洒，
你那灼热的心，
随着大地的脉动而跳荡。
你用真情书写人世间的真实与善良，
还有美丽与丑恶在笔下流淌。

读你的书，
犹如走入时光隧道，
那逝去的岁月，
绽放出迷人的光芒。
读你的经历，
犹如追赶一条小溪，
触摸过的风景，
让人心生景仰。

雪花飞舞着，飘飘洒洒，
融入高山阔水，
化为水滴在歌唱。

那字字句句饱蘸深情的文字，
是献给大地最美的诗行。

袁瑞珍[1]

2011年12月7日

---

[1] 袁瑞珍：四川散文学会会员，曾任中国核动院党委宣传部部长。

一生跟着旗帜走

旗帜就在你面前燃烧

你跟着旗帜

一起走向阳光

"讲真话"

是旗帜的尊严

你把尊严铭刻在心上

尊严化作火焰

燃烧着你的胸膛

你用火的炽热

锻炼文字 锻炼胸膛

高举着旗帜

一路走向阳光

走过了八十多个春秋

八十多个春秋啊

虽然走得坎坷

但是无比坚强

如今，岁月已凝成一头华发

一脸风霜

但，抖一抖衣袖

你

依然是旗帜下的一员战将

江铭记[1]

2011年12月5日

---

[1] 江铭记：散文学会文友。

附 记

  这是十年前的事了,今年我是"望九"翁。当年为我赠诗的杜天文、文辛、陈之光和沈重诸兄,先后仙逝。
  我在这里感谢和怀念他们。

2018年7月21日

新书柜引起的遐想

最近搬入新居。我女儿和女婿闹了一场"革命",废除了原有书柜和书架,为我做了十八个书柜。新书柜每个八层,充分利用了空间;柜门两边的副盖很紧,不易进灰。用时髦的语言说,看起来也是几条独有的"风景线"。

我从上中学起喜欢"五四"以来的新文学,开始藏书。当时主要是买旧书。我的一位表叔在一家进步的出版社工作,也送我一些书。其中有鲁迅的小说和杂文的单行本,巴金的小说,曹禺的话剧,艾青、田间和何其芳的诗,还有一些翻译小说,满满地装了一

李致老伴在最早的书架前留影

个竹箱。可惜新中国成立初期,我这一竹箱的书被一位朋友(我的书寄放在他那儿)捐给图书馆了。

20世纪50年代中期,生活稍微安定,从零开始,我重新藏书。巴金老人送了我不少好书,包括《巴金文集》。我不抽烟喝酒,零用钱大多用来买书。在我三十岁生日时,母亲送了我一套精装的《鲁迅全集》。我的确在藏书上"先富起来"。

"文化大革命"时我在共青团中央工作,被抄了家,书也有所损失。以后到了"五七"干校,先过劳动关,谈不上读书,且无书可读。要读只能读"毛选",而《毛泽东选集》我在"牛棚"时已通读了四遍,就活学活用"语录"算了。1969年秋,"副统帅"发布第一号紧急动员令,把老帅和许多干部赶出京城;连我正在读小学的儿子也被送到干校。随他而来的有三口简易木箱,全装的书。我不敢声张,只敢悄悄把《列宁选集》拿出来。心想许多人宣称自己是马列主义者,读点原著有利于辨别真假。我刚通读完第一卷,时逢年终鉴定,"革命群众"在提"希望"时,第一条就是希望我学习时要联系实际,多学毛主席著作。我不知为什么怕人学马列的原著。

五岁的外孙齐齐,爱坐在书架底下看《讽刺与幽默》

凡藏书的人都爱护书，我当然不例外。

在干校的时候，突然传来"最高指示"，提倡读《红楼梦》。执行"最高指示"是讲雷厉风行的。我立即把书找出来，津津有味地阅读，仿佛跳出了枯燥沉闷的世界。福兮祸所伏，由此不少人知道我有书，纷纷来借。当时我已被"解放"，恢复了党组织生活，他们不用怕划不清界限。凡被戴上"藏书家"这顶高帽子之时，按照"欲将取之必先予之"的原则，我知道借出去的书可能遭受磨难了。因为借出的书，或被弄脏，或被折皱，或背陷胸凸，惨不忍睹。不过"最高指示"只提到《红楼梦》这一部书，豁出去了；其他书均属"封资修"，一律保密。有一位我信得过的同志，向我借车尔尼雪夫斯基的小说《怎么办》，半年后归还时，不仅书的封底被扯掉，书内也加上了许多批注，真使得我不知"怎么办"，后悔也迟了。

偶然读到明朝著名文学家宋濂的《送东阳马生序》，其中有这样一段：

　　余幼时即嗜学，家贫无从致书以观，每假借于藏书之家，

一岁半的孙女姗姗也向齐哥学样

手自笔录，计日以还。天大寒，砚冰坚，手指不可屈伸，弗之怠。录毕，送走之，不敢稍逾约。以是人多以书假余，余因得遍观群书。

这段话对我颇有启发。它只不过强调了借书要按时还，即"不敢稍逾约"，很多人便愿意借书给他，因此他能"遍观群书"。凡事都有一个如何调动对方积极性的问题。要借书，怎样才能使对方愿意借给你呢？我的经验一是爱护书，发现坏的地方把它补好，折角或有皱折的地方尽可能把它理平；二是按时还，如需延期，要先征得同意；三是绝不转借。如此，"人多以书假余"矣。我经常宣传宋濂和我的经验，也取得一定效果。

尽管如此，我的书借出后仍常遭损坏。我有一位至亲好友，有学问、爱读书，常把我的书抓走一本，卷起来塞进裤袋，然后"出恭"去了。等他完成任务回来，书已面目全非。我向他"抗议"，他竟"照会"说我是书的"奴隶"。至于我尚未过门的儿媳，有一次借书去看，不久悄悄把书放回原处。如此小心引起我警惕，经我检查，原来书上多了一大块蓝墨水印。按照区别对待的政策，吊销了她的"借书证"三个月，以观后效。

"书荒"时期，借书的人更多。鲁迅一般不借书给别人，不然宁肯买一本送人，但我的经济条件办不到。以后积累了一些办法：初次借书的人先借一般的书，看他对书的态度，再决定我的对策；少数既好又流行的书，买两本，一本收藏，一本借阅；凡借书要登记，以免大家忘记。1975年春我生眼病住院，巴老寄给我大字本的《镜花缘》。其中有一段多九公对黑齿国风俗的描述，十分有趣：

多九公举步道："老夫才去问问风俗，原来此地读书人虽多，书籍甚少。历年天朝虽有人贩卖，无如刚到君子、大人境内，就被二国买去。此地之书，大约都从彼二国以重价买的。至于古书，往往出了重价，亦不可得，惟访亲友家，如有此书，方能借来抄写。要求一书，真是种种费事。并且无论男妇，都是绝顶聪明，日读万言的不计其数，因此那书更不够他读了。本地向无盗贼，从不偷窃，就是遗金在地，也并无拾取之人。他们见了不义之财，叫作'临财毋苟得'。就只有个毛病：若见得书籍，登时就把'毋苟得'三字撇到九霄云外，不是借去不还，就是设法偷骗，那做贼的心肠也由不得自己了。所以此地把窃物之人叫作'偷儿'，把偷书之人却叫作'窃儿'，借物不还的叫作'拐儿'，借书不还的叫作'骗儿'。那藏书之家，见着这些窃儿、骗儿，莫不害怕，都将书籍深藏内室，非至亲好友，不能借观。家家如此。"

我这才明白，原来借书不还，古已有之，连文化很高、"日读万言"的黑齿国人也难免。我的思想似乎通顺一点。同时也从"将书籍深藏内室，非至亲好友，不能借观"中受到启发，我也可以采

李致的六个大书柜

用。何况"至亲好友"对书的态度，先还要经过我观察测试。

各种政治运动，对藏书者也是威胁。破"四旧"是大扫荡，这不用说了。一会儿评法批儒，一会儿批"水浒"，无论当代现代还是古代书籍，均难免灭顶之灾。为保存某些书籍，我刻了一个图章："内部资料，供大批判"。现在看见盖有这几个字的书，不免好笑。然而这反映了历史，使人千万不要忘记那史无前例的毁灭文化的"文化大革命"。

我的工作经常变动，从重庆到成都，从成都到北京，再从北京回成都。日积月累，书逐渐多起来。装书的用具，也相应从竹箱到木箱，从书架到书柜。记得20世纪60年代初，我的姨妹帮我买了一个书柜，我感到十分神气。

以后我和老伴再加朋友帮助，在北京抢购八个书架，也十分有趣。当时已是林彪事件后，过去他讲话最爱说突出一个什么字，引人反感。我们开玩笑地用他的语言来总结买书架的经验：等的时候要突出一个"忍"字，来货的时候要突出一个"抢"字，拉走的时候要突出一个"快"字。调回成都工作后，藏书大大增加。我老伴和我一样，喜欢读书。我为书包好封皮后，她就在背脊处写作者姓名和书名。有一次她出差北京，发现一种漂亮的有五格（一格可放两层书）的书柜，立即买了六个，并押运到火车站托运。这六个书柜真使我的屋子"蓬荜生辉"。可是尽管书柜书架并举，仍装不完书和期刊。只好让没住处的书随遇而安，或阳台，或窗边，或地上。几处工作过的地方（出版总社、省政协、省委宣传部）都有不少书。大书柜一格放两层书，找起来很不方便。这便是这次搬家爆发"革命"的原因。

当十八个书柜搬来的时候，工厂老板惊奇地说："我还以为是哪一个机关做的，原来是你们家。"搬了新居，各家都在装饰，既是读书人，家有藏书不算穷，就突出书吧。经过整理，初步分了类。在文学类，许多作家签名赠书给我，有茅盾、叶圣陶、夏衍、

与表弟濮存昕在新书柜前

阳翰笙、冯至、艾青、沙汀、艾芜、曹禺、陈白尘、邹狄帆、刘绍棠等等，可惜他们已经仙逝。其中曹禺的十几本剧本，是他1985年春在金牛宾馆跪在地毯上签的名。五本《沈从文选集》是沈先生半瘫痪后，他夫人张兆和把他扶起来签的字。他们的友情，令我刻骨铭心。看见《巴金全集》，想起巴老在1988年3月2日给我的信上说："'全集'你将来会有的，不用急。即使我突然去世，也会睁开眼喘着气吩咐送你一部'全集'。"我的眼睛一下就润湿了。望着新书柜，我既高兴，又惆怅。现在书房的条件改善了，但我年近古稀，左眼几乎无视力，右眼又开始有白内障。不过沮丧也没有用，在保护眼睛的前提下，抓紧时间，本着巴老在六十年前的教导——"读书的时候用功读书"，多读几本书吧。

1998年11月15日

电脑开阔了我的眼界

我在1998年秋开始学电脑，至今有六年"脑"龄。

我学电脑的初衷是为了打字。我每天写日记，偶尔写散文和随笔，加上通信，都要写字。由于长期当编辑，我喜欢书面整齐干净，一个字一个标点都不能错，可惜我的字写得不好，难以做到。我老伴的字写得好，过去我的文章或信件，总请她帮我抄写；后来老伴生病，只得请人打字。在纸上写字或打字，修改后得重抄或重打。用电脑写文章，无论是增减字、调动段落，还是变字体，改动起来十分方便。1985年我在日本参观电脑排版，就留下了深刻印象。老作家马识途率先用电脑写文章，更使我羡慕不已。靠人帮助也不是个办法，还得自力更生，因此我渴望自己能用电脑写文章。

用电脑写文章，首先就要学会用键盘输入文字。输入中文，一般用拼音或五笔字型；我们这一代人没学过拼音，五笔字型得靠记忆。当时我已年近古稀，重新学习拼音或五笔字型，显然不现实。不解决汉字输入的问题，即使有电脑也只是一件摆设。1998年秋，友人刘多成向我介绍使用光笔（即汉王笔）书写中文输入电脑。我女儿陪我去多成家观看，认为这个办法对我很实用，并立即为我买来光笔。外孙也及时为我配置电脑的硬件和软件。在他们的现场指导下，短短几天，我就"长足"进步：能用电脑写文章了。1998年9月2日，我用光笔写成第一篇文章《再说几句心里话·忆竞华》，还

李致在女儿指导下学习电脑操作

开始用光笔写日记。好景不长,女儿和外孙刚离开成都,我就首次遇难:刚写完的一篇两千多字的文章,突然蒸发,再也找不到了。打长途电话问女儿,她开玩笑说:"不吃一点苦头,是学不会电脑的。"懊恼之余,只得重写。以后这类错误逐渐减少,用电脑写日记或写文章,成了我每天的必修课。目前,我的电脑里存有我六年的日记、几十篇我的散文和随笔。

　　学习上网发电子邮件颇有戏剧性。我原本耐心等着女儿1999年暑假回来教我,一场"战争"提前了这个进程。那年寒假,我外孙从北京回来过春节。在我们热情拥抱后的第二天,却因一件小事发生了冲突。我想和外孙谈心解决问题,他却说:"我已经给妈妈发了电子邮件,等她回了邮件再说。"我想给女儿去信,但信件单程得七天,来回近半月。这是一场信息之战!我不禁想起一百年前的中法战争:清王朝本已取得胜利,只因信息不灵(法国有电报,中国靠驿站送信),反而割地赔款。可见信息是何等重要!我不能忘记这个教训，立刻请外甥媳妇教我发电子邮件，将"冲突"事情经过，用电脑高速传递给女儿。女儿收到我和外孙的两封邮件，兼听则明，很快调解了这次"冲突"。电子邮件使我突然进入信息时代，我的儿女、孙女在国外，我与他们亲密无间，经常交流思想和谈笑聊天。过去写封信往返约半月，国际长途电话只能挑重要的事情说，远不能满足我们的需要。现在用电子邮件，几秒钟即可把信发到西半球，并收到回信。几年来，我每天都和儿子女儿孙女通邮件。由于东西两半球时差的关系，接收邮件成为我早起的第一件事。高潮时一天收到几十封（一般几句话即一封），他们说是陪我"聊天"玩。遇上他们外出旅游或开会，我得寂寞好几天。有时有很多邮件，打开后发现不少是垃圾广告，让我空欢喜一场。去年，外孙帮我申请了ADSL提高上网速度，教会我对着话筒用MSN和他们音频通话，声音像打电话一样清楚，完全免费。我的电脑上还装有摄像头，聊天时能看见对方。相距千里，近在咫尺，大快我心。我家的小狗"多多"的形象，就是通过摄像头向全家人发布的，引起全家特别是小孙女的兴趣。除了写邮件通话，他们还经常发来一些图片和资料。有价值的我便储存下来，方便以后随意调看。

学会在网上看新闻，早上花几分钟，可从海内外中文网站得知最新消息。最近，儿子又教会我在网上搜索资料。许多资料能从网上查出。有一次，我用自己的名字检索，查出几十条有关消息和报道。电脑有这样多的功能，极大地扩张了我的视野。电脑还装有游戏之类设置，我用得不多，偶尔翻翻扑克牌，听听相声，权作休息。

有朋友担心用电脑会影响眼睛。我的视力不好，又有老年性的白内障和玻璃体混浊，自然得十分小心。在电脑上，我一般用三号字阅读。用光笔书写的汉字，一般有拳头大小，不会使眼睛太累。当然，每次使用电脑的时间也不能过长。

老年人学电脑，一般不是智商问题，而是记忆力的问题。一动电脑，会碰上这样和那样的操作程序。操作不当，或死机，或把刚写好的文字丢失。初期缺少知识，遇到问题，我绝不"乱说乱动"，总是请人救急。朋友刘多成，三个外甥，一个外甥媳妇，一个外侄孙，两位同事，常伸出援助之手：或现场教授，或电话指导，诲我不倦。他们是我电脑医院的"120"。我女儿和外孙，从零开始为我扫盲，指导得最多最具体。女儿是学电脑的，外孙是电子游戏高手，而我一无所知，连鼠标都不会用，他们教学时难免着急。我的近期记性差，自己刚用笔写下的操作程序，转眼就完全忘了，女儿觉得"简直不可思议"。外孙说话特别快，像机关枪似的速度，加上我不懂的电脑术语，往往讲完一大段话，我连他的第一句话都没听清楚，以致他"怒不可遏"。我常开玩笑，说自己学电脑是在关怀与"训斥"声中成长的。直到前两年，我稍有些底子了，外孙才认为我是"可以教育好"的外公：外公"可教也"。呜呼！老人学电脑，如行古之蜀道，难矣！

好在我毕竟学会了用电脑，它丰富了我的老年生活。

所有帮助过我的亲友，谢谢你们！

2005年1月16日

大放光明

我一生受眼病的折磨。

记得在抗日战争时期，我上小学的时候，就爱生眼病。两眼（主要是左眼）红肿、流泪、怕光，病程长，很难受。服中药，点西药，用偏方，母亲为我尽了她的全力。

当时叫生"火眼"，以后才知道是角膜炎。

角膜炎严重的时候，会出现溃疡。炎症消失后，有或轻或重的白斑。西医当时没办法，尚不知角膜可以移植。服中药，得几十服，其苦不堪。外婆按照古医书《验方新编》，用象牙混水磨成粉剂为我滴眼，但未见效。母亲听说有个道士可以化"瘪子"（即白斑），每天早晨带我乘人力车去一家草药铺。道士口中念念有词，用手不断在我眼前比画，持续了很多天，白白浪费时间和钱财。我唯一有兴趣的治疗方法，是用鸡肝蒸金银花（或杭菊），先用来"熏"眼睛，然后吃鸡肝喝汤。疗效如何，我不知道，但嫩嫩的鸡肝很好吃。

1947年，报考大学前夕，我突发眼病，无法应试。陕西街的存仁医院没为我治好。一位友人给我介绍了一位留学日本归来（现在称为"海归"）的医生。这位"海归"姓郝，口气很大，宣称包给我医好，一周去一次，一次一块大洋。当时家庭经济情况不好，靠亲友资助才能去治病。"海归"医生除了滴药水，还得打针，却无疗效。他打针前，不用水煮针头消毒，只用棉花酒精擦针头。我母亲有点卫生知识，对此颇为不满。果然，由于不认真消毒，我的右臂红肿化脓，只得在平安桥教堂一个法国医院动手术，挖掉不少腐肉。这位法国医生人叫他为班医生，对病人很慈祥，虽不通语言，但感到亲切。他看见我老戴一副墨镜，也可能看见我的眼睛充血，主动摘下我的墨镜，要我查血，后又在眼结膜（白眼球）上打针。我害怕在眼结膜上打针，他要我不怕，说打针前要滴麻药。我当时已参加学生运动，心想如果被特务抓住施刑，也得挺住，便坦然接受。打完针，班医生很高兴，向我竖起大指头，说了一句法语。修女翻译说："班医生称赞你勇敢。"班医生给我留下很深的印象，似乎不像后来所说，这种医院统统是帝国主义"文化侵略"的工具，他并没要我加入天主教，更没有谈西方的政治。不久，我眼睛的炎症消失，再没去找"海归"医生。听说"海归"医生很失望，因为他早把一周收一元的大洋，列入他的"固定"收入。我怀疑他是否认真在日本学过医眼病。

我的眼病有点像"牛鬼蛇神"，过几年就"跳"出来。幸好从1960年起到20世纪80年代初，我与四川省人民医院眼科的医护人员的关系很好，从罗文彬主任到闵鹄秋和诸多的医生、护士长廖茂芳和所有护士，对我都很关心。他们医术好，医德高，成了我眼睛的"保护神"。

"文化大革命"期间，我在共青团中央，从"牛棚"被释放出来，到了"五七"干校。在干校劳动强度很大，特别是收麦子的时候，白天劳动已使人精疲力竭，晚上学了"发扬不怕疲劳连续作战的精神"的语录以后，再挑灯夜战，在晒场上用脱粒机脱粒。"革命群众"主要是运送割下来的麦子和把麦秆送进脱粒机口。我是"当权派"，负责清除从脱粒机口吐出的碾碎了的麦秆。我头顶草帽，眼戴防风镜，也难敌碎麦秆的侵袭。我的眼病牛鬼蛇神又"跳"出来了，我先后到信阳、武汉治疗，为时半年以上。最后回到成都，在省医院治愈。所谓治愈，只是消除炎症，左眼只剩光感，失去视力。

三十多年来，我实际是"孤眼"作战，凭右眼生活和工作。

近几年，出现一些"怪"现象。看书，觉得字的油墨淡了；看照片，发现彩照褪色；看电视，认为背投电视机的质量没过关；外出，老感到雾太大；等等，不一而足。以致戴五百度花镜，再加外孙从美国带给我的放大镜，也看不清报刊上的字。二十几个书柜的藏书，原准备离休后阅读的，只能望之兴叹。找到看专家门诊的医生，说是白内障，但因为我左眼无视力，动手术得十分慎重。

很快，右眼的视力降到零点二。经过再三的考虑，趁女儿秋天从国外回家，我决定动白内障手术。我的亲友有不少人动过这种手术，效果均好。我考虑了三个医院：一是成都市的某医院，过去它请上海、北京、广州的医生来主刀，现在不能请外地医生了；二是省某大医院，医生不错，但医院人太多，门诊部如集镇赶场，十分麻烦；三是省五医院，眼科罗俊主任，专攻白内障手术，有很多实践经验。我最后选定在五医院做白内障手术。

今年9月7日，我在省五医院做白内障手术。时值热天刚过，动手术的人不多，上午只有我一人。手术顺利，时间约二十分钟，毫无痛苦。罗俊主任开玩笑说："今上午是你的'专场'，做手术像完成一个艺术品。"做完手术，右眼盖上纱布，因左眼早无视力，我暂成"瞎子"。

女儿女婿把我护送回家，下午在闲聊中度过。晚上睡得踏实，没有胡思乱想。女儿怕意外，守我一夜。次晨，我醒得很早，扯下纱布，大放光明：墙上挂的彩色照片，并没褪色；电视播的节目，色彩分明，不用再另买电视机；桌上的报纸，没戴老花镜就看清大标题，油墨不浅；打开窗帘，我家住高楼十四层，能见楼底花园美景：各种树木和花草，老人在打太极拳，小孩在玩滑板，彩色的坐凳红绿蓝黄四色分明，磨石地上刻有小方格，水池里的红色、黑色的鱼儿游来游去。我忙把这好消息告诉家人,皆大欢喜。九时半去医院,我在车上沿途念两旁房屋上所能见的文字,女婿笑我像刚识字的小学生一样。我最高兴的是,以后可以有节制地读书看报和写点短文了。

在医院先查视力,升到零点八。罗俊主任说,一切情况正常,无充血、肿胀、怕光、流泪任何症状。近三个月来,我很兴奋,逢人便讲。若干朋友听了我的经历,去省五医院检查和做白内障手术。为怕人误会,只得一再申明:是衷心感谢医院和医生,让更多人分享"大放光明"的幸福,绝非"医托",更没有拿一文"回扣"。

2006年12月1日

在搏斗中奉献
——读张珍健同志的《砚边随笔》

读完张珍健同志的《砚边随笔》，心潮难平。

我在1991年认识珍健同志。一天下午，珍健同志第一次到我家里来。当时"巴金国际学术讨论会"刚在成都举行。为迎接这次盛会，珍健同志为巴老作品的书名刻了五十六方印章，并由艾芜老人题签。珍健同志说他年轻时就喜读巴老的著作，所以花了半年时间刻成这些印章。我看见印谱上精美的印章，立即产生了共鸣。

珍健同志的个子不高，但很结实。看见他挂着双拐，我抱歉地说："对不起，我不知道你走路不便，不然我会去看你。"珍健同志却若无其事。后来我送他下楼，他坐上机动车，打开油门，精神抖擞地挥手而去。这时，一种钦佩之情在我心中油然而生。

1993年访美回国后，我在《读书人》杂志上看见珍健同志的文章《巴金访问记》。原来珍健同志已在1992年秋到上海看望巴老。他亲手把《巴金书名印谱》送给巴老，表示对巴老的崇敬。巴老既高兴，又谦虚地说："你不值得花这么多时间和功夫，我过去那些书都是乱写的，没有多大意思。"为了表示感谢，巴老送珍健同志一部《激流三部曲》并题词签名，最后还把珍健同志送到大门口。珍健同志为这次会见十分激动，我也为珍健同志能见到巴老感到高兴。

后来，珍健同志送了一本《珍健书画》给我。我这才知道珍健同志不仅是篆刻家，同时还是画家和书法家，正如此书"作者介绍"中所说："张先生擅长写意花鸟和山水画，亦精于书法和金石。他在继承和发扬中国传统绘画和民间艺术的基础上，经过不断的努力，取得了非凡的成就，形成了自己独特的风格。他的作品布局开朗，笔墨洗练，形象生动，意境高雅。特别是他画的鱼、虾、鸭、鹰、梅、竹和其他花鸟，既忠实于形象，又富有笔墨情趣，实现了形式与内容的高度统一。"这个评价十分中肯。我对这本书画爱不释手，凡遇到喜欢书画的朋友，总是主动介绍和推荐。

我不断从报纸和期刊上读到珍健同志的文章，既有他对往事的回忆，也有围绕他广泛的兴趣爱好和自己特长的感受或独特见解。他擅长金石、书画，当然有这方面的内容。他喜欢音乐，弹一手好钢琴。贝多芬的交响乐《命运》无数次震撼他的心灵。他不但喜欢集邮，还对这"方寸天地"有不少研究成果。文如其人，集近百篇短文而成的《砚边随笔》，短小精练，情真意切，朴实无华；不玩弄辞藻，不尚空谈，更不装腔作势，读起来亲切感人。

珍健同志和我年龄接近，同时经历了新旧社会的变迁，又在"十年浩劫"中遭受冲击。我们有相同的兴趣爱好，如20世纪40年代都曾在暑袜街教堂听过蔡绍序的独唱会。我们爱好集邮，可惜都遭不幸：大量好邮票被盗窃。甚至还有一些共同的朋友，只是以前不知道。不用说，我读珍健同志的随笔倍感亲切。

当然，我最尊重的是珍健同志敢于和命运搏斗的毅力和赤诚奉献的精神。人们常互相祝愿"一帆风顺"或"万事如意"。这是良好的愿望。但世上很少有"一帆风顺"，更不会有"万事如意"。在人生的旅途上，困难多得很！不如意的事情多得很！问题是怎样对待这些风浪和困难。珍健同志遇到的最大困难是他幼时患骨结核双腿致残，一生拄着双拐。如果稍有退缩，说不定一事无成。但他以顽强的意志"扼住命运的咽喉"。在学校他是优秀的学生，走上教育战线又成为优秀的教师和中学校长，退休后又很快成为卓有成就的艺术家。尽管在"十年浩劫"中受到猛烈的冲击，但无论在教育战线还是艺术战线，珍健同志总是赤诚地向青少年、向人民奉献出自己的一切。

对珍健同志有进一步认识以后，不难理解他为什么那样崇敬巴老。巴老热爱祖国和人民，一生在"激流"中搏斗，重奉献轻索取。珍健同志具有这种品质，当然能接受巴老的作品和人品；反过来也可以看出巴老的作品和人品对他的影响。难怪五年前珍健同志去上海看望巴老时，八十岁高龄且举步维艰的巴老坚持把珍健同志送到大门外，对他说："你不远千里专程来访，我送送你是应该的。"

1996年3月30日

割不断的文化情结
——迎香港回归

我上小学的时候，正遇抗日战争时期。学校的教师对我们进行了很多爱国主义教育，从鸦片战争英帝国主义强占香港讲起，因而我痛恨帝国主义对中国的侵略，崇拜林则徐和关天培等民族英雄。

1964年我在共青团中央工作，作为领队陪同日本民主青年代表团，参观了我国的一些主要城市。10月下旬，我把他们送到了深圳罗湖桥。当时，深圳既小而又破旧。我们站在罗湖桥这边，通过工作人员把十几个日本朋友的护照送给香港海关。当年去香港的人很少，办十几个过境签证极为简单。但不知是什么原因，半小时以后才送过来两三个护照，如此类推，让我们等了很久。直到离日本朋友该在香港上飞机前半小时，还有四五个护照没有拿过来。日本朋友着急了，我们接待人员也着急了，多次走到桥中间去催促。而那个身着制服的英国官员趾高气扬，不屑一顾，硬是刁难够了，才把最后几个护照拿过来。这几位日本朋友拿着护照就跑，连惜别的话都顾不上说。这件事给我留下极为深刻的印象，恨不得我国政府立即把香港收回来！

若干年后，我到广东虎门炮台参观。对所有为反抗英军而牺牲的先烈，我肃然起敬。如果不是清王朝的腐败，几炮打沉英帝国的军舰，何至香港被占领？

随着历史车轮的前进，小平同志创造性地提出"一国两制"的设想，中英双方达成协议，决定香港在1997年7月1日回归祖国。我由衷地感到高兴，并在此前后开始与香港同胞有了接触。

20世纪80年代初期，四川人民出版社接待了一个大型的香港出版代表团。作为总编辑，我陪同香港同胞参观了所陈列的川版书，并给他们作了详细的介绍。香港同胞看见郭沫若、茅盾、巴金、老舍、曹禺、何其芳等许多著名作家在四川出的书，赞不绝口。说实在话，除了纸张和印刷条件比香港差以外，书的质量和装帧设计毫不逊色，而且售价很低。许多香港朋友当时就挑选了不少的书，把川版书带回香港。

我单独会见过香港《广角镜》杂志社总编辑李国强先生，给他介绍四川人民出版社的情况。他后来在一篇文章中谈道：

李致与香港《广角镜》总编辑李国强

李致是有名的出版家。他的出名，并不是因为他是巴金的侄儿，而是在于他切切实实地干出了不凡的成就。他们有眼光、有魄力、有经营头脑，也讲究质量，因此全国最好的作者，都愿意把他们的著作交给四川出版。四川确实出版了很多有价值的作品，从而在中国大陆，以至香港和海外都享有盛誉。

20世纪80年代，由于我调到省委宣传部，又曾兼任省政协秘书长和四川省对外文化交流协会副会长，和香港同胞有了更多的接触机会。但最令人难忘的是我两次率团去香港演出。一次是1990年率四川省杂技艺术团参加新界区"区局节"活动，另一次是1991年作为四川省歌舞艺术团的顾问参加新界区庆祝中华人民共和国成立四十二周年活动。

当时大陆的一些青年观众沉醉于某些并不高明的港台歌星的演出，对优秀的民族传统文化艺术缺乏兴趣。没有想到新界的同胞对巴蜀歌舞和杂技的反应极为热烈。两次共演出9场，场场客满。演出前，观众自动排队入场，显示了他们的文化教养。演出过程中，巴蜀歌舞和杂技艺术吸引了广大观众。优美的歌舞使他们如痴如醉，惊险的杂技使他们不断发出"哇"的叫声。鉴于新界同胞对祖国文化的热情，我还和区政局议会主席张枝繁先生商定，川剧《九美狐仙》第二年到新界演出。

香港的新闻媒介对四川的歌舞杂技艺术作了大量介绍。《文汇报》作了全面报道，《香港电视》杂志发表了余琦琦的文章《神乎其技》，《电视日报》发表了黄晓穗的文章《四川杂耍要得》。最有趣的是电视《香港早晨》节目的主持人对我们进行现场采访和直播。主持人很年轻，机灵多变，喜欢临时提问。

"四川杂技有多少年历史？"他问。

我答："从出土文物来看，西汉时候就有杂技表演。"

"四川的杂技有什么特点？"

"它表现了四川人的勤劳、勇敢、聪明和风趣（或者说是幽默）。"

主持人结束提问，接着转播了两个节目的片断：重庆的杂技《平衡造型》和宜宾的滑稽小品《镜中人》。《香港早晨》在电视的黄金时间播出，收视率很高。当天就有几个多年不见的朋友，因为看见电视，打电话来找我。

这些年，我还结识了一些香港文学界的朋友。

儿童文学作家何紫先生，不仅创作了许多少年儿童喜爱的作品，还创办了儿童刊物《阳光之家》。我们在成都愉快地会面，十分亲切。他在《阳光之家》上发表了我的散文《永远不能忘记的四句话》，把巴金1942年给我的题词"读书的时候用功读书，玩耍的时候放心玩耍，说话要说真话，做人得做好人"介绍给香港的小朋友，还为此写了《说真话与做好人》刊在同一版面上。我原期待与何紫先生再次会面，但不幸他患重病与世长辞。

文学界的前辈曾敏之先生到成都访问，他与巴金是朋友。我陪同他参观了根据巴金小说《家》修建的"慧园"。在参观图片时，他十分高兴地在一张刊有抗日战争宣言的照片上找到他和巴金的名字。可惜我忘了当场为他拍一张照片。以后他在香港接待了四川作家代表团。

余思牧先生，既是企业家又是文学家。他长期从事巴金研究，20世纪60年代即出版《作家巴金》。他托人把这本书送我，我从中得到不少启迪。我们在深圳或香港见面，谈话的主题总是巴老的创作和为人。他热爱和尊重巴老，与我同为福建泉州黎明大学巴金研究所的顾问。我们除了写信，还通过读彼此的文章加深理解。

去年我又结识了香港诗人王一桃先生，他热情奔放，充满活力，使我感到一见如故。他连续送给我六七本他的诗集和散文集。他的书充满对祖国的热爱，让人听到一颗赤诚的心在跳动。前不久接到他一封信，他正在为庆祝香港回归出版诗集《香港火凤凰》。

香港被英帝国侵占一百多年，但英帝国割不断香港同胞与祖国的联系。在各种联系的纽带中，中华民族的文化是重要的情结。我记述的这些事实，仅仅是我所接触到的，而且还没有写完。写它，是为了迎接香港回归这个伟大节日，为了与我的香港朋友共享这期待已久的欢乐。

1997年5月4日，香港回归倒计时五十八天

一生追寻鲁迅

杨邦杰先生把鲁迅作品介绍给我

大概是1943年,我在成都市私立高琦初中读书。杨邦杰先生是我们的国文教员。他不善言辞,但喜爱学生,曾和我们一起短足旅行。有一天,我和一位同学到他的寝室玩儿,他很高兴,顺手从书架上取出一本叫《新青年》的杂志,同时说:"我读一篇文章给你们听。"

他读的是鲁迅的《狂人日记》。从头读到尾,充满了感情。我恍然大悟,原来几千年的历史,都歪歪斜斜地写着"吃人"二字。结尾的"救救孩子!"的呼声,使我热血沸腾,知道了自己的"历史"责任。

以前,我并非不知道鲁迅的名字。前任国文教员曾在课堂上讲过阿Q。阿Q挨了打,说是"儿子打老子"。阿Q摸了小尼姑的头,说"和尚动得,我动不得?"我和同学们一样,听得哈哈大笑。

两种不同的介绍有天壤之别。

巴金在鲁迅像前

逐渐加深对鲁迅的理解

我从此收集鲁迅的著作。没有钱买新书，就在旧书摊上找。鲁迅的著作不厚不贵，经历两三年时间，终于把鲁迅著作的单行本收齐。

当时，我年仅十五六岁，不能完全读懂鲁迅著作。我的办法是经常翻阅，能读几篇算几篇，能理解多深算多深。随着年龄增长，阅历加深，对鲁迅的理解逐渐加深。

我上私立华西协合高中读书时，参加了一个社团，叫破晓社。多数成员喜欢读鲁迅的书。我们至少开过两次纪念鲁迅的晚会。一次是请语文教师陈翔鹤先生给我们讲鲁迅精神，陈翔鹤原为沉钟社社员，曾被鲁迅赞许；一次是演出鲁迅的《过客》，我扮演其中的老人。凡开这类会，还会在会场上挂一个破晓社自做的鲁迅头像。

鲁迅反对吃人的旧社会，揭露国民的劣根性，鼓励人们做反帝反封建的战士，用匕首、投枪对准敌人，韧性战斗，至死不妥协。这是我当时所能理解的鲁迅。

有一个刚从法国留学回来的教师，以唯美派的观点，在报上写了一篇叫《文艺家与萧伯纳》的文章，指责鲁迅"尖酸刻薄"。我大为不满，立即写了篇短文加以反驳。该文刊在成都的《华西日报》上，自认为理所应当捍卫鲁迅。

母亲送我《鲁迅全集》

我是受"五四"新文学的影响成长的。我最喜欢读鲁迅、巴金、曹禺、何其芳、艾青、田间等人的作品。为倾诉自己的感情，近百篇习作，在成都、重庆、自贡的报纸上发表。按现行标准，可以被批准加入省作家协会当个会员。

这些习作，并没有给我增添光彩，反而给我带来灾难。

1955年,全国开展肃清"胡风反革命集团"运动,我也被"网"进去了,隔离审查半年以上。我读过胡风的文章,但读不懂。新中国成立前与罗洛、方然有过接触。新中国成立后,经常在群众大会上朗诵一首歌颂战士在火线争取入党的诗《入党表》(这首诗鼓舞了很多青年人),其作者胡征正被审查。我陈述自己喜爱新文学的经历,被批为"搽脂抹粉"。这才是老人家说的"攻其一点不及其余"!最后,一位领导义正词严地宣布:经审查,李致虽在组织上与"胡风反革命集团"没有关系,但政治上、思想上与"胡风反革命集团"差不多了。冤哉枉矣!

从此,我的思想被搞乱。自认为小资产阶级思想严重,夹着那并不存在的"尾巴"做人,生怕"强烈表现自己",再不敢写作。幸好我仍常读鲁迅的著作。

知子莫如母。在我三十岁生日时,母亲送了我一套精装的《鲁迅全集》。我认真读了《全集》,把不认识的字查出来,一一写在书的天头上。这套《全集》,已保存了近半个世纪。

精神支柱

"文革"时,我又被"革命"群众冠以"胡风反革命集团"的"小爬虫"的"桂冠",在1968年被关进"牛棚",长达十一个月之久。

"牛棚"的生活很痛苦,我写有《寻找精神支柱》一文[1],此不再重述。

这里,仅摘一节:

> 为了多汲取一些精神力量,我以检查自己的文艺思想为理

---

[1] 详见本卷《"牛棚"散记》(七则)。

由，要求学习《鲁迅全集》。专政小组的人同意了。从此儿子给我送东西时，可以带一本鲁迅的著作来，看完再换。我"天天读"鲁迅的书，真是莫大的幸福。……

我早在十几岁时，就读过《知识即罪恶》这篇杂文，还写过一篇读后感。鲁迅先生写道："于是我跑到北京，拜老师，求知识，知道地球是圆的。元质有七十多种。$X+Y=Z$。"他曾梦见自己死去，被夜叉拱进"油豆滑跌小地狱"，接连摔了十二跤。其中一人对他说："这是罚知识的，因为知识是罪恶，赃物……我们这是轻的呢。你在阳间的时候，怎么不昏一点？""我"说："现在昏起来吧"。那人说："迟了。"半个世纪前鲁迅先生的噩梦，怎么会在"文革"中重演呢？ 我也后悔过去写那些劳什子文章，主编什么报刊，为什么不昏一点，然而已经"迟了"。

读《阿Q正传》时，差一点笑出声来。阿Q在被枪毙以前先游街，"他不知道这是在游街，在示众。但即使知道也一样，他不过以为人生天地间，大约本来有时也未免要游街要示众罢了。"这一点我实在不如阿Q，以致在进"牛棚"前，一看到老同志被游街示众，心里便愤愤不平。

鲁迅在一篇杂文里说："乡下人被捉进知县衙门去，打完屁股之后，磕一个头道：'谢大老爷！'这情形是特异的中国民族所特有的。"回想过去在一些批判或斗争会上，我明明不同意"革命"群众的观点，最后表态时还要"感谢'革命'群众的帮助"。我与鲁迅所批判的态度，不一样可笑么？

关于"忘却"，鲁迅有不少议论。在一篇杂文里，鲁迅说："记性不佳是有益于己而有害于子孙的。人们因为能忘却，所以自己能渐渐地脱离了受过的苦痛，也因为能忘却，所以往往照样地再犯前人的错误。"阿Q挨过假洋鬼子的打，这是他"生平第二件的屈辱"，鲁迅描写说："幸而啪啪的响了之后，于他倒似乎完结了一件事，反而觉得轻松些，而且'忘却'这一件祖传的宝贝也发生了效力，他慢慢的走，将到酒店门口，早已有些高兴了。"这些议论震撼了我的心。我不愿向阿Q学习，决心丢掉"忘却"这一"祖传的宝贝"。

我靠读鲁迅的书，度过一生中最困难的时期。

反思和学习

我一直注意有选择地念鲁迅著作给女儿听。1969年秋，年仅十四岁的女儿，被分配到黑龙江北大荒劳动。1971年，她来河南团中央干校探亲，我答应送她一套精装的《鲁迅全集》，由她自己在北京旧书店购买到。

"文革"开始不久，巴金即被打倒。我们有六年不通音信。我常想起鲁迅说"巴金是一个有热情有进步思想的作家，在屈指可数的好作家之列的作家"，坚信巴金是好人。1972年，我设法与巴老恢复通信，第二年趁探亲假的回程，悄悄绕道上海去看望巴老。当火车在轨道上驰骋时，我也在反思自己。在一篇随笔中有这样的记录：联想到自己，我过去自称是鲁迅的"信徒"，但我并没有学到鲁迅的"硬骨头"精神，明知有些事是错的，也不敢讲真话。从在"牛棚"里读《鲁迅全集》时起，我就决定不再称自己是鲁迅的"信徒"，因为我不够格。

"文革"后期，我调到四川人民出版社工作。鉴于鲁迅对自己的影响，我愿意把鲁迅的思想传播给下一代。我组织了破晓社成员的六七个孩子学习鲁迅著作，沿用杨邦杰先生的办法，我挑选鲁迅的作品，一篇篇地念给他们听，并回答他们的问题。每周一次，坚持了一年多。当时，他们听得用心，现在还曾提到这次学习。

我常向巴老要书，要了《鲁迅日记》。我知道巴老一贯敬重鲁迅，便从鲁迅的日记中寻找巴金与鲁迅的会面和接触：一、1934年10月6日，鲁迅给巴金饯行"于南京饭店，与保宗同在，全席八人"；二、1935年9月25日，"清河来，并交《狱中记》及《俄社会革命史话》（一）各一本"，记明为巴金所赠；三、1936年2月4日，记明得巴金的信"并《死魂灵百图》校稿"；四、同月8日，记有得巴金信"并校稿"；五、1934年4月26日，记有巴金"赠《短篇小说集》二本"。我在1967年写信给巴老，得到他的证实。

当我知道"四人帮"被粉碎的消息时，兴奋不已。因为不知上海的情况，我只好借谈鲁迅告诉巴老：这批人把党和国家弄得不成样子。鲁迅批判过的坏蛋变成所谓"左"派，鲁迅赞扬过的好人却受打击。但历史不容颠倒，他们逃不脱历史的审判。还说，我最恨这帮人歪曲鲁迅。我再一次集中读鲁迅的书，就是为了识破他们。

传递火种

粉碎"四人帮"不久，针对十年禁锢，四川出版了不少好书。

根据巴老的建议，出版了"现代作家选集"丛书。其中的《鲁迅选集》（上下册），请曾彦修（人民出版社前总编辑）和戴文葆（资深编审）选编和注释。两位大手笔的指导思想，是清除长期存在的"左"的思想影响，还鲁迅的本来面貌。《鲁迅选集》出版后受到出版界和读者的欢迎。后来又再版了鲁迅为瞿秋白编的《海上述林》（上下册）。

1981年，我因病疗养了几个月。我写了一篇随笔，叫《永远不能忘记的四句话》。这四句话，是指巴金在1942年回成都为我所写的"读书的时候用功读书，玩耍的时候放心玩耍，说话要说真话，做人得做好人"。把这四句中肯和普通的话介绍给小朋友，是有意义的事。但此一时非彼一时。如何解释"好人"，让我考虑很长时间。离开了"阶级分析"，能说得清楚吗？联系当年和以后的认识，我做了这样的解释："从我的思想发展来看，我上初中起喜欢读文艺书，鲁迅的作品中，有许多我喜欢的好人。读《狂人日记》，我认为狂人是好人，他第一个看出几千年来都歪歪斜斜地写着'吃人'两个字，呼吁'救救孩子'。读《过客》，我认为过客是好人，尽管他不知道前面是野百合花还是坟，但他勇往直前，绝不回头；因为'回到那里去'，'没有一处没有地主，没有一处没有驱逐和牢笼'。读《聪明人和傻子和奴才》，我认为傻子是好人，他不怕讽刺打击，敢讲真理……"这篇文章，转载的书刊很多，包括香港、台湾和海外华人报刊。

我一生爱孩子，直接间接地做过不少少年儿童工作。我常用鲁迅的论述，提醒人们重视少年儿童工作。1993年，在出席一次"海峡两岸儿童文学交流会"上，我讲了这样一段话："对下一代是否重视，往往是衡量一个国家、民族、地区和家庭兴旺或衰退的标志。早在'五四'运动前后，伟大的思想家鲁迅就对封建统治者毒害少年儿童进行了最猛烈的抨击，并发出了'救救孩子'的呼吁。鲁迅十分重视对少年儿童进行教育。他认为，'动物中除了生子太多——爱不周到的鱼类之外，总是挚爱他的幼子'。他又强调不能'只要生，不管他好不好，只要多，不管他才不才'。他对只生不教的父亲作过严厉的批评，指责他们是'制造孩子的家伙'，甚至还带点'嫖男的气息'。"鲁迅先生的这些话，对大家很有启迪。

1987年，四川省杂文学会成立。在成立大会上，我们强调了要"继承和发扬鲁迅精神"，批评、抨击一切有害于社会主义事业的腐朽东西。对杂文家的要求，我引用了鲁迅早年说过的："根本的问题是作者可是一个'革命人'。"二十年来，四川杂文家没有背离鲁迅精神，学会也多次被评为先进学会。

由《囊萤篇》引发的

20世纪80年代初，四川所出《龙门阵》期刊，在省内外受到欢迎。其中有个栏目叫《囊萤篇》，即用"囊萤映雪"之意来鼓励青年人学习。这使我想起鲁迅在《难行和不信》这篇杂文中说：

"这些故事，作为闲谈来听听是不算很坏的，但万一有谁相信了，照办了，那就会成为乳臭未干的吉珂德。你想，每天要捉一袋照得见四号铅字的萤火虫，那岂是一件容易事？但这还只是不容易罢了，倘去凿壁，事情就更糟，无论在那里，至少是挨一顿骂以后，立刻由爸爸妈妈赔礼，雇人去修好。"

为此，作为出版社的总编辑，我建议把这个栏目的名称改一下。我和这个栏目的负责人谈得心平气和，并无"分歧"。下一期，该栏目的名称改为《劝学篇》。

大约在十年以后，这位同事在一篇随笔中，就此事对我大加讥讽。大意是说，晚上乘凉，因见萤火虫，给孙子讲了囊萤照读的故事，孙子听了故事并没去捉萤火虫。由此，联系到当年我（他称为"顶头上司"）的建议的"无知"。我不知他看懂鲁迅这篇杂文没有？鲁迅不是说"作为闲谈来听听是不算很坏的"吗？问题是作为"栏目"的名称，的确值得考虑。这位同事在文章的结尾时说，至于那位"顶头上司"，现在已经是"更大更大的官了"。

事隔二十多年，这位同事早已作古，我无意与他争个输赢。我只想说明：我仍相信鲁迅主张的，不要用自己不信的、难行的（甚至根本做不到的）事去教育孩子。这使我联想起"文革"期间，一位造反派头头向我们宣传非洲人民如何热爱毛主席，说有的非洲青年把毛主席像章佩戴在胸前皮肤上。我听了感到很可怕，甚至怕这位头头当场身体力行。幸好他只是说说而已。

电影《鲁迅》

我一直期盼在银幕上看到鲁迅的形象。

赵丹早年想扮演鲁迅，几番努力未成，他为此终身遗憾。

中国话剧百年之际，开拍电影《鲁迅》。我表弟濮存昕扮演鲁迅、张瑜扮演许广平，我很高兴。特别是濮存昕寄来他的造型照，我认为像鲁迅，专为此给他打电话祝贺。

可惜电影《鲁迅》一直没放映。好在濮存昕寄了光盘给我。该片主要展现了晚年在上海的鲁迅。濮存昕用心下了功夫扮演，我被感动，也很喜欢。当问到为什么没上映，存昕答没有单位订货。我大为不解，满头雾水。难道观众只喜欢美国大片或展示女人丰乳肥臀的片子？

去年，电影评论家仲呈祥来成都，谈起此事。呈祥说，《鲁迅》在北京一所大学放映，卖了几千张票。我打电话给存昕，建议看准对象，先在大学校园和知识分子多的地方放映；还可制光

濮存昕扮演鲁迅的造型照

盘发行。最近，我收到正式制作的光盘《鲁迅》，饶有兴趣地又看了一次。

我奇怪为什么不大力宣传电影《鲁迅》？

郭巨埋儿

中央电视台（11月23日）《新闻联播》节目有一条新闻报道，建设南水北调工程时，在河南省安阳县发现一群古墓。其中刻有《郭巨埋儿》的故事，并显示了图案。因为播放很快，记不清对古墓的介绍，但女播音员对《郭巨埋儿》的一句评价却深深地印在我心里：

这是一个"很感人"的故事！

果真"很感人"么？《郭巨埋儿》是《二十四孝图》中的一个故事。年轻人可能不知道《二十四孝图》和《郭巨埋儿》这类故事了。

鲁迅的《朝花夕拾》书中有《二十四孝图》一文。

"《二十四孝》，元代郭居敬编，内容是辑录古代所传二十四个孝子的故事。后来的印本都配上图画，通称《二十四孝图》，是旧时宣传封建孝道的通俗读物。"这是该文中的注释。

郭巨埋儿，简单地说，就是晋代一个叫郭巨的人，家贫不能赡养母亲，准备挖地把自己的儿子埋掉。挖到二尺，得一釜黄金，上面写着："天赐郭巨，官不得取，民不得夺！"这个被播音员誉为"很感人"的故事，正是鲁迅认为使他产生"反感"的两个故事之一。

鲁迅说：

玩着"摇咕咚"的郭巨的儿子，却实在值得同情。他被抱在他母亲的臂膊上，高高兴兴地笑着；他父亲正在挖窟窿，要将他埋掉……

我最初实在替这孩子捏一把汗，待到掘出黄金一釜，这才觉得轻松。然而我已经不但自己不敢再想做孝子，并且怕我父亲去做孝子了。家景正在坏下去，常听见父母愁油盐柴米；祖母又老了，倘使我的父亲竟学了郭巨，那么，该埋的不正是我么？如果一丝不走样，也掘出一釜黄金来，那自然是如天之福，但是，那时我虽然年纪小，似乎也明白天下未必有这样的巧事。

现在想起来，实在很觉得傻气。这是因为现在已经知道了这些老玩意，本来谁也不实行。……不过彼一时，此一时，彼时我委实有点害怕：掘好深坑，不见黄金，连"摇咕咚"一同埋下去，盖上土，踏得实实的，又有什么法子可想呢。我想，事情虽然未必实现，但我从此总怕听见我的父母愁穷，怕看见我的白发的祖母，总觉得她是和我不两立，至少，也是一个和我生命有些妨碍的人。……这大概是送给《二十四孝图》的儒者所万料不到的罢。

鲁迅的批判很深刻，也很幽默。可惜，许多人没有读鲁迅的书，不知道鲁迅的论点。播音员不知道，审片人不知道，以至认为郭巨埋儿"很感人"。有一段时间，书店买不到鲁迅的书。最近，某市中学教科书上甚至删去鲁迅的名著《阿Q正传》。

我只想说一句话：应当读鲁迅的书！

一生追寻

鲁迅不是神，他是伟大的思想家，最坚强的战士。

这些年，尽管有人攻击或否定鲁迅，但我从不怀疑鲁迅。在受拜金主义冲击、不少人丧失崇高理想之际，我感到更需要鲁迅精神。

年届耄耋，拿精装本《鲁迅全集》，我感到吃力了。我又开始收集鲁迅著作的单行本。

2007年7月17日—8月31日写完

补于11月24日

我的文学创作经历[1]

问：你从小就喜欢作文吗？

答：我上小学的时候不喜欢作文，也不会作文。上初小时，我抄袭过大姐的一篇叫《夏夜》的作文，现在还记得头几句儿歌："夏天好，夏天好；纺织娘，把歌唱；金蛉子，把铃摇。"老师给了满分。下一次作文没有可抄的，写得乱七八糟。老师批文："学业如行舟，不进则退。"

问：你什么时候喜欢作文的？

答：上初中的时候开始喜欢作文，这要归功于国文老师杨邦杰。我当时在成都私立高琦中学读书。有一天，我和一位同学到杨老师的寝室玩，他取下一本《新青年》杂志，对我们讲了鲁迅的《狂人日记》，引起了我对新文学的兴趣。后来，另一位老师命题作文《一年容易又秋风》，因为从小就受到爱国抗日的教育，我设想了一位日本妇女，她的丈夫参加侵略中国的战争，一到秋天她特别期望丈夫回家，从她的视角作了反战的心理描写。老师批示："笔姿婉转，意思深刻，可造之才。"

---

[1] 常有文友问到我的文学创作，记者也有采访，我没有完全说清楚，现归纳有关问答。

问：这对你有很大的鼓舞吗？

答：当然受到鼓舞。我们家有不少新文学作品，我读了鲁迅的《呐喊》和巴金的《家》，特别喜欢《阿Q正传》。因为爱读书，作文有了进步。高琦初中每年逢校庆，总要出一本校刊。前面是省教育厅厅长的文章，接着是校长、主任和老师的文章，然后选登一篇学生的作文。1943年冬的校庆，校刊选登的学生作文是我的《偷营》。第一次看见自己的作文用铅字印出，十分兴奋，像阿Q一样，有一点飘飘然的感觉。

问：你什么时候开始文学创作？

答：只能说习作。在高琦初中，我与吴敬琏、张忠隶几个同学办的壁报，受到不少同学欢迎。上华西协合高级中学时，和陈先泽同学办壁报，名叫《破晓》。国文老师、巴金的朋友卢剑波（后为四川大学教授）发现了《破晓》，也注意到我。卢剑波老师是位无政府主义者，当时他在《自贡晨报》上办了一个周刊，名叫《今日青年》。在卢剑波老师的鼓励下，我写了几篇散文似的习作，发表在《今日青年》上。

问：这以后呢？

答：抗日战争时期，全国许多话剧名演员集中在重庆和成都两地，演出了许多好戏。我特别喜欢曹禺、夏衍和陈白尘等作家创作的戏。经常买最后一排的最便宜座位的票，然后站在剧场前边把戏看完。这些话剧对我的思想和创作都有影响。1945年"一二·一"反内战运动后，在中共地下党员贾唯英的影响下，我们一批志同道合的同学成立了破晓社。我们的武器是笔，写的文章包括反对内战。破晓社办的壁报被三青团的成员撕掉，我们干脆办了铅印的《破晓半月刊》，共出了六期。我们既是编辑，又是作者。六期刊物，每期都有我的作品，也就是现在称为的小小说。同时，我也在成都的报纸上发表文章。我们学校有一位留学法国归来的老师，她是唯美主义者，公开批评鲁迅。我在《华西日报》发表文章反驳她的观点，分上下两篇刊出。1947年，破晓社的部分成员为成都的《民风日报》协办了名叫《泥土》的副刊，每周一次。我也是作者之一。以后我到了重庆，在《大公报》和《新民报》发表过评论和散文。我高中的一位同学到《自贡晨报》工作，也约我写了一些杂感。1948年底，我写了《散文诗两首》发表在艾芜为《大公报》主编的《半月文艺》上。这是我新中国成立前写的最后一篇文章。这些习作，多是不满现实，揭露旧社会某些黑暗现象的。1949年初，我全力从事地下党工作，为避免暴露身份，停止写作和发表文章。

问： 新中国成立后你又开始写作？

答： 新中国成立初期，新鲜事物太多，又忙于工作，除了写过几篇通讯，没有文学创作。1954年，我在青年团重庆市委任少年儿童部部长，为儿童写了一篇小小说，刊在《新少年报》上。1955年，开展肃清"胡风反革命集团"运动后，我就再不敢写作了。

问： 这是怎么一回事？

答： 简单来说，我们破晓社的一位成员，1955年被定为"胡风分子"，其实我们和他早在1946年下半年就分手了；加上新中国成立前我认识所谓的"胡风分子"的方然和绿原，尽管接触很少，我却被隔离审查达半年之久。在审查过程中，要我交代过去所写的所有文章，包括题目和笔名，什么时候发表在什么报刊上。那时候年轻记性好，我大约回忆到近百篇文章。审查结论，我不是"胡风集团"成员，但认为我受胡风"反动"思想影响严重，上纲上线地把我批判一通。我多次声明，对我影响最大的作家是鲁迅和巴金，而不是胡风，但这被批判为美化自己，为自己"搽脂抹粉"，无济于事。从此，我再也不敢创作了。

问：为什么不敢创作了？

答：主要是自己的思想乱了。我认为自己长期在共青团从事学生工作，没有接触工农兵大众，不了解他们生活和斗争，写作难以与火热的时代同步。按所谓的阶级分析，我把自己定位为"小资产阶级"。既然小资产阶级一定要"用各种办法顽强地表现自己"，那么最安全的做法就是"夹起尾巴"做人，再也不动笔。

问：你不是与人合写过《毛主席的孩子刘文学》吗？

答：是的。那是1959年，我在《红领巾》杂志社任总编辑。合川县小学生刘文学为保护集体财产，被地主杀害。共青团四川省委主管《红领巾》杂志的副书记王毓培把我找去，布置我带人去采访并写出报道。我和蓝星、黄韶三人去了合川县刘文学所在的学校，采访了刘文学的老师和同学，访问了刘文学的母亲和邻居，还提审了杀害刘文学的地主，带回一大堆原始记录。我们三人各写一部分，由我最后统稿，所写情节完全真实；写到最后我也被感动，流下了眼泪。这期《红领巾》杂志发行了一百二十万份，《中国少年报》《中国青年报》和《中国青年》杂志全文转载，上海和四川两家出版社出书，曾改编为话剧、京剧、舞剧，影响很大。党的十一届三中全会以后，回头一看，这篇报道或称报告文学，显然受了"阶级斗争为纲"的思想影响，经受不起时间的考验。

问："文革"期间，你又受到冲击？

答：当然。我是所谓"当权派"，靠边站，被夺权。众多同事响应号召审查我，我并无怨言，以后还成为朋友。只有一两人出于个人目的，竭力置我于死地。抓不到我的问题，居然用"胡风反革命集团"的"小爬虫"的罪名，把我关进"牛棚"，长达十一个月。在那黑暗的日子里，我发誓再也不写任何文字了。在"牛棚"中，我重读了《鲁迅全集》，它成了我的精神支柱，使我度过了一生最困难的时期。

问：为什么以后你又重新提笔？

答：粉碎了"四人帮"，特别是党的十一届三中全会前后，我的思想得到解放。回想自己几十年人生，时代几度变迁。许多难以忘怀的人和事，我曾为之喜悦或痛苦。这些人和事，也可以说是时代的某些缩影或折射，也许有一些"史料"价值；我有感情需要倾诉，也想借此回顾自己走过的道路，剖析自己的一生。鲁迅反对"忘却"，他说："记性不佳是有益于己而有害于子孙的。人们因为能忘却，所以自己能渐渐地脱离了受过的苦痛，也因为能忘却，所以往往照样地再犯前人的错误。"我感到写出一生的经历，是我应尽的社会责任，哪怕有的文章发表时被删节，有的书不能公开出版。

问：这是你的回忆录吗？

答：可以说是回忆录，但我不是从出生写起，每年每月报流水账，一直写到现在。我采取随笔的形式，从最能打动我的人和事写起，独立成篇。我称它为"往事随笔"，并写了总序。这种写法，好处在于比较灵活，缺点是因为独立成篇，某些细节难免重复或交叉。无论写人或写事，我力求真实，绝不加一点虚构。我写的是第一手资料，因此有自己的特点和可能保留的价值。学者王地山在论及我作品的艺术特色时说："这种秉笔直书的写法，即是《春秋》《左传》《史记》《汉书》等历史散文的纪实手法。它既是严谨的文学作品，也具有史料和史学价值，令读者感到真实可信，并符合老年读者的兴味。"我远没有达到这么高的水平，但王地山的评论给了我启发，使我注意学习史家的笔法。

问：好像20世纪80年代你写得不多？

答：对。1981年，我住疗养院，写过几篇。巴金老人建议我六十岁以后开始写。六十岁前,身任公职,不便畅所欲言。从1993年下半年起,我写作的时间就比较多了。不过,这以后的十七年,我老伴生病,我多数时间以照顾她为主。

问:请谈谈你出书的情况。

答:提到出书,必然会想起安法孝同志。他曾为省委常委、宣传部代部长,后任组织部部长,一贯关心同志。20世纪90年代的一天,我在商业街碰见他。他说看见我写的文章,建议我出一本散文集。在他的鼓励和好友杨字心的支持下,出版了《往事》。前十年,按写作时间,先后出版了《往事》《回顾》和《昔日》,本来已经编好《足迹》,但没出版。因为写的篇章多了,觉得按某个主题来出书,似乎更好。在巴老百岁华诞时,生活·读书·新知三联书店,为我出版了《我的四爸巴金》,印数两万册;五年后,中国华侨出版社又为该书出版了增订本。粉碎"四人帮"三十周年,我编印了《终于盼到这一天》,作为我个人的"文革"博物馆,分送友人,收获二十多篇评论。2010年,我把写过的五十五位人物的怀念文章,编成一本《铭记在心的人》的集子,由四川文艺出版社出版。评论家廖全京说:"李致一直把理解别人,尤其是理解自己的亲人,作为通往人格理想的一条重要的路径,努力想在理解别人的过程中获得内心的纯洁、光明、温暖。"全京说得对,我是这样想的:我写他们的人品,对自己是一种教育,我愿意向他们学习,并努力去做。我也写了自己的一些重要经历。1999年,四川教育出版社在我的"往事随笔"中,选编和出版了适合少年阅读的《书,戏和故事》,列入"小橘灯丛书"。2006年,我编选了《巴金的内心世界——给李致的200封信》,由四川人民出版社出版。2010年,我编选了《曹禺致李致书信》,由四川教育出版社出版。今年,天地出版社出版"往事随笔"《四爸巴金》《铭记在心》《昔日足迹》三卷本，收录一百六十多篇文章，七十多万字，算是二十多年所写的一个总结。这不是封笔，我还会继续写。

问：你的文章被报刊退过稿吗？

答：作者的文章被退稿的原因很多：稿件质量不高，不合编辑的要求，或编辑误判。十几年前，一家报纸向我约稿，我写了《两个"最后一息"》，即巴金要工作和学习到生命最后一息，被该报编辑退回，此稿后被《人民文学》杂志刊登。另一篇是《我所知道的张爱萍》，被一家杂志的编辑退回，后被《四川文学》刊登，获中共四川省委宣传部建党八十周年征文一等奖。我这样回答，是说文章遭遇退稿时，不要泄气。如文章质量不高，努力改正；如编辑误判，也不必灰心失望。

问：你在作品中对自己做了哪些剖析？

答：借写作"回顾自己走过的道路，剖析自己的过去"。这不是空话。回顾在成都参与学生运动时，我只顾少数人往前冲，脱离中间群众，往往使自己陷入孤立。新中国成立初期，对曾经帮助过我们（包括帮助过我）的加拿大友人云从龙的指责，是"左"倾幼稚病的表现。反右派斗争后，对错定为右派分子的贺惠君，只满足于自己没有乱揭发；当知道余文正主动帮助贺惠君的子女时，觉悟到"余是巨人，我是矮子"。"文革"初期，我给胡耀邦同志贴了一张胡乱上纲的大字报，这"既是我思想混乱的表现，也是我人品污点的暴露"。在"牛棚"中读《鲁迅全集》，感到自己并没有学到鲁迅的"硬骨头"精神，不敢讲真话；过去自称为鲁迅的"信徒"，实际并不够格；反省了自己如何从独立思考到个人迷信，变成"驯服工具"，等等。

问：你的书有什么影响？

答：难说。与我同时代、能引起共鸣的人，现在越来越少，健在的多数视力减退，阅读有困难。有些年轻人读后，虽有兴趣，但对书中不少名词（如"封资修""早请示晚汇报""忠字舞"等）都不懂。文艺界的朋友给了一些好评，主要说我的随笔说真话，语言朴实、真情和幽默，这是对我的鼓励。读者也有反馈，一位江苏常州的读者汪一方写信给我说："读《往事》，就如'从山阴道上行，山川自相映发，使人应接不暇'，沏一杯淡茶，书卷在手，时有豁然开朗的好心情。常见皇皇巨著，正襟危坐，高山仰止，总感有些惶惶然。读您的作品，则顿觉心清神爽，不亦快哉。"人需要鼓励，鼓励既使我增加信心，更使我怕辜负他们的期望，提笔更加谨慎。我的往事随笔反映某些时代的变迁，可能有一定的"史料"价值，四川《当代史资料》多有刊登。2013年获四川文艺终身成就奖，颁奖词指出：李致继承巴金的说真话的精神，"为历史留下一份珍贵的记忆"。

问：你追求怎样的文风？

答：作者各有自己的文风，无须统一。我喜欢真诚、朴实、动情、幽默的散文。不无病呻吟，不追求华丽，不故弄玄虚，不作秀，不煽情，不搞笑。我将继续在这方面探索。

问：有人称赞你的文字简练，你怎样看？

答：鲁迅主张文字简练，大意是中篇不要拉成长篇，短篇不要拉成中篇。我赞同鲁迅的主张，努力这样做。我长期在机关工作，起草文件或写情况，被称为"笔杆子"，我深知写长了，领导没时间看；用词含糊、重点不突出，难以理解和执行。这使我注意文字准确和简练。"文革"初期，写不完的交代、检讨和思想汇报，为避免一两个要"置我于死地的人"抓辫子，我更注意文字简练。为此，她说我很"狡猾"，"连一个标点符号的错误都抓不到"。坏事变好事，这对我的创作也有影响。当然，文学创作与机关的文件、个人的坦白交代不同，文学要注意写细节，把感情化为文字。

问：你还为儿童写作吗？

答：没有。不是我不愿为儿童写作，也不是没有童心，而是生活中与儿童接触少；我的童心是我童年时的童心，与现在孩子的童心差之甚远。我们家有一只叫多多的小狗，因为喂养它的阿姨春节回家过年，很忧郁。我为此写了一篇《多多的日记》。这是九年前写的，一直没有发表，今年才收入集子。几位文友看了还有兴趣，我无法猜测孩子看后会有什么感觉。

问：听说你不赞成称你为著名作家？

答：不赞成。我不是为当作家而写作的。我写了几本书，是中国作家协会会员，算是个业余作家。至于著名作家，我听到这个称谓，一下就想起电视广告：一种并不为人知的商品，突然被冠以驰名商标，显然是炒作。我们省有不少作家的文学成就比我高或高得很多，我有自知之明，头脑没有发昏。他们有的逝世，有的因病没有写作，有的改做学问，我只是这二十年一直坚持写作而已。马（识途）老一百岁，王火兄九十岁，著作等身，影响很大，仍坚持写作，我向他们学习。不过，我也面临困难，主要是记忆力减退。有些重要的往事，无论大背景或细节，已经模糊，又无资料可查。有些很熟悉的字，突然想不起怎样写，即使写对了又觉得不像。《汉语大字典》太重，不方便翻阅；《新华字典》虽轻，但字小看不清楚；只得花三角钱打电话问朋友怎样写。

问：听说你不喜欢媒体称你为巴金的侄儿？

答：我是巴金的侄儿，这是客观事实，不可否认。巴老对我极好，他的作品和人品影响我一生。我只是不喜欢把巴金的侄儿作为一种称谓，像"光环"似的戴在我头上；何况，巴金的侄儿可能有几十位。

问：你的作品得过奖吗？

答：得过几次奖，感谢这些肯定和鼓励。2009年，我与本省十三位作家获得中国作家协会颁发的"从事文学创作六十年的荣誉证章和证书"。其实我哪里连续从事文学创作六十年？诗人沈重曾说："作家就是要写。此说天经地义，就像农民就是要种地一样。不过，中国的情况有点复杂，作家有时就是不能写，农民有时就是不能种地。不是主观不想，而是客观不允许。有些作家和诗人就是这样被时间残酷地湮没了的，令人扼腕痛心。"这种解释对不少作家都适合。沈重在十几年前，说我是"差点被时间湮没的作家"，十几年后，王火说我是"没有被时间湮没的作家"。话说回来，我对得奖并无奢望。我最大的期望，是我那些讲真话的文章不被删改，更不会整篇被抽掉。

问：你对我省青少年作家有什么期望？

答：我参加了省青少年作家协会成立大会，被聘为顾问团成员。如有机会，我愿意和他们交流感受：作家应该说真话，把心交给读者；读一些中外名著，提高文化素质，不要满足于只看那些"文化快餐"；留心观察生活，注意能打动自己的人和事；用自己的语言把感情化为文字，不模仿不抄袭；作品不是试卷，可以不断修改；等等。

2014年12月8日

我与《四川文学》的不了情

《四川文学》创刊六十周年，值得庆贺！

前三十年，我十年在重庆，十年在北京和河南，即使在成都，与《四川文学》也没有往来。要说接触，是从1982年底我调到省委宣传部主管文艺工作时开始。1985年，《四川文学》的主编曾来宣传部，要求把名字改为《现代作家》。我内心觉得没有必要，但也没有反对。我只是说，名称是次要的，关键在内容；王麻子剪刀，陈麻婆豆腐，名字不好听，但质量好，全国有名。1987年，刊物又改回叫《四川文学》。

我与《四川文学》的感情，应从我成为作者讲起。

党的十一届三中全会前后，我的思想得到解放。回想自己人生几十年，时代几度变迁。许多难以忘怀的人和事，我曾为之喜悦或痛苦。这些人和事，是时代的某些缩影或折射，写下来既是自己人生的回顾，也许还有一些"史料"价值。于是，我再次提笔，以"往事随笔"为总题目，开始写文章。

遵从马识途老人的意见，我把《我淋着雨，流着泪，离开上海》一文，寄给《四川文学》。该文讲述"文革"中，我悄悄去上海，看望当时还戴着"反革命"帽子的四爸巴金；叔侄见面，千言万语，竟不敢深谈。这是我在《四川文学》发表的第一篇文章，刊登在1995年第5期。不久，《四川文学》发表了李累的评论文章，他说：" 这个侧面，这个片段，反映了'文化大革命'中的中华民族的悲剧。这场大悲剧，竟被李致叙述得那样委婉与平静，就更加令人难受了。断肠无泪。形式与内容的极不和谐，产生了最深沉的、隐藏在大海底层的、动人感情的效果。"李累这话过奖，但不能不说这是《四川文学》和读者对我的鼓励。这以后，我在《四川文学》发表了《寻找童年的足迹——记巴金重访文殊院》《带来光和热的人》和《永恒的手足情》等文章。

1995年，我出版了第一本随笔《往事》；1997年，又出版了第二本随笔《回顾》。这两本集子受到了《四川文学》的关注，《四川文学》先后刊登了三篇评论文章。前两篇是诗人沈重写的《真诚·朴实·幽默》和《白发的芬芳》，第三篇是马献廷的《写好一个"真"字》。马献廷是天津的作家和评论家；而沈重（即沈绍初）曾是《四川文学》的资深编审，尽管当时他已在巴金文学院工作。沈重理解我为什么长期停笔，"中国的情况有点复杂，作家有时就是不能写，农民有时就是不能种地。不是主观不想，而是客观不允许。"他相信我"年近古稀而重新提笔，一不为名，二不为利，无所为而为，更重要的是，他为读者提供了许多珍贵的东西"。沈重认为这些作品"在当代市场般喧闹的文学界也许并不引人注目，更无'轰动效应'，但却默默地起着精神支柱的作用"。这些鼓励，是我坚持写作的动力。我不能辜负沈重和《四川文学》的期望。

2001年，中国共产党成立八十周年，省委宣传部组织征文比赛。事后我知道，《四川文学》推荐了我的《缅怀两章》，一章是《心留巴金家》，一章是《我所知道的张爱萍》。我的《缅怀两章》获文学类一等奖。我想说明，《我所知道的张爱萍》一文先寄给另一杂志社，被编辑退回，《四川文学》不仅刊登，而且推荐参加比赛。有趣的是，宣传部决定，奖金由原发表文章的单位再发一次稿费。《四川文学》重发了稿费，让《四川文学》破费了，实在抱歉。

  "文革"时期，我在共青团中央的"五七"干校劳动了五年，这是一段不可缺少的经历，我曾写过有关干校一些文章。2002年我又想起三件既有意义又有趣的事：一是牛和犁地突击队，二是在幼儿园当了半天"阿姨"，三是翻脸不认狗。我以《干校三事》为题写文发表在《四川文学》。不久，在一次会上，马老与我邻坐，说看了我的《干校三事》。他写了几个字："自然的幽默和乐观作风，很好。"怕我不懂，又指着前面几句话，写了"文风"二字。王火也打电话给我，表示他喜欢这篇文章。

  2003年一天早上，我听见麻雀的叫声。这令我想起当年除"四害"消灭麻雀的运动。我和许多人一样，坐在机关最高的屋顶上敲着破盆，用竹竿驱赶麻雀。对鸟类既不能发"红头文件"，又无法召开大会，向其宣布"区别对待"的政策：这次只赶麻雀，不赶其他雀鸟。在哄赶声中，城市所有鸟儿，麻雀和非麻雀，统统累死或逃亡了。谁敢与你这"万物之灵"的人类生活在一起？为此我写了《喜见麻雀》，做了反思，强调保护生态环境，刊在《四川文学》上。马老看见这篇散文，说写得"深刻和幽默"。

  马识途是老革命、老作家，德高望重，但在新中国成立初的十七年间，他受到很多不公平的对待。2006年，《四川文学》刊登了我写的《历经斧斤不老松——记马识途》，文章用了十三个章节，记述我所知道的马老。《当代史资料》总第四十二期转载了此文。该刊编委李锡炎在一篇评述中说："这篇历史回忆，就是以事叙史，以事实表达真情的范文。读起来，不仅感到真实真切，而且令人赏心悦目，心灵受到震撼。"马老现已步入一百零二岁，身体健康，头脑清醒，笔耕不止，无论是人品还是作品，更加受到尊敬。

  2007年，《四川文学》发表了我的《一生追寻鲁迅》，这对我十分重要。我一生受鲁迅的影响，但在过去的"胡风案"和"文革"中，总是批判我受胡风的影响极深。我多次说明，影响最大的是鲁迅，又被批判为"美化自己，为自己搽脂抹粉"。尽管这些不实之词后来得到改正，但我的这篇文章，比较系统地、用细节描述了我对鲁迅的追寻。此文同时刊登在上海的《鲁迅研究·秋》上。

四川人民出版社出版了丁隆炎记录彭德怀元帅在"文革"中的《最后的年月》。这本催人泪下的好书，在发行的第二天即被叫停，作者也受到牵连。原因是某写作小组向上面告了状。出版社党委向中宣部和党中央书记处写了报告，为作者和他的书申辩。一年后上面准予该书内部发行。事隔三十年，我找到了当年的报告，写了《三十年前的一桩"公案"》。《四川文学》2013年第四期，在"特别推荐"栏目刊登了该文。时任名誉主编的马识途眉批："读完此稿，感慨不已。往事历历在目，至今犹觉悚然。'前事不忘，后事之师也'。"

近几年来，《四川文学》发表了我的几篇缅怀故友的文章以及《我第一次出远门》。

2014年，天地出版社以"往事随笔"为总题，分别出版了我的《四爸巴金》《铭记在心》和《昔日足迹》三卷本，共七十多万字。这三本书再次受到《四川文学》的关注。前年，《四川文学》发表了朱丹枫关于"往事随笔"的评论文章《笔尖纸头方寸地　赤子痴心真性情》。去年《四川文学》（第9期）又发表了向荣的评论文章《〈往事随笔〉的心灵启示》。

作家或作者，写文章既需要发表，也需要评论。尽管《人民文学》和上海的《文学报》多次刊登我的往事随笔，但《四川文学》是刊登我的文章和评论、我的文章最多的刊物之一，我把它当作自己耕种的园地，与读者沟通的桥梁。《四川文学》的评论给了我很多鼓励，有些评论可能过高一些。我有自知之明，没有头脑发热。我把它理解为期望，并为之奋斗。

在《四川文学》成立六十周年之际，我向《四川文学》，向历届编辑、主编和副主编，表示衷心的感谢。

2016年春节完稿

多多的日记
——写给妈妈、涂阿姨、老爷爷、老奶奶、梅梅

2005年

  我是一只小狗，名叫多多，一岁零几个月。我的妈妈叫乐乐，她很爱我，还带我去北京玩过，后来她去美国了。妈妈走之前，把我托付给外婆，我称老奶奶。老爷爷偶尔和我玩，为我挠痒痒。平时管我吃饭、散步和洗澡的是涂阿姨，她在老奶奶家里打工，我和她睡在一间屋子里，和她最亲。曾阿姨是临时到老奶奶家打工的。我不是作家，不会写"前记"，但总得把家里这几个人和我的关系交代清楚。

多多和小猫一起玩

2月14日

今天发生的事，我很难理解。

一

平常，天亮了，老爷爷叫几次，涂阿姨还要和我玩一会儿才起来。今天，天还没亮，老爷爷还没过来，涂阿姨就起床了。

涂阿姨带我下楼去方便，这和平常一样。但是没有跑步，这和平常不一样。

很快，涂阿姨背了大包又提了小包，向我挥挥手，说了几句什么，我没听清楚，她就进电梯走了。以往，她外出时不带包，买菜回来才大包小包的。今天为什么出去就大包小包呢？

我躺在卧室里等涂阿姨回来。

不久，门铃响了，是陌生人。我立刻站到门边大叫。老爷爷向我摇摇手，说是曾阿姨。谁是曾阿姨？我等的是涂阿姨。

进来一位妇女，果然不认识，我冲上去接着叫。老爷爷把我拦住。我是狗，守门是我的职责。这个什么曾阿姨，进门就打开鞋柜，把涂阿姨的拖鞋取下来穿上，我不能让别人穿涂阿姨的鞋！

过去有陌生人进来，老爷爷总是让我进到我的卧室去玩，还把门关上，不让我影响他们谈话。今天，他不赶我进卧室，倒让那个曾阿姨进了卧室。这是怎么回事？这个曾阿姨，一进卧室便把她的手提包丢在涂阿姨床上，还蹲下来打开床底抽屉放东西。怎么能这样？

真像电影上的"鬼子进村了"，我拼命阻拦。

老爷爷毫不警惕，把那个曾阿姨带进客厅。我紧跟在后面，不停地叫。

"I love you！嘻嘻嘻嘻嘻……"

李家猴是妈妈留下的玩具。它见人就讨好，用英文说："我爱你！嘻嘻……"我最不喜欢的就是它。

二

他们坐在客厅里谈话，我瞪大眼睛，在走道上监视。

曾阿姨像涂阿姨一样地做事，但我不放心。

她进卫生间，我站在门外。我想挡着她，老爷爷不让。

曾阿姨为我盛了饭，能随便吃陌生人给的东西么？我没动。直到老爷爷叫我，我才过去。一闻就知道，饭是涂阿姨做的。我放心了，把饭吃完，还把碗底也舔得干干净净。

老爷爷表扬我，说我"好乖！好乖！"

午睡的时候，曾阿姨一进卧室就关上门。涂阿姨午睡从不关门，我大叫不已，老爷爷过来说了几句，曾阿姨才打开门。以往休息，我总靠在涂阿姨床边睡，今天我进了妈妈给我买的小屋。

涂阿姨为什么还不回来？

坐在涂阿姨的腿上真的舒服

三

妈妈走了，一去不回。涂阿姨也走了，现在也没有回来。

平常，只要涂阿姨做完事，就把我抱在腿上。她看电视，我睡觉。老爷爷常批评涂阿姨："多多的任务是守门，你抱着多多，它能守门吗？"涂阿姨不听老爷爷的，还夸我聪明。涂阿姨的腿，又柔软又暖和。

老爷爷今天很关心我，好几次过来拍我。当然，只要摸了我，他马上就去洗手。大明星濮存昕还和艾滋病病人握手哩，老爷爷真差劲。他宣称自己爱狗，写过什么文章《哇——我只要小花》。看人不仅要看宣言，更要看行动，老爷爷应该向大明星濮存昕学习。

吃过晚饭，我要下楼方便。那个曾阿姨用绳子来套我。绝对不行，谁知道她要带我到哪儿去？外面到处都有拐骗犯。老爷爷赶快来安抚我，为我套上绳子。还说曾阿姨是带我去方便，要我不害怕。老爷爷眼睛老花，又没戴眼镜，老是套不好，把我的毛都扯痛了，你这个老爷爷！

看在老爷爷的面子上，我下楼完成"任务"。

晚上，我还是不肯睡在曾阿姨旁边，钻进自己的窝。妈妈今年暑假回来吗？涂阿姨呢，她什么时候回来？东想西想，翻来覆去，老是睡不着。真想找老爷爷要两片安眠药。客厅里很安静，但只要稍有动静，就听见李家猴在那里叫：

"I love you！嘻嘻嘻嘻嘻……"

有什么值得你高兴？涂阿姨不回来你也高兴？讨厌，烦人！

2月15日

昨晚没睡好。

早上急于下楼方便。这是涂阿姨教我养成的好习惯，我要保持。曾阿姨为我套绳子，我没反对，给她一点面子。

花园的空气真好，草也有香味。我很快完成了"任务"。

许多狗朋友也在花园，其中有欢欢、莫卡、花花。他们看见曾阿姨牵我，觉得很奇怪。我还不愿意呢！但我跟他们说不清楚。

平常，我完成"任务"后，涂阿姨要锻炼身体，在花园里跑几圈。我最喜欢跟着涂阿姨狂奔，把欢欢他们都甩在后面。有时不过瘾，回到家里，还要在客厅里跑几圈。老奶奶常常很奇怪，不知道我为什么这样高兴；老爷爷则爱夸我："好乖！好乖！"

曾阿姨不跑步，一看我完成"任务"，便要带我上楼。你不运动，难道我也不锻炼？我当然不愿意。曾阿姨使劲拉我脖子上的套绳，我就是不动，拼命顶住。脖子真痛！毕竟她的劲大，我被拖上电梯，回家。

一进家门，就听见老爷爷在叫："多多！多多！"

这是亲人的呼唤，我立即跑进他的电脑房。

到了老爷爷身边，我躺下翻过身来，露出肚皮，翘起前脚，要老爷爷"挠痒痒"。平常，老爷爷会说我的这个姿态不够文雅，但今天老爷爷却说我乖，弯下腰为我"挠痒痒"。想到刚才硬被拖上楼，脖子生痛，我心里极不高兴，干脆躺在那里不动。老爷爷觉得很奇怪，用手摸我的鼻子，我仍然一动不动。他好像担心我突发心肌梗死，显得很困惑。曾阿姨要给我洗澡，老爷爷连说先别动，以防万一。看来，还是老爷爷有经验，姜还是老的辣。

趁老爷爷去看老奶奶，我悄悄回到自己的小屋。

整天闷闷不乐。我想妈妈，也想涂阿姨。除了吃饭，我哪儿也不去。保安在门外巡逻，客人进门来，平时我很凶，拼命大叫，今天一切都不管了。谁叫亲人都离开多多了？

孤零零的多多。

人可以无情无义，多多不能。

眼泪流下来了……

2月16日

　　醒来，还是没有闻到涂阿姨的味道。

　　曾阿姨叫我出来，我没理她。老爷爷叫我，我也没理他。谁叫他把涂阿姨放走？昨晚脖子上的套绳没取掉，老爷爷趁机拉我，我自岿然不动。没想到老爷爷把我的小屋子倒提起来，我一下就掉出来了。

　　本想坚持，但憋不住了，只好跟曾阿姨下楼。

　　完成"任务"以后，我不想回家。没有妈妈和涂阿姨的家，算什么家？曾阿姨又拉我，我一头钻进灌木丛里去，看她怎么办？她用力拉，不想绳套滑脱，我自由了。她用手来拉，我瞪着她"汪汪"，把她吓住了。

　　曾阿姨没有办法，只好上楼去把老爷爷找来。

　　老爷爷看着我，温柔地叫多多，向我招手。我装作没看见，也没听见。一遍又一遍，我就是不出去。后来老爷爷从上面把小灌木丛分开，用手抚摸我。我还是不高兴，谁让你刚才把我从小屋里倒提出来？老爷爷趁我不注意，来了个突然袭击：一手抓住我的左前腿往上提，一手把我的头往右掰。他抱住我以后，一边说"多多乖"，一边把我抱回家。从此，我知道这个"乖"，有时是称赞，有时是欺骗。

　　我的小屋子被放在门外阳台上了，我只好睡在屋内的一个竹篮里。

　　昨天方便不当心，清理得不够干净。曾阿姨和老爷爷都说屋里有一股味。老爷爷提起我两只前腿，曾阿姨用水给我洗。我不耐烦，又开始叫，他们不敢再洗，也不敢用吹风机吹干。可是我吃亏了：后臀凉了很久。

　　开始吃早饭。平常，他们吃鸡蛋，涂阿姨会掰一大块蛋白给我吃。老爷爷很吝啬，只给我一点点。谁对我好，这是试金石，泾渭分明。今天，老爷爷居然给了我一个全蛋白，不知有什么企图？不

649

过，我还是吃了，不吃白不吃，老爷爷不会害我。

全天，除了吃饭，哪儿也不去。饭可以吃，那是涂阿姨为我做的。下午来了四批客人，我一律不问。亲人走了，守门有什么意义？

身上扎了一些小灌木枝，一碰就痛。老爷爷坐在小凳上，一边为我挠痒痒，一边把小枝枝摘下来。老爷爷不停地说："好乖！好乖！"这一次没有丝毫"恶意"。

每隔一会儿，老爷爷就过来看我。老奶奶也不时地问：怎么多多没有动静？老爷爷还用轮椅把老奶奶推过来看我是不是还有动静。爸爸妈妈把我托付给老奶奶，老奶奶很尽职。老奶奶过去从没养过狗，不知道狗的特性，有一次她问老爷爷："夜里灯都关掉了，多多看不见怎么办？"老爷爷开玩笑说："只好给多多买一个手电筒了。"

无论怎样，我还是高兴不起来。

2月17日

反正要方便，我跟曾阿姨下楼。外面下着雨，完成"任务"就回家。没发生冲突。

下午，吃了半碗饭。涂阿姨走后，大人吃饭，我不再去餐桌边，这么一直待在竹篮里。常常听见老奶奶问多多吃饭没有？有一次还问多多"死"了没有？我知道老奶奶是担心我。

我向老爷爷摆过几次尾巴。他很高兴，用手摸我。我用舌头舔了他的手，他竟没拒绝，难得！

晚上，老爷爷要我下楼。开始我不愿意，老爷爷又把篮子掀翻。其实，我也憋不住了，就跟曾阿姨下楼。老爷爷做清洁，把我储存的十几根骨头全扔了。这既是浪费，也是侵犯我的私有财产。

妈妈，你知道多多想你吗？

涂阿姨，你什么时候才回来？

2月18日

憋着不舒服，下楼就下楼。

回家我就坐在竹篮里，哪儿也不去。有三个陌生人来找老爷爷，我坐在篮子里叫了几声，算是尽了自己的职责。曾阿姨端来的饭，我吃完了。反正我一步也不离开我的竹篮。

四时半，老爷爷亲自带我下楼。在电梯上绳套松了，老爷爷让我自由地在草地上跑了一小会儿，后来趁我靠近他，又把套绳套上。天冷，他带我上楼，我钻进小屋。老奶奶不放心，让老爷爷推她到我和涂阿姨的房间来，她叫多多，我伸头出去看了她。

七时半，曾阿姨带我下楼，我没反抗。曾阿姨亲近我，我摆了几下尾巴，她也高兴。但这只能说明曾阿姨不是坏人，绝不是我忘了妈妈和涂阿姨。

2月19日

曾阿姨带我下楼，今早特别冷。

天空飞着很多小白花，我从没见过。曾阿姨说，下雪了。雪是什么东西？我不知道。有一片掉在我的鼻尖上，冰凉。我主动往回跑。

我仍旧躺在过道上，不想动。要是这会儿躺在涂阿姨身上，那才暖和呢。可是涂阿姨走了，几天不见了。现在，我好像有点明白了老爷爷爱背的古诗："月有阴晴圆缺，人有悲欢离合，此事古难全。"

呜呜，呜呜……

下午，老爷爷过来拿起我的棉垫，对我说：多多，过道太冷，到屋里去。我跟着他走进老奶奶的卧室，这里有空调，好暖和啊！大家都称赞：

"多多好乖，好乖！"

我在屋里跑来跑去。老爷爷扔一个花布套，我就跑过去咬回来交给他，接连多次。我高兴地摇着尾巴，老奶奶也不担心我病了。

我好像找回一点感觉。

2月20日

仍然打不起精神。上楼后不让曾阿姨取套绳，就那么趴在竹篮里。

老爷爷叫我，我不动；他过来解套绳，我正在郁闷，想也没想，回头就在老爷爷的大拇指上咬了一口。把老爷爷咬痛了，他对老奶奶说，手被咬出了一点血。

老爷爷外出，去打预防狂犬病的疫苗，十一时才回来。我有点内疚。吃午饭时，我走到餐桌旁，老爷爷好像没有生我的气，还请我吃了几根油菜薹儿。

我太忧郁了……

大概是我咬伤了老爷爷，他每天都去打针，不为我写日记了。好在没过几天涂阿姨就回来了，那天她还没走出电梯，我就闻到了，立即欢呼跳跃，在屋子里狂奔。我想告诉涂阿姨，我无意地咬了老爷爷一口，犯了大错误。其实，老爷爷一直是很爱我的。老爷爷，对不起，请你原谅！

附　记

多多是我们家养的狗。春节，带多多的小涂回家了，多多很不习惯，表现抑郁。我为它写了日记。

山盟海誓，始终如一

——我与秀涓的夫妻情

这里叙述的，是我和老伴丁秀涓的故事。记述出来，既是为了倾诉自己的感情，也可给亲朋好友留作纪念。

飘然而至的大家闺秀

1947年2月22日，重庆，我第一次见到丁秀涓。

那时，我因在成都参加学生运动，被学校勒令转学（变相开除）。考上了重庆的西南学院；到了学院所在地重庆南温泉白鹤林，叔父嫌学校太红，不给钱交学费，无法上学；联系去解放区的当天，《新华日报》被国民党宪兵查封。我只好去了文化生活出版社重庆办事处，我大姐李国煜在这里工作。

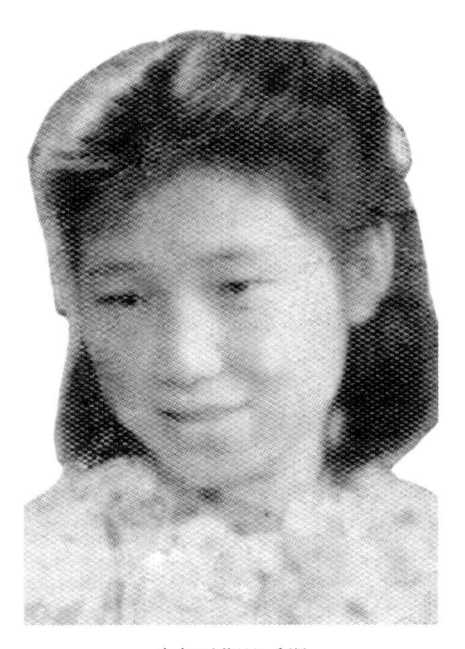

青年时期的秀涓

这天下午，我在楼下阅读老舍的长篇小说《四世同堂》。一位姑娘飘然而至，落落大方，颇有大家闺秀之风。她问："你是李国煜的弟弟吗？"我点头称是，意识到她是丁秀涓。大姐说过，丁秀涓是她的好朋友，下午要来看她。丁秀涓上二楼去了，我继续阅读。

这一天，成为我们终身的纪念日。

她当了我的数学教员

大姐要我复习功课，报考燕京大学或复旦大学。我喜爱文学，但拿起数学书就头昏脑涨。对考上燕京、复旦，毫无信心。大姐常上三楼来，检查我自学的情况，每次都发现我在写那些充满战斗激情、追求自由解放的新诗。

出于多种考虑，大姐让我搬到位于磁器口的四川省立教育学院，由我的挚友王竹（破晓社成员）解决住处。她又请在重庆大学先修班读书的丁秀涓为我补习数学。王竹因参加抗击日本侵略者的远征军，耽误了学业，也愿意参加补习。这样，我和王竹一周两次去重庆大学，听丁秀涓老师讲课。

大家都是年轻人，很快成为朋友。秀涓出身于一个大家庭，父亲一支早已破落，幼年又失去母亲，生活艰难。冬天，她的奶奶带着她和妹妹睡觉，合盖一床棉被，铺的是草席。秀涓学习努力，成绩优秀，参加成都市中学生数学比赛获第一名。她的四伯父、银行家丁次鹤认为她有出息，把她接到自己家里住，供她读书，表面上过着比较优裕的生活。秀涓的志愿是考上清华大学，学化学，当居里夫人。她对人热情，常穿一件阴丹蓝布的旗袍，显示出苗条而丰满的体型，我很喜欢她。

补习的地点在重庆大学工学院旁的土堆上，每次讲一个多小时。王竹似乎听懂了，我却经常"坐飞机"，还不敢多问。回去做不出习题，还会受到以"助教"自居的王竹的申斥。通常，补习完后三人就聊天。我已入党，在成都常参加学生运动，讲起时事、革命、理想、个性解放，我头头是道。不久，我和王竹介绍秀涓参加了破晓社重庆分社。以后秀涓对我说："我从没接触过像你们这样有理想的人，特别是你，既热情又活泼。"

1947年6月1日，国民党反动派实行大逮捕，我被抓去关了四天半。秀涓和王竹协助大姐营救我。被释放以后，我和王竹去看秀涓，她问这问那，显得很心疼，并送我去学校男生浴室洗澡。想到国民党的黑暗统治，我更无心学数学了。那年传说高考将在成都举行，我和王竹到位于长江小岛上的珊瑚坝机场，乘飞机回成都。大姐和秀涓去机场送行。

实际的高考场地仍在重庆。我回成都后生眼病，未能参加高考。秀涓在重庆参加高考后回到成都，第二天就来看我。我戴着墨镜，坐在小床上，情绪低落。秀涓一见我，就问我在重庆上飞机前，为什么不回头看她一眼？我无法回答。当屋里只剩我们两人时，她在我右脸上亲了一下。几十年来，这件事一直没有争论清楚：我说这是她爱我的表示；她说是把我当成弟弟才亲我的。天知道！

秀涓高考的成绩很好。北洋大学和重庆大学都录取了她。遗憾的是没能考上清华大学：尽管数学考得很好，交了头卷，但英语差了一点。她上清华的梦，是几十年后，由她的外孙齐齐替她实现的。

精诚所至，金石为开

秀涓亲我的那一下，点燃了我心中爱情的火花。

马上面临一个关键问题：秀涓究竟上北洋大学，还是重庆大学。如上北洋，她将去天津，两地分离，一切泡汤。第二次见面，我开门见山地向秀涓表示我喜欢她，期盼发展更深的感情，希望她留在重庆。女孩子毕竟慎重多了，经过反复讨论，她只同意选择重庆大学，对我和她的关系，则没有明确表示。暑假结束，她又回重庆了。

我不断地给秀涓写信。信上不便直接讨论我俩的关系，怕她关门。我想到一个办法：每封信都落款"居·李致"。不言而喻，她想当居里夫人，我就当居里。我毫无化学知识，哪有资格当居里？项庄舞剑，意在沛公。她很聪明，当然明白我的用心；我则机动灵活，可攻可守。

1947年12月，我的眼病刚好，立即去了重庆。王竹已去四川大学读书。我在重庆大学体育场上找到秀涓，她身穿运动服，正在打排球。

秀涓的顾虑有三：一是她比我大两岁；二是她喜理科我好文科；三是我有四位姐姐，担心不容易处好关系。我戏称这是压在我头上的"三座大山"。显然，她并不在乎我是个"考不上大学的穷学生"！不知经历了多长的时间，也不知在体育场（即现在的团结广场）来回走了多少路，我们无法达成共识。我的态度是：立场坚定、求同存异、不断讨论、决不放弃。人说"精诚所至，金石可开"，我终于在"持久战"中取得胜利，推倒了"三座大山"。1948年，我写过一首诗，《给秀涓》，很幼稚，但反映了我当年的情感：

清晨/大地弥漫着雾/扬子江咆哮地奔流着/我到原上/第一个等待的/不是日出/而是你/亲爱的小丁

不是把你交付给我/也不是把我交付给你/是呵！是我们把自己交付给革命//在战斗中我们是同志/在学习中我们是朋友/在生活中/我们才能是伴侣

忠实于理想的/才能忠实于爱情//离别算得什么/你的心在我心底

像天下恋人一样，我们有过许多山盟海誓。

投身革命，放弃做居里夫人的愿望

1948年，人民解放军在战场上不断取得重大胜利。

根据以往在成都搞学生运动的经验，我和秀涓组织了一个"大家读书会"，成员有来自重庆大学、四川省立教育学院、南开中学等几个学校的十五六个追求进步的学生。每周一次聚会，阅读《观察》《世界知识》等刊物、唱进步歌曲、讨论时局，关注中国之命运。这时，秀涓已是我组织活动的主要助手。

这些活动引起了特务的注意。我们住在重庆大学刘家坟（校门右辅食部旁边）的一间小屋里。这是秀涓的一位远亲学长留下的房子。一天上午，重庆大学训导长侯枫（1950年被镇压），突然带领几个人，说是来回收学校的家具。实际是搜查，若发现问题还可能抓人。幸好我已有一些警惕，头天晚上刚把所有进步书籍藏到了竹篾片编织的顶棚上。侯枫一无所获，仅搬走一张桌子和几把椅子。搜查的时候，秀涓在上课，只有我和她的妹妹在家。秀涓回家后，我们商量，读书会的地点和活动方式要有所改变。

1949年1月，地下党成都市委书记洪德铭到刘家坟找到我，任命我为川西地下党派遣组沙磁区（实际包括北碚和小龙坎）工作组成员。他讲清了当前的形势，教了我许多斗争策略和方法。他还批评了我的服装和发式（他戏称为"俄国囚犯式"），说我这个样子，人家一看就知道是共产党员或进步青年。我汇报了大家读书会成员的情况，洪德铭决定分别吸收他们加入地下社"民青"（民主青年联合会）。他还决定吸收秀涓入党，由工作组组长刘康办理组织手续。

秀涓入党后，归刘康领导，负责重庆大学的"民青"工作。开初她有些紧张，有一次我独自去北碚开展工作，她很担心，还流了眼泪，但很快她就敢于大胆工作了。1949年春，爆发了有名的"四二一"学生运动。这次运动很成功，由"尊师""争温饱"到

"反迫害",团结了百分之九十以上的学生参加,既显示了力量,又避免了伤亡。运动取得了胜利,我和秀涓却有所暴露。组织上决定我、秀涓和康大钧同志,撤退到成都开展工作。

秀涓的暴露,还有另一个印证。秀涓的四伯父丁次鹤身为银行家,与国民党上层张群等、地方势力刘文辉等都有交往,也保护过地下党员和进步人士。一天,国民党军统大特务徐远举(小说《红岩》中的徐鹏飞的原型)到四伯父家打牌,让四伯父把秀涓叫出来,当着四伯父的面,对秀涓说:"我是照顾你家老人的情面,才来提醒你;你绝不能再与你们学校里的那些坏学生混在一起;不然……"秀涓问:"徐伯伯,请你告诉我,哪些人是坏学生,我才好同他们断绝往来呀。"徐远举说:"你真狡猾,要在我这里摸底!"徐远举警告丁秀涓,是因查获了一位叫梅世蓉的同学给秀涓的信。梅世蓉在信中谈了较多不满现实的话。这说明,秀涓已上黑名单,但她并不害怕。

回成都后,我们积极开展活动,秀涓负责大学方面的"民青"工作。解放前夕,四川大学的学生会主席孙淑云、新生院学生会的副主席何文波,都是秀涓联系的地下党员。1949年9月,我和秀涓到重庆汇报工作,秀涓冒着危险,把毛泽东《论人民民主专政》一文带回成都。她还学会了刻蜡版,油印必要的文件和宣传品。新中国成立初期,原地下党川康特委委员王宇光同志,要她刻了一张地下党员的登记表,地下党在成都登记的同志的档案中,应该还保留着秀涓的笔迹。

为了革命,秀涓放弃了做居里夫人的愿望。

为了家人,她总是牺牲自己

1948年8月,我和秀涓结婚。1953年有了女儿,1958年有了儿子。我们有一个幸福的小家庭。秀涓生这一儿一女,是对我们家的贡献。

新中国成立后，我和秀涓都分配在青年团工作。1950年，秀涓在中央团校学习，毕业后任团重庆沙磁区工委宣传部部长。1952年，中央号召学理工科的干部归队，秀涓被调到重庆特殊钢厂中心实验室，任党支部书记、副主任。以后，我每隔几年调一次工作：从团沙磁区工委、团重庆市委、团四川省委，到共青团中央。一般说，我上调是因有了一定的工作成绩，被委以更多的责任；秀涓的调动，则是"照顾夫妻关系"，新单位并不了解她。等她做出成绩，组织上准备对她另作安排时，她又因"照顾夫妻关系"随我调动了。秀涓既懂业务，又有工作能力，这种调动埋没了她的才干。特别是两次的调动，套级别和工资时都不是就高，而是就低；而当时调动的原则是就高不就低。这对她是一种"伤害"。而我们这类知识分子出身的干部，又不愿向组织上开口要求待遇。她很委屈，但为了家庭，只好"认"了。

老年的秀涓

我们注重对孩子的教育。主要是身教言教，不采用"打"的办法。据我的记忆，也是秀涓告诉我的：有一次，八九岁的女儿带着三四岁的弟弟，没有对家里的人讲，跑到宿舍对门团成都市委机关打乒乓球。秀涓下班回来找不到人，很着急；找到以后，秀涓违反了"胁从不问"的原则，打了一下儿子的屁股。当时是冬天，儿子穿着厚棉裤，可能并不痛。我们家的一个重要原则是：孩子不可能不犯错误，犯错误不要紧，但一定要诚实；只要讲真话，可减轻或免于处分。执行这个原则的事例颇多，以至我的外孙简化为"诚实了就不挨打"。我和秀涓在学科上均有偏好。为让孩子全面发展，我们分工：秀涓着重培养孩子对数理化的兴趣，我着重引导孩子喜欢文史地。从两个孩子的成长来看，这个目标是实现了。可惜我不爱运动，对孩子有不好的影响。

"文革"时我们家一度分居四地。1969年女儿不满十六岁，去黑龙江的北大荒生产建设兵团。女儿白天积极劳动，晚上自己学习。此事竟受到批评，说她"不想扎根边疆"，以致影响她入团。我和秀涓都支持女儿学习。秀涓认为：无论社会怎样变化，都需要文化科学知识。1971年春女儿探亲，回程在车站等候火车的一个多小时，秀涓竟为女儿讲完了一本高一数学课本。1973年秋，在胡耀邦和戴云的帮助下，秀涓一人去北大荒把女儿接回北京，再让女儿回四川农村插队。女儿在农村表现很好，被推荐上大学，但体检的照片却把女儿的感冒误当成结核。当时，我因眼病住院，秀涓正患着神经官能症，思维和语言均不清楚，她"背"下我教她说的每一句话，带病去内江专区有关部门说明情况。我在医院提心吊胆，等她回来。女儿从重庆大学毕业后，无论是到上海学英语、去加拿大作访问学者、以后再次出国，都把外孙齐齐托付给秀涓。秀涓对齐齐的照顾十分周到：管学习，管生活，许多事亲自调查，连一个"歪"同学欺负齐齐，她也要去学校讲理。秀涓不喜欢小动物。齐齐有一只名叫多多的小狗，他出国前请外婆收留多多。秀涓勉强答应、逐步喜欢，进而主动关心。秀涓不了解动物习性，担心晚上关了灯，多多看不见走路。我开玩笑说，只有请外祖祖给多多配一个手电。齐齐现已在美国取得博士学位，他最爱外婆。

在秀涓的影响下，儿子的数学也不错。北京景山学校一年级举办算术百题赛，他获得优胜奖。儿子在四川大学拿到硕士学位后，秀涓积极支持他出国读博士。儿媳有身孕，秀涓照顾她生孩子；儿媳去美国伴读，秀涓又为他们照顾孙女，不满两岁的孙女，宣称

"最爱"奶奶。1992年我们去美国探亲，秀涓每天教孙女算术。

我们小家有一个传统，从1964年到北京开始，常爱坐在一起"清谈"：交流思想、议论时政，戏称过"组织生活"。那时的住房狭小，没有客厅，四人就坐在大床上"开会"。以后只要团聚，就要过"组织生活"：谈近况，讲见闻，发表观点，还要就家庭的若干"历史"问题做出"决议"。通常是各抒己见，求同存异，不强求一致。有个话题，讨论了十几年尚无共识，每次表决结果都是二比二，但大家仍有兴趣继续议论。秀涓总是为大家准备一点吃的，然后参与辩论。

秀涓对我的关心是多方面的，难以说清。

最重要的是患难与共

秀涓比我能干，对我各方面的照顾很周到。

我年轻时很活跃，也大胆，喜欢登台朗诵诗歌，模仿著名话剧演员表演台词，随心所欲地歌唱，青年学生比较喜欢我，但也引起了个别领导的不快。一有机会（如年终鉴定、各种运动），这位领导就动员有关同志借着某些小事，上纲上线地批评我。若干年后，有几位早年参与批判的同志，为此向我道歉。秀涓当时就意识到了这个问题，她不许我在公众场合朗诵、表演和唱歌。推而广之，20世纪50年代我两次出国，感受很多，秀涓一再提醒我不要到处对别人讲；工作稍有成绩，她就叮嘱我"夹起尾巴做人"。这类告诫，实际上保护了我。

当然，更重要的是，秀涓能与我患难与共。

1955年，全国开展肃清"胡风反革命集团"的运动。这是一个大冤案，不幸我也被卷进去了。秀涓对我没有任何怀疑，她鼓励我正确对待。我被隔离，也不许秀涓回家；要我交代、写检查、接受批判，达半年之久。公安局抄家，连同秀涓在工厂的宿舍也被搜查。这对秀涓是很大的压力。工作之余,她学着为我织毛衣。幸好她所在工厂的党委书记李原和厂长刘培礼是从老区来的干部,经历过20世纪40年代延安的"抢救"运动,他们没有歧视秀涓,还安慰秀涓"运动后期会得出正确结论",叫她不要背包袱。

李致与秀涓

更大的灾难,是史无前例的"文化大革命"。

1965年,秀涓在学部(即现在的中国社会科学院)经济研究所工作。"文革"一开始,造反派围攻所领导,秀涓了解这位同志,站出来讲了几句公道话,立即被打成"保皇派",孤立起来。她每天下班回家,都会经过我家楼前的一条小巷。我从公用厨房的窗户,可以看见这条小巷的起点和尽头。傍晚,我站在窗前等她,只要一看她的脸色,就知道她这一天过得是否顺利。

1966年5月,我刚从辽宁参加"四清"回来,仍主持《辅导员》杂志的工作。一两个别有用心的人趁机公报私仇,大肆揭发我的"罪行"。少年部副部长孙德胜先给我戴上一顶"地地道道的地主阶级的孝子贤孙"的帽子,再让我靠边站,写检讨,做脏活(打扫厕所)、累活(推装有四百斤糨糊的三轮车)。尽管秀涓为我不平,仍开导我说:这次是"审查干部"的运动,要相信群众相信党。我表示不怕劳动,但如给我挂牌子,戴高帽子,侮辱我人格,我决不会接受。她又反复劝我:要能屈能伸,不要与群众对立,因小失大。在所谓"一月风暴"中,我被夺权。那是些充满恐怖的日子，我只能从秀涓那里得到安慰和鼓励。

造反派打内战、"大联合"；1968年清理阶级队伍。我被冠以"胡风反革命集团"的"小爬虫"的帽子，关进"牛棚"，长达十一个月。好在我有思想准备，在进"牛棚"的前一夜，我要秀涓不要担心，我会经受住这次考验。我做出三条承诺：第一，绝不会自杀，就是人家诬蔑我自杀，她也不要相信；第二，不是我的问题，不管多大的压力或诱惑，决不承认；第三，更不会为了自己去诬陷别人，绝不卖友求荣。秀涓一再嘱咐我要坚强，准备承受各种可能出现的局面。她说："我不担心你自杀，自杀不仅说不清问题，还会背上'叛徒'的罪名。""我一定照顾好孩子，按月给你母亲写信寄生活费。不管最后是什么结论，我一辈子和你在一起。"她的每一句话，都给我增加了力量，使我免除后顾之忧；无论将会遇什么坎坷或深渊，我毫无畏惧！第二天，我果然失去自由，被关进"牛棚"；我高喊口号，抗议造反派的粗暴行为。以后，我写过一组《"牛棚"散记》，描述其中生活，不再重复。"牛棚"离我家很近，抬头就能看见灯光；也离我家很远，我和亲人如隔天涯。我挂念着秀涓的安危，每天晚上抬头看她住房的灯光。灯亮了，说明她回家了，这一天平安度过，我的心落下。小屋的灯光，牵动着我对秀涓和两个孩子的无限思念。

那个与"母蚊子"自动对号的人，两次在所有"牛鬼"都放假回家时，单独关我一个人，不让我回家。我曾为此感到非常沮丧和痛苦。但我突然意识到："母蚊子"的目的，就是想用各种办法把我整垮，我怎么能配合她来打倒自己呢？何况我还有年迈的母亲、患难与共的妻子、两个可爱的孩子！母亲远在四川，孩子还小，秀涓在我一生最困难的时候，这样坚定地支持我，我要坚持！我对秀涓充满感激，终生难忘。

秀涓乐于助人。"文革"中，重庆武斗，三位老朋友避难逃到北京，生活困难。秀涓主动去看望他们，拿出多年来好不容易攒下的全国粮票一百斤，还有现金，以表支援。

粉碎"四人帮"以后，我们四人在成都，度过了一段愉快的时光。由于过去无视健康，我出现高血压、高血脂、心脏供血不足等现象。这又成了秀涓最担心的问题。她注意调整我的饮食，支持我去疗养，每年陪我在医院输液，每晚陪我一起散步，督促我按时吃药。1985年，我率川剧团到西欧四国演出，历时四十多天，秀涓把每天早中晚应吃之药，分成一百五十多个小包，便于我按时吃药，无所遗漏。

十七年的苦难

1993年春，我们从美国探亲回来不久，秀涓病了。

秀涓患抑郁症：失眠，情绪低落，厌食等。其实，早在1958年、1965年她就有过类似症状，但被诊断为神经官能症。20世纪80年代也有过类似症状，又认为是更年期综合征。这一次很明显，她拒食，甚至有轻生行为。

华西医学院刘协和教授，决定让秀涓住院治疗。初期，她几乎每天都感到恐惧。像发生"文革"似的，感到有人要抄家抓人，要我到门外挡住来探视的女儿，千万不要她进来。

抑郁症的原因，大约有两个方面：先天因素，与遗传、人的神经系统的构造有关；后天因素，与人成长的环境和经历有关。就秀涓而言，两个方面都存在。童年时期寄人篱下，没有亲生父母的关爱；新中国成立后历经政治运动的恐吓；后来对物价一度迅速上涨的担忧。这些使她的一生缺乏安全感。

就秀涓的思维方式，我长期感到有三个问题：一是万事求全，不能容忍缺陷；二是看问题缺乏一分为二，往往只看到问题的一面；三是一旦遇到困难，就把它看死，认为无法克服。

在我们共同生活的六十年，我无数次和她交换意见，她承认自己的缺点；我能感到她不断地在与自己、与外部环境抗争；我和家人也都竭尽所能地支持她、援助她。不幸的是，她仍然没能逃离抑郁症的苦难。

秀涓在医院住了两个月。一个单间病房，两张床。秀涓睡一张床，护工睡一张床。我既担心夜间护工睡不好，影响白天的工作；又怕护工睡死了，秀涓有情况时她不知道。每天晚上，我坐在病房门边的一张木椅上睡觉，提高警惕，以防意外。这件事令秀涓很感动，以后无论因为什么"批评"我，她也要先肯定我这一次的"表现"。

秀涓的病情逐渐好转。她先可以看电视连续剧，如《四世同堂》《咱爹咱妈》《儿女情长》等，以后又可以看书，特别喜欢看有关周恩来总理和粉碎"四人帮"的书。她说，我能看书，就证明刘教授把我治好了。一些好朋友（如王宇光、罗玉清、郑韵等）来看秀涓时，她情绪很好，交谈正常。王宇光和罗玉清都说过："你们说丁秀涓病得很厉害，根本不像。"

不幸，秀涓不慎把股骨摔断了，接得不理想；后脊椎又发生压缩性骨折，从此她坐上了轮椅，一坐就是十多年。她的世界与活动范围变得很狭窄，智力和记忆力也逐步衰退。我很注意她的冷热，随时添减衣物，使她有十多年没感冒。

秀涓的病情出现反复时，经常在上午无理取闹，找出各种小事责备我。我很苦恼，认为自己的晚年很不幸。但到晚上她又检讨，认为错怪了我。我想，在我最困难的时候，秀涓能与我共患难；现在她病了，是她最困难的时候，只是她遇到的困难与我遇到的困难不同，我也要与她共患难：这才是相濡以沫。我的四爸巴金了解这些情况后，明确表示他支持我对秀涓的态度。

这些年，秀涓很不愿意我外出，因为我在家她才有安全感。早上醒来，她问我的第一句话往往是："你今天出不出去？"我力求多待在家里。宣传部离休支部组织的各种参观或游玩的活动，无论市区、省内或省外，我一次也没参加。即使必须参加的会议或活动，我大多提前退席，同志们也谅解。她怕孤独，我真心愿意多陪陪她。

秀涓经常说我们一家本来很好，是她拖累了我，拖累了全家。有一次，秀涓说："我想早一点死了，免得拖累你。"我问她："我们两人的感情那么好，你愿意先离开我？"她的脸上充满歉意，马上说："不！不！我说错了！"

秀涓无力关心我了。但她正常时，仍会问我吃药没有，发现我走路朝前倾斜，就要我站直；晚饭后散步，她嘱咐我要带手杖、走慢点。她能做的也就如此了，我十分珍惜。

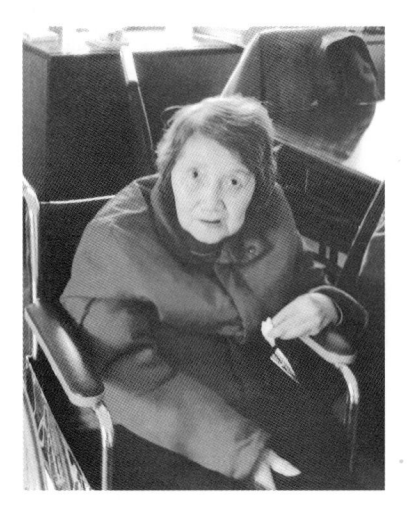

晚年时期的秀涓

十多年前，机关党委曾表扬我为"模范丈夫"，奖金一百元。我表示不能接受这个称号，用中学生的语言，这太"恐怖"了，我把奖金全交了党费。亲友们称赞我尽心照顾秀涓，我说，道理很简单，谈恋爱时的山盟海誓应该兑现。负责到底，始终如一。

就这样，坚持了十七年。

尚未走出痛苦的阴影

二〇〇九年五月十一日上午八时，秀涓猝然离世。

20世纪50年代初，在沙坪坝搞工厂民主改革时，因经常熬夜，秀涓开始抽烟，继患肺结核。20世纪70年代和80年代，多次患间质性肺炎。六十岁生日那天，因为肺炎，没能看成赵燕侠在成都的演出。秀涓是京戏迷，这才痛下决心彻底戒烟，但肺部早已留下隐患。近十多年虽没感冒，但左下肺常有啰音。去年因啰音扩大，曾住院治疗。今年4月下旬，又因啰音扩大，先服抗生素，继去医院输液，啰音减少减轻后，才回家继续服药。她患抑郁症，长期服药引起便秘，再长期服通便药。5月10日晚服通便药，入睡前因为咳嗽，她把药吐了出来，药是黑色的。夜里，她不时咳嗽，痰液带着黑色，我以为是通便药的颜色。我基本是清醒的，只要她一咳嗽，我就用纸巾为她擦拭干净，以防痰液被吸入气管。那一夜，我大约迷糊了一个多小时。

11日晨7时，秀涓醒来，我对她说：今天上午去医院灌肠通便。七时半，在我们家打工十年的小涂，正帮助秀涓穿衣起床，秀涓的嘴角又流出黑液，而且突然没有呼吸了。我马上打电话"120"，随即赶来的医生发现秀涓的瞳孔已扩散，心脏停止跳动。医生说，抢救已无实际意义了。

我大胆问："是否死亡了？"

医生答："是。"估计是在八时左右。还说，流出的黑色的液体可能是血，不是通便药的残余。

我头脑发晕，全身无力，几乎不能站立。

秀涓离世远行了！

我用手把秀涓的眼睛合上、身体放平，最后一次亲吻了她。小涂为秀涓穿上她平日喜欢的衣着；还为我和秀涓，留下了最后一次合影。

我强忍悲痛，向秀涓所在单位科技厅老干处报告，商定丧事办理一律从简；通知秀涓的妹妹和我的四姐，让她们能再见上秀涓一面；与女儿儿子通国际长途，告知噩耗。

当晚，好心的邻居熊燕，上楼来陪我坐了一个多小时。

女婿在山东，正准备登泰山，连夜赶回。儿子在美国，第三天下午到家。

5月15日，由科技厅老干处主持遗体火化。子女没让我参加与遗体告别的仪式。

我处于极其痛苦、矛盾的状态。理智上，我知道生死是自然规律，无法避免；秀涓走得突然，没有经受更多的痛苦；秀涓一直希望"走"在我前面，她的"愿望"实现了。我照顾了秀涓十七年，包括最后一夜，无怨无悔，无愧于心。但情感上，我实在接受不了秀涓一下就"永远离我而去"。六十年的风雨，最后这十七年的朝夕相伴，我能否做得更好、更周到，能挽留住她？

　　她好像并没有离去。早上我轻手轻脚地起床，怕把她惊醒；八时，想去叫她起来，怕她睡过头。上午我在客厅时，总看见小涂推她从卧室出来，她向我招手；我在计算机房写作时，隔一会儿就想去客厅看看，怕她仰头打瞌睡脖子会疼，为她垫一个小枕头；经常想去厨房拿茶杯，让她多喝水。下午想提醒她按时喝牛奶、吃香蕉。晚上看电视剧时，想为她解释剧情。夜里从噩梦醒来，我又会听见她问："你今天出不出去？"

　　秀涓无时不与我同在，但我身边又找不到她！

　　女儿、儿子都梦见过他们的妈妈。昨天，小涂说她梦见老奶奶叫她换尿不湿，我一听就泪水长流。秀涓，十几天了，为什么我一次都没有梦见你？难道你怕我拉着你，不放你走？

　　我心疼、空虚、失落、坐立不安，不知该做什么。

　　我的眼泪无时不流。女儿劝我干脆大哭一场，我无法放开，因为大哭也唤不回秀涓。

　　我实在不甘心：秀涓怎会这样匆匆地离开我和全家亲人？

2009年5月25日至28日

附　记

秀涓远行，未敢告诉八十九岁的大姐。大姐的陪伴对她说，秀涓到美国玩儿去了。今天大姐问我："秀涓去美国，什么时候回？"又说："你一个人在家，可能很不好过。"我无言以对。

同月30日

像一朵白色花

——思念我的姐姐

"我睡地板,你睡床!"

这是我姐姐弥留时,对我说的最后一句话。

一

我姐姐叫李国煜,1920年出生在成都。

当年的除夕,我的曾祖父李镛逝世。全家举哀之际,我母亲即将分娩。封建礼教认为,产妇必须搬出城外,否则死者会遭遇"血光之灾"。在这种压力下,母亲离家搬到城外去住。这个情节,四爸巴金写到小说《家》里。小说中的高觉新,以巴金的大哥李尧枚为原型。觉新的妻子瑞珏要生

我的姐姐李国煜

孩子，正值祖父高老太爷逝世，为避"血光之灾"，瑞珏住到城外荒郊待产，因难产而死去，不久婴儿也离世。现实生活中，我母亲平安，阴历二月十五日生下一个女孩，她就是我的姐姐。

二

我有四个姐姐。我们叫大姐为姐姐，其余叫二姐、三姐和四姐。

长辈们对我们五姐弟都有"戏"称：姐姐为"大小气"，我为"五横牛"。我看见过姐姐流泪，大多是在谈到我父亲的时候。我父亲是一个受到"五四"新文化运动影响的人，正直善良，热心帮助亲友，后因家庭破产而自杀身亡。父亲去世时，我才一岁零三个月，二姐、三姐、四姐尚不懂事，只有十一岁的姐姐极度悲伤。半个世纪以后，姐姐才告诉我：父亲很爱她。当年她和父亲同睡一张大床。父亲喜欢读新书报，还给她订了《小朋友》和《儿童世界》。至今她还记得父亲深夜读书时的背影。父亲经常带她出去玩，买糖果招待她的小朋友。1929年秋，父亲从上海回家。当天正是中秋节，姐姐在大门外玩，父亲一下轿子就用手摸她的头。父亲去世那天早上，姐姐哭喊着叫爹爹，用手去扳爹爹的眼睛，期望爹爹能醒过来。以后很长一段时间，姐姐思念爹爹，她用写日记的方式，倾诉对父亲的情感。大家看见姐姐流泪，以为她"小气"，其实并不理解她对父亲的眷念深情。

姐姐比二姐大五岁，比我大十岁。我认为姐姐是大人，不像其他三个姐姐那样和我一起玩。姐姐爱给我讲故事，她讲过的一个故事，影响了我的一生。故事发生在波兰，当时的波兰是弱小民族。当祖国遭受侵略的时候，一位牧羊少年，为了保护城里的居民，牺牲了自己。这个故事使我知道：除了爱母亲爱姐姐，还得爱同胞爱祖国！我上小学时，就积极参加了为前线抗日战士捐寒衣的活动。

三

我小的时候,姐姐在四川省立女子职业专科学校读书,她有一批好朋友,常来我们家玩。我们家的经济条件不好,但我母亲总是热情地接待她们。她们爱逗我玩,叫我跳舞给她们看。其中一位叫萧荀,我不认识"荀"字,把荀写成"苟",她们开玩笑说萧姐是我的苟姐。

抗日战争初期,我母亲带着我们五姐弟,回到外婆家里住。外婆家有一个丫鬟,叫花珍。我外婆很慈祥,待花珍很好,但花珍不愿被收上房做小老婆。姐姐和她的朋友帮助花珍逃离外婆家。花珍改名秦志修,以后到重庆当了工人,正式结婚。这无疑是一次反封建的革命行为。1948年,我在重庆沙坪坝见到秦志修,她对我姐姐充满感激之情。

大约在1941年,我的八表叔把马克思的《资本论》借给姐姐看。当时姐姐读不懂《资本论》,但读《资本论》这件事受到我的一位叔父严厉的指责,以至姐姐的精神出现异常。她的朋友萧姐和刘姐等很关心她,帮助她换环境休养,她较快恢复了健康。我不知道姐姐生病。有天晚饭时间,我贪玩回家晚了一点,姐姐问我为什么老在外面"蹓来蹓去"?我误以为"蹓"是流氓的"流",顶撞了姐姐一句,姐姐立即哭起来。我以为是我把姐姐惹病的,十分不安。姐姐病好回家,我不敢去见她,偷偷地站在屋外的凳子上,从窗缝往里看她在做什么。姐姐发现了我,亲切地对我招手:"小五,来吃广柑!"我立刻跑到她身边,接过广柑,如释重负。

也就是那一年,四爸回成都治牙,在我们家住了三个月。姐姐已从职业专科学校毕业。四爸与我父亲的感情深厚,他目睹姐姐生病的过程,决定把姐姐带到文化生活出版社重庆办事处(以下简称文生社)去,在自己身边工作。姐姐在文生社担任会计,认真负责,得到四爸的赞许。我们家:父亲在,他管全家;父亲去世,三爸按月寄钱回家供养全家；三爸去世，四爸给全家提供生活费用。姐姐省吃俭用，每个月把自己微薄的工资，大部分寄回家，供母亲和弟妹们零用。1945年，抗日战争胜利，四爸返回上海，要带姐姐同去，但姐姐不愿远离母亲和弟妹，选择留在重庆。萧姐当时在重庆读书正好毕业，跟着四爸去了上海，以后成了四爸和四婶的好朋友。

四

姐姐去重庆后，我一直和她保持通信联系。

我上初中时，喜读新文学。1943年冬，我的一篇作文在校刊铅印发表，我很兴奋，寄了一份校刊给姐姐。姐姐看后很高兴，又让她的同事看。姐姐写信鼓励我，还给我提了一条意见，说我的每一段文字，无论句子长短，中间全是逗号，仅在结尾有一个句号。姐姐很会写作文。我读过她的一篇《夏夜》，至今记得开始的几句："夏天好，夏天好；纺织娘，把歌唱；金铃子，把铃摇。"我上小学时，有一次作文，居然把姐姐的《夏夜》全部照抄上交，得到老师的好评。下一次作文，没有姐姐的可抄，写得乱七八糟，老师批语："作文如行舟，不进则退。"以后知道，二姐和四姐也抄过姐姐的《夏夜》。

1944年夏季，我考上华西协合高级中学。我爱上写作，习作曾在成都的几个报刊上发表。同时，我好友陈先泽的四姐，介绍先泽和我参加了以中共地下党员贾唯英为核心的、以大学生为主体的未名团契；在贾唯英直接领导下，我与先泽等志同道合的中学生朋友组织成立了破晓社，反对国民党的独裁专制。这两年半，我积极学习《新民主主义论》等著作，与破晓社成员合办刊物，订阅《新华日报》，在学校代销《延安一月》一书，多次参加学生运动。1946年底，我被吸收为地下党员。后学校变相把我开除。我考上重庆的西南学院。1947年2月，我没有告诉姐姐，突然去了重庆。

1947年，姐姐和破晓社成员陈先泽（后排左一）、詹大风（前排左一）、王竹（前排右一）合影

到重庆的当天下午，我乘小木船横渡长江，惊涛骇浪。第二天去看姐姐，我乘坐的公共汽车被军车撞翻，当场死了四人，我没受伤。姐姐听我讲述时，我看出她慈母般的心疼。

从我上中学起，四爸供给我的学费，由小幺叔转发。小幺叔知道西南学院是中国民主同盟办的，认为学院太"红"了，怕我出问题，不给我学费，要我先自修，暑期报考燕京大学或复旦大学。不能上西南学院，我打算去解放区，但因红岩村和《新华日报》驻地突然被宪兵包围，无法实现，只得搬到民国路文生社三楼自修。我是凭政治和作文的成绩考上西南学院的，数学很差，根本考不上燕京和复旦。自修期间，姐姐不放心，不时上楼来检查；而我却在学诗人田间，写一些充满激情的新诗。我为姐姐写了一首抒情诗，其中有"像一朵白色花，你默默地开放在人间"诗句，可惜只记得这两句，其余全忘了。

姐姐感到我这样的自修无济于事。她与我的朋友王竹联系，在王竹就读的四川省立教育学院，为我找了一个床位；又请她在重庆大学先修班读书的朋友丁秀涓，每周两次为我补习数学。有了这些安排，姐姐多少放心些。大约半月一次，我进城看姐姐。姐姐非常爱干净，不让我坐她的床，晚上让我在她床边睡地铺。姐姐和她的好友王淑蓉常带我去吃小吃，我最喜欢吃熨斗糕。偶尔也带我去西餐馆，喝一碗奶油鸡茸汤，花钱不多。

6月1日凌晨，国民党宪兵在国统区实行大逮捕。我不是省立教育学院的学生，加以匆忙中把两本进步书籍扔到窗外，我被逮捕了。王竹马上进城通知姐姐。那一次全市逮捕了两百多人，社会各界对国民党施加压力，呼吁释放被捕人士。姐姐想了各种办法营救我，最后通过四爸的好友、教育家吴先忧，在第五天中午，把我保释出来。吴伯伯对我说："你赶快去见你姐姐，她为你急死了！"

我让姐姐操了多少心呵！

五

我被释放后不久，临近高考。当时误传是在成都考试。姐姐为我和王竹买到两张回成都的飞机票，她和丁秀涓一起，把我和王竹送到重庆珊瑚坝飞机场。我和王竹都是第一次乘飞机，十分新奇，可能在上飞机前，没有特别向姐姐和秀涓告别。秀涓高考后回成都，说姐姐和她都对我们"没有回头看她们一眼"有点"意见"。

高考地点其实是在重庆，王竹很快返回重庆。我先害痢疾，后生眼病，不能回重庆参加高考。姐姐为我失去高考的机会感到遗憾。我却无所谓，甚至有点庆幸：原本我就考不上这类知名大学。

这个暑假，破晓社成员陈先泽、詹大风、方信嘉和蔡尔雄等都去了重庆。姐姐热情接待我的这些朋友；他们也喜欢她，都跟着我叫她姐姐。姐姐曾与他们合影留念。

经过大半年的接触，秀涓认为我有理想，会写作，头脑灵，又活泼，比较喜欢我。我则认为秀涓是大家闺秀，功课好，会办事，开始爱上她。当年12月，我眼病初愈，又去重庆。王竹因为参加过抗日的远征军，被四川大学录取。三所大学录取了秀涓，她因为我选择了重庆大学。姐姐请秀涓在重庆大学为我找床位，继续为我补习数学。1948年高考，我没被录取。这本在意料之中，但我觉得实在对不住爱我的姐姐。

国内形势不断变化，解放军取得"三大战役"的胜利，我有了新的打算。我是地下党员，原来想上大学，是为了能有一个"阵地"。既然考不上知名大学，我也不想再考，得开展群众"工作"了。重庆地下党受到破坏，我的组织关系转不过来。当时，我借住在重庆大学校外的一间半破房子里，沿用在成都搞学生运动的老办法，我组织了"大家读书会"，秀涓是我的主要助手。有十几位大学生参加读书会，我们读《世界知识》和《观察》杂志，定期讨论时事，唱进步歌曲，在地图上标注解放战争的进展。这些活动引起了重庆大学校方的注意，训导长侯枫，以清理学校家具为由，亲自带领几个壮汉，对我的住地进行了搜查。幸好头一天晚上，我把所有的进步书籍，都藏到了竹篾片做的天花板上，没有被发现。我怕姐姐担心，不敢告诉她这些情况。我那时仍在写作，文章分别发表在《大公报》和《新民晚报》上，姐姐多次给我鼓励。一位大戏剧家有部电影《艳阳天》，我有些不同意见，写了一篇短文叫《论〈艳阳天〉》；姐说只能叫《谈〈艳阳天〉》，教我懂得谦逊。

1948夏，在征得四爸同意后，姐姐离开了文生社。她先在一个税务报关行干了三个月，后到重庆黄山的一所慈善学校工作。我和秀涓去黄山看过姐姐，但交通不便，不可能经常去见她。

同年底，我在沙坪坝偶遇王宇光，他是我入党介绍人贾唯英的丈夫。王宇光在了解我这两年的情况后，委托一位化名老张的同志为我接上了组织关系。老张本名洪德铭，是地下党成都市委最后一任书记，这是我在解放后才知道的。我被任命为地下党川康特委川西派遣组沙磁区工作组成员，主要负责重庆大学先修班和沙磁区中学的工作。秀涓被吸收入党，大家读书会部分成员加入地下社"民青"。1949年4月,"争温饱争生存"运动后,我和秀涓有所暴露,撤退回成都工作。

姐姐也在10月回到成都,后去简阳县教书。这段时间,姐姐对我有些冷淡,我误以为是因为我和秀涓结婚,她感到失落,这在母亲和长姐是可能发生的。以后得知,姐姐在税务报关行工作时,看见社会上许多阴暗面,对环境极为不满,急于和我沟通,她连着给我写了三封信,都没有收到回信,对我产生了误会。实际情况是,当时我们已经受到特务监视,我的来信多被特务扣下;特务还检查到一位要求进步的同学写给秀涓的信,秀涓为此受到了"警告"。这也是我们从重庆撤回成都的原因之一。姐姐不知道我根本没有收到她的信。

我对姐姐的爱,从来没有减轻。

六

1950年秋,姐姐去重庆与查坤培结婚,在《西南工人日报》工作,1951年11月姐姐入党。

姐姐在文生社工作时,曾在附近一所英语夜校学习,一周两三次。查坤培是美孚石油公司的职员,姐姐的夜校同学。美孚石油公司也在民国路,与文生社隔街相对。1948年,我认识了查坤培,在他自办的小刊物上发表过文章。姐姐离开文生社的前后,我多次在查坤培那儿住过。1949年,我介绍查坤培加入了地下党。

1949年底,我和秀涓在成都迎接解放,1950年春又调回重庆,我先后在青年团重庆系统工作。1953年,姐姐生了个儿子,叫查晓;我也有了个女儿。那时大家工作都很忙,接触不太多。我保留了两张照片:一张是母亲来重庆时,母亲与我、姐姐、坤培、查晓的合影,我抱着查晓;另一张是查晓、我女儿和王竹的儿子的合影,三个孩子在团市委院子里唱歌。我住在两路口,去姐姐家得坐缆车,我为女儿编了儿歌:"坐缆车,下坡坡;看大孃,看表哥。"

1957年底,我调团四川省委工作,离开重庆,回到成都。查坤培原在全国总工会西南办事处工作,1954年西南行政区撤销,调成都的四川总工会工作。1958年,因照顾夫妻关系,姐姐也回到成都,在四川省科委工作。无论在《西南工人日报》或省科委,姐姐都像大姐姐似的,关心和爱护身边的同志,受到大家的尊敬。《西南工人日报》一些同志,一直尊称姐姐为"李国老",常在"三八节"去看望她,直到姐姐的晚年。1963年春,我调团中央工作,去了北京。1966年,爆发史无前例的"文化大革命",我和成都亲人的联系中断,只有秀涓每月定期给我母亲写信、寄生活费。我在河南团中央"五七"干校劳动了五年,曾两次回成都探亲,姐姐都在四川省的米易"五七"干校劳动,我们没能见面。不过,我对姐姐的思念,无时不在。

七

1973年,我调回成都,在四川人民出版社工作。

当时,我女儿在北大荒生产建设兵团。我们把女儿接回成都,准备让她去四川农村插队。不是组织上统一的安排,女儿自己去插队,得花一笔数目不小的安置费。姐姐主动表示,要把她的"私房钱"给我一百元,一百元超过那时她一个月的工资。我没有同意,但深感姐姐对我的爱。我女儿也把大孃的关心牢记在心间。

人们早已对"文革",对无止境的斗来斗去,感到不满和厌倦,但又不敢轻易直言。我和姐姐之间没有任何顾虑,交换对时局的看法,无话不谈。当我听到从北京传来粉碎"四人帮"的消息,赶快去告诉姐姐。因为是非正式渠道,我要姐姐保密,不要告诉任何人,包括姐夫查坤培,她遵守了"协议"。

四川人民出版社较快结束了清理"帮派"的工作,面对空前的"书荒",我们立足本省,面向全国,陆续出版了不少好书。姐姐长期在文生社工作,理解出版工作的意义和重要性,为此感到高兴。当她看见我们出版的曹禺新著剧本《王昭君》后,专门给我写了一封信,称赞该书的封面、内文设计和插图好,出版周期短,祝贺我们所取得的成绩。

姐姐受我父亲影响,从小爱读书;以后,在文生社结识了作家曹禺、丽尼,受他们的影响,读了不少名著。1980年姐姐退休后,有更多的时间涉览群书。我爱买书藏书,四爸也送了我许多书,我家有三十多个书柜,自然成了姐姐的图书馆。姐姐定期请她的保姆来借书还书,她是我们家读书最多的人。姐姐夸我爱护书,说我的许多藏书"很多年后,仍然像新书",要查晓向我学习。至今我还保存了1947年姐姐送我的英文版《白雪公主》,我的女儿读过,孙女读过,以后重孙女还会阅读。

1980年4月16日晚,我母亲因突发脑溢血住院,昏迷不醒,命在旦夕。二姐把我和四姐叫去,配合医生处理,我和外甥李舒彻夜守护在母亲身边。天下大雨,是否马上禀报姐姐,我十分犹豫:既懂得姐姐对母亲的情感,又担心姐姐的身体,最后决定推迟通知。第二天早上姐姐赶来,她理解这是为她着想,没有责备我。母亲去世,我们极为痛苦,躲在一位邻居家,几天没有与外界接触。

1981年,我因工作紧张引发高血压,在草堂寺疗养院住了半年多。我每周六下午回家,姐姐总要在周六下午,把我和二姐、四姐叫到她家,促膝谈心,吃碗抄手。这是快乐的聚会。三姐一家在福建省,我们也思念三姐。

姐姐从没有离开过四川,只是在1982年去上海看望过四爸。四爸很高兴,请女儿李小林到火车站去接姐姐,又抽时间多次和姐姐交谈。弟妹们开玩笑说,姐姐去上海,受到四爸"高规格"的接待。

姐姐喜欢读我的"往事随笔",说文章语言朴实简洁,能动人情感，鼓励我继续写下去。

八

2003年元宵节，姐夫查坤培逝世。

我们都为姐姐担心，不知道怎样安慰她。幸好姐姐的儿子查晓，从此把母亲接到自己家一起住。坤培兄对姐姐很好，但他照顾姐姐的方法不完全妥善。他担心姐姐摔跤，主张姐姐少走动；他怕姐姐感冒，不要姐姐下楼散步；他让姐姐吃各种的药品，包括大剂量的安眠药。查晓在肿瘤医院工作，既爱母亲，又具备医药知识。他为姐姐调整了药物，减少了安眠药的数量；鼓励姐姐适当运动。他们住在六楼，姐姐可以下楼，在院子里散步。查晓不但早中晚在家，工间操时还回来和母亲说几句话。保姆小敬也不错，除买菜做饭之外，多数时候都坐在姐姐身边，陪姐姐说话。姐姐喜欢京剧，早年秀涓教过姐姐唱《贵妃醉酒》和《凤还巢》的片段。姐姐爱看中央电视台戏曲频道。

二姐多病，行动不便。我和四姐不时去看望姐姐，姐姐很高兴。我在团中央河南"五七"干校劳动时，因冬季凌晨下水田犁田，腿脚留下后遗症。查晓家没有电梯，上下六楼对我很困难。我送了姐姐一张十寸的大头像，塑胶板做的，放在她的茶桌上。我对姐姐说："这样，我就能天天陪着你！"姐姐很喜欢这张照片，几乎每天都要指着照片对家人说："这是小五，他天天陪着我。"对客人也这样说。在她最后一年，语言出现障碍，也要用颤抖的手指着照片，向他人示意，直到她最后住进医院。

姐姐挂念二姐。她提议凡我们几人的生日和节假日，就在二姐家聚会。老年的姐姐喜欢红色，二姐、四姐和我经常买红色衣帽送给她。我爱和姐姐开玩笑，"挖苦"她当年有洁癖，让我睡地板，以致我现在身上疼，姐姐则说："以后我睡地板，你睡床！"我说她是老姐子，还是该我睡地板，为此争论不休。姐姐爱唱歌，我女儿在成都时，一定带上歌本，和大孃一起，把会唱的歌都唱一遍。我的声音是"左"的，无法与姐姐合唱。但我会模仿姐姐年轻时唱的京韵大鼓："二八的小佳人，懒梳妆！"姐姐笑眯眯地看我表演，高兴极了。

十年来，我们几姐弟就是这样地相聚。每次，我都坐在姐姐身边，拉着姐姐的手。姐姐去世后，只要看见姐姐常坐的那张椅子，想起我们手拉手坐在一起，就会流泪。我女儿怕想起大孃，甚至不敢去二孃家。

姐姐天天盼着生日和节假日到来。没有聚会时我们每天通电话。姐姐喜欢我幽默，乐意与我通话。头些年说不完的话，通话时间较长，渐渐地她就只有三句话了：第一句："你的照片，天天陪着我的。"第二句："我爱我的小弟弟。"第三句："我睡地板，你睡床！"姐姐的深情，给了我温暖；她的语言退化，又让我难受。这三句话，天天讲月月讲，一字一句，刻在我的心上。

2009年5月，秀涓因病逝世，我没有立即告诉姐姐。以后姐姐知道了，不知多少次地念叨："小五一个人咋个办？叫他赶快续弦嘛！"姐姐担心无人照顾我的生活。

查晓的确很孝顺。头几年是他扶着姐姐，上下六楼参加聚会；后来是他背着姐姐，上下六楼去二姐家。2006年，姐姐开始出现某些老年认知障碍现象，并且吞咽困难。每吃一口饭，查晓都要检查她，是否把饭吞了下去，不厌其烦。2010年，姐姐患乳腺癌，查晓没有告诉姐姐，但对姐姐百般细心照顾。

2011年底，姐姐的乳腺溃烂化脓，查晓隔天为姐姐换药；8月29日，姐姐肺部大面积感染；9月1日10点07分，姐姐逝世，享年九十二岁。

在姐姐弥留期间，她不停地叫查医生，还说"我睡地板，你睡床！"

姐姐叫查医生，是呼唤她的好儿子查晓。

姐姐说"我睡地板，你睡床！"是惦记我，她心爱的小弟弟。

九

姐姐是一个平凡的人：她没有当过"官"，只做过会计、小学教师和公务员，没有做过惊天动地的事。

姐姐是一个崇高的人：她正直善良，年轻时就追求进步；她内心充满对新世界、新文化的憧憬；她为了母亲和弟弟妹妹，牺牲自己的利益；她工作认真负责，勤勤恳恳为人民服务；她爱读书唱歌；她乐于关心和帮助别人。

她就是一朵白色花，一片真情，默默地开放在人间。

2014年7月7日

姨　妈

我说的姨妈，是一位同事的姨妈，也是我们的姨妈。

20世纪50年代初，我的女儿诞生了。当时我在共青团重庆市沙磁区委工作，妻子在重庆第二钢铁厂工作，成天忙到晚，没有时间带孩子，也不懂怎样带孩子。好在是供给制，有孩子就有保姆费。我们不知在哪儿找保姆，一位好心的同事把她的姨妈推荐给了我们。

姨妈是封建婚姻的受害者。她是一位普通的农村妇女，一字不识。丈夫是大学体育系的学生，两人捏不到一块儿，没有儿女。拖下去不是办法，她终于与丈夫分手，自己离家找工作。第一次工作就是到我们家带孩子。

姨妈衣着整洁大方。我们出外办事或游玩，别人都以为我们是一家人。女儿从开始说话起就叫姨妈为婆婆。不久我母亲从成都来看

1972年，姨妈（右）和孩子们在一起

望我们，我女儿理所应当叫她为婆婆，但又怎样称呼姨妈呢？正考虑如何加以区别，女儿突然叫我母亲为亲婆，仍叫姨妈为婆婆。这个两全其美的叫法解决了这一难题。我问女儿是谁教你的，她说是婆婆告诉她的，从成都来的才是她的亲婆婆。

朝夕相处，姨妈对我们有了基本的了解和信任。1955年搞所谓肃清"胡风反革命集团"时，我已到共青团重庆市委工作，是被审查对象。许多人迫于压力和我划清界限，连话也不说。姨妈和平时一样带孩子，并关心我的生活。她知道我不喜欢吃早饭，每天早上煮好牛奶鸡蛋一定要我吃了才去办公室。后来知道，当时有人多次动员她揭发我。她说："过去的事我不知道，现在的事我不能昧良心乱说。"

我女儿非常喜爱她的婆婆，只要婆婆不在，女儿就找，找不到就哭。1957年底，我调共青团四川省委工作，姨妈和我们一起到成都。有一次姨妈必须回重庆，我们怕女儿不放她走，提前把女儿带到人民公园玩儿。可是女儿回家发现婆婆走了，放声大哭，脖子上的筋涨得又粗又大。幸好姨妈惦记着我女儿，两三天就回来了。不久我们的儿子出生，姨妈就带两个孩子。当时"大跃进"，晚上无事要加班，白天得上楼顶去赶麻雀，半夜常被叫去参加土法炼钢，星期天还必须去人民公园挖池塘。如果没有姨妈，真不知拿两个孩子怎么办。

生活中难免有笑料。有一天吃午饭，姨妈突然提出要我帮她写首诗，说街道办事处布置的，她写不出。我不赞成"全民写诗"，没有同意。她再三恳求，我便开玩笑地胡诌了四句："大跃进呀真正好，一人一诗少不了；作不出诗怎么办，赶快去把干部找。"

"大跃进"造成的三年困难时期，影响到各家各户。不少家庭因粮食问题发生矛盾，保姆吃孩子的口粮和食品的事屡见不鲜。我们家没有这些问题，却发现姨妈两腿略有水肿，原来是她把自己的饭菜让了一些给孩子吃。我和妻子极为感动，坚决反对她这样做。

为了保证姨妈吃够自己的定量，我们实行了平均分配菜饭，一人一份的吃法。当时机关食堂的馒头只供应干部，不供应家属。卖馒头的同志边卖边叫："干部才买！干部才买！"一天，姨妈告诉我们，年仅两岁多的儿子说他长大了要当干部，好给婆婆买馒头。姨妈讲话时露出笑容，看得出她从中得到了安慰。

　　供应不足使我骨瘦如柴，在1960年病了一场，住了三个月医院才回家。我长期有午睡习惯，最怕人打扰。姨妈坚决维护我的午睡。我母亲说，有一次她中午上楼找我，姨妈挡住她，说我在午睡。母亲开始有点反感，后来又想到姨妈是为我好，便听从了她的意见。我既感谢姨妈忠于职守，又感谢我母亲能理解这一点。

　　姨妈是我们家不可缺少的成员。她单身一人，与我们的关系又这样密切，妻子和我有一个共同心愿：以后孩子大了，姨妈就帮我们做点事；将来她老了，就在我们家养老。妻子把这个心愿告诉姨妈，她十分乐于接受。

　　1964年春节，我奉命调共青团中央工作。组织上要事先了解家庭情况，我如实做了汇报。幸蒙照顾，我和妻子、儿女、姨妈一起进入北京。可是大机关是非多，不久我就深感姨妈留在北京会引起麻烦，因为她丈夫家里大概是小地主，最好让她回重庆暂住。这个办法虽好，但又怕姨妈接受不了。山雨欲来风满楼，"左"的思潮越来越泛滥，许多机关都在"清理阶级队伍"，我更感到担心。正在山西参加"四清"的妻子来信，建议我开诚布公地与姨妈商量。没想到姨妈通情达理，极为爽快地同意回重庆暂住。

　　姨妈离开北京的晚上，我和女儿把她送到火车站。姨妈牵着女儿的手，两人眼里都充满泪水。姨妈在我们家工作了十一年。从重庆沙坪坝区到重庆市中心区，从重庆到成都，从成都到北京，但现在必须分手了。尽管我们一定遵守诺言，不会做昧良心的事，但一种负疚感压得我胸闷。那时我们家经济困难，只能为姨妈买一张硬座票。与姨妈同坐的妇女看见我们难舍难分，好心地问我女儿，为什么不给婆婆买张卧铺票？我听了感到无地自容。

  姨妈走后我们很不习惯，特别是两个孩子。但在"文革"期间，我才庆幸姨妈暂时离开了我们。如果姨妈在机关，亲眼看见我被斗争、抄家、关"牛棚"，亲眼看见两个孩子没人管，她会非常难受的。一个自称为"老干部"的造反派揭发我的"罪行"，就我们和姨妈的关系进行恶毒的诬蔑，说我像黄世仁一样，"吃了饭就睡午觉"。这并不奇怪，她怎么懂得人间真情。端午节是姨妈的生日。每到端午，全家人都想念她，年年如此。1970年初，我带女儿和儿子回成都探亲，专门去重庆找到姨妈。五年不见，姨妈头上有了白发。姨妈看见两个孩子长大了，显得格外高兴。我趁机向姨妈表示，我们一定要争取调回成都。1971年我们回成都探亲，又把姨妈接到成都玩了一周。

  我们家在1973年全部回到成都。妻子每次出差到重庆都会去看望姨妈，姨妈住在街边一幢楼房五楼上的一间阴暗的小屋，白天做活都要开电灯。我们为姨妈的困境担忧。不久女儿上了重庆大学，经常与婆婆见面，婆婆仍像过去那样关心和照顾她，给她做裙子、缝棉袄。女儿和婆婆相约，等她大学毕业，一起回成都。粉碎"四人帮"后有了团聚的可能。1978年秋，姨妈带着一个小孩来我们家住了十天。当时说定：半年后等这孩子上了幼儿园，按过去的承诺，姨妈就来我们家长住，再也不分开。

  谁知姨妈回重庆不久就病倒在床，最后查出是肝癌。1979年，我女婿代表全家到重庆看望姨妈，她已经不行了，一周后病逝。天下最痛苦的事，莫非一个美好的愿望，等了很久刚要实现，突然又破灭了。我想姨妈一定是带着很大的遗憾离开人世的！

  我们虽在人世，这遗憾也将伴随终身！

1999年冬

我和女儿的小故事

邻居兼友人熊燕很重视对孩子的教育。作为闲谈，我讲了三个小故事。这些事，距今已有四五十年之久了。

不拿别人一针一线

我的女儿，那时可能只有五岁多。有一天，我和妻子带女儿到她姨婆家去玩儿。大人聊天，孩子一般没有兴趣。她姨婆拿了一个小瓶子给她玩儿，我们才不被干扰，得以继续聊下去。

吃过中饭，告辞回家。

下午，我发现女儿仍在玩那个小瓶子。

我问："这是姨婆送你的？"她答不是。又问："你拿走时告诉姨婆没有？"答没有。

女儿很小，没有"偷"的概念，不能上纲上线；但绝不能允许孩子随便拿别人的东西，哪怕一针一线。我认真地给她讲道理，让她知道只有父

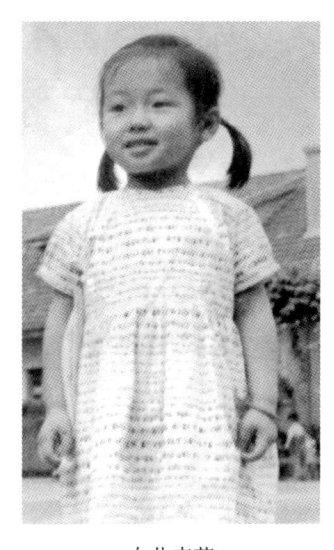

女儿李芹

母送她的，包括经父母同意接受别人送的，她才有权处理。随便拿别人的东西是不对的行为，一定要改正。女儿接受了我讲的道理。

我说："我要带你把小瓶子还给姨婆，你要向姨婆道歉。"

为了把事情处理好，我得先与她姨婆通气。当时，没有电话，我骑自行车到她姨婆家。我向她说明缘由，她姨婆果然认为小题大做。她说："一个小瓶子算什么嘛！"我只得又向她讲明孩子得从小养成好习惯，请她配合。然后，我才带着女儿到她姨婆家。

女儿把小瓶子还给姨婆，检讨说："我不该没得到允许，把小瓶拿回去了。"姨婆说："知道这个道理就对了。"

从此，我女儿再没有随便拿过别人的东西。

从小得诚实，说真话

我十二岁时，四爸就教我"说话要说真话"，我也注意以此教育孩子。小娃娃什么错误都可能犯，犯了就改，但绝不能说谎，不诚实。

我一直喜欢工艺品，生怕弄坏一点。1958年我访问苏联，带回一个小的人造卫星模型。它有一个类似八音钟的设置，只要上了发条，就会响起一段乐曲。我十分喜欢它，把它作为一个珍藏的纪念品。

一天晚上，我和妻子回家，发现女儿胆怯地站在房门外。我问："为什么没睡？"她答："我把人造卫星模型弄坏了。"

我心里极不高兴，本想责骂她，但她诚实认错，应该免予处分，也就平静下来。我说："你明明知道我喜欢它，不许你一人玩它，现在你一人玩它，又把它弄坏了。你说该怎么办？"

她说："我错了。"

我说："本来要处分你，但你今天很诚实，不给你处分了。"

帮助她克服困难

女儿在学校一贯表现优秀，从来都是按时完成作业。

一次放寒假，因为她平常能按时完成作业，我也放松了检查。特别是春节前后，许多亲戚朋友来玩儿，她也玩得高兴，更忽略了做作业之事。

临到开学前一天上午，谈到第二天报到，我女儿才说："糟了，我忘了做寒假作业。"

这是一件大事。我问："怎么办？"她说，马上做。她拿出笔墨纸砚，开始做作业。我没有批评她，只叫她抓紧时间，能做多少就做多少。

估计她难以完成全部作业，我到学校去向级任老师报告实情，并从家长角度做了自我批评。老师说："我知道该怎样处理。"

女儿一直在做作业，除了吃饭，没有休息一分钟。我和妻子也不打扰她，以便她集中精力。吃了晚饭，她又立即做作业。我坐在她身边，帮助她磨墨。到了晚九时，平时该睡的时候了，女儿的作业还没做完，但她并无睡意，仍坚持做作业。我一直陪着她，当她的"秘书"，为她做些磨墨、送纸之类的事。当她完成全部作业，座钟正指着十二时，我俩都松了一口气。

第二天早上，女儿去学校报到，老师见她情绪正常。检查她的寒假作业，全做了，感到奇怪。事后我把情况告诉老师。我说，我既指出女儿没坚持做寒假作业的缺点，又肯定了她当天的"奋斗"精神。

2008年秋末

家庭文件

按：外孙琪琪结婚，我致了祝辞，双方的家长均表示赞同。为强调其重要性，琪琪的姨婆戏称为"一号文件"。后来，他们将为人父母，我又写了一封信，即"二号文件"。

"一号文件"——在琪琪、莉莉婚礼上的祝福

我是琪琪的外公。名叫李致，木子李，向大家致意的致。琪琪从小跟我们长大，所以琪琪和他父亲、母亲推举我来表示祝福。

几十年前，子女婚姻一般由长辈做主，所以长辈往往先于子女相识。现在，子女自由恋爱，婚姻自主，亲家是子女决定的。但有意思的是，琪琪的妈妈和莉莉的父亲是小学同班同学。莉莉奶奶的好友是我的好友，这位好友对我的人生产生过很大的影响，犹如我的亲姐姐。莉莉的四姨公和琪琪的七姨公又是同学。莉莉的四姨公是有名的眼科医生，四十年前他就为我治过病。那天我去拜望莉莉的爷爷奶奶时，就说："世界很大，同时也很小。这叫有缘。"

结婚是人生的大事，是非常严肃的事。按中国的传统，夫妻要白头偕老。尽管时代和人的观念变化很大，我们仍希望新郎新娘能终生相伴。现在，有些青年人不喜欢本民族的传统，时兴西化。我在美国参加过婚礼。当牧师问新郎新娘：无论是富贵贫穷，还是生

老病死，你都愿意和他/她终身相伴吗？"新人回答：我愿意！这种承诺，也是白头偕老之意。汪家李家的祖辈，也就是新郎新娘的爷爷奶奶和外公外婆，都到了耄耋或近耄耋之年，身体健康。新郎新娘也应继承长寿基因，人生的道路很长。社会是丰富多彩的，但也是变化难测的。人生是幸福的，但也常有坎坷。夫妇要相互理解，相互帮助，用爱来温暖和鼓励对方。双方都要宽容，多付出一点，不要斤斤计较，抓住小事上纲。求同存异，不仅适用于国与国，也适用于家庭。祝新郎新娘万事如意，用心是好的，但不现实。生活中一定有矛盾有困难，要学会用正确的态度来对待困难、解决矛盾。婚姻，是爱情加责任。爱情，包括理解和宽容。责任，就是纵有千斤担，各挑五百斤，这样一加一就会大于二。要做到白头偕老，正如鲁迅所说："爱情必须时时更新，生长，创造。"

许多长辈、亲友和同学光临婚礼，带来亲情友情，为婚礼增添光彩和欢乐。我代表琪琪的爷爷、奶奶、外婆、父亲和母亲，感谢大家的盛情。

2004年7月10日

"二号文件"——寄语将为人父母的琪琪、莉莉

琪琪和莉莉：

得知莉莉已有身孕，我非常高兴。

今年你们将成为父母。这是你们人生中的一件大事。全家为你们祝福，也提点希望。

我相信你们会爱孩子。正如鲁迅所说："动物界除了生子数目太多，一一爱不周到的如鱼类之外，总是挚爱他的幼子。"我曾在农村亲眼看见有人戕害了小乌鸦，乌鸦爸爸和妈妈连续不断地向他发动攻击。鲁迅强调的是："不能只管生，不管他好不好……不管

他才不才。"

　　问题就在这里。如何才能使孩子好（或成才）呢？

　　孩子没出生前，在母亲的肚子里。母亲的情绪直接影响孩子的身心健康。因此，母亲保持良好的心态极为重要。对你们来说，目前一定要和平共处，避免争吵。要让家里时时充满着一种欢愉的气氛！

　　孩子出生后，他接触的世界，首先是父母。都说父母是孩子的第一老师，这话千真万确。老师对学生，即父母对孩子，既要言教更要身教。婴儿太小无法言教，主要是身教。孩子将模仿你们的行为，塑造自己的性格。在和谐的家庭里，婴儿会快乐健康地成长。如果父母脾气暴躁，或经常吵闹，对婴儿来说，那就是"世界大战"。想想战火纷飞下可怜的巴勒斯坦的孩子，能够加深我们的理解。

　　生孩子，母亲承担的责任和痛苦比父亲多。孩子的父亲要多多关怀孩子的母亲。孩子出生后，会增加许多烦琐的家务事。父母双方要彼此关怀、理解和体谅。否则，孩子出生带来的快乐，很快就会变成烦恼，甚至是痛苦。

　　期待你们努力，生养一个健康、聪明的宝宝。

外公
2012年2月1日

难忘的良师益友
——怀念汪道涵同志

汪道涵同志逝世，我心里很不平静。往事在脑海里浮现，难于忘怀。

我和道涵同志有亲戚关系，但这不是主要的；是他的高瞻远瞩，学识渊博，为人谦和，也就是他的人格魅力，深深地吸引了我。

早在胡耀邦同志任中宣部部长时，曾分别邀请在政府各部门担任领导工作的同志，来中宣部介绍情况。道涵同志时任对外经济联络部副部长，应邀前来作报告，耀邦同志对他的评价很高，说他头脑清晰，不但掌握全面情况，而且分析准确到位，很有水平。这是当时参加会议的同志转述的，也是我对道涵同志的第一印象。

20世纪80年代初，道涵同志任上海市市长，他对巴金老人十分关心。作为巴老的亲属，礼尚往来，我去看望他，表示感谢。谈话的时间不长，涉及面较宽，彼此都很投入，大有一见如故之感。他问了我的年龄，说他比我大十五岁。以后每次见面，他都要说："我比你大十五岁。"

不久，四川少儿出版社出版了一套"未来军官学校"丛书，在上海举行首发式。川少社邀我出席。没想到上海方面出席的竟是道涵同志。道涵同志赞扬了川版图书，肯定了"未来军官学校"丛书的选题。他邀我去他家聊天。这一次主要是谈书。原来，道涵同志

汪道涵与李致

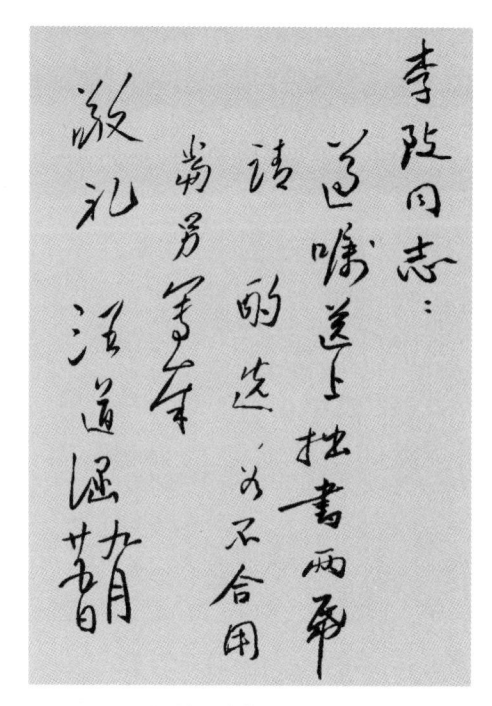

李致同志：

道嫂送上拙书两册，请酌选，如不合用，尚另筹。耑复

敬礼

汪道涵鞠躬

汪道涵致李致的书信

很喜欢读书，阅读范围广泛。他了解川版书，对"现代作家丛书"和"走向未来丛书"等都充分给予肯定。我这才明白为什么上海发行部门会邀请他来出席首发式。这时道涵同志刚退居二线，也有了些时间。若干年后，道涵同志来四川旅游，我专门陪他参观了四川人民出版社、巴蜀书社等几家出版社。

1992年，我在美国探亲时认识了一位美籍华人陈达孚先生。他是从大陆到台湾，再去美国的。他曾在老布什政府中任职；曾为共和党的代表大会起草有关对华政策的纲领。我邀请陈先生来四川旅游。陈先生希望能会见大陆的高层领导，愿意为统一祖国尽些微薄之力。当时，道涵同志已任海协会会长。1993年初，我回国后即与道涵同志联系，他欣然同意会见陈达孚，听取陈先生的意见。

  同年秋，我陪陈先生去上海。道涵同志会见了陈先生，认真听取了他对台湾情况的分析和意见。时间久远，我已不记得谈话的全部内容。印象深的，是陈先生明确地指出：李登辉也是搞"台独"的；过去台湾推广"国语"（即普通话），现在李登辉搞所谓的本地方言，也是企图搞"台独"的表现。鉴于台湾很注意拉拢美国某些议员，陈先生建议中国通过各方面来加强对美国国会的工作。陈先生在北京曾向某高级官员提出同样建议，但当场被轻易地否定了。道涵同志态度诚恳，认真与陈先生讨论，陈先生感到非常满意。会见后大家一起吃饭，双方都喜欢喝川酒五粮液。道涵同志特意演示了怎样鉴别酒的真假，他摇动着酒瓶，很是"行家里手"的样子。

  通过这次接触，陈先生十分敬佩道涵会长。以后，道涵同志访美，在旧金山约见了陈先生；陈先生再次访华，又在深圳拜望了道涵会长。陈先生为建在大陆的陈家祠堂立碑，特请道涵会长题字；还把题字的原件，裱起来挂在美国住宅的客厅里。

  进入21世纪，我连续四年去上海。每次去上海，我都会去看望道涵同志，他也乐意与我会面。因为我的腿不好，总是有人作陪，或是我的女儿女婿，或是文化交流中心的同事。每次去，我都会提出几个问题向他请教，主要是台湾问题、美国问题以及国内经济转型期间所出现的问题。有意思的是，道涵同志总要反过来先听我的意见，或先听陪我前往的年轻人的意见。无论是谁说话，道涵同志总是凝视着对方，头微偏，双手抱握胸前，专心致志地倾听。他的专注，使人乐于畅所欲言。从这个细节，我感到他很尊重人。正因如此，他能听到各种不同的意见，充实和丰富自己。这使我联想到，过去我与某些领导交谈时，有的心不在焉，有的一心二用，似乎示意"赶快结束"。真是两种迥然不同的文化素质。

在谈话中，我感到道涵同志博览群书，知识渊博，记忆力强。因为不想多占用他的时间，常常言犹未尽就该告辞了。这时，道涵同志往往要给我介绍几本书，他还给我寄过几本买不到的书籍。

2002年秋，我去上海看望巴老，兼治腿疾，在上海多待了几天。我两次去看望道涵同志，彼此总觉得话没谈完，有所歉然。第一次见面，他主要谈了现在是转型期，问题多而复杂。目前正面临着中国向何处去。工人、农民和多数知识分子说不起话，说得起话的带长的官员和企业家，一个有权一个有钱。靠谁解决问题主流应是党和知识分子的精英。告辞时，道涵同志约我第二天与他一起散步。我答腿不行，他说找个轮椅给我坐，他推我走，边走边谈。怎么能让这位德高望重、大我十五岁的长者推我散步呢？当然不行，我断然婉拒。但他的提议使我非常感动。两天后再去，他主要讲了除要肯定主流，还得看到问题。他认为一要总结苏共亡党的教训，二要总结东欧的教训，三要研究美国为什么强大，四要总结社会民主党在欧洲的影响，五要总结我们自己的教训。赠我两本书。临别时他说，面对这些问题，"我很郁闷"。……

道涵同志关心我的创作。我说在写自己一生的感受。总题目叫"往事随笔"，已出版三册，即《往事》《回顾》《昔日》，下一本将是《足迹》。我知道道涵同志翻过我的书，且仰慕他的书法，趁此请他为我题写《足迹》的书名。道涵同志答应了，并在我离开上海前夕，派人送来两张题字，让我挑选。信上还说如不满意，他可再写。我对两张题字都很满意，立即打电话向他表示感谢。

2003年11月，我去上海，道涵同志在住院。一天晚上，一位同事陪我去医院看望他。他很高兴，表示可以交谈一小时。我们谈到社会上存在的一些矛盾，如上学难、看病难、下岗工人生活问题、贪污腐败等，他询问了四川汉源农民群众围占县委事件。问我们看电视剧《中国式离婚》没有，说该片反映出知识分子中存在不少的问题。可惜护士只同意交谈半小时。尽管我们还有许多话要说，为了道涵同志的健康，不能不告辞。当然，也十分遗憾。

2005年，台湾海基会董事长辜振甫逝世，报刊上发表了道涵同志的唁电，文笔极佳，我把它作为学习范本，存入电脑。同年，台湾国民党主席连战、亲民党主席宋楚瑜先后访问大陆，都去医院拜望了汪老，感谢他对两岸和平统一事业所做出的重大贡献。我在电视上看见道涵同志，似乎身体还可以，由衷感到欣慰。

汪道涵为李致的文集《足迹》题写的书名

同年10月15日，因巴老病危，我赶去上海。这时，才得知道涵同志的情况也不好。巴老逝世后，22日早上，我和女婿去医院看道涵同志。他躺在病床上不能起来。我说来看望他，他对我说了一句话："要好好学习巴老的《随想录》。"因为道涵同志的六弟从外地赶来看他，医院又限制时间，我只得离去。没想到这次见面竟成为诀别……

12月24日，我从网上看见道涵同志在晨七时十二分逝世的消息。失去这位良师益友，我感到痛苦。他那凝视对方，头向左微偏，双手抱握胸前，专心倾听的形象，像一幅油画，定格在眼前。我想对他说：道涵同志，我真愿腿疾消失，我能用轮椅推着您散步，继续交谈那似乎永远谈不完的话题。我更不会忘记您对我说的最后一句话，认真阅读巴老的《随想录》。

2006年7月3日写完

颂百岁马老（四则）

按 我和马识途老人交往，已有七十多年。十年前，我写下《历经斧斤不老松》一文，记叙我所知道的马老。最近马老提出，将此文作为新版《马识途文集》的序。近几年我又写了几篇有关马老的短文，现集中在一起，以颂百岁马老。《辞旧迎新话马老》一文收入《辞旧迎新的祝福》一组文章内，请参阅。

之一：重阳敬马老

重阳敬老节到了，我必然想起马识途老人。

马老是老革命、老作家。他诞生于1915年，明年1月，他将满九十九周岁，进入一百岁了。作为世纪老人，他见证了沧桑岁月的百年变迁。

在旧中国，马老参加过"一二·九"运动，领导过"一二·一"运动。他1937年加入中国共产党，在长期的地下斗争中，多次受到敌特追捕，九死一生。他的第一位夫人刘惠馨牺牲在狱中，留下不满周岁的女儿被一位老工人收养。"相信胜利，准备牺牲"这个信念，支持马老从黑夜战斗到黎明。

新中国成立后，马老积极投身于社会主义建设。但极左思潮使他多次受到打击，"文革"中又被首先抛出，历经苦难。但他"宁死不屈、宁折不弯"，是一个有良知、硬骨头的知识分子，真正的共产党员。苦难也是良药，困惑之后，马老重新找回了他当年参加革命的信念。

革命的经历加上满腔的激情，几十年来马老笔耕不息。他创作的各种文体，总字数超过五百万字。革命文学鼓舞了至少两代青年。由于长时间担任各种行政工作，他实际上只是个"业余作家"。马老敬仰巴金老人，他多次表示："我要努力说真话，不管为此我要付出什么代价。"

在疾病面前，马老也是强者。2001年初，马老得了肾癌，许多人为之担心。手术成功以后，马老恢复了健康，这才有了去年写的打油诗《顺口溜·自叙》："阎王有请我不去，小鬼来缠我不怕。"马老的现状，也如打油诗所说："老朽今年九十八，近瞎渐聋唯未傻。"最近一两年，我每次去看望马老，时间均控制在一小时，但这期间百分九十的时间，都是马老在高谈阔论。他思维敏捷，言语清楚，声音洪亮，不少真知灼见。前不久，我去看望马老，他穿着一件背心，站立挥毫半小时以上，为"马识途百岁书法展"做准备。书法作品义卖之款，将全部捐赠贫困学生。

马老有他的"长寿三字诀"："不言老，要服老。多达观，少烦恼。勤用脑，多思考。勿孤僻，有知交。能知足，品自高。常吃素，七分饱。戒烟癖，酒饮少。多运动，散步好。知天命，乐逍遥。此之谓，寿之道。"

好友章玉钧送我一个斗方，上书："马首是瞻，康乐遐龄。"鼓励我不仅思想跟上马老，还要学马老向百岁进军。小友杜建华凑热闹，和《顺口溜·自叙》："几人能有九十八？何况体健智尤佳。一身正气神鬼惧，领路还须识途马。"

我们都愿向马老学习。

2013年10月7日深夜

之二：百岁老人的创意

德高望重的马识途老人，今年整一百岁，步入一百零一岁。

马老历来不为自己过生日，百岁大庆也是如此。仅在2014年举办了马识途百岁书法展，展出二百多幅作品；四川大学用义卖的收入，设立了马识途文学奖。马老还应生活·读书·新知三联书店之约，撰写了二十六万字的《百岁拾忆》一书。尽管三联书店怕马老劳累，建议由马老口述，他人笔录。但马老坚持自己动手，完成了全部书稿。

一些老朋友自愿凑份子聚餐，为百岁马老贺生。马老不愿朋友请他，坚持"打平伙"，否则他不出席。"打平伙"，即当今之时髦语言AA制。恭敬不如从命。那一次马老共出了三份钱：自己一份，女公子兼"秘书长"马万梅一份，司机小胡一份。

李致（右一）与章玉钧（左一）、王火（左二）同贺马识途百岁寿诞

今年马老生日，几位朋友和家人按既定方针，再"打平伙"相聚。上午九时半，马老乘坐小胡开的私家车来接我，一起去聚会所在地。马老本想先到，不料途中堵车，我们抵达时，马老的家人、王火兄和他的女公子王凌、章玉钧兄和夫人邹瑞芬都已准时到达。

室内有四把大椅子。马老坐在中间。遵照马老的指示，按年龄大小，王火居右，我居左，玉钧坐在王火旁边。

马老拿出一页文字（老友醵饮会诗四首，2015年元月22日）分送给我们：

七律　新年感怀

　　　2015年元月

稀里糊涂逾百岁，近聋渐瞎腿突踔，
几经锻炼身犹健，反复磨砺脑未呆。
国运兴隆成定论，世风颓败却萦怀。
江山代有雄才出，待领风骚"双百"开。

七绝　寿王火越九十岁

　　　2015年元月

淡水之交数十春，潭深千尺比汪伦。
同舟共渡风雷夕，相见无言胜有声。

七律　寿致公满八五岁

　　　2015年元月

致公八五登高寿，三五知交醵隐庐。
一世称贫双手洁，平生夸富满楼书。
为人作嫁心甘愿，操笔委婉气意舒。
漫道韶华如逝水，寿登百域意何如？

七律　贺章公望八十岁

2015年元月

章公八十未衰翁，眼亮心明耳尚聪。

曾历沧桑存浩气，今耽逸史正迷蒙。

回头自省无愧怍，剩勇宜当展雄风。

有骨文章须直写，敢驱文采上毫锋。

　　章玉钧同志乃至友也，近始知行年已近八十，因急就七律诗一首以表贺忱。

　　醵者，凑钱喝酒之意也。四首诗：一首七律《新年感怀》，是马老为自己写的。另三首，分赠王火、玉钧和我。

　　马老指着为我写的诗，对我说，"你的藏书多，'平生夸富满楼书'；'操笔委婉气象舒'，是说你一直坚持写作。"

　　王火送了生日蛋糕给马老，补送了获茅盾文学奖的长篇小说《战争和人》给玉钧。玉钧制作了书法贺卡，分赠给马老、王火和我。我的字登不了大雅之堂，不敢班门弄斧，各赠特色镇纸一方，祝三人的书法艺术再创辉煌。

　　灯光熄灭，推出生日蛋糕。蛋糕上点着四支蜡烛，插着塑料数字355。众人诧异，不知何故。"秘书长"马万梅发布信息：355是我们四位年龄的总和，是按马老的旨意安排的。

　　原来，马老把为他祝贺生日一百零一岁，变为我们四人一道，欢度355岁的生日。

　　请马老吹蜡烛，马老坚持我们四人一起吹。再次从命，我数一、二、三，一起把蜡烛吹熄。在场的亲友拍手，唱响："祝你生日快乐！祝你生日快乐！"

　　我突然想起20世纪40年代的一部电影《一江春水向东流》，有这样两句歌词："一个人唱歌多寂寞，一群人唱歌多快乐！"套用这两句，我感到："一个人过生多寂寞，一群人过生多快乐！"

　　围坐圆桌，总得有个开场白。我请万梅讲几句。万梅说："年年都是你讲的，今天也该你讲。"无法推辞，我只好站起来，代表大家致贺寿感言。

　　我说，人活到一百岁不容易，健康地活到一百岁更不容易。这两条马老都做到了，实在值得庆贺。马老有他的"长寿三字诀"，关键是乐观从容，也就是马老诗所写"秉性达观"。无论大事小事，马老一贯注意创新。去年，马老为《华西都市报》的市井类栏目"宽窄巷"题字，"宽"字写得很宽，最后一笔延长在窄字下面；"窄"字写得很窄，夹在宽巷两个字之间，宽窄之意跃然纸上。仅就这次相聚，马老写的诗以及蛋糕上插的数字三百五十五，足见一百零一岁的马老不但身体健康，思路敏捷，其创意蕴含深远，非常人之所能及。

　　王火兄对我说，他看见马老赠诗第一句"君子之交淡如水"，直感第二句很难写，不料第二句却是"潭深千尺比汪伦"，真是神来之笔。王火对古诗词有很高的造诣。

　　玉钧兄曾任四川郭沫若研究会会长，又是巴蜀文化通史主编之一。他说，没想到马老这样有创意，令人惊喜和佩服。早在去年，他就说，"马首是瞻，康乐遐龄。"希望我们向马老学习。

　　著名学者周有光，一百一十岁，身体健康，尚能读书看报。最后，大家举杯，祝马老再接再厉，超过周有光老人！

探望马识途老人

　　马识途老人即满一百零一岁，步入一百零二岁。

　　我大约十天半月去看望马老一次，每次不超过一小时。我对马老说："我要目睹你的健康情况。"马老每天都在思考问题，我去看马老，绝大部分时间都是他在讲话，思维敏捷，语言清楚。

11月11号下午，我去看望马老。几天前，习近平在新加坡会见了马英九。我刚坐下，马老就和我谈到习马会，说他为此写了一首《七绝》，还写了一首《顺口溜》。听了一遍记不住，我请马老把这两首诗写给我。马老提笔写下：

七绝　习马会

打断骨头还连筋，血浓于水弟兄情。
任他南海风波恶，我自岿然自在行。

顺口溜　民谣

习马握手新加坡，两岸儿女笑呵呵。
九二共识定海针，刺进空心菜窝窝。
风云突变只自叹：人心所向莫奈何。
莫奈何？不忙说，背后强人有两个。
阳谋阴算诡计恶，习主席，点子多。
这一壶，够他喝，看他几爷子咋个说。

我一边看，马老一边向我解释。"空心菜"，指台湾民进党的蔡英文，她对两岸政策一贯拿不出具体政策。"背后强人有两个"，指众人皆知的两个国家。马老这样关心国家大事，还及时写诗，令我敬佩。我对这两首诗很有兴趣，表示要拿去发表，马老没有反对。

大家都关心马老的健康，毕竟满了一百岁，劝他做事悠着点。马老不太在乎，还想多做一点事，多留一些作品。十年前，四川文艺出版社出版了《马识途文集》（共十二卷十三册，四百多万字）。近十年，马老又写了不少文章，并出了几本单行本，加上上次没收入文集的文章，出版社拟重新出版《马识途文集》。初步计划出版十八集，争取在明年底或后年上半年出齐。

马老不愿长期关在家里，已于11月29日去北京。他既要去看他的长女吴翠兰，也要会见健在的老朋友。马老的长女为什么姓吴？1940年，马老的夫人在鄂西壮烈牺牲，不满周岁的女儿被一位姓吴的工人收养。直到1959年马老才第一次见到长女，为感谢这位工人，马老让她姓吴。欲知详情，请看马老的长篇小说《清江壮歌》。

2015年12月1日

贺《马识途文集》再版

马老是德高望重的老革命、老作家。

马老以"业余作家"的身份写作，写到一百零四岁。这是我们国家乃至世界所仅有的。再次出版的文集共十八卷，七百多万字，是珍贵的精神财富。读者不仅能够感受马老一生丰富的革命经历，还能从中得到艺术享受。这也给我们健在的作家和作者一个启示：只要身体条件允许，就不能放下自己手中的笔。

马老一贯尊敬鲁迅和巴金。马老多次赞颂鲁迅是中国的脊梁，巴金是中国的良心。马老曾经向巴老表示，并公之于世：我要努力说真话，不管付出任何代价。

人们愿意听真话，喜欢读讲真话的书。

让我们满怀敬意和真挚的情感，阅读《马识途文集》。

感谢省委宣传部的支持，感谢四川新华发行集团和新华文轩、四川文艺出版社，完成再版《马识途文集》这一光荣任务，对振兴四川出版做出的贡献。

向马老致敬！

期待马老向一百一十岁进军!

2018年6月24日

附 记

  2017年,马老肺上查出癌变。因高寿不能动手术,也不能化疗放疗。经医生精心治疗,服药半年,癌变消失。服药的不良反应很多,马老强忍不惧。马老对我说:无论是对敌斗争,后受打压,还是对待疾病,马识途的字典里,没有"投降"二字。马老视我为挚友,多次说:"知我者,致公也。"最近又赠我斗方,上书:"致公心领不来常想念,相见开心扉。灵犀一点通,流水听清音。百零四岁马识途。"

2018年8月7日

团徽在我胸前闪光

虽然步入八十五岁，但我的胸前，不时佩戴着一枚共青团的团徽。

20世纪40年代中期，我投入反对内战的学生运动，后参加了党的地下组织。1949年底成都解放，分配工作时，原地下党领导人王宇光征求我的意见，我表示愿当话剧演员。王宇光笑了一下，说："现在正缺干部，到青年团去。"从此，我在团成都市工委、团重庆市委、团四川省委和团中央，一共工作了十七年。

在共青团工作的干部，到一定的年龄就得转业，我们称为"毕业"。时任共青团中央第一书记的胡耀邦同志，号召团干部把在共青团工作当成一所大学，在这里学习工作，锻炼成长。"文化大革命"开始不久，康生、江青一伙污蔑团中央"修透了"，下令改组团中央书记处。我也被"造反派"视为"修正主义"的"苗子"，先被夺权，继进"牛棚"，后到"五七干校"劳动改造，面临被"扫地出门"的处境。

1973年，我调回四川工作。离开北京前，我到耀邦同志家向他告别。我说："我在共青团工作十七年，在这所'大学'里，受到很多教育。像朝气蓬勃，认真学习，深入实际，联系群众等，都是在共青团工作学到的。"耀邦同志说："这些都是党的好传统。"当时，已出林彪事件，耀邦同志叮嘱我们在路线斗争中要独立思考，不要盲目吹喇叭、抬轿子。我把耀邦同志这次谈话，当成在我的共青团大学"毕业"典礼上校长对学生的期望，一生牢记。

我很珍惜自己的青年时期。20世纪50年代，把十四岁到二十五岁定为青年。我满二十五岁那天，写下一首短诗：

> 很早以前就想到今天
> 原以为到了今天就不再是青年
>
> 到了今天我才明白
> 青年并不单按年龄计算
>
> 我要更加努力学习和锻炼
> 永远保持青年的热情和勇敢

我们在共青团一起工作的同志，彼此有着深厚的感情。在成都，无论是在团成都市委、团四川省委以及团重庆市委现居成都的老同志，每年都分别有聚会。我胸前的团徽是几年前参加团成都市委老同志聚会时团成都市委赠送的。

戴上团徽，不是"装嫩"。团徽提醒我：要努力学习和锻炼，永远保持青年的热情和勇敢。

2014年五四青年节前

邻居三题

之一：熊　燕

参加工作以来，五十多年，我一直住机关宿舍。

2003年，因为年纪大了，腿不好，我搬到了一个有电梯的公寓，金杏苑。

开初，有点不习惯，后来认识了一些邻居，交了一些朋友。这里单说熊燕。

我们同住在第四幢楼，我住十四层，熊燕住十二层。

第一次见到熊燕，是在电梯里。一位年轻的女士热情地和我打招呼，她朝气蓬勃、充满活力。问是运动员吗？答搞过冲浪运动。以后知道，她当过模特儿、演过电视剧；先生是一位能干的企业家，也姓熊；刚生了一个可爱的女儿，叫语时。熊燕在家相夫教子，附带炒股。我一贯喜欢小孩子，与熊燕有共同语言，常常就如何教育孩子交换意见；我喜欢和语时玩，以后还教她写作文。语时从小就喜欢我，有一次我在院子里散步，语时和妈妈一起从外回来，她见着我就哭诉："李爷爷，妈妈不给我买冰糕。唔……唔……"求我为她主持"公道"。

2008年"5·12"汶川特大地震，成都震得很厉害，住在高层感觉更强烈。熊燕非常害怕，吓哭了，祈求"救苦救难"的观世音菩萨"保佑"平安，马上和表妹小静下楼。她在院子里见到了我老

李致与熊艳

伴和保姆,没有看见我,立即返身上楼来找我。这时,我一个人挂着手杖,扶着楼梯把手,正从十四层一梯一梯地往下挪动。我下去,她上来,我们在八层相遇。熊燕牵着我的手,我们一起下楼。事后,她说当时我的手在发抖,我说她的手在发抖。遭遇突发事变,人们不免惊慌。然而面对灾难,伸出自己的手帮助别人,是人性光辉的闪烁。

晚上,熊燕邀请我们与第八层的邻居钱院长两家,去附近熊军的父亲家避难,他家在一层。熊军正在外地出差,十分着急,打电话要熊燕全家马上撤到郊外,以防意外。熊燕为照顾我们,含着眼泪让公公带着语时先走,她自己留下,第二天早上,还为大家准备了早餐。

第二年,我老伴因病逝世。我的子女在国外,无法立即赶回。当晚,我独自在家,情绪极为低落,熊燕上来了。我没有说什么,她说了些什么话,我也不记得。只知道她在我身边,默默地坐着,陪了我一个多小时。这时的无声胜有声,给了我很大的安慰。

平时，熊燕常约我到她家喝工夫茶，共赴茶会的还有钱院长。只要接到邀请电话，几分钟后，我们就到了熊燕的家。一边品茶，一边清谈，天南地北，熊燕说得最多。我和钱院长对她的评价是：善良、能干、活泼、漂亮，共推她为茶会的会长。一次我夸熊燕的衣服好看，她马上表示可以带我去仁和春天买衣服，并很快付诸行动。濮存昕是我的表弟，他两次来成都演话剧，我邀熊燕一起去看。外出时，熊燕总是扶着我。有一次演出结束，一位朋友看见我身边的熊燕，问："这是你的大孙女吗？"我笑笑，未置可否。毕竟我比熊燕大四十四岁，当个"爷爷"也说得过去。

我们为邻十年。两年前，熊燕一家搬走，我感到失落。熊燕人走了，心却没有忘记我。她常带着语时来看我，语时已长大，比我高一点，读初中二年级了，还喜读我的一些"往事随笔"。尽管熊燕经常来电话关心我，但比起同住一幢楼，来往还是少多了。至少刚做好的热气腾腾的包子，再无法立刻端上楼来请我品尝。前不久，她打电话给我，说她前一晚哭醒，因为梦见我重病不起；她先生赶快安慰，说"梦是反的"，才止住悲痛。

这两年上下电梯，一看见液晶显示十二，我便会想起熊燕……

天下没有不散的筵席，幸好友谊地久天长。

2016年5月22日

之二：难舍近邻

我在金杏苑住了十四年。

小区共有两百多家住户，七幢楼房，中间一个大花园。2月玉兰白，3月杜鹃红，8月桂花香。深秋的地上铺满银杏叶，一片金黄……围着花园一圈的林荫道，大人散步，孩子滑旱冰，小鸟蹦跳。

李致与钱君

通过熊燕，认识了钱积惠。他是核动力专家，曾在联合国原子能机构任副总干事，归国后任西南核动力研究院院长、名誉院长。我们两人常应熊燕的邀请去她家喝工夫茶聊天，形成三人茶会。钱院长身强力壮，见多识广。他喜欢唱歌，经常在家举行卡拉OK演唱会，我多次受邀参加，尽管不张嘴，却是"优秀"听众。钱院长退休以后，自己开创科技公司，服务人民。他的夫人杨惠敏喜欢作画，她所作的两幅精美的油画作品挂在自家墙上。她喜欢上网，享受多种乐趣，还多次帮我网购。他们的女儿钱君在美国，是个充满阳光的姑娘，一年一度回家，总要热情地与我拥抱、聊天。前年，杨惠敏的叔父杨恩荣也搬到我们小区。他早年参加远征军，现年九十二岁。2015年被授予抗日战争胜利七十周年纪念章。他与我同时代，在满腔热血的青年时期抗日救国，是我们共同的语言。每次遇见他，我向他行军礼，高呼"向抗战老兵致敬"！

我每天下楼散步两次，结识了众多的邻居。

唐正统是教育工作者，早晨相遇，总要握手。无意中谈到他过去的两位领导，竟是我早年的同事，更加一见如故。他喜爱书法和收藏；曾几次和夫人周兴明一起去英国看望他们的女儿。他夫人周婆婆关心人：我腰疼，她送我膏药和药水；我保姆回老家，她邀我去她家吃饭，尽管我坚持自力更生，心里却很感激。

常和周婆婆一起散步的，有毛婆婆、汤婆婆、李婆婆、王婆婆等。每次散步我只能走两圈，她们走得快，要转很多圈，累了就坐在花园边的长凳上休息、聊天和分享零食。我总说她们："排排坐，吃果果了。"

毛婆婆坚强，努力战胜疾病。汤婆婆随和，和很多人"打得拢堆"。我说她可以当我们的"工会"主席；但又不能"真"选她，因为她忘性太大，办事不"可靠"。李婆婆偶尔生病住院，大家都关心她何时出院。王婆婆的宠物狗丑丑丢了，很伤心，天天盼它回来；十多天没找到，王婆婆失望地把丑丑的衣物和有电热的"住房"都扔了；不久，又找回了它。我们先和她一起惋惜，后来又一起高兴。散步时碰面，几位婆婆常叮嘱我不要摔跤，走累了就休息。每逢中秋和春节，纷纷关心我的子女是否回来，怕我一人在家寂寞。这类事很多，无法一一列举。还有几位年轻些的女士，已经当了奶奶或外婆，彼此也很友好。经过"民主"协商，她们同意当小字辈，这就有了

李致散步累了就在小区这张长凳上坐下休息

小胡、小邓和小赵。

邻居中有位华西医院的教授,大名为阳道品,八十岁,坚持在周末双休日为病人看"专家门诊"。他的夫人黄继强,对人热情随和,常把自家的黄葛兰花摘下送我们。另一对夫妇叫潘大为和王贞清,也喜欢和我交谈。每当遇见潘大为骑自行车经过,我就叫他:"大大有为!"

卢珊珊文静大方,与我同住一幢楼。她已到退休年龄,被返聘工作。有一次散文学会送一百本样书给我,珊珊帮我搬上十四楼。我送了一本书给她。几天后,碰见珊珊的丈夫,他说正在看我的书。

见着藏族邻居,我们互道:"扎西德勒(吉祥如意)!"

还有一位西班牙妇女,名叫莎拉。她喜欢中国,普通话说得不错。我们相遇,总会聊上几句。我兜里的一张纸条,写着女儿教我的几个西班牙语单词,远远看见莎拉,我先掏出纸条复习一下,然后对她说"欧拉"(你好),再见时说"阿丢斯",她很高兴,还纠正我的发音。年初,我告诉她成都有直飞马德里的航班了,她说已订了3月回西班牙的票。我打算告诉她我将搬家,但她家里一直没有灯光,显然她还没有回来。

在我们家打工的小涂,在院子里有不少朋友,大多是从农村出来的,她们常在一起玩儿,或一起外出购买价廉物美的衣物。日子久了,我能叫出每一位的名字,这让她们高兴,夸我记性好。她们穿着时髦。特别是濮小容,很讲究配色,我称

李致与小朋友毛殊雅

李致的小朋友张晶然和她母亲杨家佳

她为"时装模特儿"。管理花木的黄成芬，见人就笑，我跟着小涂叫她"花大姐"。三位清洁工，许小梅、郑帮菊、李翠华，我称为"三朵金花"。许小梅活泼，有一次拿我的手杖学我走路。她答应什么，就说"嗯呐"，但她不知道"嗯呐"是东北话。

我还有几个小朋友：毛殊雅，张晶然，伍思谨……毛殊雅小时候喜欢养狗和作文，她现在在美国上大学；她家早已搬走，去年暑期她专门带着小狗都都，回到金杏苑来看我。张晶然很乖，学吹黑管，宣称她"第一爱妈妈，第三爱李爷爷"，她早晨上学，老远看见我在散步，就会跑过来与我拥抱。通过晶然，我认识了她的母亲杨家佳。家佳是资深空姐，漂亮能干，多次和晶然一起，来我家取《红领巾》杂志，坐下来谈心。她送了我一张母女俩的合影。有一次在永丰路大街碰见我，她立即扶我过马路，一起回家。20世纪50年代末，我是《红领巾》杂志的总编辑，现在是该刊顾问。每月收到的三份《红领巾》，成为我联系小朋友的"桥梁"。有的家长知道我写过几本书，要他们的孩子请我教作文。

对我的称谓五花八门：知道我过去职务的，冠以官称，或称李老师；保安叫我老革命；婆婆们和打工的叫我李爷爷；"三朵金花"叫我为老太爷；有些幼儿起初叫我爷爷，我宣布已有重孙后，他们又改叫祖祖。

现在机关宿舍有了电梯，我准备搬回去。三年前，邻居们知道我要搬走了，纷纷表示不舍。我不认为是客气话，十几年来，彼此有了感情，我也依依不舍。搬家一拖再拖，终于在今年四月一日完成。有八位邻居说要请我吃饭，我表示该我请他们。三月二十九日，我请这八位邻居吃饭，大家准时到达餐厅。八十岁的李婆婆生病，前一天刚出院，也准时到达。我问她适宜吃点什么，她说刚吃过稀饭。我再问她："你来'陪'我们吃饭？"她两次回答："我吃了饭还来，是因为我尊敬你。"他们没能请我，只好凑份子买纪念品送我。离开金杏苑的那天早上，唐正统还特意上楼来我家，送我两本他抄写的古诗词，线装本，以示留念。

这一切，使我感到快乐，也很感动。

我虽然离开了，却惦记着金杏苑，难舍那些友好的近邻。想到他们，心里充满温暖！

2017年4月7日

附　记

此文发表后几天，华西医院的教授阳道品不幸逝世，我为了悼念，送了花圈。我不知道怎样安慰阳道品的夫人黄继强，只好请唐正统转达：我希望黄继强"继续坚强"。

2017年6月1日

之三：红衣女士

穿着红衣的女士[①]：

对不起，不知你的尊姓大名，只好这样称呼你。

昨天下午，你为交物管费的问题，与保安发生争吵。我不知问题起因，不便表示意见。现仅就你当时的态度谈点感想。

你骂保安是"王八蛋"，显示对人不尊重，有失你贵妇人的身份。

你说："现在是法治社会。先叫人把你打了，再到法庭见！"打人本身就犯法，你如打人该受制裁的是你。打了人再去法庭，说明你根本不懂法制。你可随便叫人打人，你不怕别人怀疑你与黑社会有关系吗？

还听你以后又宣称自己是加拿大人，中国法律管不到你。中国人受外国人欺负的时代早已结束！难道你还想当"假洋鬼子"仗势欺人吗？未免太无知了。或是真怕中国法庭吧？

你既然宣称要打人，就要承担责任。如果你不收回这句话，向保安道歉，在今后若干年内，那位保安要是受到意外伤害，你是无法推卸的嫌疑犯。

我无意和你争吵，只希望你提高素质。

路见不平之人
2011年12月4日

[①] 不知此人姓名，故称红衣女士。又不知她住几单元几号，无法寄出。想贴在告示牌上，又怕她为难保安。只能是我个人的义愤而已。

找到杨洁

——缅怀杨洁并杨伯恺

杨伯恺同志是位老革命家。1892年出生在四川省营山县，二十五岁时赴法国，投入周恩来、赵世炎等领导的勤工俭学。1923年加入中国共产党。归国后，参加"五卅"爱国活动。以后回四川工作，重庆"三三一惨案"后再去上海。1946年任成都《民众时报》总经理兼主笔，帮助我们追求进步的青年学生印刷《破晓半月刊》。我因几次参加学生运动，被华西协合高级中学变相开除，报考民主同盟主办在重庆的西南学院。伯恺同志口试我，问："你被学校开除了？"答"是"；再问："你为什么报考新闻系？"答："新闻是武器，用以做斗争。"我等他接着问，他表示口试已经结束。1947年6月1号，特务在国统区实行大逮捕。我在重庆被关了四天半，因无证据，由老校长吴先忧保释出来。杨伯老在成都被捕，在狱中领导对敌斗争，被难友誉为精神堡垒，1949年12月7日，成都解放前夕，在十二桥牺牲。在我的"往事随笔"中，我写过一篇《在十二桥的思念》怀念和感激杨伯老，我一直想把这篇文章寄给杨老的亲人，让他们看见当年那个少年的心。

可是，我不知道杨伯老的亲人是谁，在什么地方。

我一直喜欢看电视连续剧。杨洁是一位著名导演，她导演的《西游记》赢得了众多观众的喜爱，在中央台连续播放很多次。我喜欢《西游记》，也看过多遍。不过我更喜欢1995年杨洁导演的《司马迁》。这部电视剧充分表现了司马迁崇高的人格和他经历的坎坷。饰司马迁的演员仇永力，演得十分出色。当时，我自己录了像，并推荐给从国外回来的女儿看，她也很喜欢。可惜，后来我不小心把录像抹掉了，心中极为遗憾。在市场上买不到《司马迁》的光盘，我多次托影视界的朋友打听杨洁的通信地址，均无结果。

  天下事，无巧不成书。十几年前，在一次老朋友的聚会时，我遇见了萧鸣锵。萧鸣锵是《重庆日报》的资深记者，她的父亲萧华清是杨伯恺的朋友。当我谈到想把《在十二桥前的思念》一文寄给杨伯恺的亲人时，萧鸣锵说她认识杨伯恺的女儿。我忙问杨伯恺的女儿是谁？她回答："大导演杨洁！"并把杨洁的电话号码告诉了我。第二天，我打电话给杨洁，自我介绍是她父亲的学生，想寄一篇缅怀她父亲的文章给她，特别提到杨伯老牺牲的那一天，是我的生日，所以每逢生日，我都会缅怀她的父亲。这样一下就拉近了我们之间的距离。接着我又表示我非常喜欢她导演的《司马迁》，可惜买不到光盘，她马上表示愿意送给我。我俩很快互寄了文章和光盘。以后知道，杨洁自己喜爱《司马迁》胜过《西游记》。就这一点来说，我是杨洁的知音。

  这两个愿望同时实现了，我要寻找的杨伯老的亲人，和《司马迁》的导演是一个人：杨洁！

  从网上得知，杨洁于4月15日逝世。

  缅怀杨洁，缅怀她的父亲！

2017年4月18日

回重庆，圆了我的高铁梦

我一生大部分时间在成都。20世纪四五十年代，在重庆度过了十年。对重庆，我有第二故乡的感情。

第一次去重庆是1947年，我考上重庆的西南学院。学院为成都考生包了两辆长途汽车，两天的旅程，第一晚停内江，第二晚抵重庆。在车上不能走动，途中在路旁遍布灰尘的饭店吃饭，晚上住在散发着霉味的旅馆。殊多不便，颇为辛苦，不赘述。

1952年成渝铁路通车，这是新中国成立后修建的第一条铁路。我曾白天乘硬座从重庆回成都，路经许多小站，大约十多小时旅程。到了成都，八十高龄的外婆对共产党两年就建成成渝铁路大加称赞，说她至今还保留着清朝拟修川汉铁路时所摊派的股票，而川汉铁路从没修成。1957年底开始，我在成都工作，多次出差重庆。一般是头天晚上出发，第二天早晨八九点钟到达，约十二小时。与乘坐两天的长途汽车相比，舒适多了。

我也吃过乘"马拉松"火车的苦头。1956年，我作为中国学生代表团成员，去捷克斯洛伐克首都布拉格参加第四次世界学生代表大会。我们从北京出发，经过九天八夜，到达苏联的莫斯科；休息两天后，又是三天的火车，才到了布拉格。尽管是软卧，带在身边的书刊看完了，漫长的时间，单调的生活，很是乏味。结果一到布拉格，我就生病了。

20世纪80年代,我三次去日本,多次乘坐日本高铁新干线。当年新干线的时速,按路段有所区别,从一百多公里到两百公里不等,车厢舒适,服务周到。以后得知,小平同志对新干线也很赞赏。这引起我很多联想,渴望我国也有高铁,但不知什么时候才能实现。

2008年,我国建成从北京到天津的第一条高铁。近十年,全国已有二万二千公里高铁。里程领先于世界各国,时速也位居前列。我儿子从北京去上海,多次乘高铁,他认为高铁比飞机准时和舒适,高铁站离市区也比飞机场近。但是我年龄大、腿不好,以前一直没有乘坐过我国自己的高铁。

最近,我儿子回成都探亲,我们谈到重庆,谈到高铁,他鼓励我乘高铁去重庆。我欣然同意。11月5日上午九点半,我们乘"和谐号"高铁去重庆,时速二百九十六公里。在重庆,两位老朋友的儿子接待我们。我有二十年没有到过重庆了,重庆的变化很大,可惜我无法细看,只好选择看我熟悉的地方。我们乘汽车"跑马观花":曾家岩五十号周公馆,前面新有周恩来的全身塑像;上清寺,中共重庆市委机关,我曾在礼堂的晚会上第一次看见周总理;两路口,共青团市委机关,我在这里工作过四年;中山二路,重庆劳动人民文化宫,小平同志当年的题字清晰可见;原国民党杨森的公馆,1947年"六一"大逮捕我被关押在此,1955年我又在这里参与修建少年宫;人民解放纪念碑,1947年这里曾经是精神堡垒,表示不惧日本对重庆的大轰炸,1949年底决定改建为人民解放纪念碑,以前大大高于四周建筑,现在周围大厦矗立,显得很矮;等等。这些地方或原址,对我有着特殊的意义。原想去沙坪坝,我曾在这里搞过学生运动和青年团工作,但没有时间去了。

当天下午五时半,再乘高铁回到成都。单程一小时四十分钟。车站为老人服务,用轮椅把我从车厢送出车站,我感谢他们,向他们躬一躬。

年近九十，这次回重庆，我见证了祖国可喜的变化和成就，并圆了我的高铁梦。

2017年11月7日

他人评说

李致文存·我的人生（下）

情深文自茂
——读李致散文《往事》

◎ 马识途[①]

就这样的，摆在我的书桌上，朴素的装帧，小小的开本，薄薄的一册书，但是其中跳跃着一颗赤诚的心——这就是我读了李致最近出版的散文集《往事》后的初步印象。同时也是我和李致相交几十年中，对他的人品和文品观察后的永久印象。

李致以很不起眼的题材，摘取了在人生长途中自己的和与人交往的生活小事，用平淡的文字，委婉有致地向读者袒露自己的心事和展示他生活圈子里的几个人物（我主要是指巴金等他的几个亲人）的生活情趣和人格风貌，从中透出他的真诚以至童趣。他所写的没有叱咤风云的英雄人物，没有与之相配的美女娇娃，没有缠绵悱恻的无端纠葛，没有相突兀跌宕的惊险场面，没有隐逸山林的仙风道骨，没有吃饱了撑的闲侃神聊，没有在隐忍中透出无奈，哀婉里透出怨恨，嬉笑中隐含讽喻，因而远不能算是时髦的散文"精品"。他有的只是一杯白开水，但是它透明，清澈，即使有时有点酸涩味，却没有污染，可以解渴，如此而已。

[①] 马识途：老革命，老作家。

这样的文字恐怕是李致经过五十年的生活磨炼后所养成的人格、品格和生活情趣有关。我想起了五十年前在中学被开除了的李致，那是一个活泼跳跃，手舞足蹈，颇有点孙大圣天不怕地不怕、心直口快、勇猛向前的少年。我也想起了四十五年前解放初期的青年李致，他用过于正常的、理想的甚至天真的眼光看待他身边的一切事物，因而对一些人、一些事，啧有烦言，惹来麻烦。我找他谈了好几次话，狠说了他一顿。告诉他，不能太单纯、太直率来看待某些人和事，没有他理想的那么清如水，明如镜，直如绳，世人总还有非常的人，非常的事，非常的理，不然还革什么命？我在说他的时候，说实在的，我倒喜欢他的单纯、坦率和正直，只是我并没有告诉他。后来他调到外地工作去了，很少往来。待到二十年后他又回四川工作，我们再见时，我发现他阅历已多，谈吐沉稳，很懂事了，少年时的外露和浮躁形象已经没有了。这大概是他接受了严峻的生活教训吧。但是我们以后交往多了，我更发现，他并没有因此看透了一切，甘与世相沉浮，在内心里并没有泯灭是非之理，熄灭热情之火，还时有天真和童趣的影子。这在那滔滔者天下皆是也的时代里，是难能可贵的。我想起我那时批评他不懂事的时候，实际上也是在作自我批判，我狠批他，实际上也是在狠批自己。他现在已经接受教训，我却还是一直不懂事，到老还常常把自己置于尴尬境地，无可如何。

我之所以说这么多文外之言，实在是想说，文如其人，人如其文。李致的《往事》能于平淡中见真情，能见某些天真和童趣，而且是非分明，实在是他的内心里还藏着一份真情，一种天真，一种天理。而这，从他所写有关巴金老人的几篇文章中看出，巴老的人格力量，无疑在他的身上产生了巨大的影响。如果不是这样，要写出这样的文章是困难的。我是相信无情无理不成文的，情深才能文茂。我读李致的《往事》和读有些无情自作多情、无理侃得有理的散文比起来，便不觉是在浪费自己的生命了。

我还在李致的这批文章中发现，他无意而发的一种童趣和某些幽默，是可注意的。这种自然而然流露出来的四川式的幽默和某些故作幽默，流为无聊噱头，插科打诨，显出低级趣味，是不一样的。我以为幽默实在是生活中的盐味，文章中的闪光点。但望李致在生活中更细致地观察，悟得至透至明，以后的创作中写出有自己特别风格的作品来。

真诚·质朴·幽默
——《往事》随感

◎ 沈　重[①]

　　李致先生把他的散文集题名为《往事》，开卷之前，望着封面上那位双手叉腰，站在水边若有所思的作家，觉得此公未免老实了一点。他是当过出版家的，为他人作嫁衣裳时，经他之手出过许多好书，轮到自己出书时，怎么不取一个更富诗意或哲理、更具诱惑力的书名，使之更能招徕读者？然而掩卷之后，终于恍悟：文如其人，真情是无须包装的。

　　这些年来，读多了包装精致、言不由衷的东西，受时风感染，慢慢便头晕鼻塞起来，有点感冒了，有时竟产生一种错觉，以为作文就是舌卷莲花，与心无关。像《往事》这样信守"言为心声"之作，虽未绝迹，已不多见。偶然读到，就像在社交场中应酬之后，身心俱疲地走过繁华闹市，在郊外一处清静所在，突然碰到一位阔别多年的老友，坐在水边一块草地上，执手相对，静听他倾谈别后的种种经历和感受。这种时候的谈话，是真诚的，亲切的，没有矜持虚礼，更不故作深奥，喜怒哀乐，发自肺腑。《往事》给我的感

---

① 沈重（1930—2018）：本名沈绍初。诗人，编审。

觉正是这样。即便是初交，我想也会很快熟识起来，觉得眼前是一位真诚的人、有个性的人；倾听他朴实风趣的谈话，你会情不自禁地随之而开怀大笑，而唏嘘叹息，而握拳愤慨。

其实，李致笔下的往事，也只是些平平常常的生活，一不缠绵悱恻，二不惊心动魄。究其动人之处，全在牵惹着他的那点难以忘怀的情。与精致微妙、花草虫鱼或心灵独白一类的抒情诗文不同，李致所看重的情，全从实实在在的人事中来，看得见，摸得着，绝无虚飘之感。这里有亲情，有友情，有革命同志之情，等等。遗憾的是，偏偏没有恋情和闲情。我想，这大概就叫各有各的情趣吧？他是在抒自己珍重之情，而这情来自他所眷爱敬仰之人，他只能是他，别的情趣难以替代。以质朴之文，抒真诚之情，便成了《往事》的风格。说它真诚，是因为作者难得的坦率，说到自己时，调皮便调皮，气愤便气愤，错了就错了，所思所感，合情合理，绝不扭捏作态，涂脂抹粉。唯其如此，更觉可信可亲。你可以从中窥见作者如何为人，同时也可以看见他所爱之人的风貌品性。许多人物给我留下深刻印象，特别是巴金和大妈。巴金老人是李致的四爸，是世人敬重的文学大师，李致从亲人的角度去写，便更觉其可亲可敬。许多珍贵史料，包括艾芜、沙汀二老的，研究作家生平者不可不读。而《大妈，我的母亲》则使我想起许多既温暖又揪心的往事，未能恪尽人子之责的悔痛。于作者，于读者如我，总有许多往事是刻骨铭心的，从人生路上抹去这些人和事，我就不是我了；若非老年痴呆症，谁都能从这种爱爱憎憎的滋味中咀嚼出一点什么来的吧？

人生不是无拘无束的想象，不管你愿不愿意，都跳不出所处的时代。李致笔下的情，无不浸染着时代风雨的印痕，或深或浅，或间接或直接。也许因为都是从20世纪30年代跋涉而来的，经历虽各不同，《往事》中也无大波大澜的篇章，我，以及更年轻的读者，仍能从那些消逝得或远或近的风雨中感知其冷暖——"一个破碎的家"，节省一顿午餐用两个铜圆为抗日将士捐寒衣，国民党大逮捕，荒唐年月里的荒唐事……是个人和家庭的命运，也是祖国和人民的命运，是时代大潮中的一个小波浪。不知是否有意，把许多篇章合起来看，作者似乎在从头检点自己的脚印。人人都有从时代中走来和正在走去的脚印，看看别人的脚印，有所解剖和校正，是有效益的，对当代青年作用如何，不敢妄测，至少对我是如此。李致小时候，四爸巴金给他亲笔题送了四句话："读书的时候用功读书，玩耍的时候放心玩耍，说话要说真话，做人得做好人。"这是巴老对后辈的殷殷期冀。根据李致的实践经验，"要真正做到这四句话是有斗争的，有时甚至是相当困难的"。但努力去做，总可使脚步稳当一点，心灵纯洁一些，在时代中做一个有益的人。我虽不再是孩子，仍愿把它作为座右铭。

　　李致说："我不愿在人生的舞台上扮演悲剧角色。"这体现了他对生活的执着和追求。其实，在人生舞台上，"角色"不是任意"扮演"的。你看，面对严峻的人生，有时他愤然大叫："这太不公平！"有时则以幽默处之。两种态度看似矛盾而又统一于一身，作何解释？只能从信念、胸襟、个性中去寻求根源。例子很多，《蹬三轮》可窥其一斑。他已经"靠边站"交代"罪行"，并被强迫劳动了，还在那里对那辆三轮平板车开玩笑，看到此等情景，真想请他的大姐、二姐，像他小时候那样，按住他的手脚，让大妈打他的屁股。不过，还没来得及打，恐怕鼻子早已酸酸的了。这是什么角色，悲剧乎，喜剧乎？我说不清，只有去问那辆曾受委屈的平板三轮车了。

　　不过，最好还是去问往事自己。

1996年12月20日

白发的芬芳

◎ 沈 重[1]

一位文学青年日前来访，见我案头放着李致去年出版的散文集《回顾》，随便翻了翻问我："李致是谁？"我说："一位新发现的值得尊敬的老作家。"又是"新发现"，又是老作家，他听得一脸疑云，显然被我不假思索的回答弄糊涂了，于是不得不把李致的经历和作品向他作了一番简略介绍。他边听边"哦哦"地点头。这回倒使我满心疑云了：当真听明白了吗？我看未必。

虽说"不假思索"，其实早在读李致1995年出版的散文集《往事》时，我就有这种感慨了；这回读《回顾》，这种感慨又深了一层。有位青年作家撰文说：作家就是要写。此说天经地义，就像农民就是要种地一样。不过，中国的情况有点复杂，作家有时就是不能写，农民有时就是不能种地。不是主观不想，而是客观不允许。有些作家和诗人就是这样被时间残酷地湮没了的，令人扼腕痛心。现在的青年作家生于盛世，一帆风顺，经历过那些特殊年代的人是十分羡慕的。

李致就是这样一位差点被时间湮没了的作家。一个早在1945年

---

[1] 沈重（1930—2018）：本名沈绍初。诗人，编审。

就开始发表作品的青年作者，竟然消失了近半个世纪才重新出现。如果不是因为他"服从组织分配"，长期地全心全意地去做别的工作；又如果不是"1955年因所谓'胡风问题'被隔离审查，从此停止创作"；更如果没有那场"噩梦"，迫使他"也后悔过去写那些劳什子文章，主编什么报刊"……如果没有这些"如果"，而是继续他的文学创作，我想，以李致的学养和勤奋，总不至于到年近古稀了才被文学界"发现"吧。

当然，李致自己对此从未后悔过，倒是认为从共青团工作，出版工作，主管一个省的文艺领导工作中得到锻炼，学到许多东西。确实，他是全力以赴在做那些工作的。特别是作为出版家，他为当代作家、为出版界的文化积累工作，做了许多开创性的实事和好事，许多老作家对此深有感触。老诗人冯至对他说："你是出版家，不是出版商，也不是出版官。"从《往事》《回顾》两书记述他与文学界前辈、同辈交往的有关篇章中，可以看出，这个出版家确实是一无"商气"，二无"官气"的作家的知心朋友。

李致重新提笔，是因为受到他四爸巴金老人的鼓励；离休后干什么？当然搞写作。这是他在一篇文章中讲到过的。不过我想，他自己恐怕早就按捺不住了。果然，好像为弥补近半个世纪以来创作上的荒废，也为倾诉几十年来胸中的积愫，他写得如此勤奋而认真，全然忘却自己已是个可以含饴弄孙、安度晚年的老人了。年近古稀而重新提笔，一不为名，二不为利，无所为而为，更重要的是，他为读者提供了许多珍贵的东西。这样的老作家，远的不说，近在我周围的就不止一个二个，他们在当代市场般喧闹的文学界也许并不引人注目，更无"轰动效应"，但却默默地起着精神支柱作用。我对那位文学青年说：这样的老作家是值得尊敬的，他们手中的那支笔，是一宗难得的财富。

读读李致的《往事》和《回顾》就知道了。这两本散文集一脉相承地贯串着一种精神，给我印象最深，感受最强烈。那就是：

尽管生活中有时风雨多么凶险而残暴，人间的理想、良知、美德和纯洁的真情是无法摧毁，不会泯灭的。这是个现在不大有人想听的"大道理"，但李致不是在那里说教，没有继续当他的"宣传部长"，而是以一个经历过许多大大小小劫难的老人所看到和感受到的点点滴滴，平凡而闪光的心灵波动，以一种平易真诚，甚至有时面对假丑恶，也以自省和幽默的语调，娓娓地向我们描述和倾诉的。无论微笑，无论含泪，或是含泪的微笑，全都是从他心窝里掏出来的。风雨一场接一场，从人生的清晨到日过中天，终于渐渐远去了，而从风雨中沉淀凝结起来的那种珍贵的精神，却滋养着我们饥渴的灵魂，在人间坚强地生活下去。

读过许多"文革"题材的作品，对于那种离奇古怪的故事，早已见惯不惊了。然而并不惊心动魄的《"牛棚"散记》这组朴实的散文之所以依然能打动我，原因就在于李致的冷静和坦诚，在于正直和宽容，在于穿透冷酷的墙壁温暖心灵的那点珍贵的亲情。这是真实的人生。其中的两个形象，两个灵魂——美的和丑的——给我留下深刻印象，令人深思。"母蚊子"那一声声或凶神恶煞，或咬牙切齿，或阴阳怪气的断喝和训斥，老是在我耳边鼓荡。这个以吸血为能事的别有用心的阴暗灵魂，是一个典型，在生活中似乎随处可以看到她的影子，虽则不一定是"母"的，至今仍躲藏在阳光照不到的某个角落里，窥视着出击的时机，善良人是应该提高警惕的。而那位在黑夜中默默点燃小屋的灯光的平凡的女性——李致的妻子，则让人肃然起敬。她在黑夜的灯下为关进"牛棚"的丈夫一针一线编织毛衣的身影，感人至深。这也是一个典型，一个正直、坚强、善良、纯真的灵魂。她是用自己的灵魂去点燃小屋的灯光的。那灯光其实是人间的希望。

在《往事》和《回顾》中，《我所知道的胡耀邦》以及其他忆念亲人、战友、艺术家的诸多篇章，总是与时代风云紧紧相扣，事情也许都是平凡的，却从平凡中折射出高尚的情操、温暖的人情，加之作者的坦诚，便更觉其可亲。也许因为身在文学界的缘故，当李致引领我们走近老一辈文学家身边，去瞻仰他们的丰仪，聆听他们的教诲，触摸他们伤痕累累的心灵时，一种亲敬之情和伴随而来的悲凉的忧患感便挥之不去，不能不让人陷入深思。巴金、沙汀、艾芜、曹禺、李健吾、冯至、茅盾、叶圣陶……这些人的名字构成了中国新文学史的重要篇章，他们的作品记录了历史前进的步伐，哺育过千万读者的心灵。然而这些人却成了罪人，新文学的优秀传统被"打翻在地，踏上一只脚"了。李致就是在这种时刻，含着泪偷偷去探望四爸巴金，又含着泪悄悄离开老人的。幸而历史终究不是疯子，是金子就不怕被诬为破铜。李致引领我们去探望这些劫后余生的文学老人们，让人庆幸，也让人伤感：他们拖着暮年的伤病之躯，正在为多"掏一把出来"而争分夺秒地工作；他们对祖国和人民的那份挚爱、为人为文的那种高尚的品格，在经历了那场炼狱的煎熬以后，越发显得凝重丰厚、高洁超迈了。这是一份珍贵的史料，一份特殊年代中一代优秀知识分子的心灵纪录，使我们对巴金老人在怀念李健吾时说的一句话，有了更深的理解："黄金般的心是不会从人间消失的。"

  李致写过一篇含泪微笑的《白发》。这两个集子讴歌了许多"纯洁和崇高"的白发，他自己的白发也渐渐增多了。我从他朴实真诚的文字中，闻到了阵阵"白发的芬芳"，像素兰，平淡而持久。

李致散文的艺术特色和老年文学的走向

◎ 王地山[①]

李致先生是著名的文化人,他早年从事共青团工作,后任四川人民出版社总编辑,主管文艺工作的中共四川省委宣传部副部长,被选为四川省文联主席至今。他在离休后,以七十高龄涉足散文创作,已发表作品一百五十余篇,出版了《往事》《回顾》《昔日》《我的四爸巴金》《终于盼到这一天》等多部散文集。他的散文或怀人,或记事,或抒情,都力图写出他所经历的不平凡的时代,反映了中华人民共和国艰难行进的步履,从中能听到历史的脚步声,预示着未来的走向,在老年文学中,当属重量级作品。

一、李致散文的艺术特色

李致散文的一个重要特色是"春秋笔法"即"史笔"。一般文学散文都以描写真人真事为主,却容许合理想象和艺术虚构。李致的散文作品则摒弃合理想象和艺术虚构,力图按生活的本来面貌再现生活,使之接近"第一历史"。这种秉笔直书的写法,即是《春

---

① 王地山:四川省干部函授学院教授。

秋》《左传》《史记》《汉书》等历史散文的纪实手法。它既是严谨的文学作品，也具有史料和史学价值，令读者感到真实可信，并符合老年读者的兴味。如《我所知道的胡耀邦》一文，并非胡耀邦的人物传记，他只写自己二十多年来与胡交往的所见所闻，不援引第二手资料。"文革"中受审查，他与胡同住一室，却不准交谈，他从胡的举止与细节中，展示了胡思想敏锐、心直口快、善于自制而又深思熟虑的品格。1973年作者调回四川，临行前与胡有一次交谈，胡告诫他："在没有认识清楚以前，不能随风倒，盲目地吹喇叭，抬轿子。"这对李致后半生的为人行事有很大影响。这就写出了一个关注国家命运的真实可信的胡耀邦。为做到这一点，不仅要求作家有很好的记忆，还要具有高度的社会责任感和历史使命感，要不厌其烦地核对有关材料，并有厚实的文学底蕴，才能树立起这种诚实严谨一丝不苟的文风。

  作家在其漫长生涯中，除了与老一辈革命家，还与许多文化名流及普通人交往，有机会从近距离审视他们的音容笑貌。他与张爱萍、胡克实、杜心源以及巴金、沙汀、艾芜、曹禺、李健吾、冯至等作家，都能做到如见其人，如闻其声，极具亲和力，从而对他们的远见卓识、高风亮节和"虽九死其犹未悔"的献身精神能有所感悟。他笔下的普通人也都性格鲜活，如《许光的遭遇》就从一个侧面揭示了所谓"历史问题"对一位知识分子干部的严重伤害。许光参加革命较早，只因"莫须有"的历史问题，在干校中惨遭批斗，竟至无法自恃，在将临"解放"时，精神失常，又哭又笑，令人扼腕长叹。《焦某"文革"轶事》则是另一种典型：焦某既出身劳动人民又是大学生，根正苗红，劳动是一把好手，头脑也极清醒，却大智若愚，装成马大哈，故意唱错样板戏，经常装病号，出洋相，以游戏人生的态度对待一切。大家拿他逗乐，却被他耍了，直到改革开放，他才一反常态，大展宏图。他的表演酷似司马迁笔下的东方朔。作家对这些形形色色人物的描写，都不是故意"塑造"出来的，而是他们自身所拥有的，这就不难看出作家对人物的深刻洞察力，他善于见微知著，窥一斑而知全豹，也体现了"文学即人学"的底蕴。

李致在众多作品中，着意表现不同年代的社会情态与世道人心。如《特殊的"纪念日"》写他第一次遭抄家后，就放弃文学创作，不写日记，不保存书面材料，阅读来信后随即撕掉，唯恐授人以柄，在那个年代里生活，终日"如临深渊、如履薄冰、夹着尾巴做人""不敢说错一句话，不敢走错一步路"，这就传神地反映出"左"的岁月中知识分子的精神状态，那实在是一个失真的年代，失语的年代，失掉自我的年代。《1969年的春节》写阶级斗争渗透到每个家庭的日常生活，连逢年过节也难以幸免。作家作为审查对象，回家的几天中仍要每日向领袖请罪，向家人全面交代自己的罪行，反省问题，写思想汇报，等等，如今的年轻读者简直觉得不可理解，匪夷所思。《我淋着雨，流着泪，离开上海》写作者在干校请探亲假的返程途中，悄悄绕道上海看望四爸巴金，叔侄睡在一张床上，也难畅所欲言，临行时风雨如晦前途茫茫，那种"相见时难别亦难"的隐痛跃然纸上。《终于盼到这一天》则描写1976年"四人帮"刚被抓捕，传媒尚未公布，民间悄悄传开的特殊场景：每个人都大喜过望，又担心这不是真的，追查起来不得了。这时"文革"已逾十年，弄得民穷财尽，天怒人怨，渴望天明真是人同此心，心同此理。

李致的散文语言平中见奇，质朴中见深邃，含蓄中有风趣。他惯用白描手法，追求干净，不尚浮华，淡淡几笔就勾勒出人物的神态气质，不时有讽刺幽默的神来之笔，对真善美的人性追求与对假恶丑的鞭笞尽在其中，给读者带来会心的微笑或含泪的苦笑，在逆境看到希望的灯火。

二、思想者与老年文学

老年文学是思想者的文学。作家是思想者，应拥有独立的思想，独立的人格，对社会持批判态度，特别是李致这一代老年作家，经历过几次社会转型期：由旧社会到新社会，由市场经济到计划经济，由共和国的黄金岁月到以阶级斗争为纲的严酷年代，由反右到"十年浩劫"，又从计划经济转入市场经济，从封闭禁锢到改革开放，历尽时代风雨雷电的考验，命运起伏跌宕，既受我国传统思想的熏陶，也受西方观念的影响，既有纵向比较，也有横向比较，因此，他们的思想更为成熟，并呈多元趋势。

李致受"五四"运动与巴金的影响，青少年时代就追求进步，1946年参加中共地下组织，为自由民主社会公正而斗争，满腔热情地走进新社会，在"左"的影响下，也曾陷入个人迷途，甘当"驯服工具"，这就失掉了自我，"文革"初期抱着逆来顺受的态度，随着"文革"狂热的升级，他逐渐认识到"文革"根本不是"反修防修"，而是社会的动乱和历史的倒退，他正经历着一场文明与愚昧、正义与邪恶、人性与暴力的冲突。出于共产党人的良知，他决定在任何情况下都不自杀，不胡乱交代，不卖友求荣，同时做了最坏的打算。于是，他对"文革"较为抵制，他大声高呼口号，不断与造反派争辩，"你打你的，我打我的"，并从毛泽东与鲁迅著作吸取精神力量，绝不"在灵魂深处爆发革命"，绝不折磨自己，从而逐渐改变了险恶处境，熬过了漫漫长夜。"文革"结束后，他对"左"的历史进行了深刻反思，进一步认识到，一位马克思主义者，首先应当是人道主义者，自由、平等、博爱、民主、人权等绝非资产阶级的专利，而是人类在历史发展中的普遍诉求，正是这种认识，使他的散文作品更具有思想深度与人文情怀。

如果说儿童文学的特点是天真烂漫、童真童趣，青年文学的旨趣是热情奔放、充满追求，女性文学的特征是细腻婉柔，那么，老年文学的底蕴便是世事洞明、人情练达、思想深刻,更具启示性与哲理性。因此,老年作家的思想不仅要与时俱进,还要站在时代的前沿。

三、大半生积累的结晶

老年文学是包容丰富内涵厚重的文学,它的源泉来自大半生的生活积累、知识积累与感情积累。

人的大脑如一台电脑,拥有丰富的信息储存,写作是一个信息整合、重构、碰撞、发酵与再创造的过程,李致在肃清"胡风反革命集团"运动后停止了文学创作,几十年所接触的人和事,所读过的书报杂志,种种场面与心得体会以及瞬间感觉,仍在大脑中积淀着,及至摆脱公务涉足散文写作的晚年,这些信息便浮出脑际,一发而不可收,儿时的家庭,慈爱的母亲,长期不被理解的父亲,远渡重洋的四爸,隐蔽的地下斗争,声势宏大的示威游行,解放后战友们的不同际遇,"文革"时的惨痛遭遇……一幅幅难忘的历史画面转化为意味隽永的作品,显得出手不凡,厚积薄发,如果作家没有一座生活的富矿,是难以冶炼出这些闪耀的精神产品的。李致的散文很注意反映生活的复杂性、人物的多样性与事物的矛盾性,"人与人不同,花有几样红"。例如,在残酷斗争、无情打击、六亲不认的"文革"岁月,许多平民百姓对主流意识并不认同,他们拥有自己的善恶标准和价值取向,仍固守"贫贱相守,患难相助,疾病相扶"的朴素理念,对受难者怀着真诚的同情,不惜伸出援手,所以,读《妻子的安慰》《小屋的灯光》《小萍的笑容》等篇时,心灵便深为悸动。作者还写到那些在"牛棚"中批斗过他的革命群众,后来到干校都成了相知的朋友,这大概是人的天性使然,也是对列宁的"两种文化论"的最好诠释。

老年作家是时代变革的见证者,也是劫后余生的幸存者。老年文学是他们在几十年中反复咀嚼与过滤的人生经验和结晶，同样一句话、一件事、一个道理，从老年人的口中说出，从他们笔下写出其分量大不相同，因此，老年文学的内涵显得格外坚实厚重。

四、向后看与前瞻性

老年文学是向后看的文学，也是向前看的文学。为了向前看，必须向后看，向后看的目的，归根到底还是为了向前看，这就是它的前瞻性。

上个世纪末，联邦德国召开过一次魏玛笔会，向全世界征文，题目是《从未来解放过去，从过去解放未来》，说的就是过去与未来的统一性。岁月如一条奔腾不息的江河，它总是从昨天流到今天，并继续向明天流去。这个过程永远不会停止，无法分割或断裂。许多历史之谜需要今人破译。许多历史人物和事件需要用当代的观点重新诠释，更需要从未来的视角加以观照。所谓"一切历史都是当代史"，就是这个缘故。我们在现实生活中所直面的许多问题、疑团、弊端往往是历史的遗留或反弹，与过去息息相关；未来的社会演变也是与昨天和今天的潮涨潮落息息相通的。历史学家钱乘旦到中南海讲西洋史，就是为了从欧美九国的现代化过程中寻找经验教训，作为我们的借鉴；中央电视台拍摄《大国崛起》，也是这个思路。

李致写《往事》《回顾》《昔日》，显然不单纯是为了怀旧，他更着眼于未来，"前事不忘，后事之师"。他编辑的散文集《终于盼到这一天》，更是为了给年轻人读的。"文革"结束距今才三十年，已开始被人淡忘，许多年轻人对此茫然无知。尽人皆知，对历史健忘的民族是没有希望的民族，我们的下一代如果对整风、反右、"大跃进"、大饥荒以及"文革"的来龙去脉及其严重的负面影响缺乏认识，那就不可能了解真正的当代史，对增强忧患意识十分不利。正是如此，李致热切支持巴金"关于建立'文革'博物馆"的倡议，并把这个散文集作为个人的"文革"纪念馆，叮嘱年轻人千万不要忘记。

事实表明，对这些学生的记忆，不仅老年读者感同身受，年轻记者也是认同的。有人说："老年文学是老一代人用血泪和生命写成的，具有永恒的价值。"还有人说："不听老人言，吃亏在眼前，我们不能重蹈历史的覆辙。""老一代身处逆境的立身处世之道与展现的人格力量价值值得我们记取。"从这个意义上说，老年文学也是跨越代沟构建代桥的有益尝试。这就要求老年作家不断更新观念，对历史有真诚的反思与倾诉，避免空洞说教，以平等的态度坦诚对话，这样的作品就能较具有前瞻性，得到新一代读者的青睐。

五、说真话的勇气和魅力

老年文学是说真话的文学。文学总是追求真善美的统一，统一的前提和底线是说真话、记真事、抒真情，展现社会人生的真谛。不真实的作品不会有生命力和影响力，脱离真实的善自然是伪善，脱离真实的美也是虚假的美。

文学大师巴金一生提倡说真话，以真诚的态度抒发内心的真实感觉。他控诉旧制度，所写的《家》《春》《秋》《雾》《雨》《电》《灭亡》《新生》《寒夜》都出于至诚。他歌颂新社会，所写的《我们会见了彭德怀司令员》《黄文元同志》《团圆》（后改编为电影《英雄儿女》）《大寨行》等也出于真诚。诚然，他在"左"的压力下，曾屈从于权力话语，说过一些违心的话，他复出后的晚年，在《随想录》中对此做了真诚痛切的忏悔，这正是他过人之处。李致深受巴金的影响，他的散文也坚持说真话，写出历史的真相。例如他写"牛棚"的严酷非常人所能忍受，但避免情绪化，不计个人恩怨，对变着法儿整人的"母蚊子"也是如实记叙，并不任意夸张。他对迫害广大干部的"五七"干校，也作了多侧面的描写，既写到不近人情自找苦吃的超负荷劳动，致使人们不得不弄坏机器；也如实记叙了"人胖猪肥牛长膘"的劳动成果，在干校，作者过了劳动关，也留下不少后遗症，其中也不乏逸闻趣事，这都表现了作家的求真务实、宽容大度，对自己的言行举止进行了深刻反思。如曾写过批判胡耀邦的大字报，"文革"初自己有许多迷惘、质疑、惶恐而无可奈何，为保护自己而三缄其口，他曾自认为是鲁迅的学生，经认真反思，才感到不够格，这些直抒胸臆的文字符合常理常情，自有其强烈的感染力。

有人说："散文是美文。"美是一切文学作品的共同追求，但切不可为追求美而失去真。苏联小说《叶尔绍夫兄弟》讲了一位画家为国王作肖像画的故事，国王是个独眼龙，却要求画家的作品既真实又美观，如达不到要求将予严惩。画家反复构思，绞尽脑汁，画了一幅国王闭着一只眼，很惬意地掏耳朵的作品，掩饰了国王的独眼而受到重赏。这显然不是真善美的统一，而是粉饰生活，以迎合权势者的旨意。其实，一位关注民众福利的领导人，即使形象丑陋，仍会得到百姓的拥戴；一个专横跋扈残害生灵的领导者，即使形象高大伟岸，也要受到举国唾弃。

我们这一代作家，在"左"的压力下，大半生写"革命文学"，甘当驯服工具，粉饰太平，直到改革开放，欣逢治世，才鼓起勇气，写出历史的一些真相。"鸟之将死，其声也哀；人之将死，其言也善"，但有时仍心有余悸，"欲说还休，却道天凉好个秋"。由此可见，说真话是需要勇气和胆识的，老年文学应是勇敢者的文学。

六、老年文学与传世之作

总起来说，老年文学应是经得起岁月淘洗的作品，其中必有传世之作。

每个时期都流传着大量文学作品，其中能经得起时光筛选的是少数，这不是作家的主观愿望所能决定，它要经历时间的考验。

不错，在中外文学史中，有的传世名著是作家年轻时所写，如王勃的《滕王阁序》、肖洛霍夫的《静静的顿河》，在完稿时都还年轻，只有二三十岁。而更多的名著则属大器晚成，如歌德的《浮士德》、爱伦堡的《人·岁月·生活》、帕斯切尔纳克的《日瓦戈医生》，在其暮年才大功告成。这时作家的生活积累十分丰富，艺术上处于巅峰期，自是"水到渠成"。我国当代作家中某些有影响的成功之作，如丁玲的《风雨人生》、韦君宜的《思痛录》、杨绛的《干校六记》《我们仨》、梅志的《胡风传》、戴煌的《九死一生》等，也无不是在人生的秋季或冬季才写的。人们有理由相信：李致的《我所知道的胡耀邦》《我淋着雨，流着泪，离开上海》《终于盼到这一天》和《焦某"文革"轶事》等名篇，会得到未来的认同。

一部作品能否传世，还需要一些外部条件，如被语文课本选入，被权威评价家推荐，或由国家图书馆收藏，而关键是它为优秀之作，得到专家与广大读者的赏识。

我们生活在一个极具辉煌壮丽而又灾难深重的历史转型期，时代赋予作家们以庄严的历史使命，我们应努力提高自己的精神境界，写出无愧于时代并能传世的文学精品。

散文名家李致

◎ 王 火[1]

前天，北京《十月》的编辑顾建平来家组稿，我将李致同志新出版的散文集《往事》拿给他看，说："李致同志是一个'富矿'，他的散文寻寻觅觅，情真意切，你该去约他写散文。"小顾说："我是要去约稿的，《十月》前主编苏予已给我写了介绍信。"那么，《十月》也许以后可以拿到李致的新作了！

散文集应当漂亮。画家戴卫给《往事》设计了一个漂亮的封面，在一种洋溢着青春的绿色衬底和银色波纹点线上，选用了一张李致的全身彩照，很精彩：群山逶迤在远处，清澈蔚蓝的水波浩瀚幽深，李致独自站在水边的坪上低头沉思，给人一种泱泱大千世界，浩浩历史长河，时光超乎物外，而跋涉者在回忆体味往昔的感觉。当我刚看到书的封面时，就不禁想：我以后也要拍摄一张这样好的照片呢！

十多万字的《往事》，捧到手上一天就读完了！其中有一些文章以前读过，重读一遍仍然喜爱。这三十几篇散文，有对母亲、舅舅、三爸，特别是对四爸巴金等亲情的系念，有与茅盾、沙汀、

---

[1] 王火：作家，茅盾文学奖获得者。

艾芜等亲切交往的回忆，有李致童年生活和青少年时代对光明的追求，有对"文革"荒谬岁月含泪的叙述及出访和暂住国外的见闻感受。为什么我喜欢他的散文？我回答：

因为这些散文朴实无华、庄严凝重，能用真实的感情打动我的心，拨动我的心弦。我知道：李致是一位重情感的人；写作态度是十分严肃认真的。他或在叙事之中饱含对亲友的深切思念之情，或在议论之中富于理性的光辉和积极的人生态度。文章蕴藉深厚。无论感慨或欣慰，无论得失与进退，都有丰富的意象和心境。在这些散文中看不到无病呻吟、故弄玄虚，看不到未加审察的吹嘘和唬人的自我扩张，看不到自以为是的世事洞明与人情练达，有的只是实事求是与深切准确的记述。细致的情感，安详宁静的思绪，对丑恶和畏葸的憎厌，对明朗透彻、自由和谐的心灵的挚爱，令人心仪神往。

因为，这些文章多数是从心灵中唤出来的，他用坚定的信念、充沛的激情，用平易的语气向你吐露他对生活、历史、亲情、友谊、人格的想法和感情，于是，你读这些散文时，仿佛同他谈心，舒畅自如而意趣款款。

《往事》是一本可以慢慢咀嚼的散文集，我读了《永远不能忘记的四句话》后，将巴金老人在李致童年时教导他的四句话："读书的时候用功读书，玩耍的时候放心玩耍，说话要说真话，做人得做好人。"马上教给了我那外孙，他也马上记住了！我读了《巴金的心》一文后，马上把文中提到的王尔德的童话《快乐王子》找来自己重读一遍并拿给外孙读。李致文中说："随着对巴老的了解，我豁然开朗，感到巴老不正是当今的快乐王子吗？他从不过多地索取什么，却无私地向社会向人民奉献自己的一切。"这话深深留在我的心上。我读了《大妈，我的母亲》和《我淋着雨，流着泪，离开上海》以及《我的胖舅舅》，不但动了感情，而且觉得加深了对李致的了解，明白了为什么他这人有亲和力。

举这样的例子，不是我的目的。正如我不想像评论家那样来分析论述李致散文写作技巧上的长长短短一样，我只是觉得从我的感受来说：

当处于粗鄙的氛围中感到压抑时，可以读读这本散文集！

当度假感到空虚无聊时，可以读读这本散文集，其中有些篇章还该给孩子读读！

当不幸看到庸俗低级的地摊文学或电视节目感到恶心时，可以读读这本散文集！

当处于炎热的夏季心情浮躁时，不妨读读这本散文集！……

读完《往事》那天，我打电话告诉李致同志，说："《往事》读完了！我很喜欢，也得益不少！尤其喜欢其中涉及巴老和亲人的那许多有分量的文章。那都是有重要价值的文章，有的是你独有的材料和感受，只有你才能写！研究巴金的人将会作为宝贵资料看待的。"我说这话是表明我欣赏这些散文的独特性，更何况这种独特性，不仅指的是素材，同样指的是一种"精神家园"。

后来我说："你这位散文家可写的东西太多了，有关巴老和李家的事不说，还有许多该写的东西都没有写，希望继续写吧！"

他问："指的什么？"

我说："比如川剧领域，你熟悉这剧种和许多名演员，还为领导振兴川剧出过大力了解很多情况，并没有多多去写！比如编辑出版工作领域，你是出名的编辑出版家，在'文革'后四川出版事业步入辉煌时期你做过大贡献，结识过许多人，有过不少有价值的作为和经历。"

他谦虚地说："那以后我就试着再写写。"

我期待着他这句话。末了又告诉他："除了内容好之外，《往事》的装帧讲究，纸张印刷好，更精彩的是几乎没什么错字。"我读书有个好找差错抓错别字的习惯。《往事》在这点上没有"满足"我的愿望，证明作者这位编辑出版家自己一定仔细看了校样。

前段时间，文坛出现过一些"隐私散文热"，有人利用散文展示自己的婚外恋、性生活之类，引起批评。李致同志则是利用一点空余时间细水长流地在散文园地中耕耘着他的一片绿洲，有自己鲜明的目的、倾向和审美情趣，他已经有《回顾》《"牛棚"散记》《终于盼到了这一天》《巴金教我做人》《我所知道的胡耀邦》《李致与出版》等许多散文集出版，他正辛勤地扩大这片绿洲，让它更生意盎然！

由《往事》想到的往事

◎ 高　缨[1]

老友李致的散文集《往事》出版了，使我欢喜了好一阵子，就像自己又有新作问世似的。接到赠书，我立刻放下手中的工作，细细阅读，直到灯光涩滞了我的双目。

这是一本内涵丰厚、朴素无华、记叙真事、抒发真情的好书。唯其朴与真，读起来如知己对坐。娓娓谈心。

占了此书大半篇幅的，是一些与巴金老有关的文章。有同志说，这是"亲情散文"，我很赞同。因为李致是巴金的亲侄子，所以这些篇章显得更加亲切感人，且让读者直接地走近巴老，从几个侧面去认识这颗中国人民的良心。

读《永远不能忘记的四句话》一文，我好似聆听到巴老那浓重的四川乡音："读书的时候用功读书，玩耍的时候放心玩耍，说话要说真话，做人得做好人。"这四句话是当年巴金回家时写给少年李致的，至今对我们这一辈和下辈人，仍有很大教益。《巴金的心》《讲真话的作家——巴金》《寻找童年足迹》几篇文章，写了好些巴老旧事，清晰地表现了他"对我们祖国和同胞无限的爱"，

---

[1] 高缨（1929—2019）：作家、诗人。

和他无私奉献的博大情怀。从《带来光和热的人》《永恒的手足情》《大妈，我的母亲》等文章中，读者能够如见其面，如闻其声地看到巴金几位亲人的形象，也能了解一些产生《家》这部巨著的社会环境。《我淋着雨，流着泪，离开上海》一文写得真实、深情。"文革"期间，刚从"牛棚"出来不久的李致，"秘密地"去上海看望他的四爸，那时巴老正在受难，萧珊已辞世，"家里笼罩一片阴影"，叔侄聚首，何其温存又何其悲凉！李致追记这段往事，让我们看到巴金处变不惊，镇定若素的面影，也看到李致眼中的泪雨……

李致所写到的巴金那巨大的人格力量，我也曾亲身感受。1966年夏，在北京召开亚非作家紧急会议，巴老任中国作家代表团副团长和大会主席团成员。我参加了会议，并数次随巴老接见、宴请外国作家。那时："左"风已肆虐全国。会议刚开始，"文革"也开始了。巴老在和外国作家的交谈中，没有一句"左"的言语，没有一点强加于人的态度，总是雍容平易地与外宾谈着友谊、团结、争取世界和平；外宾也无一不对他真诚尊敬。这时，会外不断传来造反派揪斗某某、打倒某某的消息，有时也能听到红卫兵的呼叫声。我们代表团内部，已浮动着紧张的气氛。我想，当时巴老是不可能不知道险恶的局势和上海的情况的，但他仍集中精力于会议的工作，显得平静如初，坦荡从容，有时还邀我们几个晚辈作家一道散步，鼓励和关心着我们的创作……这些事，我是终生不会忘记的。

读《往事》，我还想起其他一些往事。

少年时期，我和李致是小学同学。我印象中，他是一位很用功也很活跃的人，作文很好。毕业后我们各自升学，他入成都华西协中，我进重庆育才学校，也就断了联系。20世纪40年代中期，我们差不多同时参加革命，同时加入地下党，有着相同的经历。解放了，地下党员们和部队党员们会师后，在一次会上，我忽然听到有人唤我的学名，看见李致满面喜气地走过来，久别相遇，我们紧紧地握手了。可巧,我们又同时分配到重庆团市委工作,他担任了沙磁区团委的领导工作。我们常常相聚,自然会谈到文学。他告诉我,新中国成立前他酷爱创作,已在报刊上发表了百余篇诗、小说和散文。我读了他的一些短诗,写得热情澎湃,有诗人田间之风。他还喜欢朗诵诗,记得有一回他向集会的大学生朗诵诗,声调激扬,热烈如火,引起满场喝彩。我当时想,我这位老同学,一定会成为文学家的。

到了1955年,肃清"胡风反革命集团"运动开始。不料当头一棒,狠狠向李致打来,以"莫须有"的罪名,他被列入审查、批判对象,被迫在会上会下检查交代。往日他那英气勃勃的面容,压抑了一片愁云。虽然没有被扣上"帽子",但从此他再也不提笔创作了;即使如此,"文革"中他仍难免"新账老账一起算",难免和他的四爸一同异地受难。

浩劫终止,全国欢腾。李致主动申请调回故乡,重逢时,我见他更为成熟了,言谈有些持重了,而那热情洋溢的目光又恢复了。他担任的行政工作虽然很忙,我们仍常常见面和互通电话。我爱重提旧事,鼓动他写些诗文,特别希望他写写巴老,而他却总是默然。我想,也许往日的阴云,还没有从他心上完全消散吧!直到1981年,他终于发表了一篇散文,我立刻打电话向他祝贺。他有些不好意思,说"我写得不好呀,你看我这支笔还行不行?"到他从工作岗位退居二线后,才认真地写了起来。不久前,我接到他新版的《往事》集子,我的无比欢欣,唯老友可知,岁月悠悠,五十年前已发表诗文的李致,而今才出版了他的第一本散文集。在欢欣庆贺之余,我心里浮起一种苍凉之感。若不是各种极左运动,若不是文艺界累累创伤,若不是他两度受打击,才华横溢的李致,该写出多少优秀的诗文!如果巴老能有一个著作等身的侄子,他会多么高兴!

惋惜感叹已无必要，我又为老友感到宽慰。数十年来，李致做了大量于人民有益的工作。他曾在团中央从事少年儿童工作，回到故乡，又先后在四川出版界和中共四川省委宣传部担任领导职务，还被选为四川作协副主席、省政协秘书长，至今还任四川省文联主席。他以旺盛的精力和强烈的责任感，以正派、宽容的作风，团结同志，为四川的出版事业、文艺事业做出很大贡献。这是有目共睹的，我不必多言了。据我所知，巴老对他侄子的工作成绩和人品，也是称道的。

可惜乎？可贺乎？人生如旅，只求不是空空行囊。

李致的行囊是充实的。相信他会继续追随巴金的背影。说真话，写下去！

历历在目的《往事》

◎ 洪 钟

四川民族出版社出版的李致散文集《往事》，是一本平实之作，它以朴实之笔记述了作者心中深有所感的人和事。读者从这些极其普通的人和事中，可以感觉到一颗博大真诚的心在燃烧，在跳动，在鼓舞着你。

第一组散文记述的是作者童年的回忆和他一生中感人至深的人和事。这些散文反映了作者的童心和真心。科甲巷的回忆，抒写了对玩具的美好回忆和儿童爱好玩具的本性。有关祠堂街的回忆，写出了一个追求进步和光明的青年的心声。《捐寒衣》写了抗战宣传在小学生心灵上的震撼和不吃午饭把两个铜板捐给前方战士做寒衣的热情，也记述了日本飞机轰炸后小学教室的断垣残壁和瓦堆中烧焦的尸体，在稚弱的心灵上留下的深深的烙印。特别是关于作者的入党介绍人贾唯英同志的回忆，则是感人肺腑之作。关于回忆贺龙同志一文虽然短小，但思想性的隽永，特别令人深省。这篇短文记的是解放大军入城后贺龙同志和地下青年组织民协、民青等地下社成员会面时，不承认"首长"的称呼，满有风趣地说："什么手掌、脚掌哟！共产党、解放军是为人民服务的，无论担任什么职务、大家都是同志，一律平等。"这是使在旧社会生活了十多年的青年人耳目一新的党课，这种公仆精神是多么值得珍惜!

特别值得重视的是有关大师巴金及其亲人的一组散文。巴老是作者的四爸，亲人的接触更能体察灵魂的真实。20世纪40年代初，巴老两次回老家小住。当时作者是十多岁的小学生。巴老在天真无邪的心灵里留下什么印象呢？拜祖先灵位时与众不同，不叩头，只鞠躬，是"新派"。培养侄儿的集邮兴趣。委婉地批评他贪玩，不回家。特别是给作者纪念册上题的四句话："读书的时候用功读书，玩耍的时候放心玩耍，说话要说真话，做人得做好人。"真是深长隽永，富有生活哲理的闪光箴言。

特别值得注意的是：有的散文还以确凿的事实，说明巴老和人民群众的关系，巴老高尚的人品。巴老是把他的写作当作为人民、为祖国的战斗武器的："我写作不是因为我有才华，而是我有感情，对我们祖国和同胞我有无限的爱，我用作品来表达我的感情。""人为什么需要文学？需要它来扫除我的心灵上的垃圾，需要它给我们带来希望，带来勇气，带来力量。""我写作是为了同敌人战斗。""一切旧传统观念，一切阻止社会进步和人性发展的不合理的制度，一切摧残爱的势力，它们都是我最大的敌人。"巴老七十多年如一日，身体力行地实践了这些文学的真理。

这些散文还点出了巴老为人的精髓。巴老多次提出："你们（读者）买我的书，养活我，是我的衣食父母。""读者是最好的评判员，也可以说没有读者就没有我。"巴老还多次提出"把心交给读者"。这些主张是和邓小平同志提出的"人民是文艺工作者的母亲"的观点是一致的。1956年巴老在《燃烧的心——我从高尔基的短篇中所得到的》一文中说："他本人（指高尔基）并不说教，他让你感染到他强烈的爱和憎恨，他让你看见血淋淋的现实生活，最后他用人格的力量逼着你思考，逼你去正视现实。就像《草原故事》中英雄丹柯一样，高举着自己'燃烧的心'，领导着人们前进。"

这就是巴老为人、为文的灵魂，是巴老文品、人品的高尚之处。鲁迅早年称誉"巴金是一个有热情有进步思想的作家、在屈指可数的好作家之列的作家。"在近七十年的勤奋创作中，巴金为中国人民和世界人民留下了千万字的创作和译著。他的作品先后译成二十个国家的文字，在世界广为流传。

　　散文还举出了一些鲜为人知的事：巴老是全国唯一的不拿国家工资、只靠稿费收入生活的专业作家。新中国成立前他曾以稿费资助过困境中的青年。近年来他更以巨额稿费资助现代文学馆，支持上海出版基金，支持振兴川剧。但他反对用他的名义成立创作基金，更反对动用国家经费重建故居。他严肃地说："我必须用最后的言行，证明我不是盗名欺世的骗子。"巴老的想法和鲁迅的心是相通的。鲁迅在《花边文学·大小骗》中说："欺世盗名者有之，盗卖名以欺世者又有之，世事也真是五花八门，然而受损者却只是读者。"巴老这种对社会多做奉献，少求索取的精神的确是难能可贵的。

　　有的散文还如实地记述了巴老一家由"小康而坠入困顿"境遇中的手足之情，相濡以沫之情，作自我牺牲以成全家人之情。以素朴之笔写出了亲人中真挚的感情。

　　人们常说：往事如烟，往事如梦，意思是说，经过时光的流逝，往事会变模糊了。但在李致素朴淡雅的笔触下，一些往事却历历在目，成为值得人们深思、回味的人和事的形象组合了。

写好一个"真"字
——读李致的散文集《回顾》

◎ 马献廷[1]

读李致的《回顾》，包括他的前一本散文集《往事》，就如同听老朋友谈心，你不必像通常人际交往中那样必须认真调动起全部接受神经，只要静下来，就会感到有一种真挚的感情的热流，慢慢地沁入你的心里，并激起一些共鸣的感情涟漪。

读《往事》已是一两年前的事了，但书中记叙的一些情节，如作者在"文革"中"淋着雨，流着泪"告别四爸巴金的情景，作者在母亲弥留之际与她生死诀别的情景，包括作者对外婆家"胖舅舅"的怀念，都使人留下了深深的印象。作者的这些"往事"，"人皆有之"之事，由于作者道出了其中的"人皆应有"之情，所以读者也能自然地应和着、升华着各自的"往事"。这样，作者的"往事"事实上便已作为一种感情的晶体超越了自己。

这种感受，在读《回顾》中，再次获得了印证。

《回顾》在题材和体裁上，都可以说是《往事》的姐妹篇，只

---

[1] 马献廷（1929—2018）：作家、评论家，笔名黑瑛、弋丘，曾任中共天津市委宣传部副部长、天津市文联副主席、天津市作家协会副主席。

是艺术的针脚更为缜密，情感的色彩更为深沉了。在《回顾》的一些篇章中，不知为什么我特别喜欢《"牛棚"散记》的一组文章，这组文章记叙了作者在"文革"中的一段劫难，这段劫难显然在作者心灵上曾留下深深的疤痕，但从文字中却难以找到些许激愤、恚怨，作者只是以一种劫波历尽后的超脱心态，娓娓地道出了一个个情景历历的事件。对这些事件，作者不作夸饰，更没有矫情，而是还彼时彼境中的一个真实的自己，这大概也可以说是这种怀旧文字中的"讲真话"精神吧！

当然，讲真话与抒真情并不相互抵牾，相反，只有真话才堪作真情的载体。这一点，作为一种反证，可以为当前一些矫饰的"抒情"之作远离了读者的现象，找到真正的原因。《"牛棚"散记》中的事情，都是在被扭曲了的时代大背景下展开的，如今时过境迁，谁都可以对当时的是非说出个"子丑寅卯"出来，但彼时彼境中的"自己"如何，就可能完全是另一回事了。当然这样说绝非要让许多被"扭曲"的受害者个个作自责或忏悔，但在这类忆旧文字中如何"刻画"自己，确是可以从精神品位上把人们区别开来。作者叙述了自己"牛棚"生活的许多情节，这些情节即使完全从一个"局外人"的角度去看，都无一例外地贯串着一个"真"字。挨过几拳便是挨过几拳，没有写成被"打翻在地"，血肉模糊；挨批斗时喊过一声口号，是为了表示对"造反派"不服气，便不写成当时如何正气薄天，慷慨激昂；"牛棚"中读了四遍毛著"也是为了消磨时间"，便如实说来，并不写成是表达自己如何"忠心"和热爱；对自动与"母蚊子"对号入座的人的斗争，主要是出于对她卑劣人格的鄙视，便绝不将之拔高为政治原则问题。联系到"文革"初期，曾贴过胡耀邦同志一张所谓"反对毛泽东思想"的大字报，作者也如实地"记录在案"，并没有把自己说成是事先的"圣明"和事后的"诸葛"……

难道作者当时就一下子没了对革命的觉悟和感情？当然不是。

事实上，在当时大惑难解的情况下，作者对"最高指示"的逆来顺受，正是体现着这种坚信不渝的觉悟和感情，这一点不用自己特别表白任谁也不会怀疑的。但是，革命者也是人，也有人之常情，对此作些矫情的掩饰，对革命者的形象只能有损而无益，特别是处在那种连"人之常情"也被扭曲了的时代条件下，那"人之常情"的显示便更带有了特殊意义，不仅成为鉴别一个人，也成为鉴别一个真的革命者的一种"试金石"。作者在回顾自己当年的"牛棚"生活时，并未刻意显示自己革命形象的"高大"，甚至毫不掩饰自己在那种特定条件下的常人之情，于是，那种在劫难之中对家和对家人的牵肠挂肚的思念，便成为"牛棚"生活中的一条感情的主线。从预感灾难即将降临前夕对家人的强作欢笑，到被勒令不得回家时为免去家人疑虑而故作镇定；从几天不见（与"牛棚"相距不远）家中小屋灯光时的焦虑重重，到通过索要粮票得知家中平安无事后满怀喜悦；从他们夫妻间为了照顾对方身体而把一条毛毯送来送去，到他在节气大雪那天接到妻子所织毛衣时那潸潸泪水和绵绵思绪……这些感情无一不是"常人"所应具有、也应理解的"常情"。作者在当时需要对这种"常情"做些掩饰时却敢于吐真情，在今天可以对这种"常情"做些修饰时却敢于讲真话，这除了表明作者一片赤子之心始终未泯之外还能是别的什么呢？对比之下，那种随着外界物候变化便不断变化自己的"人情显示"的人，那种通过亵渎、糟蹋"人情"来显示自己什么"精神"和"品格"的人，可以说，这些人不齿于"常人"，更遑论一个革命者！

谈到文学作品表真情与讲真话关系的这个话题，不由想起了崇尚讲真话的巴金。巴金是《回顾》作者的四爸，《回顾》中有一组重要文章正是写巴金的。作者在这组文章中表达了他对四爸和他与四爸间那种如父子般的深挚亲情，特别是《白发》那篇短文，通过"白发"展现了两辈人间的亲情，情思隽永，意味绵长，堪称难得的抒情佳作，但作者对四爸的这种一派真情流露，又无不是建立在对四爸精神品格的无比崇敬之上的。无论是在《往事》还是在《回顾》中，作者通过自身所经所见，多方面多层次地展现了巴金的崇高的精神境界，虽然作者只是"实话实说"式地一件件说来，从未作任何"一唱三叹"式的赞颂，但巴金那种"吃了桑叶就要吐丝"的春蚕精神；那种一生为祖国工作到最后一息、学习到最后一息的"两个最后一息"的精神；那种不同意恢复"故居"、不主张建立个人"基金"、不做盗名欺世的"名人"的精神；那种尊重历史、珍惜旧情、不矫情自欺的精神，那种虽然一生献身"作文"却永远把"做人"看得远重于"作文"的精神，无不跃然于纸上，使读者从那看似淡淡的文字中，真切地感觉到屹立自己面前的不仅是一位"作文"的师表，也是一位"做人"的楷模。特别是巴金那反复倡导、也是一贯躬行的"讲真话"精神，更是贯串于他的对人对事的全部生活实践之中，这与作者的"实话实说"的文风相互映照生辉，也使得作者对四爸巴金的那种一往情深的真情之中，平添了无比深厚的精神蕴含，从而为什么是真正的人间真情这个问题做出了发人深思的注脚。

真情要通过真话才表达得出来，这一点在《回顾》中《我所知道的胡耀邦》一文中也得到了体现。作者"文革"前曾在共青团系统和团中央工作过十多年，可算是耀邦同志的老部下，"文革"当中又同住过"牛棚"，"文革"后包括作者从北京调回四川后，作为老部下，作者不止一次地去看望耀邦同志。面对耀邦同志这样一个特殊的写作对象，从和耀邦同志这样一种特殊的关系背景出发，如果写忆旧式的文章，有的人就可能会写得很"活"。但《回顾》的作者写来，却并不根据"需要"随便糅杂进任何子虚乌有的东西，既是题为《我所知道的胡耀邦》，便一切从耳闻目睹出发，有一说一，一丝不苟。然而正是这种出自一个老部下的实录，一个活脱脱的革命家的形象便自然地凸现出来，使读者眼中的耀邦同志形象既可敬又可信，并且由于可信更感到可敬了。作者在1973年即将调离北京时曾到耀邦同志家中与这位老领导话别，当时亲聆了耀邦同志这样一番话："没有认识清楚以前，不要随风倒，更不要盲目地吹喇叭，抬轿子。"这样的话在当时的情况下，能作为对老部下的临别赠言说出来，无疑是意味深长的，但细审其中奥秘内核，便可以发现那话里所包容着的是一个大写的"真"字。作者大概就是审知了这个真谛才写出了这样一篇动人的文章。

作者在四川出版界和文艺界工作过不短的时间，《回顾》中还有不少篇章是记叙他与一些文化名人的交往的。这些文章无论在观察、叙事的角度上和写作风格上，都与全书其他写人的作品一致，这便是求实、求信，也就是求真。当作者以出版界负责人的身份与这些文化名人交往时，坚持奉行着这样一个信条：要做出版家，不要做出版商或出版官。那么，出版家与出版商、出版官的区别在哪儿呢？作者在他与文化人的交往中已用许多事实做出了回答。从中可以看到主要的有这么几条：第一，要理解其作品，先要理解其人；要理解其人，先要理解其心；要理解其心，先要向他洞敞你的心。第二，不以名诒人，不以利惑人，更不以势威慑人、压人，而是以诚感人，以情动人。第三，要取得效益的厚值，必须要有"真货"；要求得"真货"，必须要有真识；要具备真识，必须要在"识"上下些真功夫。这些，当然不是为怎样做出版家提供备忘录，但其中贯串着一个真实——包括真诚、真情、真识等等，确是从事出版业人们所应强化的"业外功夫"，虽然《回顾》的作者也并非有意以此向同业同人们作个"示范"。

《回顾》全书字数不多，文章篇幅不长，内容也都是记叙旧事，没有什么宏旨大义，语言文字更是明白如话，不讲求雕镂藻饰，但通览全书之后，使人感到作者从体物阅世到立意命题，从布局谋篇到写形取象，无不追求一个"真"字。所谓真，就是说作者叙述的是真话，描写的是真境，抒发的是真情，揭示的是真相，正是作者在作品中发出的这种"真"的呼唤，也必将在读者心灵中和情感上获得"真"的应和。要知道,人们对于"善"和"美"可以做出多种的辩解和体认,但只有将"真"融于"善"和"美",那"善"和"美"的价值才无容混淆。这一点,也可以说是本书的认识价值所在吧!

当然,本书在艺术上也颇有可称道之处。它的艺术色调清淡但不苍白,它的素材结构短小但不单薄,它的语言平易简练但不平淡,它时有幽默、俏皮之笔但不轻薄,它行文于承转结合之际常出意外之语,言尽而意不穷……从通篇讲,《白发》《小屋的灯光》《照片》等篇,都给人留下了深刻难忘的印象,就不一一赘述了。可以说,它们都是用"心"写出的,写出的也是一个很好的"真"字。

真实的故事　真诚的情感
——读李致的《往事》

◎ 冉　庄[1]

最近，喜读四川省文联主席、作家李致的散文集《往事》。我一打开书，就被那娓娓道来的真实的故事和细腻执着的真诚的情感所吸引，我的心随着作者的心波动，我的情感与作者的情感产生了共鸣，使我不忍合卷，一篇接着一篇地把整整十一万字读完。

选入《往事》的三十二篇文章，其中《从科甲巷到祠堂街》《我的胖舅舅》《捐寒衣》《失去自由的日子》等篇，是作者对自己幼年和青年时代向往革命、投身革命的记叙。还有几篇是对贺龙、茅盾、严庆树、艾芜、沙汀等前辈的怀念和追忆，以及作者为《探索集》《张鸿奎戏剧人物画册》《好一朵芙蓉花》《川剧艺术管窥》等著作写的序之外，大部分文章是作者抒写他与他的四爸——当代文学大师巴金之间的情感，记述他们家庭的状况、变化，也写了他四爸与他早逝的父亲之间的弟兄手足之情。

读完《往事》，我以为作者在苦心追求一个"真"字，如同说真话的巴金，不满足于小感觉、小情绪、小哀乐、小得失；不热衷

---

[1] 冉庄：作家、诗人，曾任重庆市作家协会副主席。

于风花雪月的咏叹,不躲在个人心幕后面作无聊的呻吟与病态的宣泄。他的作品,在平淡的叙述中见真情。这真情不仅仅属于小我之情,而是作者对祖国和同胞的无限的爱和真挚的情。作者透过对往事的回忆,有对国民党特务和"四人帮"的控诉,有对亡友的哀思和对长辈的赞颂。

这个"真"字,我还以为是来自于巴金对他的勉励和教诲。早在1942年,巴金就给李致写了四句话,其中最主要的就是"说话要说真话,做人得做好人"。几十年来,李致把它铭刻心里,事事都注意说真话、抒真情。

《往事》一书,不但说真话、抒真情,还体现出言真义正的特色。何谓言真义正呢?那就是作者说真话、抒真情是站在正义的道义上讲的,是站在党性的立场和广大人民群众的立场上讲的。比如作者透过不同侧面介绍巴金时,毫不掩饰地讲他出身于"一个封建家庭"。由于封建社会的黑暗和封建家庭的腐败,使他产生了强烈的不满,因受"五四"运动的巨大影响,而投身到了新文化运动之中,成了"五四的产儿"。特别是作者在回忆过去的日子,"十年浩劫"中,竟有人企图通过外调,强迫他证实"自认不讳"的革命战友为"叛变革命"。作者为了坚定不移地坚持一个"真"字,敢于义正词严地硬顶,敢于在那个年头讲:"这是敌人的陷害。"如果没有鲜明的立场,没有鲜明的道义感,在当时"四人帮"文化专制的高压时期,恐怕很少人有这样的胆识。

其言真义正,还表现在:作者在写巴金和追忆沈老、艾老、沙老等文学前辈中,丝毫没有借这些文学光环来粉饰自己,或企图索取什么。其目的确确实实是在倾吐自己向这些前辈的高尚品格学习的真情。如作者在写"过继"给巴金一节谈出了自己的心声,认为巴金是作家,他十分尊重和热爱他,他是他的忠实读者,并信仰他的主张"生命的意义在于奉献不是索取"等。

读罢李致的《往事》，透过作品抒发出的作者真诚的情感，我更加体会到了散文是"掏心"的艺术，是作家"心史"的回味，是作家实情、真情、健康之情和高尚之情的情感渗透，也更加领会了散文的审美价值在真诚。

读《回顾》 颂巴金

◎ 白　峡[①]

四川人民出版社出版了一本令人仰慕的新书《回顾》。这本书是作家李致所著。此书近三十篇文章，写巴老的七篇，加上相关联的几篇如回忆曹禺、李健吾等占全书一半以上。由于作者是巴老的侄子，写巴老的文章可以观察人写亲人的真情。这种真情使我读后仍有一种温暖的泉水荡漾在心上，而且久久回旋。去年10月17日萧乾对来访作家李辉说："我一生最大的幸福之一，是在20世纪30年代初在北平结识巴金……沈从文教我怎样写文章，巴金教我如何做人。"这是萧乾晚年的肺腑之言。现在翻开《回顾》这本书，通过作者的回忆，可以看到巴老怎样生活，怎样做人，又怎样影响当代人。

开卷第一篇《春蚕》。巴老在文章中说："我是春蚕，吃了桑叶就要吐丝。哪怕入在锅里煮，死了丝还不断……"

这就是巴老做人的态度，也可以说是他的人生观。巴老进一步说："人各有志，我的愿望绝非'欢度晚年'。我只想把自己的全部感情、全部爱情消耗干净，然后心安理得地离开人间。"他的爱憎消耗干净，就是把它凝成作品献给社会。因此他呼吁："让我

[①] 白峡：诗人，曾任《星星》诗刊编辑。

安静，我不是社会名流，我不是等待抢救的材料'，我只是一个作家，一个到死也不愿放下笔的作家。"

这话感动人，给当代的作家树立了榜样，作家不是贴金贴银地吹嘘自己，作家就该用作品同读者见面，而且要有讲真话的作品同读者见面。

巴老这篇"做人"的文章不容易写。他是在不断地排除各种干扰，塑造自己。巴老说："我要做一个普通的老实人。"他要跟自己战斗，跟周围的环境战斗，就连四川一家出版社打算出版他的日记单行本，他也进行自我反省和自我约束，来完善自己的人品。巴老的全集（包括日记部分）由人民文学出版社出版。四川的出版社拟仿照《鲁迅全集》的办法，再出版他的日记单行本。巴老起初答应了。事隔一年，1992年9月25日致李致信，信上作了否定，并指责李致："你刚来信谈尊重我的人品，那么你就不该鼓励我出版日记。这日记是我的备忘录，只有把我当成'名人'才肯出这样的东西。我要证明自己不愿做'名人'。现在通知你收回我的诺言。"拳拳之心，谆谆之词，反复陈述，使得李致只好作检讨。李致说："使我深感自己对巴老的理解还很不够。"今天我看真正理解巴老的人不多，有的地方仍然变换手法，总希望巴老以他的名字设立什么奖、什么基金会，实在令人悲哀、感叹。

这本书中还有好文章，其一是《难忘小平对川剧的关怀》，其二是《我所知道的胡耀邦》。小平关怀川剧，作者说"省委重视振兴川剧，是与邓小平同志重视川剧一脉相承的"。小平解放初期任西南局第一书记，提倡"外来干部一律要学四川话，晚会看川剧必须看完"。粉碎"四人帮"以后，小平又继续推动"川剧振兴"，使"文化大革命"中受摧残的川剧喜逢春天。《我知道的胡耀邦》，由于作者在耀邦同志领导下工作过，笔下流出深厚的情谊，文章很感人。作者在"文化大革命"中由于抵不住当时的压力，写过一张给耀邦同志"胡乱上纲的大字报"，作者文章中流露出诚恳的忏悔。作者调离团中央，回四川在人民出版社作总编时，出版了《在彭总身边》和《最后的年月》，一时成为畅销书，可是有关部门却无端指责，并令《最后的年月》立即停止发行。李致便上京向耀邦同志说明处境，并请示办法。耀邦同志当时不好表态，便给李致比手势，李致开始不懂啥意思，原来暗示他自己发行。这一段文字生动形象，具有幽默的风味。

祝这本书畅销，成为读者都喜爱的好书。

时代缩影 真情倾吐
——喜读李致散文集

◎ 郝志诚[①]

时下，散文沉渣泛起，它们以煽情、搞笑、作秀和无病呻吟为时尚；但，这无碍于散文的百花长廊依然一派生机，一批批优秀散文仍将真实人生、真实情感、真实体悟视为生命和基础，沐浴着时代的春光勃然诞生。李致同志的《昔日》就是这样的佳作。它敢说真话，倾吐真情，描摹社会和时代的真相，充满着盎然生机与活力。

《昔日》是继《往事》《回顾》之后的散文集。刘勰在《文心雕龙·知音》中说："夫缀文者情动而辞发。"《昔日》正是"情动而辞发"的，有几个明显的特点：

一、真诚、坦荡，仿佛向世人扒开胸膛捧出一颗鲜血淋淋热气腾腾、遒劲搏动的心脏。

七篇童年生活的散文托出一颗鲜活而稚趣盎然的童心。《外婆家的花园》里的玉兰、绿萼梅、海棠、紫荆、金鱼、蟋蟀、蝉子、蚂蚁、叫姑姑……伴着作者蹚过童年的小溪，濡染、浸润着他对大自然的爱恋和同情。"大人说蟋蟀会打架，特别是有一种叫'棺材

[①] 郝志诚：评论家，四川省报告文学学会会员。

头'的。可是我捉住的，它们从不打架，也许是朋友，也许是'和平爱好者'。大人叫我们不要打架，何必要蟋蟀去打呢？我把纸盒打开，让它们回家去。"《过年》时节，欢乐与苦难同样啃噬着他稚嫩的心扉。他脑子里闪现出拉琴卖唱的瞎子老人和女孩，背上插草圈卖身的孩童，问："为什么所有的孩子，不能全都快快乐乐地过年呢？"而《书，戏和故事》记叙和体悟的是他儿时对"乌鸦反哺"，姐弟生死离别，波兰爱国少年英雄的仰慕与崇敬。淳朴、高尚童心颂扬了人性人情的真善美。

十三篇怀念、追忆老一辈革命家、名人、亲人、作家、艺术家、挚友的散文，塑造出一位位历史见证人的形象。昔日，作者曾以自己特殊的出身、职业、职务，与他们过从甚密，结下深厚的亲情与友谊，散文披露的一桩桩、一件件往事，尽是耳濡目染的亲闻亲历，又都是前辈的耳提面命。张爱萍是老一辈革命家，集将军与诗人于一身。作者曾任四川人民出版社总编辑、四川出版总社社长、中共四川省委宣传部副部长等，自"放长线钓'大鱼'"，出版了张老诗集《纪事篇》后，张老对振兴川剧艺术给予亲切关怀，还以长辈兼朋友的身份教诲、关照他与晚辈，昭示了老前辈光辉的人格力量。

我国文坛巨匠巴金是作者的四爸。《往事》《回顾》已对巴老作过详细的描述，现在，《昔日》又用六篇散文，通过点点滴滴的琐事，言简意赅，翔实、真切、生动地再现了叔侄间情浓于血的真情，巴老与萧珊的夫妻深情，巴老同冰心、张老等的笃厚友情，并且画龙点睛，揭示这种真情、深情、友情的真谛："生命的意义在于奉献，而不在于索取。"这些由亲身经历、见证的种种情谊，不仅令作者感佩至极，终生难忘，而且由于得天独厚的唯一性，它必将成为文坛佳话，文献史料，永载史册。

历史见证人"对自己走过的路做出回顾，对自己的过去做出剖析"，从不虚饰、矫情、夸张，对自己生命之旅的过失、不足，也如实袒露，严加批判。散文字里行间跳荡的都是作者心灵律动的真实轨迹。这不正是散文灼人灵魂的缘故吗？

二、敏锐，激情，喷薄而出，恰似积淀已久的地下熔浆，一朝暴发，不可阻遏。

无情地抨击、鞭笞"胡风问题"和"文革"酿成的灾难，是《昔日》的主打内容。全书四十五篇文章，以其为主旨或涉及其事的，即有四十三篇。《1969年的春节》、续〈"牛栅"散记〉》、《终于盼到这一天》、《焦某"文革"轶事》、《特殊的"纪念日"》等散文，满腔愤慨，怒不可遏，力透纸背，是专为揭露"文革"酷烈政治，"四妖"乱国对人性、人情、人格以及时代的戕害罪恶的，而其他篇什，则经常随机对"文革"丑行、丑俗、丑语痛加针砭，入木三分。《过年》中说灶神吃了人间供奉的麻糖（受贿），"其实不是'失节'，他并没有乱打'小报告'，只是嘴被粘住，无法说话，失职而已"。《冬娃儿》里的冬娃是作者童年小伙伴，他"很够哥儿们，从不揭发，更不会'反戈一击'"。《找回名字》借作者名字变换踪迹，呼唤党的光荣传统。"年过花甲，从领导岗位上退下来，被一个群众团体选为主席。我想，这一下可以彻底摆脱官衔了。谁知仍有人用官衔称我，位高至主席。局长、部长也就算了，主席能随便当的么？显然忘掉'文革'的惨痛教训了。"

为什么作者对"文革"灾害如此怨怨、深仇、大恨，愤愤不平、不吐不足以泄其愤懑？难道仅仅缘于作者个人的命运遭际？！个人厄运乃沧海一粟，映现的却是"文革"肆虐神州，对祖国、对民族、对历史、对人类造成的创伤、惨痛、贻害。

三、细小稀微、平中见奇，犹如于无声处听惊雷，振聋发聩，激荡心灵。

《昔日》各篇均是由浅常至极、司空见惯的生活琐事抽象、凝练而成的，并由此而镌刻出作者人生命运的轨迹，演绎社会历史的轮廓和历程。《总司令慈祥地挥手》着笔于1963年春天，朱总司令与共青团四川省四大代表合影，两次挥手凸现他慈祥的形象。《大雪纷飞》由作者几十个生日建构而成，概括和描写作者一生坎坷、奋发的命运。七十生日贺卡诗云：

峥嵘岁月七十年，于今头白身未闲。
夜读三更人神健，日书千言力尚犍。
往事梦萦情脉脉，故交魂牵意绵绵。
升沉不忘青春侣，翰墨相亲因凤缘。

七十贺诗不过是生命的典型写照罢了。

一个笑靥、一次会晤、一句话、一首歌曲、一次出访、一次受骗、一本辞书、几次交谊、几帧照片等等，不过是生命大海中几朵寻常的浪花，但在作者笔下，平中出奇铸造起奇妙的审美空间，浪花飞溅，波云谲诡，勾画了生命的绚丽，社会和时代的缩影，漾出作者坦荡的心灵真情，和淳朴多彩的个性特征。

四，调侃幽默，娓娓道来，俨若一位谙悉世态炎凉的行者，茶余饭后，向伴友漫话人生。

《昔日》里尤以《焦某"文革"轶事》一文洋洋洒洒遴选二十一桩"文革"轶事，集调侃、幽默之大成。焦某实为"文革"受迫害诸君之代表。他玩世不恭，大智若愚，游戏人生，极尽冷嘲热讽、嬉笑怒骂之能事，揭"文革"丑恶，演人生悲剧，抒特殊心怀。

调侃，幽默笔触，如珍珠闪烁，光彩熠熠，增添了散文撼人心魄的艺术魅力。《找回名字》说，因为社会中习惯称官衔，所以"收信也常出差错，李致被写为李智、李治、李贽、李志、李直等，既当过皇帝（李治是唐高宗），又做过古代文人（李贽是明代文人）"，幽默中透出的辛辣讽刺，令人捧腹。马识途老人原为巴金老人九十华诞写下"福如东海，寿比南山"一联，因故未用，作者喜欢，请赐作纪念。马老允诺，题款"预为致公八十寿"，在场友人不禁大笑。《大雪纷飞》说："而今年年加岁，如无意外可争取活到八十岁，取得'阶段性'成果"，调侃兴味，烘托作者人生的豁达与乐观。

调侃、幽默是人生力量的再现，智慧的表征。历史证明，只有胸怀崇高信仰的人，才能经得住波涛汹涌的颠沛，笑到最后。读过《昔日》，掩卷深思，人们不得不深信这人生的真理。

此外，值得欣慰的，《昔日》还配发弥足珍贵的六十八帧历史照片。这些照片不仅平添了此书图文并茂的艺术张力，更增强了散文作为文献保存的历史价值。

别集别裁别有天
——李致《终于盼到这一天》补识

◎ 杨 牧[①]

李致先生继连续出版《往事》《回顾》《昔日》等往事随笔集之后,近又推出了《终于盼到这一天》。这本书仍属"往事随笔"系列,但不同的是,它非新创,而是从先前的集子中"就一个主题或一定对象"精心选编而成的。这种对自己已有文字加以遴选重组的做法,在古今作家中并不少见,且往往因为这别出心裁、别具匠心,使得这种新编的"别本"也别具天地。李致明确地告诉我们:"本书的主题是:勿忘'十年浩劫'。"在这样一个主旨之下,他集结了此前与之有关的大量文字记忆,这更使我等在"十年"中感同身受之辈读后"别有一番滋味在心头"。

李致此前的几本书,我都曾读过,也注意到诸多有识者的高度评价。如马(识途)老称道其"跳跃着一颗赤诚的心""文如其人,人如其文";王火称道"写作态度严谨""言必有据",不"掺水",展示出"一种认真的、实实在在的朴实文风";萧祖石称道"不尚浮华""自然、朴实、亲切、动人";马献廷称道"叙

---
① 杨牧:诗人,曾任四川省作家协会党组书记。

述的是真话,描写的是真境,抒发的是真情,揭示的是真相",且"时有幽默、俏皮之笔但不轻薄";廖全京则用一个"爱"字去解读全景,称那"爱"是"一种信仰、信念",也是"坚持对一种价值和价值观的持守和履践",因为"李致属于有坚定信仰的一代"。这些见解本已道尽我的认识,但面对这个主题高度集中的选本,又分明感到它凸现出更多的可贵之处。

"十年浩劫"离我们已很遥远了,李致所说的"这一天"(粉碎"四人帮"的日子)似乎已淡化为过往的历史长河中一个和所有日子一样的日子。李致用了二十多年前举国上下尽有的情不自禁之语"终于盼到"来强化那个特定的日子,也不会期待当年那种山鸣谷应般的回响。殊知那个日子的到来,却是经历了剧痛、煎熬和苦待的,且真正到来的那一霎,李致(们)内心虽然腾涌着万丈狂涛却还不敢轻易吱声,别人想知道,还要对方"达成协议,他愿意跪在地上发誓"——后来,"他真跪在床上发了誓,我才告诉他"。现在听来这些已近天方夜谭,但那确是真实的历史!

正是面对这样一种"时过境迁"的疏离语境,李致意识到一个"过来人"的天职。他说:"我已七十有八,离'盖棺论定'的日子不会太远,力求说真话。""'十年浩劫'是中国历史上的大事,绝不能忘却,应该从各种角度记录下这场'史无前例'的灾难,以便子孙后代吸取教训。"他甚至在引用了"记性不佳是有益于己而有害于子孙的"鲁迅的话后,铮铮然说:"我不愿向阿Q学习,决心丢掉'忘却'这一'祖传的宝贝'。"于是他刻意从自己做起,建立起这样一个"我个人的'文革'博物馆"。这既是一个生年"常怀千岁忧"的老作家的精诚之举,也是一个饱经沧桑的革命者对历史负责的高度使命感的体现。

众所周知,李致是一代文学巨匠和被称为"中国的良心"的巴金的侄儿,也许正是从巴老那里直接继承了"巴金精神",对"国事家事天下事"总事事求真。巴老曾建议建立"'文革'博物馆",并且说:"只有牢记'文革'的人,才能制止历史的重演。"随着中国二十多年经济改革和民主法制建设的进程,那样的"历史"还会不会"重演",说概率很大恐怕会是"危言耸听",但历史的重演从来都不是简单地"克隆",谁又能担保在新生着的肌体上就永远拒绝了也随之"进步"而变异着的病菌了呢?李致此时再次强调永远记住"那一天",也与巴老有了一定向度的别异。如果说巴老耿耿于心的是一个"终"字——永远终结那样的噩梦;李致则在耿耿于"终"的起点上更着眼于"始":"正是因为粉碎了'四人帮',有了党的十一届三中全会,有了经济的巨大发展,国家正在崛起和不断前进",那决定中国命运的"一天",也就"成为构建和谐社会的动力"。李致这种"顾后"而更"瞻前"的视角,更体现了一个严肃的未来主义者的胸襟与卓见。

在李致的这个"博物馆"里,陈列着太多永具历史价值的"陈品":十年中的亲见之事、亲临之境、亲流之泪、亲历之痛……他无意对"十年"作全景式的陈列和展览,"所写的全是自身感受"。也正是在这种"亲感"中,他为我们留下了一桩"镇馆之宝"——亲知之人!许多人。(包括大量弥足珍贵的历史照片)从一身正气的胡耀邦、巴金、胡克实、杜心源、戴云、王竹、高勇,到匪夷所思的戏剧性人物焦某、许光……以至在寒夜中温暖过他的"小黑"们(那是几只比某些人"人味"还足的狗)。对他以大量笔墨充分赞美的志士们的高贵品德自不用多说,他们以其在艰难年代与邪恶势力作坚决斗争的硬骨头精神为我们留下了宝贵的财富。仅是那几只弱小的"义狗",就令我们深长思之。当"革命群众"为"划清界限"对"黑帮"们唯恐避之不及时,它们却"不知人世险恶",仍然与他们亲密无间,给他们带来孤寂中的许多快乐。当李致为特别心爱的"小黑"连夜备食而剁去了大半个指甲盖后,它犹感应到主人是为它受了伤的,更心存感激,心有灵犀,默默地陪他走过了渺无人烟的十里荒野,"不是同类,胜似同类"。可那些小狗竟被人视为"严重影响了干校与贫下中农的关系",最后被吊死在树枝上了。(《干校三事·翻脸不认狗》)这些与人类声息相通反被人类戕害的生命,折射出许多人之为人所必备的东西,诸如良知、感恩、信守等等。而那些"翻脸不认狗"的,反倒像不如狗的人。钱锺书先生曾在一篇杂文中说到"人类与野蛮兽类的区别,就在于有辨别善恶的良心",并慨叹道:"(人)好不容易千辛万苦,从猴子进化到人类,如果还要变回去成人面兽心,真有点对不住达尔文。"难怪饱经"文革"忧患的巴金老人也在一篇《小狗包弟》的随笔中,写到过一条很善良的狗被送到医院解剖室的反思。"文革"之所以酿成浩劫,或许我们可以说出许多的原因,而其中最不可忽略的,就恰恰在于它背离了"人"的基本要义:人性、人道、人权、人格、人伦、人心。可喜的是,在二十年后的文明中国,我们终于看到了人性之门的大启,人们懂得了尊重人、关爱人,尊重和关爱社会最基础的元素与细胞,并由此激发了人的智慧和最深层的原动力,迎来了初步的社会繁荣;而李致"馆藏"的那只狗,也正好成为"以人为本"的全新理念的奠基石之一。

想来,这也该是李致先生推出这本《终于盼到这一天》所展现出的为了国家和民族的伟大复兴,而一再讲述"兴邦端赖人为镜,固本深知水覆舟"的兴衰之道的一片赤心。

2008年3月10日

浩劫一"斑"
——读李致《终于盼到这一天》

◎ 王小遂[1]

收到李致同志惠赠新作《终于盼到这一天》。按照自己先读序跋的读书习惯,首先在他的《后记》中读到"本书的主题是:勿忘'十年浩劫'"。不觉微微一震。因为众所周知,十年"文革",至今仍与反右等一样,属于写作禁区。但有关"文革"中刘少奇、彭德怀的最后年月,林昭、张志新们的惨遭杀害,老舍、傅雷们的以死抗争,季羡林的《牛棚杂忆》以及更多的历史真相已越来越为更多的人知晓,谁还想"文革"实行"全封闭"已不可能。但每当触及此中情事,有些人总觉得是"不入耳之欢",依然是能禁则禁,能封则封,能忘记最好。李致却居然以此为本书主题,而且明确无误地声称,"'十年浩劫'是中国历史上的大事,绝不应该忘却,应该从各个不同角度记录下这场史无前例的灾难,以便子孙后代吸取教训,成为构建和谐社会的动力"。

须知,作者曾经是相当长期分管意识形态、文化工作的一位领导干部或曰官员,他对这类敏感问题的禁忌和利害,是应知应解

---

[1] 王小遂:戏剧评论家,四川省川剧理论研究会原会长。

一清二楚的。"不容青史尽成灰"——也许正是这样一种历史责任感,他才写出了印成了这本文集吧。难能之处,正在于此。

应该说,作者在这场浩劫中所遭遇的磨难,较之那些失去生命,失去亲人,失去健康,失去思想,失去才华的受难者"松活"多了,远不是"顶级"的,但却是相当"普及"的。也是他说的"各种角度"之一吧。我和我的许多朋友,相信还有更多的人,都有过类似的经历。许多遭遇,如批斗、抄家、逼供、外调,种种"触及皮肉"和"触及灵魂"的折磨,……却只是程度上的差异,而无本质上的不同。浩劫之"浩",于此可见一"斑"。

文集中给我印象尤其深的是《我淋着雨,流着泪,离开上海》,是写他秘密的上海之行,探望身处逆境的叔父巴金的。我没有见过巴金先生,照片上倒是见得不少。印象里先生是一位满头白发慈眉善目的忠厚长者。当人们在"革命不是请客吃饭""不能那样温良恭俭让"等口号蛊惑和煽动下,凶残代替了人性,暴行被说成革命,声望极高的巴金老人成了"文革"第一批受害者。作为老人亲属的李致,自然格外牵肠挂肚地惦记着老人家的处境,因而不顾干校纪律,有了上海之行。

文中刊载了李致与巴金的两封信,李致写道:"为了避免不必要的麻烦,前一段时候,我暂时没有给你写信。"巴金的回信中也说:"我一直不想给你写信,害怕给你找麻烦。"他们不约而同地顾虑着书信会带来"麻烦",这担心绝不是多余的。想当年,胡风和他的朋友们不正是被领导者利用他们的书信断章取义无限上纲,罗织成"反革命集团"的吗?历次政治运动都证明,利用书信治罪,才真是"一大发明"!文中还提到,有五十多封巴金给李致的家书被迫上交后,至今没有下落,这对研究巴金该是多么大的损失。

谈到书信,李致在文集内的另一篇《特殊的"纪念日"》里还有具体动情的描述:"从第一次抄家起,我放弃了文学创作,不记日记,不保存文字资料。写信只谈生活,不谈政治,就是谈生活,也不能有'小资产阶级情调',更不能有可能被抓住的'把柄'。我养成了凡信件和别的文字东西看过即撕的习惯。"(抄者注:这种习惯何止他一人才有)他还谈到如何忍住悲痛把老母亲的来信连信封一起撕掉;又如何把女儿保存的他给女儿的家书全部烧掉,引起女儿大哭一场。"少年不识愁滋味"啊!

　　李致的上海之行,还有更为难堪的一幕。正如《巴金传》里描写的那样,这次亲如父子的两人见面,"虽同睡一张床铺上也不敢深谈"。原因很简单,因言获罪者比比皆是,"历史的经验值得注意"嘛。这使我想起读过的一篇短文。讲某君在"文革"上学习班,听别人说自己爱说梦话,因而惊恐不已,唯恐说出什么碍语被人举报。于是每天都要熬到别的人全部睡着后才敢入睡;即便如此,都还担心别人起夜时会听到什么,导致长期失眠。无独有偶,著名演员、作家黄宗江也曾害怕因说梦话罹祸,每天睡觉时都用胶布封住嘴巴。这种人人提心吊胆,处处谨言慎行,连空气中都弥漫着恐惧的时代与生活,当今年轻一代是无论如何想象不到也不会相信的。可能了解点历史的老人倒会联想到秦王朝"偶语弃市"的森严。原来,曾经传颂一时的名篇名句"历代都行秦政制"并不是夸大之词,"祖龙虽死秦犹在"也并非诗人的浪漫情怀,而是实实在在活生生的现实。

　　文集中还有一篇不能不提到的另具一格的作品《谁是"母蚊子"》。母蚊子吸人血,原本见诸《十万个为什么?》的一则科学知识,然而在彼时彼地却差点成为"现行反革命罪行"。真叫人啼笑皆非。

　　这是一则笑话,使人想到,"文革"浩劫是一场大悲剧自不消说,但当我们现在回顾那一段包括自己在内的举国若狂的岁月时,就会发现许多悖乎常理、荒诞不经的现象。从这个角度来看,"文革"又何尝不是一场大闹剧。发动者、领导者、参与者、受害者,都各自在这场闹剧中扮演不同的角色。

当年鲁迅先生在谈到讽刺时，曾经举洋服青年撅着屁股拜佛，道学先生皱着眉头生气的例子，觉得十分可笑。其实，"文革"中出现的怪现象、大笑话，都超过上述两例千百倍。早请示、晚汇报、天天读、忠字舞，乃至人们日常打个电话都要先念一段语录。粉碎"四人帮"后，姜昆、李文华合作的相声《如此照相》对此作了深刻的揭露与讽刺。顾客进门先说："兴无灭资。我照个相。"店主回答："破私立公。照几寸？"如此等等。这段相声很快风靡全国，受到广大观众的喜爱。记得有段时间，"文革"笑话的传播，成为民间文学的主要内容。如卫生系统开批判会，主持人要把李时珍揪出来示众；农民学习世界革命支援"亚非拉美"，变成讨论如何"压肥拉煤"。把这些搜集起来，完全可以编一本《新笑林广记》。《谁是"母蚊子"》应当可以入选的。

读完全书，总的感觉是语言朴实，娓娓道来，讲真话，记真事，抒真情，既继承巴老之文风，复具幽默之谐趣。俚语四句，权以作结：

《家》学渊源有秉承，不饰铅华唯写真。
情结难解文与戏，部长原来是书生。

2008年1月9日于成都

今天，我们写什么

——李致《终于盼到这一天》读后

◎ 杨泽明[1]

作为一名文艺工作者，我几乎终日以书为伴，用书香滋养自己的思想，让心灵充满阳光；领略艺术无穷的魅力，探寻创作坎坷的蹊径。最近，我抱着学习和取经的态度，认真拜读了李致老的散文集《终于盼到这一天》，从中深受启发，获益匪浅。冥冥中我的脑子豁然一亮，蓦然明白了：散文是社会大波澜里喷涌出的浪花，是探察心灵的窗口。血管里流出来的自然是血，经过民族血管过滤的才算是真正的好作品。回答了我关于"今天，我们写什么？"——这样一个较长时间困扰我的问题。

是的，在我们这个散文的泱泱大国，自新文学运动以来，散文一直是文坛的主力。其实绩也在小说、诗歌、戏剧之上。据1997年《光明日报》载："有人统计，目下全国各报刊每天平均刊发二十多万字的散文，一年约刊出七千多万字。"由此看来，"今天，我们写什么？"显然是一个老掉牙的话题，尤其是面对新世纪的文坛，提出这样的问题仿佛十分幼稚可笑。其实，当今文坛的许多

---

[1] 杨泽明：军旅诗人，作家。

作者，并没意识到这是一个值得引起我们重视和亟待解决的问题。如果一个作者，倘终日徘徊于亭子间，凭一点儿肤浅的感觉，便大写些时装口红，美酒咖啡，花儿鸟儿，猫儿狗儿，等长吁短叹、无病呻吟的文字垃圾。除了在"八卦"小报小刊捞点儿散碎银子外，只能对社会生态环境造成污染！不错，大题材的确能够写出大文章（当然，缺乏艺术概括力和表现力的作者例外），而小题材无论怎么"注水"或添加"三聚氰胺"也难免仍然是小。我并非题材决定论者，我是想说选择题材乃是决定作品成败的不可忽视的关键因素之一。我们在读李致《终于盼到这一天》的同时，不妨让我们回顾一下20世纪"散文热"高峰期的盛况，重温巴金的《随想录》、丁玲的《"牛棚"小品》、韦君宜的《思痛录》、杨绛的《干校六记》、白桦的《百年悲情》、金辉的《百年黄河》等等取精用宏、气度不凡的上乘之作，像沉雷、警钟和杜鹃啼血般的呐喊撼动读者心扉，感人肺腑。而正是这样一批思想厚重、立意高远、文笔隽永，颇有卷舒风云之色的文字，让人们触摸时代脉搏的跳动，感受历史灼人的体温，领略人生沉浮的悲欢，唤起人们警醒与反思。直面这批颇具震撼力和渗透力的大著，可见散文选材的重要。

然而，当"散文热"的浪潮渐次消退之后的文坛，厚重沉雄的散文便有如凤毛麟角般难得一见了，大量充斥报刊的是：花前月下的卿卿我我，顾影自怜的无端惆怅，绵软无骨的小情小趣，甜腻腻、酸溜溜的唠叨、自恋等等，无形中引人迷惘，催人衰颓。此类既缺血又缺钙的散文，题材本身就具有先天性局限，连"小摆设"恐怕也未必够格，只能说是空壳散文。究其根源，首要的是物欲膨胀、道德危机，导致不少作者价值观的巨大变化，使散文在文坛低下了高贵与尊严的头颅，日趋世俗化、贵族化；其次是有的作者不适应多元化、众声喧哗、浮躁、真假难辨的生存空间，导致散文失去评判优劣的尺度和部分读者的疏离；再有便是散文理论滞后，不少人仍习惯于把散文置于"小摆设"的边缘地位。理论家们对于在

"伤痕"和"反思"文学中倏然异峰突起的"散文热"的内在因素、外在条件及得失,懒于从理论上进行梳理、从哲学的高度加以阐述。依然轻车熟路沿用"传统"与"古典"的理论对新时期的散文进行解构,显然缺乏理论创新的精神和跨越的勇气。今天,当我们面对新世纪散文堪忧的现状时,我们不得不郑重思考和严肃对待:今天,我们写什么?这是任何一位严肃的作者都无法回避的问题。

还好,困惑中我幸运地拥有李致老的大著《终于盼到这一天》。这本书共三十余篇文章,作者以自己真切的感知与慧悟,从不同层面和不同角度,采用缜密精当的艺术构思、"小"中见大的表现手法、简洁凝练的白描语言,敦厚沉雄的清新格调,营造出开阔的境界、深邃的意蕴,揭示"十年浩劫"所酿成的大灾大难——"四人帮"倒行逆施的滔天大罪。同时,作者还将在"人妖颠倒"的非常年月里,自己被摧残、被凌辱的不屈的灵魂活脱脱地摊放在阳光下,供读者阅读和拷问,并与他共同分享把"四人帮"押上历史审判台的欢乐和喜悦。作者文笔非常老到,看似平静超然,但却十分深沉灵动,展示出作者对于白描语言艺术的运用深厚功底,达到了炉火纯青的境界。作者的朴实无华的文风,让我隐隐感到似乎他与他四爸巴金一脉相承。边读边掩卷沉思,我充分领略了醇文如酒、悲文如泣、怒文如刀的情韵。书中多数篇章都是今天我们写什么和怎么写的范文。

在"文革"那个黑白颠倒、妖魔横行的年月,血腥与恐怖,令人不寒而栗。记不住是哪一位思想者曾说过这样一句话:"物质的贫乏暴露社会的黑暗,精神的贫乏显示民族的衰老。""十年浩劫"的日子,我们可说是跟"黑暗"与"衰老"结伴同行。如今,"文革"的灾难随着时间无情的冲刷日渐被人淡忘,甚至集体失忆。特别是当代的青少年,许多人更不知道"文革"为何物。在这样的情形下,我们应当静下心来读读李致老用汗水、泪水和血水浇铸的《终天盼到这一天》——中国"文革"博物馆的一块沉甸甸的基石。当我读着李致老笔下《小屋的灯光》《白发》《我淋着雨，流着泪，离开上海》，以及《"生前友好"戴云》《迟献的一朵小花》等淋漓尽致的倾吐胸中的块垒的篇章，展示出他身处"牛棚"却跟亲人们和友人们患难与共、脉脉相通的情景。读着读着，顿觉心里猛然一热，不知为什么潸然流下了泪水。噢，是作者真诚、炽热、崇高、纯洁的情感如此强烈感染着我，冲击着我，震撼着我！眼前恍然喷涌着深情的大波，迸溅出一束束皎洁浪花，是那样壮丽、奇妙，令人心弦共鸣共振，慨然触摸到那个已经逝去的时代难以平复的伤痕，从而昭示子孙后代：以史为鉴！——"文革"那样的闹剧、悲剧、惨剧，绝不能再次在中国重演！不仅如此，作者还通过对"文革"血泪斑斑往事的回眸与控诉，还让我听到了他对人性、理性和良知回归的大声疾呼，叮嘱人们珍爱今天的生活，让断片的人成为完整的人，构建以人为本的和谐社会。

读罢《终于盼到这一天》，我可以毫不犹豫地说，让我们直面新世纪机遇与挑战并存、甜蜜与苦涩同在、欢乐与哀伤交织的时代，根植于历史转型期的阵痛中既非天堂亦非地狱的现实生活，以国家的兴衰为己任，与芸芸众生同呼吸共命运。那么，今天我们就写：人性的回归、理性的复苏、良知的再生吧！同时，为了新的一轮"散文热"再次在中国文坛大放异彩，我这里用外国的一位史学家房龙的话作为此文的结尾。"真正的艺术家和真正的哲学家一样，是个开拓者。他们离开人们经常走的路，常常一去就是几年，去找一条新路，常常一去不复返。可能在寻找高峰的时候，被洪荒吞噬。……拓荒者在孤独中死去，正好说明艺术家在精神世界里远远走在一般人的前面。"我愿以此与尊敬的李致老共勉！

2008年11月21日初稿

内庄外谐　意深韵长
——李致散文的幽默与启示

◎ 杜建华[①]

近日，读到李致先生散文集《终于盼到这一天》，书中汇集了三十多篇文章，主要记叙发生于"十年动乱"中与作者相关的事件和人物，是非分明，情感真挚，文笔简洁生动，描述颇有意趣，字里行间流露出对国家民族历史、前途的关切思考，饱含着对战友、同志、亲朋至爱的真情实感，同时，又充溢着一种特有的幽默与机智。这种独特的叙述方式，既能调动起读者的万千思绪，诱人深思，又有让人会心一笑、释放积郁之功效。

作为五十岁上下这一年龄层次的人，是"文革"的经历者，但不是参与者。"文革"开始，我们刚上小学二三年级，既不懂得造反，也不够"保皇"的资格，断断续续上完了十年小学、初中又高中，不幸赶上了上山下乡，又有幸遇上了1977年的恢复高考，同我们的共和国一起，迎来了命运的大转折。在当时兴起的"伤痕文学"影响下，我们曾以"伤痕"的心态去看待"十年动乱"给国家、民族、人民带来的灾难，同时还自以为是地认为，

---

① 杜建华：四川省川剧艺术研究院原院长、研究员。

这就是文学的功能，是文学对社会的干预、民智的启迪作用。回想起来，真是幼稚。

一天，在图书馆偶然读到著名讽刺喜剧大师陈白尘先生的《云梦断忆》，讲述"文革"中在湖北云梦泽"五七"干校劳动锻炼的奇闻逸事。他以幽默讽刺的笔调刻画了发生在那个特殊年代的特殊人物和事件，诸如甲骨文先生等，读来令人忍俊不禁。后来看法国电影《虎口脱险》，二战期间德军占领地，三位有正义感的小人物稀里糊涂卷入营救英国飞行员的行动，由是产生了一系列惊险、刺激、滑稽的喜剧故事，最终和被他们营救的飞行员一起脱离虎口，飞往瑞士。这个拍摄于20世纪60年代的影片，我在20世纪80年代才看到，竟有豁然开朗之感。原来，严肃、残酷、危险的战争场面还可以这样的喜剧方式来展现。

这些文章、影片开启了我的思维方式，对于"文革"这样给国家、民族带来灾难的历史过程，固然需要"伤痕"、揭露、反思似的文学体现，但是，对于发生在荒唐年代中的荒唐事件、出现的一些跳梁小丑似的人物，以喜剧、幽默、反讽的方式去表现，不是可以达到同样的目的进而产生另类的效果吗？当然，这需要作者具有深刻把握时代思想脉络的功力，拥有足够的智慧和技巧，同时还须具备独有的喜剧视角和乐观的生活态度。在我的期待中，《终于盼到这一天》终于出现在我的眼前。

善于洞悉被见惯不惊、细小卑微的事物所掩藏着的深刻本质，以幽默、乐观的态度来观察生活、表现生活，是李致散文的独具韵味之处。在《蹬三轮》《谁是"母蚊子"》《寻找精神支柱》《我大声高呼口号》《焦某"文革"轶事》《干校三事》《许光的遭遇》等篇章中，这种乐观、幽默的情绪显现得尤为充分，或自我解嘲，或风趣调侃，或反讽戏谑，或直言不讳，皆能产生出其不意的效果，令人哑然失笑，玩味咀嚼。《蹬三轮》说的是作者在"文革"初期，由团中央某杂志总编突然变成了管制对象，被责令蹬三轮车拉糨糊，三轮车却不听使唤，进退左右难以控制。面对如此尴尬无奈的情形，作者对三轮车说："人家说我右倾，这不符合事实。你一走就固定向右转，不听指挥。我看，你才真正是一个右倾分子哩！"然后自己又高高兴兴骑上车去，尽情享受那短暂脱离监管的愉快。这种自嘲似调侃，表达了作者对自己处境的不满而又无处申述的无奈心境，别具辛辣意味。"母蚊子"则更有异趣。"牛鬼"们在农场劳动，晚上则聚集在破屋中"天天读"，同时声讨咬人的蚊子，作者想起了"区别对待"的政策，便忍不住发言：公蚊子不咬人，母蚊子产卵需要营养才吸人血。这种传播知识的发言却被一难友告密，引发了一位女造反派的愤怒，由此带来了新的灾难。时过境迁，这样的故事对于今天的读者来说，无论如何也只能产生喜剧之感。因此作者在叙事方式上，并不一味表达冤屈、愤懑之情，而采用了讽刺加自嘲的笔调，先是检查自己不该"得意忘形"，又为自己订下了"一切可说可不说的话坚决不说"的座右铭。"牛棚"中生存的艰辛，跃然纸上。再说一个男同志《当了半天"阿姨"》，这本身就是一个具备了喜剧情节的题材，堂堂五尺须眉却满怀热情地去担当幼儿园"阿姨"的职责，通篇洋溢着成功的喜悦，最后还得出了"女同志能办到的事男同志也能办到"结论，并且上升到这是"对'半边天'理论补充"的高度。如此错位的角色、滑稽的情景、诙谐的语言直接诉诸读者感官，个中兴味，令人发笑而又辛酸。诸如此类的情景和语言，书中运用自如，随处可见，内庄外谐，意味深长。

  智慧与愚昧、真理与荒谬是李致散文从内容到形式，无不着力表现的对立统一的审美范畴，同时也是作者所擅长的一种对比式写作方法，以此切入来表现那个非常时期美丑不辨、是非混淆的社会生活，足见作者的审美倾向和智慧风貌。《焦某"文革"轶事》《许光的遭遇》两篇，记述两个同处一样生存环境的"五七战士"，由于决然不同的性格，使他们各自走向悲、喜两种不同的命运。焦某游戏人生，以大智若愚的态度对待荒唐的人和事，活得十分滋润；许光则难以把握自己的命运，谨小慎微，酿成悲剧。作者对焦某言行的描述，采用了调侃、对比、暗喻、幽默的修辞手法，实质上却是正话反说，寓褒于贬，赞赏有加。对许光起伏跌宕的人生际遇，作者虽然保持着一贯的叙事方式，却充满着同情和善意的幽默。对于自动对号入座的"母蚊子"，读者不能不沿着作者的诱导，将其与愚昧和荒谬联系起来。这些看似散淡的回忆，轻盈的笔触，却流露出作者坚定不移的人生取向，表现了一位智者在叙事方式上的圆熟和机智。

幽默是一种文学境界，也是一种人生态度，就生命个体而言，也许可以说是一种与生俱来的思维方式。幽默源于乐观、通达、善意和友爱，《终于盼到这一天》传递给我们的正是这样一种信息和情感。如果我们的国民性中更多一些乐观与幽默，人与人之间更多一些善意和友爱，必将为我们正在建设的和谐社会注入一份新的精神力量和情感色彩。

2007年10月13日

有一种记忆叫刻骨铭心

——读李致《"牛棚"散记》

◎ 余启瑜[1]

> 1969年我开始抄录、背诵但丁的《神曲》,因为我怀疑"牛棚"就是"地狱"。这是我摆脱奴隶哲学的开端。没有向导,一个人在摸索,我咬紧牙关忍受一切折磨,不再是为了赎罪,却是想弄清是非。我一步一步艰难地走着,不怕三头怪兽,不怕黑色魔鬼,不怕蛇发女怪,不怕赤热沙地……我经受了几年的考验,拾回来"丢开"了的"希望",终于走出了"牛棚"。
>
> 巴金《随想录》

2007年春,我第一次得到李致题字送我的新书《终于盼到这一天》。该书所记录他在"文革"期间被监管经历的《"牛棚"散记》,就收录其中。其实,书中还有《我所知道的胡耀邦》和《小萍的笑容》两篇文章,虽然没有纳入《"牛棚"散记》内,但同样与"牛棚"生活有关。2015年,由四川省散文学会选编出版的名家自选集,李致又在他的《往事随笔》中,再次将这组文章完整地选

---

[1] 俞启瑜:《成都日报》原主任编辑。

编入书。事隔八年，重读《"牛棚"散记》，仍然感到"文革"往事不堪回首，历史悲剧发人深省！李致作品一向以注重事实，文辞简练为特点，《"牛棚"散记》也是最具代表性的一组文章。

李致从事写作几十年，著作丰厚，《"牛棚"散记》以及《我所知道的胡耀邦》和《小萍的笑容》在他的作品中不过是九牛一毛，但是，这十来篇文章在作者心目中的感受却是非同一般。他不仅以自己的亲身经历记叙了一个特定的历史时期，而且在身心备受煎熬和极其单调的日常生活细节中，以不同的内容和角度，像剥茧抽丝一样，为读者再现了那个荒唐年月里的荒唐事件，集中地体现了作者在巨大的政治风浪中对真理的渴求、对正义的呐喊以及对信仰的坚守之后，终于迎来春回大地、阳光普照的心路历程，《终于盼到这一天》和《往事随笔》就是李致在"文革"中的心灵实录，是他重获新生之后面向苍天喷涌而出的一种释放，是面对亲人，从内心深处呼出的一声长叹！

但凡经历过那个荒诞岁月的人，都知道"牛棚"是集中看管、关押"走资本主义当权派"和一切"牛鬼蛇神"的专属居所。李致似乎还是算幸运的，因为他所进入的"牛棚"，就在他所属机关的南院，离家不过一箭之遥，而且，妻子、儿女尚在咫尺，甚至，年幼的儿子还可以定期给他送些东西过去。不过，但凡进了"牛棚"，一切待遇就与家的距离无关了。

"运动来势很猛"的时候，很多"大人物"都是在猝不及防的情况下被关进"牛棚"，瞬间沦为阶下囚的。这个时期，"革命群众"纷纷忙于批判"资产阶级反动路线"，李致这个"小当权派就暂时被搁置下来"，这使他赢得了一个尚可冷静思考的空间。当他感到"风云突变"，"三天内，（单位'牛棚'里）人员不断增多"的时候，这个信号使他准确地判断出，自己被"关进去的可能性大"。有了这个结论，他不失时机地把自己的想法告诉了妻子，希望妻子也要有同样的思想准备，并且，还向妻子慎重承诺："你千万不要担心，我会承受住这个考验。第一，绝不会自杀，就是人家诬我自杀，你也不要相信；第二，不是我的问题，不管给我多大的压力或诱惑，决不承认；第三，更不会去诬陷别人，不卖友求荣。"这看似短短的七十六个字，普普通通的几句话，却句句掷地有声！其内容关乎亲情、关乎信仰、关乎尊严、关乎道德！有了这样的精神准备，李致对于进入"牛棚"就可以说是心怀坦荡，有备无患了。

就在李致向妻子作了交代，并隐藏着内心的不安，与孩子一起压抑着开怀的笑闹声，玩了一场告别式游戏之后，果然不出所料，第二天，即在开了针对他的批斗会后，就被送进了南院的"牛棚"了。

世间十一个月，不过是弹指一挥间，但对于身陷"牛棚"监禁生活的李致来说，却是度日如年，不仅不许自由出入，关在一间屋里的"牛鬼"也不能交谈，以他的切身体会，那就是一种不折不扣的"精神折磨"。然而，此时，他除了接受眼前的现实而外，别无选择。

在当时的特定历史时期，无论背负什么"罪名"而身陷囹圄的人，都会产生最基本的疑问："文革"将会怎样进行下去？自己到底犯了什么错？"牛棚"会住多久？……诸多问题缠绕，却是说不清、道不明，剪不断、理还乱，头脑一片混沌，前景一片茫然，李致也不例外。好在他是有备而来，而且心里装着"妻子的安慰"："不管最后是什么结论，我一辈子和你在一起。"轻轻的一句话，同样是一诺值千金！还有什么能比在一场规模空前的政治运动中，命运、前途未卜的情况下，与你不弃不离，生死相依可贵呢？可以说，妻子的理解和对子女、家庭事务的承担，不仅解除了李致的后顾之忧，给了他生活的力量，也成为他在"牛棚"安营扎寨最强大的精神支柱！

"文革"中，人道已丧失、人权被剥夺、尊严受到公开的践踏，最典型的体现就是游街和批斗。无论罪状有多么可笑，一旦被

"认定",被批斗就在劫难逃。李致在《我大声高呼口号》一文中记叙了他在批斗会上的真实情景:"我坐的是'喷气式',头被按得很低。尽管我一直在想我爱人再三叮嘱的'要正确对待革命群众',心里仍然压不住满腔怒火。……我一生(包括在旧社会十九年)没有受过这种人身侮辱。更重要的是,我认为"造反派"这些做法并不符合毛主席的指示。……然而,他们呼的全是最'革命'的口号。我实在控制不住自己,直起身子大声高呼:毛主席革命路线胜利万岁!"

口号,是在"文革"中被运用和发挥到极致的一种表达形式。在一场以绝对压倒优势针对一个人的集会上,口号会被主持者演绎得淋漓尽致,被斗者就是一个被任意践踏的对象。然而,出乎"胜利者"们的意外,李致竟然没有像其他被斗者一样,在批斗会上选择沉默和忍辱负重,反而是进行公然对抗!正是他的这一声高呼,使与会者无不惊愕万分,真是胆大妄为!这无疑激怒了"革命群众"!待众人反应过来,李致遭到的自然是加倍的拳打脚踢。但此时的他,竟是庆幸自己"未被打翻在地",而且"丝毫不感到痛,只感到痛快"。甚至"高兴自己没有屈服",而是用大声高呼革命口号以示对诬陷和暴力的不屈和抗议!李致的这一声高呼,让自己挺直了脊梁,呼出了士气!痛,并痛快着!

荒诞的年月,必有荒诞之事。李致笔下的"谁是母蚊子"应该是比较奇葩的一个。

他在文中说,造反派忙于"内战"的时候,南院"牛棚"的各色人等被放逐到西山农场劳动,这无疑使久被监管的"牛鬼"们大喜过望。但是,虽然"暂时丢掉了汇报、检查等各种烦恼",然而,"郊区蚊子多,一到黄昏,听到蚊子的嗡嗡叫声就使人不寒而栗。二十几条壮汉集中在一间屋子,给蚊子提供了'打牙祭'的最好时机。没有蚊烟,用扇子抵御,防不胜防"。于是,大家一起对蚊子进行声讨。李致发表了一通看法,他说:"其实,公蚊子并不咬人，只喝露水。母蚊子要产卵，需要营养，才吸人血。"殊不知，这番议论蚊子的话，竟然成为告密者的一枚子弹，导致一位自称是"老干部"的女造反派勃然大怒，她居然凶神恶煞地质问李致"谁是母蚊子"，一头雾水的李致恍然大悟，"忍不住在心里笑了"——原来"她把自己当作'母蚊子'"了。此时，书本知识使局面峰回路转，李致回答："这是知识问题。你如果不信，可以翻翻少儿出版社出的《十万个为什么？》。"然而，恼羞成怒的"母蚊子"并不善罢甘休，竟强词夺理地要李致"老实交代，认真写份检查"，继而变本加厉，伺机报复。

一次"三秋"劳动前后，所有"牛鬼"都放假一天回家。这一天，对他来说太珍贵了！不仅可以看望妻子、儿女，还可了解母亲的情况，还有太多的话要说……他激动地等待着那个幸福时刻的到来，丝毫没有感觉到，"母蚊子"对他变本加厉的报复已悄然拉开了序幕。李致眼看着上自耀邦同志，下至各种"阶级敌人"都放回去了，他从容地跟在队伍后面，而此时，"母蚊子"却恶意限令李致不准回家！李致无可奈何，只是忧心着，妻儿们看见"牛鬼"们全都回家了，唯独自己被留下，一定会担心自己而无辜地承受压力，因此，他难受极了。但是，在情绪极其低落的状态下，李致突然意识到，家是回不去了，可自己岂能配合"母蚊子"来折磨自己？于是，他调整好思路，想出对策。第二天用平静、从容的姿态洗衣服、在对着自家公用厨房的地方凉晒，他相信，到公用厨房洗菜、做饭的妻子、女儿，一定能看到自己，一定会懂得，他没事。同时，也让在一旁偷窥的"母蚊子"看到，我好着呢！

那时，就像有一个魔鬼，把猜疑和敌意注射到了这位女造反派（包括那位告密者）的血液里，让他们的自私、怯弱、妒忌、虚荣恶性膨胀，心理扭曲，而把人的善良、忠诚、无私、纯洁丧失殆尽，岂料，翻过这页历史，"母蚊子"事件却变成一则"文革"笑柄……

余秋雨先生曾说："灾难，对常人来说也就是灾难而已，但对知识分子来说就不一样了。当灾难初临时，他们比一般人更紧张、更痛苦、更缺少应付的能耐……""文革"期间被关进"牛棚"的知识分子多半就是如此。因此，他们在精神陷入极度空泛无助、人身行动失去自由的时候，就必然会为自己寻找一定的支撑来作为精神自救，读书，自然成为首选。但当时，被允许阅读并用以改造思想、深挖根源的唯一参照读本就是《毛泽东选集》。李致在"牛棚"的十一个月里，给自己下了一味"猛药"——通读了《毛选》（一至四卷）四遍。力图从书中汲取力量，寻找希望，尽管他并不能从中预测"曙光"能在何时出现，还是觉得，"有希望总比绝望好！"后来，多亏他想到"以检查自己的文艺思想为理由，要求学习《鲁迅全集》"，这个要求居然得到"专政小组"的许可，从此，才结束了只读一种书的日子。埋头在鲁迅的书里，心中一直紧绷着的那根弦，总算是松弛了些许，一颗焦虑、疲惫的心也有了一个安放之地。他在《寻找精神支柱》这篇文章里，作了这样的叙述："我'天天读'鲁迅的书，真是莫大的幸福。我发自内心感谢'专政小组'的人，并感到别有用心的人毕竟是个别的。"其实，在当时，就算你把《鲁迅全集》背得滚瓜烂熟，无论把自己的文艺思想批判得如何深刻，都是永远无法达到"专政小组"的要求和目的。灾难和阅读，只是净化了灾难者的灵魂。而值得一提的是，李致在这篇文章里，没有用笔墨去叙述那个把中华文明、经典巨著作为"四旧"而残酷摧毁的现状，却说"发自内心感谢'专政小组'的人"准许他读鲁迅的著作，这不仅是对'专政小组'给予了最温和的嘲讽，同时也折射出那个年代的真实背景。

《"牛棚"散记》中《小屋的灯光》我已读过多遍，感到这是李致《"牛棚"散记》中用情最深，也是给人印象极为深刻的一篇。在这篇文章里，一盏极为寻常的灯，被赋予了异乎寻常的、通报平安的使命，那是一盏心灯！只要阅读这篇文章，都会出于对

"文革"的特殊记忆和惯性思维,而十分自然地想起"文革"中一首非常流行,且最具代表性的歌——《抬头望见北斗星》。可以说,这首歌在当时,几乎就是迷茫、困苦的代言词,被运用得极其广泛。身处"牛棚"的李致,应该是符合这种情怀的吧?可他却偏偏仰望的是他家小屋那盏灯!他怎么没有寻找北斗星呢?

随着时间的推移,阅读李致的作品逐渐增多,与他的交往越来越密切之后,便越发感到,李致行文一贯直抒胸臆,文字真诚、朴实,从不故弄玄虚、不作秀、不煽情,倘若他要是把"小屋的灯光"写成了"仰望北斗",那就纯粹是粉饰,是矫情了!而且,也决不是李致应有的风格!身陷"牛棚"之中,能够望见自家小屋的灯光,这不能不说是一种幸运。因为"文革"中,随时都有无数家庭被割断亲情,失去信任、夫妻反目、儿女背叛的悲剧在上演。显然,北斗星离他实在是太遥远、太虚无缥缈了,他没有煽情的心绪,而能够在一盏灯所点燃的希望中,鼓足活下去的勇气,远比遥望北斗要管用得多!此时,一个深深相爱并相互信任、理解的妻子,一双可爱的儿女、一个远在故乡的年迈老母,就是他的全部,他的牵挂!而这一切都维系在小屋里的那盏灯上。灯亮着,说明妻儿安在,他心里就"得到某种安宁,感到一些温暖"。就怀着希望,充满信心。小屋的灯光一旦熄灭,恐慌便接踵而至,妻子没在家?她会去哪里?会出什么事?因此,心里"毛焦火辣,什么事也做不成",不仅茶饭无味,还彻夜难眠。报纸、《毛选》乃至《鲁迅全集》统统读不进去,甚至用《新华字典》来"打卦",猜测家里出了什么事。这些描写,不仅是最为真实的记述,同时,也还原了"牛棚"生活最私密的真相。最终,略施小计与妻子取得联系,并约定:"……一回家,马上把小屋的灯打开,免得我担心。"此时,读者与作者一起松了一口气!

立秋后,天气转凉,"牛棚"搬到有暖气的北屋平房。这一来,身子倒是暖和了,而心却凉了——北屋看不见小屋的灯光,那个悄无声息、唯一心领神会的沟通方式就此中断，新一轮的不安卷土重来。好在天无绝人之路，李致在洗澡间偶遇儿子，三句问话，少不更事的儿子三声回答，终于使他释然！

《小屋的灯光》，以一盏灯，投影了一个时代；以一盏灯，浓缩了一段亲情！

在李致的《终于盼到这一天》和《往事随笔》中，除《"牛棚"散记》外，还有两篇文章是不可忽略的——《小萍的笑容》和《我所知道的胡耀邦》。这两篇文章并没有收入《"牛棚"散记》，却介乎于"牛棚"内外，从另一个侧面和角度记叙和抒发了作者内心一种难以名状的情愫。

李致一向喜欢孩子，加之又是儿童工作者，所以和同楼的孩子相处得很好，也很受孩子们喜爱，尤其是同楼的小萍姐弟。但是，"文革"初期，大字报只许贴在机关大楼内，而揭发《李致有个大阴谋》的大字报却贴在食堂，因此，在大院，李致常被几个稚童追逐着、像唱童谣似的合唱："李致，有个，大阴谋！"这些孩子以前并不认识李致。毫无疑问，此时李致心中是五味杂陈的。然而，更让他没想到的是，在"六一"儿童节到来的时候，他竟与他的小邻居小萍不期而遇。如果没有"文革"的发生，他本可以抱起她来，祝她节日快乐，但是，此刻，他却痛心地感到，一个成年人和一个天真无邪的孩子之间那种亲近、随和已然消失，取而代之的却是一道无形的屏障。就在李致不知所措的时候，小萍却极其自然和友好地给了他一个微笑，而且，这个笑容，跟过去没有任何区别。瞬间，李致分明感到一缕春风拂面，一米阳光穿胸而过，这久违的、纯真的笑容，不仅带给了他"无比的温暖"，而且让他感到"人间的良知和真情是无法摧毁的"。

以后，无论李致走到哪里，无论时间多么漫长，经历有多么痛苦，他却始终没有忘记小萍的笑容。在粉碎"四人帮"后，李致出差到北京时，曾特意去看望小萍一家，只可惜小萍姐弟出去玩了，没见着而万分遗憾。

"牛棚"生活十一个月的苦难，以及一个温暖的瞬间，同样都是刻骨铭心，同样成为永不磨灭的记忆，前者为了不忘历史；后者，为了不忘感恩，哪怕是对一个孩子。

能够和一代伟人胡耀邦进入"牛棚"并同住一屋，不能不说是一种幸运。但是，处在那个残酷的年代，也未见得是好事。在政治、前途失去方向，生命、财产朝不保夕，在丧失人道、人权的政治高压之下，一切职务不仅显得微不足道，而且，职务越高，也必将成为"专政"的最大对象。朝夕相处中，稍有不慎，不仅沦为"同党"，甚至招来杀身之祸。每一天都有充满血腥的悲剧在上演，在这场空前绝后的政治大舞台上，身陷"牛棚"的人又该以一个什么样的角色登场，的确是一个艰难的抉择，也必然使一切有良知的人倍受煎熬。李致在《我所知道的胡耀邦》一文中，就是回顾和描述他与胡耀邦在"文革"前后，以及"牛棚"内外的一段复杂经历，那就是一种煎熬：李致一直崇敬耀邦同志，但迫于压力，于是，在大批判高潮中，给耀邦同志贴了一张大字报，但最终，却为了这张大字报而悔恨不已。

煎熬就是折磨！煎熬没有皮肉之苦，却是心灵之痛！

李致进入"牛棚"之前，目睹"耀邦同志被从窗口揪出来，头被按得很低的。我不忍心看，匆忙走回家，坐在饭桌前，用手蒙住眼睛，眼泪一大串一大串地从指缝中流下来"。

可是后来，竟在"牛棚"与耀邦同志同居一室，朝夕相处。但是，当有人不满耀邦同志早起处理痔疮影响睡眠，破口大骂时，却不敢说一句劝慰的话；同居一室，同为"牛鬼"，竟不敢借一张《北京日报》给耀邦同志看；被分配与耀邦同志单独在一个无法容纳两人一起劳动的空间，靠得那样近，也感到有亲切感，却仍然没勇气与耀邦同志有丝毫交流……

"四人帮"被粉碎后，耀邦同志在中宣部工作期间，李致已到四川人民出版社任职。对于四川出版工作上遇到的困难，却仍然是曾经患难与共的耀邦同志给予了精明的拨点和支持。或许，正是耀邦同志博大的胸怀，更加深了李致对自己的反思和悔恨，因此，他在本文中勇敢地面对自己，清醒地回望过去，对自己进行了大胆、深刻的剖析，把自己真实地袒露在读者的面前，他说："对耀邦同志胡乱上纲的大字报，既是我'思想混乱'的表现，也是我人品污点的暴露。我没有顶住当时的压力，想借此划清界限，保自己。"读到此处，令人唏嘘不已，钦佩之情油然而生！"文革"中，写过大字报的人应该有亿万之众，在"文革"已成为历史的今天，居然有人能为仅仅写了一张大字报而忏悔，这是不多见的、也绝不是虚伪的！

……不管时代曾经陷入怎样的荒唐狂乱，当人们一旦清醒就是向前跨了一大步！

"文革"距今已过去五十年了。但是，在《"牛棚"散记》中重温这段历史，仍然感到心潮难平、百感交集。冯骥才先生曾著文说："20世纪历史将以最沉重的笔墨，记载人类的两大悲剧：法西斯暴行和'文革'浩劫。凡是这两大劫难的亲历者，都在努力忘却它，又无法忘却它。文学家与史学家有各自不同的记载方式：史学家偏重于灾难的史实，文学家偏重于受难者的心灵。"我想，李致的《终于盼到这一天》和《往事随笔》就是他的心灵实录！在此，我仍然愿意借用冯骥才先生的一段话作为本文的结尾：

"无情的岁月表明，'文革'已是一个历史概念。但灾难性的历史从来就有两个含义，即死去的历史和活着的历史。死去的历史徒具残骸而不能复生，活着的历史则贻害犹存。活着的历史属于现实，死去的历史才是一种永远的终结。但终结的方式不是遮掩，不是忘却，不是佯装不知，而是冷静的反省与清明的思辨。只有在灾难的句号化为一片良药时，我们才有权利说'文革'已然终结了。"

2016年6月20日17:10完稿于老叶子书屋

真情无价

——读李致老先生《终于盼到这一天》有感

◎ 袁瑞珍[①]

当我有幸获得李致老先生所著的《终于盼到这一天》这本书时，我是怀着一颗崇敬的心去拜读的。因为对我而言，李致老先生既是四川省文联的主席，又是我国文学泰斗巴金的侄儿，有着这样特殊身份与背景的人，是足以令我这样的无名之辈所景仰的。而当我读完这本书后，这种特殊身份与背景已变得逐渐模糊，一种从心底涌出的对作者本人的敬仰之情油然而生。

这是一本记录"文革"期间作者亲身经历的书。其写作风格朴实而诚挚，其文字平淡如水般纯净，读来宛如是一个历经沧桑的老人在与我面对面地促膝交谈。然平淡朴实之中，却蕴藏着对造化的感恩，对悲苦的豁达，对亲人朋友的深情，对党的事业的忠诚，对丑恶现象的鞭挞，对"十年浩劫"的反思。"文革"这段历史早已离我们远去，这本书却将我尘封的记忆之门打开，随着作者朴实的叙述，我的思想与情感似乎穿越时空，又回到了四十多年前那人妖颠倒，是非混淆的特殊年代。我的心充溢着苦涩、酸楚和感动，不

---

① 袁瑞珍：四川散文学会会员，曾任中国核动院党委宣传部部长。

仅为作者在"十年浩劫"中所遭受的精神和肉体折磨而悲愤,更被文章中字里行间透出的真、善、美所深深打动。

真实地再现历史,真切的情感流露,一个"真"字宛如一条红线贯串全书,是我读完这本书后的强烈感受。李致老先生真实地再现了自己在"文革"中所经历的磨难和在特定环境中的真实心态,虽然写的只是自己的遭遇和与之有关联的人和事,但却是当时中国十年内乱的一个缩影,他个人的命运其实是当时中国很多领导人和知识分子的命运。由于作者在团中央工作过很长一段时间,书中所记叙的团中央领导人胡耀邦、戴云、胡克实等重要人物和事件不仅成为珍贵的历史史料,同时也是对"文化大革命给党和人民造成了巨大灾害,国民经济已到崩溃边缘"的一种注释和解读。读后发人深省,并由衷发出"这样的历史绝不能重演,由这惨痛的教训换来的改革开放成果是多么的弥足珍贵,我们党构建和谐社会的目标是多么的顺应民心、顺应历史潮流"的感叹。

真实的历史再现中融入了作者的真实情感,使这本书散发着动人的魅力。那些描写发生在荒诞岁月中的真实情感,读后让我为之动容。在《我所知道的胡耀邦》一文中,作者不仅为我们真实地再现了耀邦同志在担任团中央书记和"文革"期间与作者同住牛棚的点滴往事,在读者心中树起了一个忠诚的无产阶级革命家可亲可敬的形象。更令人感动的是,李致老先生对在大批判的高潮中因顺潮流胡乱上纲,贴了一张揭发耀邦同志1964年给有关报刊总编辑的讲话,说毛主席既搞革命又搞建设,"不可能有时间研究少年儿童工作"是"反对毛泽东思想"的大字报而深感愧疚,并深刻剖析、无情鞭挞自己思想的文字。在那个是非混淆,人性扭曲的年代,胡乱上纲写大字报的事凡经历过那个年代的人也许都认为那是迫不得已而为之,但作者却深感对不起耀邦同志,几十年过去了,内心仍然充满了自责和忏悔,这种暴露自己"思想混乱"、揭露自己"人品污点",对自己老领导的真诚忏悔,让我震撼,对作者这种严于解剖自己，暴露自己真实思想，还原一个真实的自己产生了深深的敬佩之情，并为作者坦荡的胸怀和高尚的品格所折服。另一篇记叙与四爸巴金真挚情感的文章《我淋着雨，流着泪，离开上海》也给我留下很深的印象。文中讲述的一代文学巨匠巴金在"文革"期间被扣上"最典型的资产阶级精神'贵族'，过着寄生虫、吸血鬼的生活，写的都是反党反社会主义的大毒草"等政治帽子，遭受大批判的特殊环境下亲人之间的相互牵挂；作者煞费苦心秘密绕道上海与巴金见面后的那种浓浓亲情，"深切期望他能摆脱这不幸的处境，但我自己也不知道那黑暗的日子什么时候才能结束"的茫然与无助；虽然与巴金同睡一张床，却欲言又止的心灵感应以及面对深陷困境；前路未知的巴金与自己，从心窝里掏出的"如果你的问题解决得不好，你可以回成都，我能用自己的劳动（'牛棚'中作者学会了踩三轮车）供养你"的那种悲凉、坚强及如同父子般的深挚感情催人泪下。

在苦难中品味美好，展示人性的善良与美丽是这本书的又一显著特点。虽然在那个人性被扭曲的年代，作者身边时时处处都发生着假、丑、恶的东西，但人性的光辉并没被屏蔽，人性的善良与美丽如同甘露滋养着作者干涸的心田，成为作者精神荒漠中的一片绿洲。在《小萍的笑容》一文中，作者记叙了自己与同住楼层的小萍等几个孩子的友谊。当作者被打入牛棚，遭受精神上的巨大折磨，甚至被一帮不谙世事的孩子嘲笑和辱骂，一堵无形的高墙将他与孩子们隔离开来，但小萍和几个孩子的友善却让作者心生感慨。特别是那年的"六一"儿童节，作者扫完大院后，无意间与身穿白衬衫和花裙子，头上扎着蝴蝶结的小萍相遇时，小萍极其自然与友好地对他一笑。这天真无邪的笑容为作者悲苦的心送去了一抹清凉、一束丽光，作者深情地写道："小萍的笑容给了我无比的温暖，我不仅这一天过得十分愉快，而且在'牛棚'，甚至在整个'文革'期间，每当看到人世间的丑恶行径，每当对自己的前途感到绝望之际，那一张有笑容的红脸蛋又在我眼前出现，她似乎在不断地安慰、呼唤和鼓励我，使我感到人间的良知和真情是无法摧毁的。"

真情的力量是巨大的，特别是当人处于逆境时。这在作者所写的《妻子的安慰》和《小屋的灯光》两篇文章中体现得尤为深刻。也许是作者永不能忘怀与妻子共同度过的那些难忘的坎坷岁月，所以这两篇文章才会写得如此情深意长。当作者告诉妻子，自己可能要被关进"牛棚"时，妻子冷静地说："不管最后是什么结论，我一辈子和你在一起。"并请他放心，会按月写信和寄生活费给他的母亲。妻子的话给面临厄运的李致老先生以莫大的安慰，他在文章的末尾写道："唯有妻子的安慰使我放心，给了我力量。"而我也从这位妻子的寥寥数语中读出了一位女性在面对厄运时的坚强和对丈夫深深的爱恋与忠贞。而在《小屋的灯光》一文中，则让我咀嚼出"患难见真情"的韵味。作者虽然被关进了"牛棚"，但对妻子和孩子的思念却有增无减，由于"牛棚"离作者的家很近，于是家中的灯光便成为作者的精神寄托，并由衷地发出"小屋是我的世界和归属，我只有在这里得到真正的理解和永恒的爱"的肺腑之言。其中所描写的看到小屋灯光时内心的安宁与温暖，看不到灯光时内心的焦急与猜测及机智地获取信息都非常传神，而夫妻之间互让毛毯和生日那天在"牛棚"收到妻子亲手编织的咖啡色毛衣时的热泪盈眶及"我确信，万一我成了叫花子，她会跟着我讨口"和"要终身穿这件毛衣，将来离开人世时，愿它裹着我的身子一起火化"的情感宣泄更令人泪飞如雨。

什么叫真情？这就是真情，这苦难中的真情是如此的纯净，亲情是如此的醇厚，怎不叫人感慨万千？

真情无价！我由衷地发出赞叹。

写于2008年7月

读《终于盼到这一天》有感

◎ 梅 红[①]

与李致先生相识是缘于《红领巾》杂志，他曾经做过它的总编。我要写一个关于《红领巾》的东西，电话中约好到先生家中采访他。他见到我的第一句话就是：不要脱鞋。坐下来后，他给我说："不要紧张，我以前搞过很久的青年工作。"但是我还是很紧张，毕竟这是位在出版界享有盛誉，很有威望的老出版家、老革命家。他还是一位讲真话的作家。很多的头衔和称谓使我必须仰视面前的这位老者。我知道先生爱书，临别前就把自己的拙著送给先生，请他指教。先生回送我一本书，就是我案头的这本《终于盼到这一天》。回家之后我认真的读完了这本书。掩卷沉思，感慨万千。

非常打动我的是作者的历史责任感。这本书是先生的散文集，收藏着先生以前散见于报端的一些文章。其内容主要是"文革"十年中的经历。"我们这一代人有责任告诉后人历史的真相。让他们记住历史"。这是先生出这本书的初衷。他听说现在的年轻人根本不了解那一段历史，甚至于网上还有人认为"文革"是正确的。强

---

① 梅红：西南交通大学副教授。

烈的责任感使他提笔疾书,要告诉后人曾经发生在祖国大地上的"十年浩劫"。于是,在写作上,先生严格以写实的手法进行创作。书中的每一个故事,每一个细节都是先生的亲身经历。"最大的误差是我年纪大了,记不清楚具体的日子了,比如把4月说成是5月。"先生非常强调此书的真实性,真实是本书的生命力所在,真实也是本书的看点所在。全书共有六十九张图片,每幅配图都精挑细选,很多是第一次面世的先生的私藏。这些泛黄的老照片让时光倒流,让我看到了一个陌生的社会。先生非常看重这一本书,用他的话说是"自己的'文革'博物馆"。我知道巴老生前一直有一个愿望,就是建立一座"文革"博物馆,先生是不是在用自己的实际行动来实现巴老的遗愿呢?

"十年浩劫",给中华大地留下了巨大的疮疤。其中的艰辛与沉痛,却并非我们这些生于平稳年代的人所能体会的。李致先生的书给我们呈现了一个没有法治,没有人权,一个倾斜的混乱的社会。"文革"中,先生正在团中央任《辅导员》杂志的总编辑,被打倒后,与胡耀邦同志同被关进"牛棚"。《我所知道的胡耀邦》具有重要的历史价值。通过先生的记述,我们进一步了解了胡耀邦同志在"文革"中的点滴生活。在"文革"中,耀邦同志一天最多被揪斗九次,耸人听闻!而他本可以明哲保身的。在干校时,耀邦同志对广大同志讲:"是我不好,我连累了你们,对不起你们。"这种高度负责的精神令人动容。

这本书还使我了解了那个荒诞的时代。母蚊子吸血是小朋友都知道的常识,《谁是母蚊子》一文中描写了一位女干部,从联想到先生是在讽刺她自己的"女",几乎是"清风不识字,何故乱翻书"的文字狱的现代版,这只自动对号入座的"母蚊子"让我看得哈哈大笑。《不折磨自己》中作者因为吃上了大米而长胖了一些。造反派竟然说"李致这个人不从灵魂深处爆发革命,一天比一天胖"。读到这里,我不禁哑然失笑。如果不是先生一再强调创作的真实性，我想很多人会认为这是黑色幽默。

如果说在此之前，我对先生还是怀着对名人的崇敬的话，那么现在，是从心里钦佩先生，敬重先生。想起先生，就是一张和蔼的面容和不怒自威的仪态。读罢此书我才知道，原来他那苍苍的白发和那爽朗的笑声背后，还曾经有过这样的艰难曲折。这是先生的悲剧，更是那个时代的悲剧。这是一本关于灾难的书，然而作者却没有上演一出悲情戏，没有大把大把地洒眼泪。他以他面对灾难的人格魅力赢得了我对他的敬重。在整本书中昂扬着一种乐观精神，在长期的精神压迫中，我读到的是一颗顽强的心，和对美好生活必将到来的信念。面对灾难，他首先表态："无论什么情况，绝不自杀。"这种积极的人生态度，对生命的珍惜，非常可贵。我是从事教育工作的，对现在的年轻人，动不动就自杀就轻生，承受挫折的能力极差，人生态度非常消极等等现象感到非常痛心。他们所面临的人生境遇，比起老一辈们所遭受的精神创伤和生活困境，简直可以说是九牛一毛。先生这种达观的态度，在《蹬三轮》中写得非常充分："如果我真被定成什么分子，开除公职，怎样生活下去呢？我不会自杀，又不愿卖身投靠，那就蹬三轮吧！我愿意以此为生，以供养年迈的慈母和患难与共的妻子。尽管有人说我修透了，但我坚信自食其力并不可耻。"这一段话，是一个有责任感的人、有勇气的人方能说出的。在艰难困苦中，没有了工作，没有了社会地位，他不是怨天尤人，而是想到了为人子为人夫的责任。先生在书中多次写到亲情，夫妻情、父子（女）情，冒险去探望巴老，这些感人至深的亲情多次让我流泪。先生是一位非常擅于发现美好事物的人。在"文革"中，他被关"牛棚"时对他笑过的小姑娘，在干校时当了半天幼儿园"阿姨"，都记录在他的笔端，充满温情，让人忘记了这是在"文革"时期。我想这也是支撑先生度过那些岁月的精神力量吧。

虽已时过境迁，但是历史和文化的脉络是割不断的，我们每一个人都应当铭记当年的教训。这也是先生此书的题中之义。值此建国六十周年普天同庆的时刻，谈些观感，意在反思辉煌成就的来之不易，时时警醒人们，绝不能再走昔日的老路。

说话要说真话，做人得做好人
——《关注明天》杂志专访

◎ 卢泽明[1]

巴金四句金言关爱下一代

1942年，巴金为李致写下关爱孩子的金玉良言："说话要说真话，做人得做好人。"

今年八十四岁的李致先生仍清楚地记得七十二年前的一段经历。四爸巴金为医治牙齿回到阔别数年的成都，那一年李致刚刚小学毕业，是一名童子军。李致上面有四个姐姐，是家中唯一的儿子，多少被宠爱着，有一些蛮横，被家人唤作"横牛"。平时，巴金带着李致的四个姐姐去看电影，说李致看不懂，拿钱给爱好集邮的李致去买邮票。夜晚，巴金和李致睡在一张大床上。那时，巴金已经很有名气了，许多年轻人拿着纪念册来找巴金签名。李致也学着大家的样子，做了一个签名簿，试着让巴金题字。他心里想：我和其他人对于巴金而言是不一样的吧，或许四爸不会给我写什么的。巴金接过李致的本子，没有丝毫的轻视，他用毛笔写下了四句话："读书的时候用功读书，玩耍的时候放心玩耍，说话要说真

---

[1] 卢泽明：《成都晚报》副刊部副主任。

话，做人得做好人。"这四句话让李致牢记在心，日后，他人生的悲欢离合与之相关。这四句话，让我们看到巴金的秉性，他要求别人做的，他自己当要做到。他最后写作《随想录》绝非源于一时性起，而是他人性中坚守诚实这一高尚品格的自然表现，"说话要说真话，做人得做好人"是理解巴金的钥匙，用它，同样也能开启李致先生的心门。

巴金的四句话让少年李致对人生开始有了一个全新的认识和理解。那时，十分爱他的外婆在他眼里什么都好，就是不断催促他学习这一点让他反感。按照外婆的说法，似乎古代孩子整日都在学习，玩耍的时间是一点也没有的。这是何等的残酷啊！可四爸巴金却说"玩耍的时候放心玩耍"，四爸是真正懂得孩子也理解孩子的。这拉近了李致与巴金的距离。其实巴金写给李致的这四句话，可以赠送给天下所有的孩子。不学习，无以进步；不玩耍，天性尽失。这四句话，如今成都东城根街小学拿来作了校训。可是，现在孩子们背负沉重的书包，面对没完没了的作业、各种各样的补习、兴趣特长学习，几乎全部的玩耍休息时间都被挤占了，就连喘息的时间都快没有了。李致先生为此感到心痛。施加在孩子身上的所谓教育太过沉重，教育制度的设计者、决策者，应当想一想巴金七十二年前的那几句话。巴金是一个有良心的作家，他虽然不是教育家，却深深懂得如何关爱孩子。他的那四句话可以看作是儿童教育的金玉良言。

或许是巴金先生埋下的种子，李致后来的事业中，与孩子结缘的部分最多。他1947年在重庆参加学生运动被关押四天，1950年成为青年团重庆大学委员会书记，1963年到共青团中央工作。他是一个资格的老团干部，在团委系统工作了十七年，直到"文革"被夺权。不过，他的具体工作却大多和孩子们有关。在重庆时，他做过少年儿童工作部部长，参与筹建了重庆市少年宫；在青年团四川省委时是《红领巾》杂志的总编辑；在共青团中央，他是《辅导员》

杂志的总编辑。即便后来离开了团委系统，成为四川人民出版社的总编辑，他也没有忘记孩子们，他筹划组建了四川少儿出版社。从省委宣传部副部长的位置上退休以后，他还担任过四川省关心下一代工作委员会的副主任。在关工委任职期间，步入老年的他不满足于挂个名头，而是要去找出问题、解决问题。当时，他了解到中小学校园里孩子们大欺小的问题很严重，他立即给省关工委写了个报告。关工委主任又把这份报告报给省委，省委高度重视，促进了这个问题的解决落实。

现在，李致先生已离开公众视野许多年了，但《红领巾》杂志还记得他这位半个多世纪前的总编辑，他现在还是《红领巾》杂志的顾问。杂志每一期出刊，总要送给他三份，他居住的小区里，还有几位少先队员和他保持着联系。说到这些，耄耋之年的李致先生充满喜悦。

鲁迅也有感情温厚之作

像大多数经历过职业革命生涯的有文化的老人一样，李致对鲁迅先生十分崇敬。他喜欢鲁迅的文章，喜欢鲁迅的精神。他自己的人生和自己的写作，毫无疑问也受到了鲁迅的影响。现在国内中小学教育有点去鲁迅化的趋势，有些教材把鲁迅的文章去掉了，见诸报纸电视的说法是，鲁迅的文章不好懂，对于孩子们来说过于艰涩。李致先生没有评价这一现象，却表明了他对于鲁迅文章的态度。他特别提到鲁迅文章中关切孩子的那些部分，认为今天读来都是有意义的。

他初次接触鲁迅文章时，还是一个私立中学的中学生。他到学校一位叫杨邦杰的老师的寝室去玩，老师翻开《新青年》杂志，给他们读《狂人日记》。小说《狂人日记》是以狂人的心态来写的，让他们知道了中国历史和"吃人"的社会，最后提出要"救救孩子"。他对此有很深的印象。

鲁迅杂文不全是"战斗檄文",也有感情温厚之作。李致说鲁迅很幽默,鲁迅就说过"动物界中除了生子数目太多——爱不周到的如鱼类之外,总是挚爱他的幼子,不但绝无利益心情,甚或至于牺牲了自己,让他的将来的生命,去上那发展的长途。"等这一类充满温暖的话。李致因此联想到自己在"五七"干校,亲眼看见两个小孩把小乌鸦给弄走了,大乌鸦不停地追着人想要回小乌鸦的情形。是鲁迅的那个动物"总是挚爱他的幼子"的看法,激发着他的怜悯心。鲁迅说,重要的是让孩子成才,不能成才的话,你就是只能生,不能养。

他还记得鲁迅那篇名为《风筝》的散文。鲁迅看不惯他的弟弟做风筝,把他弟弟做的风筝弄坏了。以后,鲁迅知道玩玩具是儿童的天性,跟弟弟道歉,弟弟却忘了这件事。鲁迅为自己当年的蛮横内疚,他通过这篇文章来表达他的后悔。想想看,一个人一辈子都记得这些别人早已忘记的事,还要写出来,说明他是善良的。他的良心和他过不去。鲁迅喜爱弟弟,希望弟弟能接受道歉,他的心也就安了。李致认为这是鲁迅先生的伟大之处。

他特别注意到了鲁迅先生心慈柔软的一面,虽然少年李致是一个"横牛",其本性却是善良温和的,这一点最接近于他的四爸巴金。

真话是一切的基础

李致先生解读巴金四句话,说最核心的东西就是要说真话做好人,好人必须说真话,说真话的才是好人。巴金提倡的讲真话,在1942年就提出来了,后来有人不赞成巴金的"讲真话",说真话不代表真理。但真话与真理是两个范畴,真话针对假话来说,真理是针对事物的发展规律来说。只有说真话的人才可能接触到真理。真话是一切的基础。巴金百岁诞辰时，省长张中伟对李致说："李致同志，我就很赞同说真话。"李致先生提到，20世纪80年代的共产党员守则里面就提到了讲真话。可见经历了"文革"这样灾难性的大事件的中国，"说真话"是一个极具分量和挑战性的词语。

尽管巴金先生提倡讲真话，并且写出一部讲真话的大书《随想录》，但讲真话在今天仍没有成为常识，没有成为普遍的风气。社会上仍流行着官话、假话。作为"可能理解我要多一些"（巴金说李致），与巴金有着独特血缘关系的李致先生，对"讲真话"的现实处境，或许比我们有更深更真切的体会。他记得庆祝巴金百岁生日的时候，搞得很热闹，但巴金本人却很低调。李致先生当时提出，如果有条件，读几本巴金的书，是对巴金最有意义的庆祝。巴金的著作有一千多万字，以小说《家》为代表的早期作品反对封建社会，而《随想录》带有忏悔性质，提倡讲真话，非常真诚地反思一个时代。正因为如此，巴金被誉为中国知识分子的良心。非常令人遗憾的是，《随想录》出版二十余年了，要不要忏悔，要不要道歉，要不要讲真话，仍旧是一个问题。

马识途老先生有句话："我曾经不揣冒昧地说过，鲁迅是中国的脊梁，巴金是中国的良心。"马老的说法，可以引起很多人特别是经历过劫难的知识分子的共鸣。马老是比李致更老的老人，经历了漫长的人生岁月，对社会、对人生不乏智慧之见。他对鲁迅与巴金的评价，李致先生完全赞同。尽管李致先生秉承巴金教诲做人行事，在"文革"中被审查被关"牛棚"，一度失去人身自由，吃尽苦头，但他仍坚信巴金四句赠言的金子般的价值。他青少年时期就开始写作，散文随笔在川内小有名气，但受"胡风事件"影响，被迫搁笔近四十年。离休前后，才重拾文笔，开始写作，其散文的第一篇就是回想巴金先生的那四句话。李致先生仁和温厚，与记者聊天，不疾不徐，一派温文。他早已不是"横牛"了，但他一辈子都记得四爸巴金的那几句话，他身体力行，吃再多苦、受再多罪，也不改初衷，这分明还是一个"横牛"！只是这"横"的内容完全不同。

喜欢文艺的李致，1949年以后，原本怀着当演员的理想，却被组织上安排到青年团工作，从此将演员梦掩埋，情绪激昂地投身于新的工作。他在担任《红领巾》杂志总编辑期间，与人合作，采访写就的那篇著名的通讯《毛主席的好孩子刘文学》，当时引起巨大轰动。现在，李致先生谈到这篇文章，说是受阶级斗争为纲影响人思想的产物，有缺陷。李致先生受巴金《随想录》影响，从不回避谈自己的过去，他有反思精神，因而更显豁达。

别把娃娃教成小老头

20世纪50年代以来在团委特别是团中央工作，对李致先生也有较大的影响。因为时任团中央第一书记是胡耀邦。胡耀邦的开明、开朗给李致留下了深刻印象，至今他都记得胡耀邦的一次讲话。胡耀邦说，说我们少年儿童是祖国的花朵，花朵虽然好，但是花朵是要经得起风吹雨打的花朵，现在的人都喜欢娃娃听话，把娃娃教成小老头。胡耀邦就说这个不对，小孩子要做小老虎小狮子，不要做弱不禁风的花朵。胡耀邦还问：学校对学生有什么要求。讲台下人回答有什么学生守则，胡耀邦问有好多条，回答说二十一条，胡耀邦又问有哪二十一条，台下就回答不出来了。胡耀邦说：二十一条？袁世凯才有二十一条。对儿童的教育不要抽象，不能烦琐，儿童做不到的事情不要对他们说。当时的环境下，胡耀邦的讲话是很大胆的，也是很中肯的。他的讲话生动有趣，很少空话套话。团中央有一种活泼的气氛，无疑和胡耀邦有关。而关于儿童教育问题，胡耀邦讲话不那么中规中矩，却更有见地。今天，对儿童教育仍有启迪作用。

要小心教条化的所谓国学

时下国学热，二十四孝一类的东西又出现了。李致先生却认为要小心教条化的所谓国学。

头悬梁、锥刺股，精神可以肯定，但完全不必那么做。至于凿壁借光等等，今天已失去了那样的环境。二十四孝中所说的卧冰求鲤的故事，更是脱离实际。比如南方的河水就不结冰，人怎可以去"卧"呢？还要求出鱼来？他说，这样的孝子我不敢当。或许正是讲究顺其自然，不强求、不苛求，李致先生的一双儿女都学有所成。对于国学，李致认为不必盲目学古师古，要取其精华弃其糟粕，去伪存真，适应时代要求。他还引述了鲁迅先生在《二十四孝图》一文中的一段话：

"人之初，性本善"么？这并非现在要加研究的问题。但我还依稀记得，我幼小时候实未尝蓄意忤逆，对于父母，倒是极愿意孝顺的。不过年幼无知，只用了私见来解释"孝顺"的做法，以为无非是"听话"，"从命"，以及长大之后，给年老的父母好好地吃饭罢了。自从得了这一本孝子的教科书以后，才知道并不然，而且还要难到几十几百倍。其中自然也有可以勉力仿效的，如"子路负米"，"黄香扇枕"之类。"陆绩怀橘"也并不难，只要有阔人请我吃饭。"鲁迅先生作宾客而怀橘乎？"我便跪答云："吾母性之所爱，欲归以遗母。"阔人大佩服，于是孝子就做稳了，也非常省事。"哭竹生笋"就可疑，怕我的精诚未必会这样感动天地。但是哭不出笋来，还不过抛脸而已，一到"卧冰求鲤"，可就有性命之虞了。

素质教育更应是品格教育

以父亲的身份回到家庭教育上来谈孩子的成长，李致先生也有自己的看法。他强调孩子品格的培养，对过错要宽容。他认为，特别是小孩，不可能不犯错误，首先划清界限是不是品质问题，若是说假话乱拿别人东西就是品质问题，若是作业没做完贪玩一类的事，就不是品质问题。品质问题需要认真对待，其他问题则无须小题大做。他讲到克林顿绯闻这个例子。总统感情上出了偏差，照例说在美国算不上大问题，但不承认却是大问题，因为这已经变成了总统是否诚实的问题，这是品格问题！李致还提到自己女儿的一个故事：1958年，李致从苏联访问回来，带了一个小工艺品，是石头上面插着一支蘸水钢笔，他很喜欢这件工艺品，但被女儿弄烂了。女儿告知他，他很不高兴，但是想到女儿说了真话，没有重责女儿，而是原谅了她。其实，全世界好的儿童教育是一致的，那就是将品格培养放在首位。李致先生不但认同这一点，而且很早的时候就在孩子身上加以实践。他似乎有着某种先知先觉，但联想到巴金先生，李致有这样的教育实践就很容易理解了，因为最重要的是"说真话，做好人"。

李致先生多次出国，不但听到，也亲眼看到我国国民出国旅游时的一些遭人诟病的行为。国外对我国国民去旅游，既欢迎又害怕。欢迎是因为我们消费能力大；厌烦是因为我们大声喧哗，不排队，乱丢东西，随地吐痰，吵闹。这些东西严格讲起来都是应该在幼儿园时期解决的。现在，随地吐痰的人还是多得很。李致散步时看到乱扔东西随地吐痰的人多，会说这些人应该回去再上幼儿园。好的习惯、好的素质要从小培养，否则，长大了很难纠正，到国外会遭人白眼。母亲对李致的教育很严厉，她的观点是小树扳正很容易，大了之后就不容易扳正了。其实素质教育更应该归位于品质教育。母亲的严厉，铸就了李致一生诚实、正直的风骨，颇有巴金先生的遗风。离休后，李致先生笔耕不辍，自找苦吃，但他时刻提醒自己，写"往事随笔"，写人、写事要绝对真实，不可随意为之。更不可有意作假，曲笔美化。他写巴金的文章比较多，写巴金说的话，他会查证巴金留给他的三百多封信，凡是涉及，他都会用信上的原话。记忆可能有差错，但李致先生的心诚实无欺。

扭曲的时代，正直、诚实可能使人遭受厄运。但小到一个家庭，大到一个家族，乃至一个民族，一个国家，着眼于长远，美好的品格终会使之受益，使之强大。

作者侧记

李致先生住在成都市高新区某花园顶层的一套公寓房里，他平素少有出门，只是每天会在院子散步三圈，算是与土地有一次亲密的接触，也算是一种锻炼。他虽然已是八十四岁高龄，但精神甚好，记忆出色。崔永元口述历史研究中心已经十三次对他采访，进行"口述实录"，但尚未到收口的时候，可见李致先生是一个"宝"，需要多方面的"挖掘"。原定一到两个小时的采访，不承想超过了三个小时。李致先生自始至终兴致勃勃，毫无倦容。让晚辈后生如我者，心生感佩。采访时，还有比我晚一辈的"九〇后"新人参与，热热闹闹地挤满了李致先生家的客厅。李致先生无一丝厌烦，相反，极表欢迎。采访接近尾声时，他让保姆到街上买回一种台湾品牌的牛肉锅盔，分发给记者，一人一个。热辣的锅盔极好吃，李致先生满面笑容看着我们一一吃完，才继续他的叙说。

《关爱明天》杂志以关心、关爱下一代成长为己任，李致先生的个人经历和见解，让这"关心、关爱"有了超越物质的视角。

2013年12月13日写于成都

守望历史　守望心灵
——读《铭记在心的人》

◎ 朱成蓉[1]

不论于人于己于事，务求真实

从岁末到初春，散文集《铭记在心的人》伴我送别雨雪纷飞，迎来绿杨依依。独特的历史留影、坚定执着的人性美追寻、剜心沥血的自觉人格提升，使本书具有深沉的思想内美。朴实无华的文字，温暖而有张力，将感动直达人内心最柔软隐秘的深处。

作者李致是一位早在20世纪40年代即从事学生运动的老干部。半个多世纪的革命生涯，与共和国的孕生成长同步。在退下领导岗位后，开始总题为"往事随想"的写作。本书即为其中一集。

这是生命沉淀后的迸发，是人性精神与历史秘道信息的交流暗通，在拉开一段时间距离后，回放往事，搜听历史的回声，作者恪守"不论于人于己于事，务求真实"的原则，"不作任何加工"，却能让人从中听到历史情绪的回响，瞥见已被时间暗尘遮蔽的历史片段的本貌原形。

由于工作关系，李致和老一辈无产阶级革命家有较多接触。由衷敬仰与深情缅怀交织发酵，终酿出一缸醇香，便有了书内的第

---

[1] 朱成蓉：四川文艺出版社编审。

一、二辑，我们不但由此记住了胡耀邦的实事求是、朱德的慈祥亲民、张爱萍"我那算个什么诗？豆豉、萝卜丝"的幽默风趣；在读到新中国成立初贺龙反对官本位，坚持革命同志一律平等，"文革"后邓小平解放传统戏曲，胡耀邦强调在实践中研究理论问题等故事，更分明触摸到了现实世界那坚固的基石。集内一些回忆与川剧艺术家、文化名人交往的篇什，不仅凸现了作者与他们心灵相通，还从一个侧面透露出当年振兴川剧的概况和具有史料价值的逸闻故事。

川版书的崛起和有关风波

尤应提及的，是散见于书中的许多关于当时四川出版界情况的回顾。其中有两个关键词——一曰"川军崛起"，二曰"两书出版风波"。20世纪70年代80年代初，百废待兴，老作家尚未完全"解冻""出土"，人民群众在历经浩劫后精神食粮匮乏，"书荒"严重。此时，四川出版异军突起，号称"川军"，震动全国文化出版界。时任四川出版业界主要领导的李致与文艺编辑室（现四川文艺出版社前身）的同志们一起，在全国率先推出老作家的"近作丛书""现代作家选集""当代作家自选集"等一大批文化精品，在实际上"为一批作家作品平了反"的同时，积累了文化，满足了人民群众的文化需求，缓解了部分"书荒"问题。曾任国家出版局副局长的刘杲为此惊叹："其作用，绝不亚于组织部的'红头文件'。""孔雀西南飞"（指全国有名作家都来四川出书）文化现象亦随之蔚为一时大观。可见"川军"崛起影响深远。"两书出版风波"指，军队作家丁隆炎继其影响极大的《在彭总身边》面世后，创作了《最后的年月》，该书甫一问世，即引起了很大轰动，却在三天后被停发停售，作者丁隆炎被怀疑指责，差点为此党籍不保。出版社亦承受了巨大压力，相关检查、报告、字数加起来"至少是个小长篇"。后在胡耀邦等人的关怀干预下,事情才得到一定程度解决——《最后的年月》可内部发行。可见"川军"出版的破冰首航之旅何其艰辛。然而,那时的出版"川军"如何高擎猎猎大旗,"立足本省,面向全国""要作出版家,不作出版商",进行筚路蓝缕开拓,终于谱写辉煌的;那场震动全国的出版风波,又是怎样巧妙平息的,个中详情,不仅当时鲜为人知晓,即使那时已忝为出版"川军"新兵的笔者,也不完全清楚——如剧作家曹禺与四川出版"生死恋"的细节,"孔雀西南飞"文化景观的形成原因及其经过等。物换星移,到了数十年后的今天,人心浮躁,文化的功利色彩日浓,这一切更恍若浮尘飘雾,正慢慢淡出世人视野,被人们渐渐遗忘。但是,我们不应割断历史,历史也不应该被遗忘。因为,作为凝冻的过去的历史,是人在时间舞台上活色生香的演出,是人与岁月摩擦、互耗,最终融合的遗存——我们从哪条路走来,与什么人、又怎样一起走过?这是回望历史的起始原点,更是基于人类精神本质的永恒求索。李致孜孜矻矻打捞于心湖时海,不仅为读者对历史的当代分类观照,提供了一个特定视角——亲历者的"在场"视角,更从其提供的资料"注释""佐证""补白"历史,为历史"立此存照"。其价值与意义,应作如是观。

一颗赤子之心

李致"有一颗赤子之心"。昔日的"怒发直立一少年""扑爬跟斗撵革命""讲真话学巴金"(马识途语),始终用一颗赤诚温暖的心去观照他人和世界。他将笔伸入人、生命、人性的底蕴探寻,沉于心,发于文,用以与他人脉动同律的,是人类最圣洁美丽的情感——细屑里的崇高、磨难中的坚韧、懂得爱与付出、持守纯洁与善良……故此,作者行文,多从与他人交往过程切入,镜头所取,或为一抹划过"文革"阴霾的纯真童稚微笑,或为几许传递牵挂的亲人眼神；有时，仅仅是一束刺破黑暗、散发温馨的"小屋的灯光"，一幅人物偏头凝视、专注倾听的剪形……当那些性格禀赋各异、年龄经历不同的人，带着体温，穿越岁月风尘向我们走来，一声"冬娃儿哥"的呼唤，就将淳朴、正直，拷贝内存于我们记忆荧屏；那个不怕牵连，关爱被打成"右派"的战友的"大哥"，则用言行诠释，何为革命友谊，什么是患难真情……书中，最让人过目难忘，心灵共鸣同振的，一是载沉载浮于"文革"浊浪，终化险为夷的焦某及其轶事，一是名作家刘绍棠折不弯、摧不垮的乐观爽朗言行。怀念焦某，由二十一则速写组成，亦庄亦谐，白描式勾勒，语淡意深。如"干校"学员奉命在瓢泼大雨中撒化肥，一亩一盆，大家苦不堪言，独焦某不但干得快速之极，且"助人快撒"——"于无人处倾倒"两者殊途同归，都是让化肥被大雨冲走，具冷幽默色彩。焦某的机敏与智慧，只能用于如此曲折抗争，让人莞尔中内心大恸。忆刘绍棠，图貌画形有"现场感"，仅"实录""直书"其言和行，人物即跃然纸上。如会议中有人介绍李致"省委宣传部副部长"，他突然插话，"主要是出版家"，快人快语。他中风偏瘫，只有右脑右手可用，仍纵声大笑，"坍我半壁江山，留下有用的右侧，天不灭刘"，壮豪之气逼人。自称其小说为"'刘著'宝书"，实风趣且自负——李致就是这样，善于发现人性美在不同生命境遇、不同生活层面里的不同表现形态，并坚定秉持人类这种最美好高贵的感情回望心灵，在心灵回望中，超拔精神。显然，这种心灵守望，对内而言，是耙梳、整理自己的精神储藏；对外而言，则是对人类精神价值的坚毅持守，对人性美高度的不懈攀登。

　　李致是我的老领导，是我所认识且有较多接触的"老革命"。许是由于他令人尊敬的革命履历和工作建树，许是因为他对工作的认真严谨和个人气质的理性沉稳，在一段时间里，我对他"高山仰止"，难免尊敬的疏离。后来，大家先后从工作岗位上退下来，来往增多，交谈愈广，彼此便亲近不少。不过，对他有更深入的了解，有直击心灵的真切认识，是在读了《铭记在心的人》之后。

那是怎样的一种心灵震撼啊！朴实的文字托举出一位人性美好家园的矢志守望者，兀立面前，心扉洞开，敞亮真诚，鲜活温暖的心触手可扪。

心灵深处的震撼

如果说，我读李致散文是一场灵魂在书中的探险，经历了由感动到震撼的心路历程；那么，李致写作本书，则是一次自觉的、具有哲学层面"审丑"意识的自我人格提升——回溯岁月之河，点燃人性真诚、善良、勇敢的火把，照彻内心隐秘角落，焚除晦暗胆怯，让精神来一次向上的跃迁，以更加纯净澄明的胸怀去拥抱世界、拥抱他人。故而，他为自己贴过胡耀邦大字报痛心疾首，坦承"这既是我'思想混乱'的表现，也是我人品污点的暴露"；剖析自己在"文革"中"夹着尾巴做人"，以致专程赴上海看望巴金，曾与巴老同卧一床，竟"不敢深谈"；反思在昔日战友蒙冤受屈时，不敢站出来仗义执言，并用以与"大哥"对比，赞其为"巨人"，斥自己是"矮子"；忏悔自己年轻幼稚，竟伤害过国际友人云从龙的感情……文字简约坚实，锋利如刃，切肤、入髓、穿心，刀刀见血。这种严格的自我解剖，是对人格与精神境界的自觉跃迁和提升，上承古圣先贤的"慎独""内省""修身"，更仿佛普罗米修斯，取得神圣天火，却用来煮自己的肉，非具大真诚、大责任、大勇敢、大光明不能为。

目睹了太多的要人、名人、凡人，装修"门面"，粉饰思想，华丽转身，成为"完人"，聆听到从李致心灵深处传出的大吕黄钟，又岂止令人震撼呢？

见贤思齐。平凡如我辈，是应该及时清扫自己的思想后院了。

把别人铭记在心的人是深情的人
——读李致散文集《铭记在心的人》

◎ 江永长[1]

说李致同志（以下称致公）是个深情的人，一是和他交往中建立起来的一个基本的认识，二是读他的书和文章的一个鲜明的感觉。

我认识致公大约是20世纪80年代后期，那时他当宣传部副部长，来文联和作协开会，并不坐在主席台上发言，而是和文联、作协的领导坐在一起，讨论事情，我感到这个领导有点个性，有点与众不同，听人说，这是李部长，出版家、作家，就认识了他。其实，那以前还是读过他编辑出版的书的，但一个才从学校毕业出来不久的乡下小青年，胆子小，见到领导，只远远地看，不敢上前去打招呼，不敢自我介绍，所以那以后的几年，都是我认识他，他不认识我。

我估计，致公认识我大约是在20世纪90年代初期的时候了。他当省文联主席后，特别关心《四川文艺报》，一次，主动来编辑部看望我们，问过了我的名字，我们就算是互相认识了。这以后，再见到我时，他就能叫出"小江"来，声音是缓慢柔和、尾音带一点

---

[1] 江永长：曾任《四川文艺报》主编。

轻微鼻音的那种，听着特别慈祥亲切。我也大胆了些，远远地看见了他，就主动过去问候。致公作为出版家，对《四川文艺报》的指导是很专业的，对我们的工作的改进起到了明显的效果，报纸不断刷新面貌，质量也有大的提高。他除了关心编辑部的工作外，还特别关心编辑部年轻人的进步，职称是否评上了？级别是否晋升了？待遇是否解决了？他还在文联领导面前为我们呼吁，真解决了不少问题。

和致公交往中印象特别深的有这样几件事：有一年，我陪《中国艺术报》的副社长宁静同志到致公家去拜访，宁静同志是成都人，那次他们聊了许多成都往事和人物，后来，他们发现好像还有一点远亲关系，便有人事沧桑之感，离别时，致公送客至楼下。另一次，武志刚老师和我去商业街的医院看望致公，那时致公的夫人在那家医院看病，他自己在那里检查身体。他和我们聊了一个多小时，双方都非常快乐，但由于是在医院，不能尽兴，致公就约我们以后到他家去聊。后来，他的夫人不幸去世，他很悲痛，我们不好去打扰他。过了些时日，他打电话来邀我们了，我深感致公是个言出必行的人。这一次，致公用了小半天的时间和我们聊天，他还准备了不少资料给我们看，让我们大开眼界，了解了很多的人物和事情，很有收获，也很快活。致公知道我能写一点小东西，便不时鼓励我不要放下笔，不要荒废了时光。去年，我在《四川文艺报》上发了一篇写母亲的小稿子，之后不久就接到了他的电话，谈了他的读后感，认为我的文字感情真诚，但显得过于拘谨，好几处言犹未尽，该说的话没有说出来，建议我以后作文放开一点，致公对我写作的关心让我喜出望外，他的评价完全说到了要害处，我非常敬服，也非常感激他。

现在来说说我读致公《铭记在心的人》一书的一些感受。

我记得有一次通过网络和致公交流过对他的散文的一个基本印象：真事真情。我感到，读《铭记在心的人》这本书的一个最突出的印象仍然是一个"真"字，真事真情。

先说真事，十年前，致公在《"往事随笔"总序》里说："我写的都是自己的经历，不论于人于己于事，务求真实，不对事实作任何加工。这是我恪守的原则，不越雷池一步。如有误差，一经发现，尽快改正。"《铭记在心的人》一书有将近六十篇文章，全是写的真人，其中，包括党和国家领导人、社会贤达、知名文艺家，以及致公的亲朋旧友等，发生在这些真实人物身上的故事，致公是自己知道多少、能够核实多少就写多少，道听途说的、核实有困难的、拿不准的都不写。致公写真人真事的依据一是他自己的亲身经历，亲眼所见、亲耳所闻、亲身所感，另外，就是靠着他积累的大量资料，包括照片、信件、书籍、电子文件等，我几次到致公家去，哪怕就是聊天，当说到某人时，他也习惯出示照片为证，说到某事，往往要拿书信或者笔记为证，不虚妄，不似是而非，不想当然耳。聊天尚且如此严谨，作文时的求真精神自然可想而知了。

真情，首先是建立在针对真人真事，有感而发、有情要抒的基础之上的。致公在《"往事随笔"总序》里说："回想自己人生几十年，时代几度变迁。许多难以忘怀的人和事，我曾为之喜悦或痛苦。这些人和事，也可以说是时代的某些缩影或折射，也许有一些'史料'的价值；我有感情需要倾诉，也想借此回顾自己走过的道路，剖析自己的过去。"《铭记在心的人》一书表达出来的情感，无疑是致公真感情的倾诉，是他的喜悦和痛苦，这些真感情，甚至大量的直接从文章的标题上就流露出来了，致公的文章标题的浓烈的情感色彩是他的散文的一个显著的特点，我想这与致公的一贯文风和喜欢是分不开的，他说"我喜欢真诚、朴实、动情、幽默的散文。不无病呻吟，不追求华丽，不故弄玄虚，不作秀，不煽情，不搞笑。"出于真诚而表现出来的感情，自然有感动人心的魅力，在追忆儿时伙伴的《冬娃儿》一文的结尾处，有这样的话："人世沧桑，以后的事就难说了。如果没有特殊情况，冬娃儿应该健在。

我真想见到他，叫他一声'冬娃儿哥！'但这愿望能实现吗？"这是这篇文章的最后几句话，也是《铭记在心的人》一书的最后几句话，每当我读到这里时，我总能感到一位老人追忆逝水年华的美好情怀，总能感到青春一去不复返的人世沧桑，想想也是，我才四十多岁，但猛然回首时发现，已经有几个儿时的伙伴、几个同学，甚至还有一个同胞弟弟、一个表哥、一个内弟，皆已去世了。致公比我年长得多，经历也更为丰富，他对人世的认识和理解自然比我练达得多，自然也更加淡定，但我从上面的那段话中却感到了他火热的心，他想念少年时代好伙伴的那份真诚的心让人动容，一位老人想再见到少年时代好伙伴的善良的愿望是那么的单纯、美好，谁又忍心去冒昧地触碰呢？所以，我也想对致公说："是的，我也相信：'如果没有特殊情况，冬娃儿应该健在。'"致公就是这样真诚的表达自己的感情的。其次，致公散文的真情还特别地通过对自己的剖析而表现出来。敢于自我批评和反省的人是真诚的人，是有智慧的人，更是勇敢的人，我觉得，致公的散文中对自己剖析的那些抒情性的话语显得特别有力量，也格外让我受益。在流行自我包装、自我营销的当下，自我剖析，自我反省，无疑是一种日渐稀有的可贵品格了，所以，这些话特别打动我，也特别值得我学习。

读致公的散文，就是在阅读一个经常把别人铭记在心的老人的人生阅历和真情实感，就是在听一个真诚的人、一个深情的人讲述。

2011年5月6日

他拥有这样一片心灵空间
——对李致散文的一种解读

◎ 廖全京[1]

这个冬天特别长。眼看着要开春了,冷不丁又刮起一阵寒风,把刚要抖擞起来的精气神儿压了回去。好在案头的这盆兰花不断用它的幽香提醒我:春天毕竟来了。

怀着这样一种心情,读完李致的《往事》《回顾》《昔日》以及《我的四爸巴金》等散文集子,觉得有一些话要说。

他走过了一段很长的路,这几十年里,他渐渐悟出了人生和艺术的真谛。他把自己在这几十年里这一点、那一点的感情,认真记录下来,积累起来,渐渐变成了一篇一篇的文字。这就是李致,平静的、朴素的李致。从这些文字里,我慢慢咀嚼出一种味道,一种既复杂又纯粹的味道,那就是爱。爱是一个漫长的过程,一个需要不断学习、耐心修炼的过程。李致用笔墨记录下的所有感情,都是在学习和修炼爱的过程中的感情。陀思妥耶夫斯基在他的《卡拉玛佐夫兄弟》里,借佐西马长老的嘴说过:"用爱去获得世界。"李致也许并不接受作为基督徒的这位俄国作家思想中的宗教情绪和神

---

[1] 廖全京:评论家。曾任四川省戏剧家协会主席。

秘主义成分。但是，我相信，他对这位反对沙皇专制暴政的死牢囚徒关于人类爱的认识，是完全同意的。

我们经历过民族历史上那一段专门培育粗糙的心灵和沙化的情感的年代。自己生活在无边的精神沙漠中，还主动或被动地用所谓"大批判"扩大这片精神沙漠。曾几何时，根据肖洛霍夫同名小说改编的电影《一个人的遭遇》，遭到那样一场毫不讲理又莫名其妙的批判。原因不过是因为那里面写了爱，写了战争与苦难。在战争与苦难中，普通的俄国人所需要的，不正是爱吗？然而，那是一个谈爱色变甚至谈人色变的时代。岂能说爱，岂敢谈爱？李致的散文里，有一部分恰恰写到那个年代，写到他自己的心灵和情感挣扎着反粗糙、反沙化的经历。那个年代带给中国人的苦难，绝不亚于一场战争。也恰恰是在那个年代，充满了灵魂深处对爱的渴望和呼唤。正是这一部分文字，使我更加确信了我对李致散文的整体判断：一个希望用爱心包裹世界的人，和他那朴素与平静中的爱。

在李致的散文里，这种爱往往表现为一种信仰、信念。与他的许多同龄人一样，李致属于有坚定信仰的一代。那一代人的心目中，信仰、信念是源自人类的精神使命的。他们可以为自己的信仰、信念付出血肉之躯，为之耗尽生命。在许多时候，信仰、信念是他们的行动的血书。读《再见！三哥》《大姐，我叫了她半个世纪》《十二桥前的思念》《七星岗》等这几篇文章时，我强烈地感到，与其说这几篇文章是写他做地下工作时的斗争经历和战友情谊，不如说是写他们那一群破晓社成员对信仰、信念的执着与热忱。"半个世纪过去了，我们这一批从十几岁便追求革命的青年，除一个在'文革'中迫害致死外，都挺过来了。"一个"挺"字，蕴含着几多起伏曲折，几多艰苦磨难，几多欢乐酸楚。我相信，信念是一种激情。他使人的一生中的所有阶段都能熊熊燃烧。信仰更是一种对人性和人生的态度。坚持信仰，就是坚持对一种价值和价值观的持守和履践。这一群年轻人选择了破晓社，就是选择了一种人生大爱，同时，选择了一种人格自律。从这个意义上说，爱是一种选择。

在李致的散文里，爱更是一种理解。亘古以来，理解就是人类的一个趋近生命本源的命题，也是一个悬而未决的伦理的和哲学的难题。理解自然，理解社会，理解生命，理解他人，理解自己……一连串的问号和感叹号组成的，是意识之链，也是情感之链。其中，最重要也最困难的一环，当是理解人类自己（包括个体的自己和个体的他人）。据说，雅典达尔菲阿波罗神庙门廊的一块石板上就刻有这样的铭文：认识你自己。在近十几年里，李致一直自觉地把理解别人，尤其是理解自己的亲人，作为通往人格理想的一条重要路径，努力想在理解别人的过程中获得内心的纯净、光明、温暖。真正的理解，首先需要平和、友爱、宽容的心境。对理解的对象，不宜脱离实际的片面苛求，更不能作浅薄的道德谴责。理解，那是心灵与心灵的促膝谈心。在李致所有关于亲情的散文中，我最看重的，是这篇《我终于理解父亲》。我以为，李致的其他散文写的多半是生活的一段或一瞬，而《我终于理解父亲》是写的一生——他的精神的一生。李致的父亲李尧枚，是巴金的大哥，巴金笔下的觉新的人物原型。巴金还专门为他写过一篇散文《做大哥的人》。父亲自杀时，李致只有一岁零五个月。他是好人，是旧社会的受害者。可是，他为什么要采用自杀的办法，把母亲和五个子女留在人间？为什么让母亲独自承担莫大的痛苦和灾难？很长一段时间，李致对父亲是不理解甚至是不满的，觉得父亲不负责任。生活，从来就是无声的伟大教师。经历"文革"浩劫之后，尤其是在四爸巴金那里见到父亲写给四爸的四封信之后，李致对父亲有了深入的理解。在信里，父亲谈到了"对人类的爱"。他对弟弟说："我俩对人类的爱是很坚的"，"我两个没娘没老子的孩子，各秉着他父母给他的一点良心，向前乱碰罢了"。这四封信，给了李致心灵极大的震动。父亲对人尊重、关心，父亲对生活热爱、留恋，他舍不得家人，他深深自责！他的死是对那个伤害个人尊严的社会的反抗！父亲和三爸、四爸一样，都愿意多为别人着想，做出自己的奉献。李致的心灵仿佛从沙漠中返回绿地，返回甘泉："几十年了，经过了一个漫长的过程，我终于理解了父亲。只是这理解来得太迟了。请你原谅，我的父亲！"真挚的情感，透明的心灵。大爱无涯，大爱无言。直面父亲的死，思索父亲的死，将自己在父亲之死上的前后认识用文字公之于众，是需要勇气的。是爱，给了李致这种勇气，而这爱，正是从父辈们那里秉承下来的。反思父亲之死，使李致进一步懂得了爱是一个漫长的过程，也使他更加不能容忍社会对个人尊严的伤害。在对父亲的理解的基础上，他回顾"文革"十年的人生经历和精神险途，写下了以《小屋的灯光》《妻子的安慰》等为代表的一组文章，情感真挚细腻，常常催人泪下。在对父亲的理解的基础上，他回忆与四爸巴金的零距离接触，写下了以《永远不能忘记的四句话》《说真话的作家》《我淋着雨，流着泪，离开上海》等为代表的三十余篇文章，传情传神传心，产生广泛影响。一篇《我终于理解父亲》，乃是一把打开李致散文之门的钥匙。心扉向读者敞开，向生活敞开，向历史敞开。告诉你，他拥有这样一片心灵空间。

李致依然平静，依然朴素。他用朴素与平静中的爱塑造自己的过去、现在和未来。这建立在选择和理解之上，并且由选择和理解体现出来的爱，根源自然在他的四爸巴金那里。还是他在做地下党工作时的老领导马识途说得准确："巴金的人格力量，无疑在他身上产生了巨大的影响，如果不是这样，要写出这样的文章是困难的。"

愿李致以及所有的写作者都像巴金那样，在漫长的过程中学习和修炼爱，并用爱去获得世界。

李致和他的散文
——读《往事》《回顾》《昔日》

◎ 萧祖石[1]

一

一位著名哲学家曾经这样说过：美是自然的，它拒绝矫揉造作。借用这句名言来评价李致和他的散文，是再恰当不过了。李致为人真诚、平实、敦厚；他的文章是情感的自然流露，从不矫情。当然，真实、自然不只是文学家、艺术家追求的境界，也是大多数人的人生追求。然而，真正做到就不那么容易了。

李致是文坛的老兵，新中国成立前就发表过文学作品，新中国成立后因忙于工作和政治上的原因停止了写作。三十年后才又握笔重操旧业，耽误了精力充沛的三十年，不无遗憾。但也是幸事：因为"四人帮"倒台前，极左路线统治下的中国文坛，不论是从事文艺部门的组织工作，还是从事创作，坚持不说假话的李致，怕早就在劫难逃，被打入另册了。三十年后的20世纪80年代，改革开放的历史潮流，逐渐宽松的政治环境，使身处宣传部门的李致以新角度新思维审视了历次的政治运动和走过的风雨人生，感慨良多，思潮

---

[1] 萧祖石：作家。曾与李致同在共青团中央工作，后为人民美术出版社编审。

如涌，长期积累的感受、感情，以散文的形式，如陈酿的老酒源源不断地流淌出来。

自1995年李致出版散文集《往事》以后，又陆续出版了《回顾》《昔日》，在诸多报刊上还不断有新作问世。这些散文，李致统称它为往事随笔。在《昔日》的后记上，李致说："七十年来，我接触了不少的人，也经历了不少事件，曾为之喜悦和痛苦，难以忘却。这些人和事与时代的变迁分不开，也可以说是它的某些缩影或折射。我需要倾吐自己的感情，并借此对自己走过的路做出回顾，对自己的过去做出剖析，尽管它并不深刻。"这段话是我们了解他为人和作文的钥匙。

二

20世纪名曰"文化大革命"的"十年动乱"，给全国人民带来的灾难和损失，震撼了全世界。经历过"文革"岁月的人，都不会忘记那段不幸的历史。对这场浩劫，一开始李致极不理解，几次为团中央第一书记胡耀邦挨斗而流泪。身为团中央机关小当权派的李致也是受害者，先靠边站，强迫劳动，打扫厕所，蹬三轮车。接着就挨批挨斗。在斗争会上，李致高呼口号反抗。造反派拳脚相加，李致没有屈服，没有求饶，造反派给他扣上态度恶劣、顽固不化，抵制"文革"的帽子，实行专政，关进"牛棚"。李致一度极为痛苦，看不清国家的前途，更不知自己的出路。他从《毛泽东选集》中寻找能安慰自己和对"敌"斗争的语录，从《鲁迅全集》中寻找精神支柱，决心"不配合别有用心的人打倒自己"，以便度过这最黑暗的岁月。同李致一块关进"牛棚"的团中央书记处原书记王照华，曾伸出大拇指称赞李致。不久李致被送去"五七"干校，强制劳动改造，是团中央机关最后一批解放的干部。李致对那些曾经批斗过他的人，没有计较个人的恩怨，后来多数人还成了他的朋友。

对于个别人的陷害，对李致来说像挥之不去的噩梦。李致对"文革"的感受深，感想多，写的也多，而且写得精彩。如《"牛棚"散记》一组文章，从不同角度写"文化大革命"的方方面面，嬉笑怒骂，畅快淋漓地揭露和控诉造反派的种种法西斯罪行，如《我大声高呼口号》《你打你的，我打我的》《不能折磨自己》《1969年的春节》《谁是"母蚊子"》，等等。

《谁是"母蚊子"》写了一个心术不好的人。当时，团中央机关造反派忙于打派仗，无暇批判走资派，专政组把以胡耀邦为首的走资派全赶到了郊区农场监督劳动。他们必须坚持每天晚饭后两小时的"天天读"。时值盛夏，蚊虫叮咬，又没有防蚊避暑的好办法，大家苦不堪言，你一言我一语地声讨血吸虫蚊子。李致根据《十万个为什么》中的记载，说只有母蚊子叮人，因为它要产卵繁殖后代需要营养。专门搞政治陷害的造反派听到后，上纲上线认为李致影射攻击当时红得发紫的"文革"旗手江青，于是审问李致："谁是母蚊子？母蚊子是谁？"问得既愚蠢又无知。李致据理力争并说这是《十万个为什么》书上写的。追问来追问去，没有抓住一句与江青有关的话，最后不了了之。这种陷害无辜，置人于死地而后快的用心，到了丧心病狂的程度。颇具讽刺意义的是："谁是母蚊子""文革"后竟成了人们的笑柄，广泛流传开来。这是一篇具有时代意义的奇文。

"五七"干校是"文革"不可分割的一部分，是迫害广大干部的继续，提起它，人们的心灵里总有抹不掉的阴影。诚然，戴着沉重的政治枷锁从事繁重的体力劳动，苦累和怨言，牢骚和不满是必然的，但它比起搞武斗，打派仗那个时期，却有几分新意。在"五七"干校待了很长时间的李致，以"五七"干校为背景，用凝重、幽默、调侃的笔调，写了《焦某"文革"轶事》《当了半天"阿姨"》《翻脸不认狗》等一些趣闻逸事。这些别具一格的作品，不只是写了劳动中的苦和累，同样写了劳动中有快乐，也有笑,即使快乐是暂时的,笑是苦涩的,是含着眼泪、哭笑不得的笑,但毕竟是笑,有人性美好的一面。这几篇文章的意义,还在于他写"五七"干校的路子与众不同,独树一帜。

三

如果说李致写"文革"是怀着愤怒、憎恶之情控诉了"文化大革命"种种罪行的话,那么,写巴金就完全是怀着敬仰、思念、眷爱之情了。

巴金是李致的亲叔父,曾供养过他,为他付过学费。他永远铭记在心的是他上小学时,巴金写给他的四句话:"读书的时候用功读书,玩耍的时候放心玩耍,讲话要讲真话,做人得做好人。"诚然,李致从小接受巴金的教育,读他的书,受他的影响,感情很深。"文革"开始不久,身陷囹圄的李致挨批挨斗,但他设身处地,更为横遭"四人帮"诬蔑陷害的巴金担忧。随着"文革"的凶猛发展,李致对巴金的思念愈来愈深切。患难见真情: 1972年政治形势稍一缓和,李致就借着春节后从北京返回河南"五七"干校的机会,冒着政治风险,悄悄绕道上海,探视他日夜思念的四爸。《我淋着雨,流着泪,离开上海》写的就是这一段实情。从1966年到1972年,六年没见面、没通信,两人相见,一种劫后余生的惊喜油然而生,但当时的神州大地像是一个没有围墙的大监狱,人人自危,空气窒息,虽有千言万语只能埋在心里,欲言又止。李致凭着他过去做地下工作的经验:说来上海是看眼病的,为掩人耳目,他果真在医院看了病,只在没人的时候,才对巴金说是专程来看他的。巴金丧失了妻子萧珊,存款被冻结,只能按月从银行取出最低的生活费,所有的书房被封。晚上,巴金与李致同睡在一张床上,李致失眠了,他为四爸的处境担心。临别前一天,李致只能用一些连他自己都不相信的、用滥了的政治套话,来安慰一个曾经教导他

"讲话要讲真话"的老人。这篇用眼泪写成的意象深远的佳作,是中国两代知识分子蒙难的历史见证。是对"四人帮"独裁统治下中国千百万知识分子心灵被践踏、被扭曲的控诉。

　　李致与巴金有分不开的血缘和亲情。李致身上有巴金的影子和相似,不戴面具,不迎合。他们真正的相互了解和一致,源于1972年李致从上海归来,由于相互信任,书信往来更加密切。尤其是20世纪80年代中期,几乎每年都有多次相聚的机会,长时间的交流、谈心,有时甚至深夜长谈不倦。巴金谈及"四人帮"和"十年动乱"给祖国和人民造成巨大损失深恶痛绝,却从没计较个人利益的得失,对人民、对祖国充满了信心和热爱。一次次相聚长谈,李致感到心灵得到了净化,巴金对李致也有了更深的了解,在巴金看来,李致不仅是他的子侄晚辈,更是可以信赖、可以倾吐心声的朋友。两位知识分子的共鸣和良知在交流中得到了升华。李致对巴金的信仰、崇敬更加坚定,日积月累,有许多的情感和感受要倾吐,要发泄。他拿起笔来,把所知道的所感受到的巴金,告诉那些热爱、关心巴金的读者。李致写巴金不是以宣传为目的,也没有刻意要表现的主题,没有计划,没有任何一次为了写作而进行采访式的谈话,行文不拘形式,不拘长短,完全是喷薄而出的感情的自然流淌。如《两个最后的一息》《巴金的心》《不做盗名欺世的骗子》《为他着想》《白发》《春蚕》等二十四篇散文。那是心灵的赞歌,道出了巴金坚守的人生信条:奉献而不是索取。作者把一个虚怀若谷、坦荡无私、平易近人、有血有肉、普通人的巴金,推到了读者面前。没有大话,没有不实之词,完全是活生生的事实。这正是广大读者最想了解,也最感兴趣的。那些渴望了解巴金作品后面的巴金,日常生活中的巴金的读者,不禁惊喜起来:啊!巴金原来是这样子的,进一步拉近了和巴金的距离。这种强烈的反响,这种巨大的社会效果,别的介绍、评论文章是无法达到的。难怪,一位文艺评论家说李致是走入巴金心灵的人。巴金自己也说,李致是理解他比较多的人。这无疑是对李致的为人和他的散文最中肯的评价。李致写巴金的系列散文对研究巴金，是无法代替的可贵资料，极具参考和史料价值。此外，李致还写了不少与巴金交往较多的同辈人如曹禺、沙汀、李健吾、艾芜等著名作家的回忆文章，为研究这些名人作家，为研究中国当代文学、当代文学史提供了一份珍贵的资料。这是李致无意中做出的一份特殊贡献吧！

四

凡是文学作品，都是围绕着一个"情"字做文章的。当然，情有真、假、深、浅。李致的情是真情、深情。这也是他成功的所在。在《昔日》的后记中，李致写道：他写的是自己的经历，"于人于己于事，务求真实，不在事实上作任何加工，不无病呻吟，不作秀，不煽情。"李致从实际生活出发，以真实的事件、真实的思想、真切坦诚的感情、掏心窝的话，赢得读者。如《回顾》集中的《小屋的灯光》就是这样的佳作。

《小屋的灯光》是李致记叙被关进"牛棚"后的一段情感经历。李致和夫人丁秀涓，是新中国成立前一起搞地下学生运动时的战友，情笃义深。身处逆境的李致惦记着孩子，更惦记着同样受到冲击的丁秀涓，怕她身心受到摧残。"牛棚"与李致的家隔墙相望，近在咫尺，从"牛棚"的窗口就能看见自家那一大一小两间卧室窗口的灯光。小窗口那间就是李致和夫人丁秀涓的卧室。每到天黑，看见那两个窗口的灯光，证明孩子和爱人平安到家，便是他最大的宽慰。为了及时地知道爱人是否每天能回家，他要求爱人一到家就亮灯。小屋的灯光，自然就成了他情绪波动的晴雨表。一天，小屋的灯光突然消失了，而且彻夜没亮，李致为爱人揪着心，他想得很多很多。真是天赐良机：次日，在洗澡堂里与上小学的儿子相遇，两人挤在一个木格子里，共用一个喷头淋浴。父子俩十分珍视这短暂的相遇,却不敢大声说话。他们把水龙头开到最大程度。李致从儿子那里知道,爱人没回家,是因为参加单位办的常规学习班,吃住都在单位,心里一块石头才落了地。即使是面对面,有哗哗的流水声作掩护,父子俩也不敢多说话,只能以眼神传递情感。李致以给儿子搓背、洗头来表达对儿子的关爱。《小屋的灯光》里的每个细节都真切得动人心弦,让人想起朱自清的名篇《背影》,潸然泪下。《小屋的灯光》无疑是一篇不可多得的佳作。是李致夫妻情深、父子关爱的真实生活的写照。近十多年来,长期患病的丁秀涓,得到李致无微不至的悉心照顾。除了非参加不可的会议,李致从不轻易离开家,离开丁秀涓。简单地用"相濡以沫"来形容已概括不了他们的深情了。熟悉他们的人,无不交口称赞这对恩爱的老夫妻。《小屋的灯光》绝非是李致随手而来的偶然所得,而是长期感情积累的结晶。

  特别值得一提的,还有《小萍的笑容》《上当受骗之后》和《姨妈》。干过少年儿童工作,非常热爱儿童的李致,1967年"六一"儿童节那天,偶然看见邻居的小女孩小萍身着花衣,头戴蝴蝶结,蹦蹦跳跳,从"牛棚"旁边走过,对李致亲切一笑。在没有笑容的年代,李致深为小萍那天真无邪的笑颜而欣喜,深感人间的良知和真情是无法摧毁的,又为不能向她祝贺节日而感歉意。《上当受骗之后》是写自己有一次在集贸市场受了骗,他为消极地接受经验教训,没有主动去帮助一个遇到困难的路人而自责,有一种比上当受骗还深重的失落感。《姨妈》写的是一位同事的姨妈,曾是给李致带孩子的保姆。因为家庭出身是小地主,"文革"前为避免麻烦返回原籍。李致无法兑现让姨妈在家里安度晚年,并为她养老送终的承诺而遗憾终生。三篇短文真挚而自然,人情味十足,充满了人间的真情和温馨。作者博大的胸襟,严于律己,勇于自我解剖的精神,从字里行间不经意地散发出来。

五

李致和许多优秀的散文高手一样，艺术上有自己的特色。

特色之一就是文品和人品是不可分割的整体。李致的散文不同于一般的小说、戏剧，作者藏在作品的后面，通过作品中的人物表达作者的思想、感情和感受。李致是既写别人也写自己，而且往往是通过自己来写别人，有时甚至主要写自己。如《永远不能忘的四句话》《不知如何弥补》《心留在巴金家》等，或激越，或深沉，或幽默，或调侃，或娓娓道来，都直接向读者交心，亲切、自然，极富感染力。这样或类似这样的作品的思想深度和艺术境界，就是作家的思想境界，读作品的同时更多的是解读作家的人品，是文如其人最好的注解。

李致根据自己不同的感受和理解，采取不同的艺术手法，记叙、描写不同的人物。如《我所知道的胡耀邦》，采用了长镜头和特写镜头相结合的摄影办法，由远及近，一代杰出的政治家、党的总书记的神采、风貌，在李致笔下跃然纸上；写巴金，则从细微处着笔，如清退稿费，谢绝用国家的钱恢复他的故居，拒绝用他的名字成立基金会（即使是用他的稿费或获得的国际文学奖金办公益事业，也不写他的名字）。写其他人物，就采用实写、大特写镜头。作者借鉴了司马迁史记人物列传的白描手法，抓住人物最富特征的细节，不加修饰地构画出来，如《我所知道的张爱萍》《再见，三哥》就是这样的作品，立体感强有厚度。这是特色之二。

如果说，文思如涌，惜墨如金，是文艺创作的辩证法的话，那么，李致的散文又多了一个特色。李致以敏锐的眼光，常常从最平凡的日常生活中的一些很不起眼的小事，发现闪光的有意义的题材，然后写成洋洋大观的文章，像《大雪纷飞》《过年》《外婆家的小花园》等，有些看来是十分杂乱无章，头绪很多的生活故事，他却能寥寥几笔，交代得清清楚楚。他好像总有写不完的故事，但是真正下笔时又再三挑选切入点，从不多置一词一字，浪费笔墨。如《大妈，我的母亲》，写了一个经历过清末、民国、新中国成立初期、改革开放、四个不同时期的母亲。她中年丧偶，携带着五个失去了父亲的幼子，家庭破产，无依无靠，过着极其艰难困苦，坎坷不平的生活。作者以动情的笔触，描述得细致入微，十分耐读，即使是感情坚强的读者，也会为之动容。这是《往事》集子中篇幅最长的，但也没过万字。《忆贾唯英》《大姐，我叫了她半个世纪》，都没过六千字，却生动地概括了两个早年地下工作者五六十年的革命生涯。作者还有一批短小精练而有声有色的千字文，其中一篇是赞扬一位川剧名角的叫《名丑的遗书》，不到五百字，却让人难忘。一位熟悉李致的人说李致善于抓题材，会写文章。善抓会写固然重要，但更重要的是文如其人。李致的为人不是装出来的，文章不是凭空写出来的，是长期自我修养、自我锻炼的结果，也与他童年接受的教育和成长的环境有着密切关系。这也再次证明了"文章千秋业，非旦夕之功，以修身为先"的古训不无道理。总之，一句话，无论是写景状物，无论是议论、叙事、写人，作者不动声色，不虚张声势，不空泛地抒情，而是紧紧抓住了富有表现力的细节，运用细节刻画人物，显示出特有的成熟。中国文联主席周巍峙，看了李致的近作，借用清代著名学者张问陶"敢为常语谈何易，百练工纯始自然"两句诗来评价李致的散文，不愧是卓有见地之语。

2004年3月22日　于北京

文学的最高境界是无技巧
——评李致"往事随笔"

◎ 李治修[1]

　　李致是一位有影响的作家,也是一位有胆识的出版家。他一面为劫后文化艺术做抢救、发掘、发现的出版或扶持工作,一面执着地用那支不事雕琢的笔,为我们捧出由天地出版社出版的"往事随笔";分别为《四爸巴金》《铭记在心》《昔日足迹》的三卷本。在"往事随笔"总序中他说,"我喜欢真诚、朴实、动情、幽默的散文。不无病呻吟,不追求华丽,不故弄玄虚,不作秀,不煽情,不搞笑。我将继续这方面的探索。"这是他在创作路上"向巴老学习,把心交给读者"几十年如一日的坚守;特别是在文化圈浮躁风气日盛中,他始终气定神闲地走自己的路,遵从着四爸巴金的教导"说话要说真话,做人得做好人"的人生信条,真诚地收录、体现在他的"往事随笔"中;既是他个人经历的记录,更是他在执着坚守中的收获。

　　"往事随笔"跨度长达半个多世纪。对于我们认识大紊乱、大动荡、大变革这一特殊时段,都有反思价值和启迪意义。尤其是

---

[1] 李治修:评论家。

"往事随笔"中的《四爸巴金》，记录了这位被称作"中国的良心"的知名作家许多往事，以及在"文革"中遭到的不尽磨难和无情迫害。在中国现、当代文学史中，对于研究巴金，更有着重要的史料价值和认识价值。

在阅读这部"往事随笔"之前，笔者已从作者出版的零星单行本中"经历"了好些"往事"。如今翻开三卷本的"往事随笔"，尽管有的文章已经读过，但再读时兴味仍旧不减。举凡有阅读经历的人，都会有这样的感受：有的作品经得初读，经不得再读，更耐不得多读；但李致的随笔却是个例外。这说明他的作品具有直抵读者内心深处的强大穿透力。这种穿透力也佐证了巴金一句名言："文学的最高境界是无技巧"。

当然，巴金对此有明确的阐释："我说过文学的最高境界是无技巧，是文学和人的一致，就是说要言行一致，作家在生活中做的和在作品中写的要一致，要表现自己的人格，不要隐瞒自己的内心。"窃以为巴金这段话，更宜于规范崇尚真情、真话的散文随笔。同时巴金所说的"无技巧"并非否定技巧，而是让技巧达到"最高境界"（真情、真话）：虽有若无，不留斧凿的至境。为技巧而技巧的玩弄技巧，反倒会留下败笔。

作为巴老的侄儿李致，在"往事随笔"中对巴金的"两真"主张，更是恪守不渝，躬身实践，形成了自己的特色和风格。其作品在"人文一致、言行一致"中，不刻意追逐技巧，蕴含着圆熟技巧，因而才具有穿透读者心灵的力量。概括起来，这部《往事随笔》具有三个值得注意的特色：即"朴实自然中的幽默，白描与飞白的兼容，惜墨与泼墨的融合"。现就此谈谈个人的浅见，并以此求证于方家：

朴实自然中的幽默：李致作品素以朴实无华著称，也为读者所公认。有时在阅读中，行文的过分朴实也难免陷入沉闷和单调，个中所长所短易见。李致在写作中力避不足，在竭力节省笔墨，不作浪费的铺叙，不随意添加形容词的同时，也因其个性使然，在作文中自然流露出幽默和风趣，从而也成就了李致作品中的一个突出优势：朴实自然中的幽默。

这样的幽默，以简洁的文笔表达出来，使行文活泼诙谐，既轻松流畅又格调明朗，时不时会令人莞尔一笑。

记得英国诗人、评论家柯勒律治（即塞缪尔·泰勒·柯尔律治）说过，"缺乏幽默感的人不能算是很完善的人"。其实幽默是一种智慧的表现，也是对生活、人生充满自信和情趣的体现。文学作品中不能缺少了幽默，正如生活中不能缺少幽默一样。有了幽默感的作品——无论它表现的内容如何——就有了生活的润滑剂：或消减沉重，添加情味；或在困顿中透过气来，得到自我解脱；或从幽默中悟出人生哲理。

比如《干校三事》中的一节，标题为《翻脸不认狗》，描写"干校"下令"屠狗"，作者以充满幽默的文笔，揭露人的愚蠢、可笑和悲哀。在《找回名字》中，作者以名字为由头，从顽皮童年、学校念书、投稿笔名，同事称呼等往事中，以"名字"贯串全篇，犹如红线穿珠，将许多生活趣事片段，剪接连缀成篇，而且行文朴实，流畅自然，充满幽默感。

单就构思来说，《找回名字》既写得有生活情趣，同时在叙写中又极其自然，更不乏供人思考的寓意，堪称独具李致特色的佳构。在《焦某"文革"轶事》中，更模仿《聊斋》手法，在语言上适当进行"白话"处理，让"幽默"升级。文中刻画出焦某既"玩世不恭"又善于玩出噱头，应付"五七"干校的支差，烘托出一个俏皮的焦某，在笑谑中对所谓的"脱胎换骨"进行嘲弄和反抗。

应该特别指出的是，李致作品中的幽默，不是相声中通过"逗、哏"挤出来的，不是相声中通过"抖包袱"抖出来的。这幽默同上述的"有意为之"大不相同：好像一个与生俱来有幽默天赋的人，纵然那一本正经的言谈举止，在别人眼里都会忍俊不禁。当

"听众""观众"都笑得前仰后合，本人却表现出"无动于衷"的淡然。这是卓别林式的幽默，生活中随处可见。这样的幽默属于"冷幽默"。冷幽默往往产生热效应。李致的幽默就属于这一类。他在行文中，不经意间"幽他一默"。这样自自然然的幽默，比之有意为之的搞笑，更出彩，更增色，更有情味。

白描与飞白的兼容：李致的散文以白描见长，但其白描更有独到之处。这就是"平淡"的飞白同传神的白描融为一体。

飞白原是书法绘画一种表现手法。在书法中系指笔画丝丝露白，润燥相生，笔迹虽断往往由沙笔相连，形成千丝万缕的联系，别有一番韵味和笔意，显现出苍劲浑朴、形神兼备的艺术效果。在绘画中的飞白，故意留下空白，使运墨有致，气韵空灵，飘逸潇洒，平添欣赏情趣。飞白艺术也应用在语言文学之中。作为文学艺术的"飞白"，可分为语音、词语、语法、逻辑、文字等类别。在描绘刻画事、物、人时应用"飞白"手法，能够起到和增加刻画、表达的修辞效果。可见飞白是书、画、文三者的艺术通衢。在论及李致作品时所指的"飞白"，则是相对于"白描"而言；其含义特指以"平淡"（飞白）方式陪衬"白描"，增强文字表达、刻画中的艺术效果。将李致散文特点之一归纳为"白描与飞白的兼容"，旨在分析强调说明李致的"白描"，自有其应用中的独到之处。李致散文看似"平淡"的地方，其实是虚实相生，排兵布阵，主次协调的手法。那"平淡"不是赘笔，更不是败笔，而是巧笔。

有了行文中的平淡（飞白），在白描时更能收到传神、传情效果。这就是白描与飞白兼容所形成的优势。试以"往事随笔"中《一朵白色花》为例：

《一朵白色花》系作者纪念大姐的回忆文章，因为整篇都"平淡"，显然经不得浅薄的眼光扫描。其实这"平淡"类似书画中的"飞白"。书画为了更见艺术效果，采用"飞白"，以虚显实，虚实相生，别有审美意蕴。书画、散文同理：在《一朵白色花》

中,若缺少了这些"平淡"为依托,难以用白描勾勒、凸显出长姐神形——面对父亲的突然自杀,在巨大悲恸中"用手去扒父亲的眼睛"。这一举动在几十年后展示出来,情景历历在目,读来让人心灵震撼。这是个强力刺激镜头,是爆发型的;继后作者又通过长姐记日记,表达对父亲遗恨悠悠的思念。这突发的与漫长的对比情景,含泪泣血地再现了父女深情,也说明作者长于白描与飞白艺术的兼容。那些"平淡"(相当于书画中的飞白)恰好给白描提供了艺术空间,否则成功的白描又从何生根?!再如在"平淡"的叙写中,作者写到童年与长姐的一段往事,那童稚天真、善良心理,通过白描也十分真切动人:"……我以为是自己把姐姐气病的,十分不安。姐姐病好回家,我不敢去见她,偷偷地站在屋外的小凳子上,从窗缝里看她在做什么。姐姐发现了我,亲切地对我招手:'小五,快来吃广柑!'我立即跑到她身边,接过广柑,如释重负。"若无此前的"误会交代",这些"平淡"的叙写,这些传神之笔,动人之处,何以表达出来?!

在《一朵白色花》中,作为"飞白"的那些"平淡",实则在全篇起到了引渡、铺垫、烘托的不可或缺的作用。因而这篇回忆纪念长姐的文字,读来既显得亲切自然,又具有娓娓道来的从容不迫,而且其中有了起伏跌宕,把握了整篇行文的节奏,更增添了透迤有致的韵味。

由此可见,若无这样的"平淡"作铺垫,白描如何在"飞白"中"飞"起来?这必要的"平淡"其实在全文中突出了"亮点",达到感人至深的效果。作文也如一支交响曲,若无平实的铺排,哪来闻之令人神采飞扬的华彩乐?作文也似"看山",若无丘陵的拱卫环绕,何来雄峙高踞的主峰,让我们看到那无限风光呢?从这里也可见作者借助书画的"飞白"手法,才使得作品中的白描,应用起来更加得手应心,娴熟圆通,也得到了充分的发挥。这,也就是飞白的疏离与凝练的白描之间的辩证统一。

同样在《我所知道的胡耀邦》中，这种白描中的"飞白"，把"直似朱丝绳，清如玉壶冰"的耀邦同志，不为小人所容的真正共产党人气度、形象，浮雕似的再现在我们面前，而且熠熠闪光。

胡耀邦曾是我党的总书记，党和国家的领导人，当然是大人物，但作者笔下切入的角度，不是风云跌宕的大事，而是大人物处于顺境和逆境中的小事，以小见大。这样的叙述读起来"水波不兴"，但确乎是"水清见底"。通过作者笔下的"涓涓细流"，让人看到了一个十分真实的胡耀邦。比如耀邦在"蒙难"中，因痔疮得提前起床洗浴，由于小心过度，反让脸盆"哐当"落地，惊醒了同室的同伴，遭到个别人严厉斥责，他却如小孩犯错误般地惶恐窘迫；又如作者在主持出版了《最后的岁月》一书，莫名其妙地发行受阻，只好去求耀邦同志。作者抓住一个具有鲜明特色的亮点，用极其精简利落的白描手法，凸显出耀邦同志独具性格特征的人格魅力：

我望着耀邦同志。他终于表态了！"你们可以——"同时两只手各向左右摆。但我没有明白他的意思。"自己发嘛！"他说。

由此想见耀邦同志当时的神态，不能不对他的"狡黠"中的智慧，面对难题的灵活处理，充满人情味的平易近人，倍感亲切和敬仰。正是有了耀邦同志示意出版社，绕过"正规"发行渠道的高招，才使《最后的岁月》以后得以内部发行。

作者以极其精练简洁的文字，活脱脱再现了耀邦同志的机智、风趣，同时也让人看到这位共青团总书记身上始终保持着青春气息和活力！读到这儿怎能不令人解颐一笑？也让人对被党内外一致称赞为"素有仁德之心"，一贯光明磊落的耀邦同志的敬意油然而生。

更值得注意的是，在这一篇幅颇长的文字中，同样可以让人领会到作者借助"飞白"，促使行文中的白描更有了聚焦似的表现力；同时作者有选择地跳跃到往事的几个片段中，把耀邦同志与作者之间的情谊自然灵活地衔接起来，那幽默风趣的文字，也使全篇避免了记"流水账"式的冗长与黏滞。

文章中作者还内疚地写出一段"文革"往事：在当时的政治压力下，不得不违心地贴耀邦的"大字报"以示划清界限。虽然事过几十年，作者也抓住自己不放：仍感到十分歉疚和痛心，忏悔真诚而强烈：

在大批判高潮中，我贴了一张大字报揭发胡耀邦同志"反对毛泽东思想"。这种胡乱上纲的大字报，既是我"思想混乱的表现"，也是我人品污点的暴露。我没有顶住当时的压力，想借此划清界限，保自己。我对不起耀邦同志，尽管多次自责、忏悔、都无济于事。

从这段文字看，作者是一个严于律己、严肃反思的人。在那是非混淆，人人自危，不表态划清界限，就难免会招来无妄之灾的年代，写一张"揭发"大字报，更是应付和无奈。从大字报的提法看，也是应付和敷衍，并未给对方带来实质性的危害。即便如此，几十年后重新回忆"往事"，作者仍然觉得是"人品污点的暴露"，感到"我对不起耀邦同志，尽管多次自责、忏悔、都无济于事"。由此也让人联想到巴金的《随想录》。

以上文字放在全篇，好像是一处闲笔。其实闲笔不闲！让《往事随笔》中的"往事"，在做人、作文中得到一以贯之的体现。

《学唱歌》是一则生活小插曲，但即使是这样的"小文章"，也能看到"大手笔"。

这篇文章以受到几个姐姐影响爱唱歌，而且巧妙地把唱歌纳入了"运动背景"，如在"干校"一人放牛时高唱"砍头不要紧，只要主义真"。在省文联迎春会上唱《可爱的玫瑰花》，得到省音协副秘书长金桂娟的称赞,这儿已"暗藏"着幽默的玄机。接着作者以"有自知之明"导入唱歌活动,轻松揶揄地写出偶尔参与机关组织的大合唱,"自己为自己订立的座右铭是:'张大口,声音小,头尾轻。'绝不突出个人,以免损害集体荣誉"。这些言辞足可录入"幽默段子"。继之,作者写到在联欢会上表演前的一番说辞,更是幽默得令人爆笑。并由此说到"我一度想学唱歌",到处拜师学艺遭到的"打击",发出感叹道,"过去各种政治运动,我常被批评为右,唯有唱歌是'左'。无可奈何,学阿Q安慰自己:呜呼!无名师教诲,只有走'自学成才'之路矣。"文字既简洁又精彩,读之令人忍俊不禁。

值得指出的是,这些活泼生动的文字,不是形容词堆砌出来的;而是以白描手法,在"飞白"中,恰到好处地"白描"出来的。因而情景才能如此栩栩地再现,才能在行文中,表现得如此风趣和潇洒。全文不过一千二百字,把各个唱歌情景写得呼之欲出,写得如此精湛简洁,实是难得。

惜墨与泼墨的融合:契诃夫曾经说过:"简洁是天才的姊妹。"但简洁也并非只是字数削减,其实也涵盖了结构、叙述、描写等多个层面。单就字数而论,也是当增则增当减则减;从作品的美学原则出发,从表达的需要出发。

李致的文风历来以简洁著称,从不拖泥带水,随意放一个多余的形容词;也从不搞作秀的渲染和铺陈。不过作者也同时注意到了惜墨与泼墨;在惜墨如金的行文中,也能在必要时用墨如泼,把握"惜墨与泼墨"的分寸,因而惜墨与泼墨相辅相成,融汇为一体,取得了传情达意的艺术效果。

在文学作品中,尤其是散文,容易散漫无羁。作家冯骥才关于散文的一段话值得咀嚼。他说"散文,就是写平常生活中那些最值得写下来的东西。不使劲,不刻意,不矫情,不营造,更无须'绞尽脑汁'。散文最终只是写一点感觉、一点情境、一点滋味罢了。

当然这'一点'往往令人深切难忘。……我喜欢这样说散文：它是悟出来的。"其实"悟出来的散文"比"做"出来的散文往往更有感染力。因为更有真意和内涵，才能使散文意蕴隽永、情韵悠长、理趣沛然，耐得咀嚼。

概言之，李致的散文，笔出于心，情出于真，在表述中注重"惜墨"，在必要时不吝"泼墨"，这样也成就了他的独特文风和创作个性。且看《我淋着雨，流着泪，离开上海》一文。作者将惜墨与泼墨应用得恰到好处，也是一篇非常能打动、感染人的佳作。

文章开头以徐开垒《巴金传（续篇）》"患难中见真情"一节为楔子：用"真情"贯串全篇，由小到大，由远而近，由内而外地写出骨肉真情、深情，让人读之含泪动容。

作者从"文革"惶惑重压氛围下读小说《家》切入，读到丫鬟鸣凤跳湖自杀、瑞珏因避"血光之灾"死去，联系到当前处境而悲从中来；继之以"五七"干校夜间看坝坝电影，看到据巴金小说《团圆》改编的电影《英雄儿女》，影片却抹去了原作者巴金的名字！面对这样的荒诞无稽，从而也激起不可名状的难受；继后写到在"牛棚"中对四爸巴金的担心；写到长期不通音耗，给堂妹试探去信，在惴惴不安中好不容易盼来家书。写到最动情处，出于表达的需要，作者更是用墨如泼：详尽录出1972年10月30日与巴金通信的全文；其中隐含的压抑情绪，"欲说还休"的痛楚，读着也令人感到窒息，似乎空气也凝固了！特别是读到"妈妈逝世（指翻译家萧珊去世——笔者），你当然最难受。我本来应当立即写信安慰你。可是，我能向你说什么呢？我实在想不出。就是现在，写到这里，我的眼泪也忍不住往下流。"看到这段回忆文字，真令人不忍卒读！紧接着作者用下一段文字加以对照："1964年夏天，我第一次到上海。这是我解放后我第一次看到妈妈，我开始喜欢她。记得那天晚上，大家在屋外乘凉，萧姐也在场。我向你要《收获》复刊第一期，你答应了。妈妈立刻说你'偏心'，说她向你要过几次，你都没有给她。当时，我多么愉快啊！这大概就是一般人所谓的'天伦之乐'吧！然而，这样的聚会，这一生都不会再有了。"此情此景恍若隔世。不仅是强烈对比，更是抚今追昔咏叹，具有浓郁的抒情意蕴。局外人读到这封家书，也会有"家书抵万金"的感觉！这封家书有多少难言之隐，难解之痛含蕴在字里行间！

当作者写到春节一家好容易才有短暂的相聚，却放心不下四爸全家，利用几天宝贵时间秘密同妻子一起策划到上海探望四爸。前后细心的安排和防范，经历的全过程，让人感到作者仿佛又一次回到了当年的"地下斗争"状态。其间插叙到四爸早年信仰过安拉其主义，竟放在几十年后的背景下加以清算，居然成了"无产阶级专政死敌"的"弥天大罪"！接着作者写到在四爸家中目睹的狼藉黯然景象，以及亲人的木然神情，简约中更是画龙点睛：

"家里显得很冷清。造反派封闭了楼上所有的房子，全家被赶到楼下居住……九姑妈和十二孃也不像过去那样爱说话。没有人来串门。"

通过惜墨简约的"冷处理"，通过亲人性格的变化，遥想到六年来，亲人在无情摧残中，受到了多少折磨和惊吓！即使六年后的相逢，"这次和四爸会面，也不敢深谈"。一句"不敢深谈"，其间隐含了多少"潜台词"。这样的"惜墨如金"，更胜过千言万语！这样的压抑隐忍状态下，令人自然想到南朝宋鲍照在《拟行路难》中的吟叹："心非木石岂无感，吞声踯躅不敢言。"当然，不敢言并不等于不敢想。身处逆境，作为文人，相反会想到很多，想得更透，甚至想得更横！

不过，人总是在希望中活着。作者企盼着四爸得到解脱："我深切地期望他能摆脱这样的处境，但我自己也不知道那黑暗的日子什么时候才能结束。"作者虽然是"吞声踯躅不敢言"，但最后也冲破禁锢，豁出去了：对未来作了最坏的打算。"我和四爸在二楼走道上谈话，我讲了准备要求调回成都的想法。想到可能面临的各种情况，我终于冒出一句心里话：'如果你的问题解决得不好，你可以回成都。我能用自己的劳动供养你。'"这段压抑着极端悲愤的话，使《我淋着雨，流着泪，离开上海》一文，读来不能不令人动情含泪。末尾在作者情感起伏中，又掀起了一波揪心的呼应：

"我在上海只待三天，第四天一大早就得离开。不想离开时惊动四爸，但他和九姑妈几乎和我同时起床，不凑巧，天下着雨……我实在舍不得离开四爸，但我岂敢不按时回到要我'脱胎换骨，重新做人'的'五七'干校？我只得双手提起行李，毅然离开家门，快步赶到公共汽车站。我满脸流着水，是雨水，也是泪水。"

这"相见难时别亦难"的情景，特别是其中"岂敢"二字，又容纳了多么委屈、沉重、复杂的心情！同时也是惜墨如金的高度压缩，读者心弦也不能不为之强烈震颤！文章随即生出强大张力，也让读者在泪眼蒙眬中，看到一个滂沱大雨里挣扎离去的背影……

《我淋着雨，流着泪，离开上海》约七千六百字，在"往事随笔"大多精短的篇幅中更显出相当的分量。像这样凭借泼墨与惜墨的巧妙融合，取得艺术效果的文章，在"往事随笔"中更不乏其例。如《大妈，我的母亲》，"泼墨"与"惜墨"把握有度，母亲的舐犊情深，儿子的娱亲之孝，不仅表现得生动有趣，也让读者心中漾起陶陶之波。

这儿不妨录两段妙趣横生跃然纸上的文字：

> 我那一段时间处在男娃娃最调皮的阶段，不听话，惹人讨厌，被称为"五横牛"，大妈耐心教育我，我每天晚上"悔过"，第二天又依然故我。胖舅舅挖苦说："我都听厌了。"有一次调皮过分（什么事我忘了），引起公愤，大姐和她的好友萧姐、二姐、三姐总动员：两个按我的手，两个按我的脚，让大妈打我的屁股。我大哭大闹，用当时的流行语言骂："哪个再打我挨炸弹！"当然，到了晚上我又向大妈"忏悔"。

（因为大妈耳聋）我一去，总是先在纸上给大妈写："你好不好？我这几天很忙。李爷来看过你没有？"大妈对我简单的谈话很不满意。有一次，她对我说："你最好刻一个图章。"我不理解大妈的意思，申明我已有图章。她说："你每次来，只有这几句话，不如刻一个图章，来了一盖就行，省得每次都写。"我这才知道大妈在"挖苦"我。大妈还经常告诫我，要多去看她，否则将来她"没"了，我要后悔。又有一次，我听说大妈病了，淋着大雨去看她，她很高兴。我为了"报复"，写了四句话："大雨探母亲，其心何虔诚，还说儿不好，打起灯笼找"，大妈看见纸条，哈哈大笑。

此外，出于工作关系，作者在组稿、约稿中接触到的老作家，如茅盾、叶圣陶、曹禺、李健吾、艾芜、沙汀，新中国成立后成长的刘绍棠，以及接触到的一些川剧艺人、外国人士等等，经作者用一支富于特色的笔，以朴实自然中的幽默，白描与飞白的兼容，惜墨与泼墨的融合，也让人感知领悟到那些作家、艺术家们的风范、品德，更同籍籍乎名利之徒尔虞我诈，互相倾轧，目无尘下形成鲜明对照。

在"往事随笔"中，佳作迭出，有不少写得感情真挚，简洁生动，传神传情之作，叵耐笔者水平有限，难免走眼遗珠，挂一漏万。但统括论述，值得强调的是：李致的创作特色，是一种整合，三者呈现，无法形而上地加以分割，这倒是赏读中值得加以注意的。平心而论，"往事随笔"亦有待精练之处。虽白璧微瑕，但瑕不掩瑜，也许是笔者的过分挑剔吧。

2015年4月24日完稿
2015年7月16日修改

遥远的记忆　永恒的信念
——读李致"往事随笔"中的少儿篇

◎ 李临雅[①]

李致先生八十万字的三卷本"往事随笔"中，有一组写他童年和少年时代的文章，可以说是他作品中的奇葩。那些文章以温馨的记忆，以一个小孩的眼光、观察和感受将距今七八十年前——二十世纪三四十年代成都市井生活的场景和他在自己独特的家庭条件下的成长故事，生动、鲜活地呈现在读者面前，有很强的文学性，且在一定程度上具有史料价值。

在"往事随笔"的总序中，李致先生说："我喜欢真诚、朴实、动情、幽默的散文。"而他自己正是按这样的标准在写散文，具体到这一组文章，有情有趣的文字俯拾皆是，读起来饶有兴味。

从那些篇目中，读者知道了当时成都的好些街道都是集中卖一种商品的，比如华兴街主要卖帽子，半边桥是卖鞋的，而科甲巷则是专门卖儿童玩具的。小孩子玩的游戏有放风筝、吹玉兰花瓣、戴戏脸壳、演灯影儿戏、放鞭炮，小男孩则喜欢用木头做的，涂着银粉的关刀、宝剑……那时候，成都有很多乌鸦，早上黑压压地从天

---

① 李临雅：曾任《晚霞》杂志主任编辑。

空飞过,小学生们一起有节奏地欢呼:"乌鸦,乌鸦,上学!"黄昏时看到乌鸦从另一个方向飞回来,又一起欢呼"乌鸦,乌鸦,放学!"打死了苍蝇,引来了蚂蚁,孩子们会高兴地唱:"蚂蚁儿、蚂蚁儿来来,大哥不来小哥来,吹吹打打一路来。"另外还有过年的习俗、亲戚朋友交往的礼仪等等。

在《外婆家的花园》里,读者看到了玉兰花树、绿萼梅树、紫荆花树、椿芽树、枇杷树、芭蕉树、柚子树各自不同的形态,闻到了牡丹花、兰花的香味,听到了蟋蟀、"叫咕咕"的声音……完整地保存在作者记忆深处的那个昔日的花园在字里行间栩栩如生地复活了。在《冬娃儿》中,和童年伙伴一起放风筝、吃零食、报复不许演抗战街头剧《放下你的鞭子》的校长……有些情节,让人想起鲁迅先生的《闰土》……

可以说"少儿篇"中的每一篇文章都以翔实的记忆,入微的细节,率真的感情让读者心动。比如在《过年》中,路边一个穿着破旧、表情痛苦的老头儿,面前有个四五岁的孩子"蹲在地上用一片小瓦片画着泥玩,背上插着打有圈的谷草",根本不知道自己就要被卖掉。作者如果没有当初的仔细观察,不会记得这么一个细节。而这个细节,把一个天真无邪,不懂事的孩子的情态活灵活现地表现了出来。别人送给李致的小狗丢失了,他晚上睡不着,想到小狗"有人喂它吃的吗?今晚它睡在哪里?明天会不会回来?我的头转来转去,泪水把枕头打湿一大片……"一个失去心爱之物的孩子的痛苦状就在眼前。

李致先生小时候是很淘气的,家里人都叫他"五横牛"(四川话中的"横"即特别顽皮、倔强),马老(马识途)曾经形容李致先生当年是"一个活泼跳跃,手舞足蹈,颇有点孙大圣天不怕地不怕,心直口快,勇猛向前的少年"。这样一个顽皮的少年郎,同时又感情丰富,内心感受力很强。在他那些文章中,常常有一些朴实真挚的儿童心理的描写,有的让人忍俊不禁,有的让人流泪。

他小时候鼻梁有些右倾，外婆怕他长大娶不到媳妇，经常给他往左扳。有一次，一个同学不当心把他的鼻子打出了血，他正想还击，"但一下意识到他打我鼻梁的方向和外婆扳的方向一致气马上就消了"。四伯妈答应送他一只小狗，很快兑了现，"我向四伯妈鞠躬致谢，心里特别敬佩她。有些大人常常开空头支票哄娃娃，说了不算。四伯妈说话算话，她瘦小的个子，在我眼里高大起来"。小狗丢失了，"我再没有去四伯妈家，我觉得对不起她"。

李老的孩童岁月，尽管世事艰难，家事多忧，但一家人在艰难困苦中相濡以沫，在充盈着深沉浓郁厚重的亲情的环境和氛围中，他得以保持了率真的天性和童心。那种浸润也使他成为崇尚正义、善良和富有同情心的人。

他才一岁多时，父亲就去世了，母亲和四个姐姐对他的爱可想而知，母亲说："我像手上捏了一只麻雀。捏紧了怕捏死，捏松了又怕飞掉。"然而，他在备受呵护的同时又被严格要求。过生日，他想在家玩儿一天，母亲早上给他煮蛋吃，但坚持要他去上学。白天犯了错误，晚上又向母亲"悔过"。母亲孜孜不倦地教育他，"宁可人负我，不可我负人。""生活苦没有关系，只要上进……"而他对母亲也爱得深沉，在路边看到有小孩子被卖，就会想到"万一我像他一样被卖掉，我绝对舍不得离开妈妈和几个姐姐。想到这里，我差一点哭了。"读童话故事，乌鸦妈妈死了，乌鸦的孩子们围着她痛哭，他说："我非常爱自己的妈妈，因此也最怕看见别人的妈妈死去。每当看到这里，我心里很难受……赶快把书合上，好像这样做，乌鸦妈妈就不会死去。"有一次，母亲胃病发作，痛得从床上滚到床下，舅妈叫他跪在观音菩萨像前不断地念"南无阿弥陀佛"，李致先生说："我这个一向坐不下来的娃娃，竟在观音菩萨像前跪了很长的时间。"（《大妈，我的母亲》）所幸母亲看到了儿女们长大成人，孙辈绕膝，八十一岁高寿去世。那时李致先生已经年过半百，他想写一篇纪念文章，但只写了一句

"我已经没有母亲,只有在梦里寻觅"便再也写不下去了。直至十四年之后,才提笔写出了一万六千字的怀念文章。在和李致先生的交谈中,曾经多次听到年近九十的他说起"我母亲""我大妈",那种一往情深的口吻和情态很让人感慨。读了他写母亲、写童年的文章,更加理解他的心情。

在《书,戏和故事》中他写道,姐姐给他讲了一个爱国的波兰少年的故事,他说:"波兰少年的爱国行为打动了我的心。他让我知道除了妈妈、姐姐和朋友,还有同胞和祖国。"

在《捐寒衣》一文中,学校的先生们对小学生进行爱国教育,给他们讲鸦片战争,讲丧权辱国的不平等条约,教他们唱"要想不做亡国奴,奋起莫迟延!"抗日战争爆发后,学校发起给前方战士募集寒衣的活动,孩子们在"秋风起,秋风凉,民族战士上战场……打胜仗,打胜仗,收复失地保家乡!"的歌声中把自己的零用钱丢进募捐的瓦罐,"凭着孩子最诚挚的感情,把自己整个的心都丢进去了"。小学生李致当时每天的零用钱只有一个铜圆(即两百钱),平日里他基本上都用来"打镖"(一种投镖打字的游戏)了,"但自从捐寒衣开始,我决定不再'打镖'。早上上学路过小摊,昂着头就走过去,甚至都不朝旁边看一下。有的商贩问:'怎么不打镖了?'我理直气壮地回答:'要捐寒衣!'同时,用手把口袋里的铜圆紧紧握住,生怕被人抢去"。有一天中午母亲不能来给他送饭,就多给了他一个铜圆,让他自己买东西吃。但是捐钱的时候,他把两个铜圆都捐了,虽然饿得难受,但心里很高兴。日本飞机轰炸成都后,他亲眼看到过废墟中烧焦的尸体,更增加了对侵略者的仇恨。有一年他过生日,姑妈送他一个透明石头做的骆驼,他误以为日货,立刻把它摔碎!

有一次,李致和他的伙伴冬娃儿看到一个给不起饭钱的人跪在地上,头上顶了一根长板凳受罚,他觉得很难受,回家告诉了一贯乐于行善的"胖舅舅",舅舅去给了钱,那个人得以取下板凳站起来。过年的时候,他听见门外卖唱的小姑娘的声音,"……像绳子似的牵动着我的心。我突然跑出去,把准备买火花儿的两个大铜圆塞到小女孩手里"。(《过年》)

耳濡目染、潜移默化,很多东西就这样点点滴滴地渗透进了一个孩子的心田。

给予李致先生以重大影响的还有他的四爸巴金老人。他说:"我们家有一个传统:父亲在,他管全家;父亲去世,三爸管全家;三爸去世,四爸管全家。""从我上中学起,四爸就供给我学费。""四爸是一个十分珍惜感情和友谊的人,尽管他坚决反对封建社会和旧礼教,但他仇恨的是吃人的社会,而不是否认父母的慈爱和手足的情谊。"1942年,巴金从上海回成都,很多青年学生拿着"纪念册"请他题词,十二岁的李致也自己做了个"纪念册"请四爸给他题词。巴老用毛笔给他写了四句话:读书的时候用功读书,玩耍的时候放心玩耍,说话要说真话,做人得做好人。(《永远不能忘记的四句话》)李致先生说:"我小时候对这四句话理解不深,最拥护的是'玩耍的时候放心玩耍',因为我外婆要我'有空就读书'。随着年龄的增长才加深理解,这四句话影响了我一生,我还用它来教育子女和孙子辈。"(《我心中的巴金》)巴金的思想、著作以及举止言谈、人格魅力,给予李致的巨大影响一直和他的生命相伴。

李致先生说:"我是受五四新文学影响,踏上人生旅途的。""是从上初中时开始读课外书籍的,先是读文艺书,后来扩大到社会科学书。"他一直记得国文教员杨邦杰先生,"有新思想,愿意和学生接近。我常到他寝室去玩。有一天,他从书架上取出一本《新青年》的合订本,从头到尾给我读了鲁迅的《狂人日记》。我坐着安静地听,生怕漏掉一个字,但心里却像点燃了火,激动得发抖。……从此,我苛求进步书籍"。从此,自觉地读书,成了一个少年郎生活的重要内容。他读鲁迅、巴金、曹禺、艾青……自己也拿起了笔，开始学习写作。

人到老年，回顾过去，能记住的一定是印象深刻难以忘怀的事情，而正是从这些事情中，能够清晰地看到一个人从小所受的教育、影响和熏陶在他的心灵成长过程中的作用。民间有说法"三岁看大，七岁看老"，从心理学的角度则认为，童年和少年时代的经历是心灵发展的起点。这些经历会随着时间的流逝渐渐淡化，但不会消失，会隐藏到人的潜意识里，并慢慢渗透到性格之中，内化为人生的重要组成部分，融入血液和他一起成长，根深蒂固地刻在生命的底盘上，会影响他以后的人生道路，基本上一生都不会改变。李致先生说："读中学时我开始接受进步思想，不满国民党的黑暗统治，1945年参加了地下党领导的学生组织破晓社。反对国民党的独裁专制，向往一个'光明世界'，没有剥削和压迫，所有的人亲如一家。"那时候他才十四岁。他们六个发起人，创作了"破晓社社歌"："打从'一二·一'走向自由的日子，打从专制的魔窟到民主，誓和法西斯斗争到底，战斗一刻不停歇。……我们从梦想走向实践，又在实践中学习……"1946年，他加入了中国共产党，一辈子都在为自己的信念而努力奋斗。

从《坚持信念》这篇介绍破晓社的文章中我们看到，在当时的社会环境下，那一代天真纯洁和富有激情的热血青年面对黑暗的社会现实，无所畏惧地投身革命，是他们对于自己人生道路自觉、主动的选择。正如著名人文学者钱理群先生在评价他的家族中的几个老共产党员时所说的那样："他们是在国民党统治之下，做出独立的选择，找到了自己的理想之路的，这在当时意味着：要面对国民党政府的残酷镇压，时刻冒着生命的危险，同时也不能获得社会大多数人的理解……"应该说，这一代人追求社会进步、参加革命与他们从小所接受的观念，对真善美和理想社会的追求是一脉相承的。属于人性层面中的好的东西，在任何时代、任何思想体系中都是一致地被肯定和崇尚的，所以，从不谙世事的孩子"捐寒衣"

到有志青年参加革命是顺理成章的事情。而且，信念一旦确立，便成永恒。始终信念坚定，不忘初心。在那些"以阶级斗争为纲"，政治运动不断的岁月里，部分破晓社的成员曾经被打成"胡风分子"、右派，"文革"中，被审查、批斗，蹲"牛棚"……然而，"经历半个多世纪的考验，破晓社的成员没有一个叛徒，没有一个帮派分子，没有一个贪污腐败"。一代有理想，有信念的人的思想品质和人格力量可见一斑。

破晓社成立六十周年时，当年的地下党负责人马识途为他们题写了一副对联："风雨如晦盼天明，鸡鸣不已迎破晓。"马老希望这批人要保持"两头真"，"前头的'真'，是我们早期的理想和信念；后头的'真'是回到人的本性和天真，继续追求民主、自由、平等的人类共同理想。中间一段，被泼脏水，被搞糊涂了。直到近二十年（特别是近十年），才逐渐清醒。做到后一个'真'，才是保持晚节。"这可以说是一代人的共同经历和心路历程。所谓"两头真"也就是将自己当初所信奉和接受的正确的东西理直气壮地发扬光大。李致先生八十大寿时，曾任四川省文联党组书记的戏剧家朱炳宣为他写了一首诗："难得两头真，一生不整人，敢于说真话，八旬仍年轻……"当有人说李致先生历次政治运动都"右倾"时，他开玩笑说，不，我唱歌是"左"的。这所谓的"右"，是不是恰恰说明了他对当时"左"的做法有本能的反抗。说明了他一以贯之地坚持了自己的信念和人生态度。1955年，肃清"胡风反革命集团"运动时，李致被隔离审查达半年之久，审查结束后，还认为他"受胡风反动思想的影响严重"。李致说，要说影响，我受鲁迅的影响最深。"文革"时，他被关押了十一个月，他以"检查自己的文艺思想为理由"要求学习《鲁迅全集》，得以"天天读"鲁迅的书，感到莫大的幸福。一个曾经被认为很"横"的小男生，将他的"横"发挥成了一种执着，一种坚守，坚守了"有骨气""说真话"的做人原则。这种坚守和执着，经历了岁月的考验和人生的磨砺，没有盲目，不再单纯，有的是深思熟虑和经得起检验的底气……

回望一个人渐行渐远的"少儿时代"，必然会有感慨和思考。读李致先生的"少儿篇"，从一个人的经历触摸到受传统文化教育和"五四"以来新思想熏陶、国难催生的一代革命者的人生脉络，收获可谓不小。

很巧的是，李致先生几十年的职业生涯中有相当一段时间从事的工作与少年儿童有关，他自己也是童心不泯，学习不止。年近七十时学会了用电脑写作，七十六岁时，还以他家的小狗多多的口吻写了六千字的《多多的日记》。他在写这篇文章时，会不会想起当年他为之哭泣过的那只名叫小花的小狗呢？

2017年9月1日至14日

一位老共青团员的精神自传

——祝贺李致三卷本"往事随笔"出版

◎ 廖全京[①]

最近,天地出版社将作家李致先生自20世纪90年代至今散见于各文集、报刊上的诸篇随笔汇集起来,编成"往事随笔"(包括《四爸巴金》《铭记在心》《昔日足迹》共三卷)出版。这是一件值得祝贺的事。这三本书,不仅对于李致本人,对于四川乃至中国的文学界,都有不可小觑的意义。

我把这部《往事随笔》视为李致这位受"五四"新文化运动影响而踏上人生旅途的老共青团员的精神自传。

三本书中的压卷之作,被郑重而自豪地题名为《团徽在我胸前闪光》。李致将这篇短文放在这个位置上,实在是有深意存焉。

从20世纪40年代中期开始,李致就将自己的生命交付给了进步学生运动,继而成为地下党员。接着先后进入共青团成都市工委、共青团重庆市委、共青团四川省委、共青团中央……这是一位真正的、真诚的、真切的老共青团员。

在中国,这样的老共青团员实在不多了。

[①] 廖全京:评论家。曾任四川省戏剧家协会主席。

从小接受抗日战争的洗礼,经历过内战,经历过"文化大革命",又经历了前期的改革开放,回过头来,认真地逐一检点了几十年里的风风雨雨,坎坎坷坷,特别是对自己过去的足迹认真地、反复地进行了反思(不仅仅是一般的思索),李致将回忆和反思的结果,留在了这三卷"往事随笔"里。这不是简单的对过从交往的记叙,这是一页一页鲜活的精神历史,一个普通的、有尊严的灵魂,在其间有力地搏动。

《四爸巴金》里,有这个鲜活的灵魂的精神支撑和性格、情感的源头。巴金远走了,李致的许多亲人都远走了,但四爸巴金及巴金的亲人们给李致留下了一笔丰富的精神遗产。其中,巴金留给李致的四句话成为他的座右铭:"读书的时候用功读书,玩耍的时候放心玩耍,说话要说真话,做人得做好人。"他在顺境中牢记四爸的这四句话,在逆境中不忘四爸的这四句话。可以说,过去的几十年里,这四句话是他对人尤其是对己的尺度,是他一生的奋斗目标。《四爸巴金》不仅准确地描述了巴金的精神世界,独到地进入了巴金的心灵深处,为后人留下了关于巴金的宝贵资料,更为自己同时为广大读者竖起了一个关于清洁的精神的思想标杆。从中,我们见到了一个有涵养的老共青团员的精神起点和文化底蕴。

《铭记在心》里,有对这个鲜活的灵魂产生过强烈、深刻的影响的榜样的力量。李致善于学习,不仅向书本学习,向实践学习,还注重向身边的好人学习。从胡耀邦、贺龙、朱德、邓小平、杨尚昆、张爱萍等到马识途、贾唯英、洪德铭、曹禺、沙汀、艾芜、冯至、李健吾、叶圣陶、刘绍棠等,李致在这本《铭记在心》中满怀激情地记下了与上述领导、同辈、朋友、同行的真挚交往,特别是从这些人身上受到的教育,得到的启示。这既是对自己的精神成长过程进行回顾和反思,又是对上述优秀人物的精神面貌和人格魅力的生动记叙和由衷赞叹。这是李致精神自传不可或缺的一部分。

《昔日足迹》里,浸透了这个鲜活灵魂在滚滚红尘中耐人寻味的生动经历和深沉慨叹。对李致来说，这红尘是名副其实的革命红尘。翻阅此卷，最打动人的是关于参加地下斗争和经历"文化大革命"这两部分。破晓社和它的成员们的思想言行，仿佛离我们很远，其实离我们很近；李致喜欢朗诵的那首题名为《入党表》的诗，今天的年轻人也许很难理解，但在当时，那是由衷的激情，那是真诚的信念，没有一丝一毫的矫情。自己曾经为之披肝沥胆，为之不惜抛头颅、洒热血的事业和组织，忽然不承认自己是其中的一员；不仅不被承认，还被视为"走资派""小爬虫""牛鬼蛇神"，被批斗、被关押——在自己参与解放的自由的土地上失去自由，这是一种怎样的历史嘲弄！当事人的那种痛苦，为旁人所无法体会。这是为什么？李致在当时和事后一直在寻求回答。答案也许一时还无法得出或说不清楚。但是，"保持'两头真'"，李致和破晓社的成员们的这一信念，已经足以告慰那些牺牲在前面的老共青团员们了。整个《昔日足迹》，就是一部坚持理想和信念，回到人的本性和天真的真实、生动的精神记录。

三本书，就这样前后照应、一以贯之地构成了一部作者的精神自传。

"我要更加努力学习和锻炼，永远保持青年的热情和勇敢"，这是共青团员李致年满二十五岁时写下的诗句中的两行。六十年之后，老共青团员李致以三卷本《往事随笔》实现了自己的诺言。

衷心祝愿老共青团员李致永远保持青年的热情和勇敢！

2014年10月21日

随笔并不随意

——读"往事随笔"有感

◎ 字　心[1]

李致是我的领导,离休后又是能在一起说说心里话的朋友。他的"往事随笔",断断续续读过不少。近期天地出版社集中推出,多至三卷,我又温故而知新,套句老话,感慨良多。浓而缩之,也就是两句:往事并不如烟,随笔并不随意。

李致的如烟往事,也是摸得着抓得住的。用一根线串起来,即使不甚衔接,亦可看出就是他的自述历史。应该说,他是得天独厚的。在民族危难、社会动荡还不知多少愁滋味的少年时期,他就接触了一些先知先觉先行的志士仁人,得以投身到争民主、争自由的洪流。随着解放战争的胜利,中共地下党和人民解放军在成都会师之后几天,他在一次大会上担任"司仪",正要喊出欢迎首长讲话时,"站在不远的大首长"贺龙却对他连连摆手,笑言没有什么"手掌、脚掌",告诉他"只能称呼同志",并讲了一番道理,使他进一步认识到共产党领导人民求解放,更为重要的任务,是解放旧的规章、旧的思想的束缚,只有这样才能建立民主、自由、平等

---

[1] 字心:杨宇心。作家,编审,曾任四川文艺出版社总编辑。

的新社会。

  这次的不期而遇，加深了他在学生运动中对争取民主、自由的理解。这段短促然而美好的记忆，深深地植根在李致心头。几年之后的肃清"胡风反革命集团"运动，他遭受委屈，隔离审查达半年之久。这段记忆激励着他，提示着他，使他在痛苦的迷惑中，未能松懈自己，继续走自己认定的路。他一直在共青团工作，调到团中央之后，时为团中央书记胡耀邦的民主作风和光明磊落，在行事与为人上给了他很多启示。早年四爸巴金回到成都，目睹十二三岁的他，顶着一个"五横牛"的诨名，顽皮得太有水平，不惜笔墨写给四句话："读书的时候用心读书，玩耍的时候放心玩耍，说话要说真话，做人得做好人。"这时回想起来，心里更觉明白，什么是好人，好人的标准是什么，他思索过，描摹过，其实在胡耀邦和贺总身上都可看到答案。

  这样的答案就是李致的价值观，在随后的"十年动乱"中，他的价值观经受了严酷的检验。

  一场革"文化之命"的运动到来了，李致首当其冲。他和胡耀邦等人一同被关进"牛棚"，经历了人世的险恶，看够了人性的扭曲，其累积的素材，可以绰绰有余地编写一部20世纪的"三言二拍"。

  在"牛棚"里除了交代自己的"罪恶"，还要不断接待来外调的人员，奉命揭发别人的"罪行"。李致说不来假话，常常无可奉告。这就加重了他的"罪行"，被看管的人视做顽固不化，给了他很多"特别待遇"。什么苦和累他都挺下来了。在离家几个月之后，"牛棚"开恩放假一宿，包括棚里顶级"走资派"胡耀邦，谁都可以回家，对他却是"不准"，只能"留下"——唯独这次的"惩罚"，令他黯然神伤。

  后来才知道，一次拍打蚊虫时，无意间说了一句"母蚊子就是吸人血"，一个要置李致于死地而后快的女士居然认定是有意影射她，于是采取了这个报复措施。

这样的"不准"和"留下",他经受的不止一次。但折磨也是锻炼,他在锻炼里学会了抗争和坚持。

批判他的人,手不离"语录",批判的武器都来自伟大领袖的著作。但领袖是大家的,他就是"以子之盾,抗子之矛"——活学活用"不为敌之气势汹汹所吓倒,不为尚能忍耐的困难所沮丧",决意耐心地打一场"黑暗即将过去,曙光即在前头"的持久战。

坚持也来自鲁迅的著作,"牛棚"的管制人员可谓百密一疏,竟然答应李致读鲁迅著作的要求,他在昏暗的"牛棚"里再次通读了《鲁迅全集》,从中吸取了力量,也吸取了抗争的智慧。

支撑他的还有来自小屋的灯光,每当黄昏来临,他都找机会凝望百米外的小屋,那是他和妻子的卧室。小屋的灯光亮了,无言的灯光就会告诉他:妻子平安地回到家了,一对儿女有依靠了。灯光温暖着他的梦,也编织着他的梦,一觉醒来,也许就是曙光迎来的朝阳。

在"牛棚"里,李致想自己少,想亲人多,尤其惦记远在上海的四爸巴金。从公开的报纸上,他已然知悉四爸的处境很不好,日胜一日的黑云压顶,风雨如磐,老人究竟怎么样了。他惊心如焚,好容易出了"牛棚",到了"五七"干校之后,仍然没有探亲和在通信里讲真话的自由。终于有了春节返回北京的机会,和妻子商量后,缩短了相聚的时间,提前五天悄悄去了上海。虽然设想了暴露后如何应对的方案,与四爸相晤还是提心吊胆,直到告别也是心神不定,却也只得在那个风雨如晦的日子,淋着雨,流着泪,难离难舍地离开了上海。

一路上他老是想着给四爸的许诺:先学会了蹬三轮,在"五七"干校又学会了农活,日后四爸有个短长,他可以用自己劳动供养老人家。皇天在上,他能如愿以偿吗?张眼一望,前路茫茫,还是风雨如晦如磐……

这就是李致的"文革"。他向往和追求的民主、自由以及祥和幸福，统统糟蹋得不成样子了。

我与李致相识并共事，是在"文革"后期，他在四川人民出版社分管文学编室。其时，上海警钟长鸣，文艺方面的主要任务就是反映"走资派还在走"。李致牢记他离开团中央时胡耀邦的嘱咐：在路线斗争中不要盲目吹喇叭抬轿子。我们社组织了一个短篇小说集。讨论书稿时，李致很认真很慎重，光路线就议论了好几天。集子里的每篇作品都有路线，有人就提出毛主席革命路线是不是总路线，又有人提出还有毛主席教育革命路线、文艺革命路线、卫生革命路线等等路线，不一而足，那么这些路线是不是分路线。谁也想不明白，说不明白，绕来绕去，这个题名《号角》的集子，终于沉没在出版社里。

也有不绕的，在批判"右倾翻案风"的巅峰期间，驻川南的某军送来一本反映红军四渡赤水的小说集子，里边的英雄人物，只要姚文元等的棍子一张眼，便可判定是"走资派还在走"。但李致了解情况后接受了，他有地下工作的经验——"长期隐蔽，等待时机"。书稿在编辑部躺了不到半年，"四人帮"一垮台，立即修改推出，首印五十万册，仍然供不应求，这大抵是新时期投向市场的第一本短篇小说集。

此时，身为四川人民出版社总编辑的李致，想到当年耀邦在团中央一次会议上提出版刊物要扔"大石头"的讲话，他与有关同事研究后，便在解除"三化"（地方化、群众化、通俗化）的束缚上下功夫，终于争取到上层同意，实行了"立足本省，面向全国"的出版方针。在具体操作上，坚守"君子爱财，取之有道"，将社会效益放在首位，经营上该赚的赚，该赔的赔，统一核算，以赢补亏，既出了好书，积累了文化，出版社也在发展中壮大了自己，四川人民出版社走上空前的繁荣，创下了长达十年的黄金岁月。其经历与经验，在时至今日的深化改革中亦非过眼云烟，值得作一些剖析和借鉴。

其后李致去了中共四川省委宣传部，在其分管的领域，他主抓川剧的振兴，也抛出一个"大石头"，这就是认真执行"抢救、继承、改革、发展"的八字方针——从而调动了老艺人的积极性，加快了新秀的培养，尤其是狠抓了作者和剧本，古曲新声，百花齐放，走出了夔门，也走出了国门，获得中外赞誉，为民族传统文化扩展了一片新天地。

李致在其笔端记述的如烟往事，之所以并不如烟，就因为他的随笔并不随意。他不无病呻吟，故弄玄虚，而是有实而发，有感而发，所以他的感受不是扁平的，而是来自他的心田、他的经历，来自他的认知和价值观，所以独具李致的特色，这就是他的本色。

他这三卷里有不少缅怀亲友的篇幅，字里行间也可看到李致的本色。无论旧友新朋，他都饱含深情，记挂和念想溢于言表，十分让人感奋，呈现出至为可贵的人文情怀。

我常想巴金给李致的"四句话"，其实极具普适性，可以放之四海。李致守住这"四句话"，影响了他一生。这就是他人生的起跑线，倘若沿着这条线去解读他的"往事随笔"，一定会读出书卷以外的一些意蕴。

2014年10月29日

"往事随笔"的心灵启示
——李致"往事随笔"的一种解读

◎ 向 荣[①]

"往事随笔"是李致先生在视力日渐衰减的状态下,积二十多年之功倾力写成的随笔体回忆录,包括《四爸巴金》《铭记在心》和《昔日足迹》三卷本。全书七十多万字,时间跨度长达半个多世纪,从民国到"文革"直至当下;纵横空间也有万里之遥,从成都到北京、从东方到西方,恢宏壮阔的时空背景和跌宕起伏的人生经历建构着文本深厚的人文内涵,有着非凡的历史意义。此外,从进步学生到革命青年、从忠诚率直的共青团干部到稳健进取的文化官员、从巴金的侄子到勤奋的作家——李致先生多重的社会身份和丰富的生活实践,不仅使他的个人叙事与社会的历史变迁有机地融为一体,并同他那一代革命者的历史命运血肉相连,从而也使全书获得了典型意义,成为一代革命知识分子坚持理想、不断奋斗的心灵史和成长史。可以说,"往事随笔"以从容淡定的个人书写和真诚质朴的叙事风格,抵达了反思历史的思想深度,彰显了道德人格的精神高度,平实而有力、简约且深刻,是一部有亲和力和感召力、

[①] 向荣:四川省社科院文学研究所教授、研究员。

融思想和情感为一体的散文力作。

一

新世纪以来，历史书写进入公共视域，获得了全社会的重大关切。历史书写事关社会进步和民族发展，以史为镜可以知兴替明得失，以史为鉴才能拥有伟大的未来。但是，历史书写如果只有教科书式的高头讲章或宏大叙事，历史的丰富性和社会的复杂性将会失之简单，许多真实生动的历史细节和人性变化也会被忽略和遗忘。因其如此，历史的亲历者以个人化方式讲述与之相关的历史事件，呈现历史经验，再现历史情境，既能弥补正史的缺失，亦能还原历史的细节，使消失在时间深处的历史事件和人物回到当下，获得一种在场性的历史感。李致先生曲折丰富的人生经历使他自觉地选择了个人化的历史书写。但他的著述又不只是作为亲历者的个人叙事。更重要的是，他已将个人化的历史书写，作为一种抵抗遗忘的历史使命和还原真实的责任担当。这种历史使命的深刻含义在于：个人化的历史书写不仅要尊重史实，而且要对民族的未来担负责任。所以，"于人于己于事，务求真实，不对事实做任何加工"，便成为李致先生书写历史、追忆往事恪守的基本原则，并认真践行到每篇文章的写作之中，从而在总体上形成一种秉笔直书、言简意赅的质朴文风。在此基础上，李致的往事回忆和历史书写更关注的是人在历史风云中沉浮起落的个体命运，以及人在直面艰难命运时的心灵颤动和人格力量，做到以事写人、以史明志，把历史叙事和道德叙事有机地糅为一体。《我的引路人》和《大姐，我叫了你半个世纪》以一种沉郁悲悯、内敛蕴藉的崇敬情怀讲述了两个女人的革命生涯。一个是他的入党介绍人、一个是破晓社的战友。她们在新中国成立前怀抱理想投身革命，为共和国的成立和建设做出了卓著贡献。却在1957年因为讲了真话、提了意见而蒙受冤屈、打成右派撤了职务。但长达几十年的沉重苦难并没有摧垮她们的革命意志和人生信念,她们不改初衷、坚强地生活,终于等到了改正的那天。后来当她们罹患重病、生命垂危之际,她们仍然保持着不向命运屈服的达观精神和人生信念,令人扼腕而生敬意。而在《往事随笔》一书中,像她们一样直面人生且坚强高尚、历经沧桑又矢志不移的革命者和文艺家,还有洪德铭、杨伯恺、王竹、戴云、刘绍棠、龙实等人,可以说多不胜举。面对他们坎坷的人生命运和崇高的人格境界,李致不无沉重地写道:"他们留下很多东西,最重要的是留下了这代人的思想品质和人格力量。"而作为见证人的作者,他的历史记忆和真诚记述也使一代高尚者的形象从此活跃在珍贵的文字中,成为后来者永远的记忆。

在《往事随笔》中,李致先生对"文革"往事的叙述和反思深刻而独到,尤其是对那个动荡年代历史情境的再现和恐惧心理的描述,达到了令人震动的思想深度,成为全书最具特色的亮点之一。"文革"时期极左专制肆虐下的恐惧氛围笼罩中国,波及人身安全、政治前途、个人和家庭的生存发展,还有社群关系的隔绝等现实生活的方方面面。李致当时为团中央《辅导员》杂志的总编辑,与众多领导干部一样经历了被批斗、关"牛棚"然后下放"五七"干校劳动改造的时代悲剧。在此过程中,人生的苦难悲剧导致了个体心灵的巨大创伤,形成了一种难以摆脱的恐惧心理。1969年春节李致被准许回家过节,春节那天他竟自觉地按照干校规定,在家里面朝领袖画像虔诚地早请示晚汇报,并向儿女老老实实地交代自己莫须有的"罪行"。《特殊的纪念日》讲述了被两次抄家后,作者那种近乎自虐的惊恐焦虑。每年一到两次抄家的"纪念日",他便搜遍家中角落,烧毁所有家信。他不但烧毁母亲多年来寄回的家信(只因其中蕴含有无尽的慈母之情);还私下烧掉了自己给女儿写的百多封家信,尽管他明白信中并无授人与柄的政治内容。受伤的女儿自然难以理解父亲的"疯狂行为",却只能以恸哭不已表达自己的悲伤。《我淋着雨，流着泪，离开上海》描述"文革"后期，李致冒着政治风险悄悄去上海看望巴金的经历。其中一个细节是他们叔侄俩在家中有两个晚上同睡一床，却因恐惧而不敢促膝深谈。即便是转达他人对巴老的关切和慰候，李致也不敢说出真实姓名。最终只能淋着雨、含泪离开巴金。

  上述那些令人触目心惊的历史细节，真实深刻地反映了"文革"年代极左路线猖獗肆虐的恐怖情景，从施虐到自虐、从肉身到灵魂、从强加的罪名到自觉的原罪，历史的灾难造成了民族心灵的极度扭曲。李致的小叙事于此彰显出他对大历史的深度反思和犀利批判，从中渗透着对法治建设和民主政治的深切期盼。巴金生前在《随想录》中提出建立"文革博物馆"，要让子孙后代牢记历史教训，不让悲剧重演。现在，李致的《往事随笔》已用文字的砖头和话语的钢筋为"博物馆"砌成了一道通向"文革"悲剧的镜像式大门。

二

  与恐惧心理一脉相连的还有李致在书中对恐惧心理的深刻反思和自我剖析。在多篇写人记事的文章中，当其主人公在各类运动中罹难蒙冤时，作者真实地坦陈了自己作为战友、同事或朋友，在当时的怯懦行为和自保心态，并在严于剖析、自我反省的基础上多次表达深切的忏悔和真心的自责。《大姐，我叫了你半个世纪》一文中，时任团省委副书记的贺大姐，因向领导提了意见被打成右派后，作为一起加入地下党的李致虽然"不相信她反党"，但"我早已成了'驯服工具'，不敢独立思考"。乃至他与大姐同住一幢宿舍，也"不敢与她往来"。在《我所知道的胡耀邦》一文中，作者目睹时任团中央书记的胡耀邦同志被"文革"造反派每天揪斗，打成"三反分子"的悲痛现象，虽暗自泣泪，却不敢表达不同意见。

反而在大批判的高潮中,为求自保,还贴了一张揭发耀邦同志的大字报。很多年后,他深刻地反省自己、沉痛地自责忏悔,不仅认为此种行径,是自己"人品污点的暴露"。更可贵的是,李致先生还真诚地从思想根源和精神深处审视自己的错误:"我入党二十年,从要求'民主、自由'到信仰马列主义,再到迷信伟大领袖,愿做'驯服工具',已经不敢独立思考了。"李致反复提到"不敢独立思考"的命题,或许他认为"不敢独立思考"正是受害者发生错误的根本原因和思想症结。而"不敢独立思考"就是自动放弃了独立思考。何以如此呢?从膜拜偶像到迷信偶像,因为"迷信",就把思考的权利捐奉给了大神式的偶像,留给自己的只是做好"驯服工具""不理解的也要执行"。这种放弃思考、出让思考权利的平庸驯服,无疑是理性精神的沦陷、文明社会的倒退,自然也是"十年浩劫"全面发生的一种深刻原因和思想土壤。李致先生将深邃犀利的笔触毫不留情地刺向自己、拷问自我并由此探本溯源,不仅表现出他严于自律、尊重历史的道德良知,而且也凸显了作为一名知识分子对历史悲剧理性反思的思想力度和责任担当。陈凯歌在他的《少年凯歌》中回忆"文革"悲剧时,曾经说过一句名言:"无论什么样的社会的或政治的灾难过后,总是有太多原来跪着的人站起来说:我控诉!太少的人跪下去说:我忏悔。"李致先生作为一个"文革"的受害者,他扬弃了控诉而选择了反省,他的锥心忏悔和自我拷问,显示了鲁迅精神和巴金良知对他的影响。他虽然"跪了下来",却依然是一个捍卫道义的坚强战士。

  事实上,李致先生愧疚自责的"人品污点",在那个集体迷狂的岁月中是一种普遍现象。"文革"时期的暴力恐惧和专制压迫才是"不敢独立思考"的社会原因。当极左思潮的恐惧氛围像瘟疫一样到处蔓延,进而威胁到人身安全、家庭生活以及社群关系等现实生活的根基时,那些不同层面的社会恐惧就会改变人的行为。人的自保本能、寻求安全感和寻找社会归属的愿望会迫使多数人不得不选择服从，放弃思考；更有甚者，当一封信或者一次会面就可以摧毁人的一生时，疯狂烧信和极度慎言便成了别无选择的生存策略。社会心理学描述了这种极度恐惧造成的观念与行为的紧张冲突现象，并将其归纳为"诱导服从范式"。李致的深刻反思和情景再现，使我们形象而深切地体悟到这种"诱导服从范式"在个体心灵中造成的毒害和创伤，以及它对人性扭曲所能抵达的历史深度——当外在的恐惧感浃沦肌髓时，它就可能使人下意识地转换成精神自虐，从虐人深入到虐心。由此可见，"往事随笔"的个体反思也获得了普遍的历史意义，是关于那个荒诞年代社会恐惧心理的高度概括。它将成为一面沉实厚重的历史镜子，直面现时的阳光，照亮人们建设法治中国的坚强信念。

敦厚是散文的重要品质

◎ 刘 火[1]

李致先生作为一位资深的出版人（"文革"前是团四川省委《红领巾》杂志社的总编辑和团中央《辅导员》杂志的总编辑，"文革"后是四川人民出版社的总编辑），对新中国的出版事业有独特的贡献。李致作为巴金的亲侄子，对巴金先生的文学成就和人格有别人不能替代的评价。李致作为一位有成就的散文家，在"往事随笔"（共三部《四爸巴金》《铭记在心》《昔日足迹》，天地出版社2014年9月重排增订本）里，则展示出了"亲情散文"的魅力。

《四爸巴金》以其亲侄视角，从不同的侧面展示出"与读者交心"的文学巨匠巴金的情怀和巴金的人格力量。《铭记在心》以与作家相关的人物和事件为本，书写无论对伟人还是与同事的美好记忆。《昔日足迹》则大都以作家本人的亲身经历为本，书写作家所经历的时代的艰难和欣喜。作家的写作宗旨和趣味，开门见山，如《往事随笔·总序》所说："我喜欢真诚、朴实、动情、幽默的散文。不作无病呻吟，不追求华丽，不故弄玄虚，不作秀，不煽情，不搞笑。"确实，任挑《往事随笔》一文，都能感到，李老的文章，践行了李老"真诚、朴实"的散文观念和诺言。"李阿姨（曹

---

[1] 刘火：评论家，四川师范大学影视和传媒学院副院长。

禺之妻李玉茹,引者注)送了我一张复印件。巴老的传真充分表达了我和众多人的感情,对李阿姨是莫大的安慰。我再说什么也是多余的。我感谢李阿姨多年来对万叔叔(曹禺,引者注)的照顾,希望她保重。李阿姨把带去的川酒,放在万叔叔的遗像下。我一再仰望万叔叔的遗像,在心里对万叔叔说:'我们何日才能再倾积愫?'"(《怀念曹禺》)像这样饱含真情且文字表达简洁直白的叙事风格,既是李老散文的特征,同时也是李老散文之所以成为具有标签性质的"亲情散文"的缘由。李老的散文,印证了清代学人的"性情不足,未可谓学问也"(章学诚《文史通义·博约》)的文章标准。事实上,李老的这些亲情"往事",除了真情,我还读到了中国生生不息的古老文化中更为重要的代码——敦厚。

"往事随笔"三部七十多万字,绝大多数篇什,无论记事,还是写人,其背景大都是那一段艰难岁月。李老,少年才俊,十三岁为文,内战后期成为我党地下工作者,新中国成立后,长期在共青团省、市委和团中央做青少工作和杂志编辑工作。由于"胡风事件",李老除工作之外,几乎与作文再不相关,直到党的十一届三中全会后,才重新握笔为文。这一段时间,李老接触到的人和事,无论是直接领导胡耀邦,还是间接的他人和他事,无不与那一段艰难岁月相关,无不与那段让后人唏嘘、伤感、喟叹,以及反思的历史相关。那段历史有太多的眼泪,或者说还有太多的苦难。但是在李老笔下,没有声嘶力竭,没有悲天跄地。特别是没有把个人的恩怨和仇恨当成作文的元素和基调,而是把温情诉诸笔端。写自己:"我的眼病有点像'牛鬼蛇神',过几年就'跳'出来。幸好从1960年起到20世纪80年代初,我与四川省人民医院医护人员的关系很好……他们的医术好、医德高,成了我眼睛的'保护神'。"(《大放光明》)写他人:"他希望四川有更多的新人,希望四川有更多在全国有影响的作品。对周克芹的培养和关切,是一个典型的例子。《许茂和他的女儿们》出版后,沙老满怀激情推荐给周扬同志。"(《怀念沙汀》)写四爸巴金：1972年12月"到了四爸家，四爸和九姑妈既感到高兴，又感到意外……我们紧紧地握着手，以此表示相互的信赖和关怀"；(《记"文革"中去上海看巴金》)"'摔跤是我自己不小心，与你无关！'巴老反过来安慰我，'你不要有负担！'我心里热乎乎的，但眼睛却润湿了"；(《春蚕》)"太爷爷（即巴金，引者注）笑着没有回答，太姑囯燦问珊珊的妹妹有多高，珊珊用手比了一下，说：'我妹妹很乖！'太爷爷年老有语言障碍，这时却敏捷地说：'你也很乖！'"(《一定要学好中文》)。……我们看到，我们读到，在这些叙事的背后，其实是人生的艰难与辛酸，而且还有对历史的反省和追问。但是，李老的文字却在一种心平气和的状态里，简明、直白而又温婉。

记住历史与反省苦难，是人类得以前行的动力之一，但是，在历史中沉沦、在苦难里消沉，可能会让历史成为虚无，也会让人的力量消失殆尽。再从散文本身来说，真如那样，散文就有可能成为记恨的另一文本。而李致的"往事随笔"，刚好与此相反。李老的"往事随笔"不是苦难的展览馆，更不是自家怨气的发泄池。李老的散文遵循着中国散文的传统，真诚之外，更看重的是"敦厚"。"敦厚"一语来自"六经"之一《礼记》。《礼记·经解》一开篇就传述孔子的话"入其国，其教可知也。其为人也，温柔敦厚，《诗》教也"。中国自《诗》三百始，奠定了中国诗文的传统。《论语》说："诗三百，一言以蔽之，曰'思无邪'。"孔子此句，治经专家杨伯峻的译文是"诗经三百篇，用一句话来概括它，就是'思想纯正'"。何为"纯正"？就是《礼记》所说的"温柔敦厚"。敦厚，当然不是不明是非，更不是没有感情，而是超越了个人的大情怀。敦厚作为一种人生姿态，同样也作为散文文本的姿态，甚至可以说，美文的主要元素正得益于敦厚。敦厚，这一中国诗文的传统，李老的往事随笔，正是这一姿态的最佳注脚。

为中国知识分子的人品而歌

——"往事随笔"丛书读后[①]

◎ 张　恒[②]

致兄如晤：

三部大作，早已读完，感慨颇多，容弟一一道来。

刘绍棠与你闲谈时，你曾说："我是小打小闹，你的大作才是传世之作。"我看你这三本巨作，何尝不是传世之作？

《铭记在心》一书，你写了众多同事、朋友、长辈们的感人事迹。他们都是知识分子，是前后两代知识分子学问、人品的实录。记得司马迁著作中有列传，你的这本书何尝不是当代知识分子的"列传"？当然说"列传"有点不副实，你并非要写每个人的传，但总是他们生平事迹的一部分，而且是最让你铭记的那一部分。你想想中国两代知识分子，前一代以1987年在成都的"五老"聚会为代表，后一代以你和你的众多同事朋友为代表，从20世纪50年代初思想改造运动起直到"四人帮"被打倒，被称为"资产阶级知识

---

①　该文系张恒2015年7月15日写给李致的信，他在信中写道："我一生从来没有写过这么长的信。"标题为编者所加。

②　张恒：中国人民大学教授。20世纪50年代初，曾与李致一起在重庆沙坪坝从事青年团工作。

分子",大多数知识分子夹着尾巴做人,成为社会上的二等公民,"文革"中更被诬为"臭老九",谁还敢颂扬知识分子?而你这本著作,充分地展现了两代知识分子的本质,他们为国为民的赤子之心,他们的奉献精神,他们的高尚情怀,许多情节感人至深。如任伯戈勇于担当,龙实的侠肝义胆,戴云敢做敢为,许川的民主作风。"天不灭刘",刘绍棠对死神无畏、"雪中送炭",李健吾的知交情深,他们在年富力强的青壮年时代,经历种种磨难,却无怨无悔,依然忠于职守。这两代知识分子,传承了中华民族的优良传统,是社会的良心和道德的体现者。然而还没有一本集中反映知识分子业绩和人品的书,而你却在无意中承担了这个历史使命。所以你这本书,可以加一个副标题,叫"中国知识分子群英谱"。尽管你写的基本上是文化界的知识分子,但他们完全可以代表整个中国知识分子人群。你的文字,完全可以将曾经泼在知识分子身上的污泥浊水冲洗干净。司马迁为豪侠们的侠义而歌,而你则为中国知识分子的熠熠生辉的人品而歌,你们有异曲同工之妙。

另一部大作《四爸巴金》,翔实地记述了巴老的人品,巴老高尚的情操是一部教人如何做人的教科书。巴老的"四句话"成为你的座右铭,影响了你的一生。巴老的人品在知识分子中也是最突出的,他淡泊名利,不附权贵,在邪恶势力面前宁折不弯,不让修复他的故居,设奖金不愿冠以他的名字,他的人生格言是只求奉献不求索取,宁可人负我不可我负人。他甘愿当春蚕,为祖国和人民奋斗一生。"说话要说真话,做人得做好人",他教育了你,而他自己更身体力行。他说他绝不做盗名欺世的人。巴老的作品,特别是人品,可称为做人的典范。你的大作在世人面前竖立了一座道德的丰碑。你在上海的那篇讲话《我心中的巴金》,应当列为思想品德教育的参考文件。它全面地介绍了巴老的人品,可以净化人们的心灵。在当今这个权欲熏心、唯利是图的世界,宣传巴金,树立巴金在人们心目中的崇高形象,应该是精神文明建设最有效的举措。

周巍峙对你说过，王昆的眼光很高，她佩服的人很少，但她敬佩巴金，曾专门到巴老病房为他一个人独唱，这说明巴老的人格力量。由于你与巴老的特殊关系，所以你写巴老的文字，读起来倍加感人，更有说服力。

再有一本是《昔日足迹》，是一本自传性的书；虽然写的是个人，却写出了一代知识分子的坎坷经历。他们在暴力统治下的屈辱、隐忍。用"弯弯绕""曲线救国"来抵制逆流。也写出了他们的坚强、正直。无论是被强令蹬三轮去拉糨糊，还是下冬水田赶牛，也摧毁不了知识分子坚强的意志。在写外调材料时，如实书写，多次遭到外调人员的训斥，也不愿投其所好，表明了知识分子的正直和善良。对多数在运动中随大流而"批判"他们的群众能理解和宽容，并最终成为朋友。但知识分子中也有别有用心之徒，即你书中与"母蚊子"对号的人，想在运动中捞取一官半职的人，最终是不会有好下场的。

你的书中，将知识分子的命运与时代同步。当极左路线肆虐时，知识分子倍受折磨，特别是他们中有独立见解的精英。多数人则迷惘盲从，甘做"驯服工具"。个别人则甘做当权者的打手。当我读到写彭老总《最后的年月》的作者，竟要被开除党籍时，我为你的仗义执言、勇敢抗辩感到兴奋和喜悦。只有在极左路线终结，知识分子获得解放时，他们的才能才得以充分发挥。以你为例，打倒"四人帮"以后，川版书畅销全国时，川剧得以振兴、在国内外大受好评时，正是李致兄大展才华之时。当时"孔雀西南飞"，引发《现代作家选集》《当代作家自选集》之出版，胜于红头文件的影响，我为你兴高采烈，我想这应该是李致兄生命的高峰。当然，这些成果是大家努力的结果，但你的贡献一定是最有分量的。

这里特别令人遗憾的是你书中有多个"突然"，即某月某日，突然接到电话，得知某人去世了。其中除了少数几人如沙汀、艾芜、李健吾等享有高寿外，多数人是英年早逝。他们是历经坎坷，到了经验丰富、悟性最高，满腔热忱，打算做一番事业的时候，却不幸早逝了，多么令人遗憾。这是国家民族的不幸，他们留下的遗产太少了。他们的早逝，与他们早些年受到的挫折，身心受到的伤害不无关系，也与他们晚年拼命工作，力求多做贡献，因而透支了心身有关。总之，这是一个时代的悲剧。

在你的往事记叙中，最让我震惊的是你和巴金叔侄俩烧信一事。你们在不同的地域，却同样地烧了最亲近的人写的一百多封私人信件。巴老烧了他大哥即你父亲写给他的一百多封信，你则烧了你给女儿写的一百多封信。你们叔侄二人烧信应是同一个历史背景，同一种心情，都是不得已而为之。而我看到这些情节，却久久不能平静。我为当时知识分子受到的压力悲伤得老泪纵横。烧亲人的信是违反人性的，因而引起你女儿的不满，她哪里能理解你的处境，在那战战兢兢、如履薄冰的险恶环境里，任何片言支语，都可以断章取义，无限上纲。什么"不枪毙就是落实政策"的恶语，威胁着人们的生存。在生存面前，父女情兄弟情只能退居次要地位，因此反人情的烧信就成为必然了。你那一段烧信的文字，比一百篇讨"左"的檄文更具有震撼力，有人称之为"穿透力"，的确如此。

记得几年前，我称你为散文家，你很谦虚，不接受。现在我想你该接受这个称呼了。我不会写散文，更不懂文学评论，但我觉得你的文字功力很好，你善于写人物的思想感情，文字朴实，平淡无奇，但感情深厚，故能感人，打动人心。

我这一生从来没写过这么长的信，写完了，我的心情也就轻松了。

张恒

2015年7月15日

风雨忆故人　丹心著信史
——李致"往事随笔"读后

◎ 赵　雷[1]

李致老是四川文艺界受人爱戴的老领导。他十几岁开始写作，1949年前就在报刊上发表近百篇习作。新中国成立后，由于一些政治运动的负面影响而搁笔。新时期以来，他先后出版了《往事》《回顾》《昔日》《铭记在心的人》，编印了《终于盼到这一天》等散文随笔集，引起社会的广泛关注和读者的热烈反响。尤其《巴金的内心世界》《我的四爸巴金》等书披露了关于文学大师巴金先生的大量史料，受到研究者的高度重视。近年来，已是耄耋之年的李老依然笔耕不辍，由天地出版社以"往事随笔"为主题结集出版了《四爸巴金》《铭记在心》《昔日足迹》三部增订本七十多万字的厚重之作，可谓其情可感、其事可赞、其业可叹。

三部往事随笔实际是回忆录，它秉承了讲真话的书写品格。耄耋之年的李老已在20世纪爱国知识分子典型的人生道路上探索跋涉了八十五个春秋：十五岁参加学生运动，十七岁加入党的地下组织，20世纪50年代投身新中国建设，"文革"中作为"当权派"

---

[1]　赵雷：《当代文坛》编辑。

被"打倒",新时期重新走上领导岗位。从革命到建设,无论为人为文,他一直秉持鲁迅"有骨气"的精神和巴金"讲真话"的品格。从"文革"到改革,不管逆境顺境,他始终保有共产党人的崇高追求和中华儿女的爱国情怀。巴金先生"说话要说真话,做人得做好人"的教诲影响了李老的一生。阅读李老的回忆录,头脑中同样时时闪现《随想录》的身影:不尚雕琢却耐人寻味,行文质朴却余韵悠长,平实的叙事中奔涌着直抵人心的力量,朴素的语言下饱含了感人至深的真情。高山仰止,景行行止,浩然之气发诸心而形于外,崇高之美本乎情而感人心。书中对于作者四爸巴金的记述,为我们多方位展现了这位被誉为"世纪良知"的文学大师的生活和情感、经历和思想、家庭和事业,为学者提供了极为珍贵的历史资料,为读者更好理解巴老的作品提供了极为有益的帮助。书中对于"文革"的回忆,记录了那段历史悲剧,回应了巴金先生建立"文革"博物馆的呼吁。李老的三部回忆录,把个人命运与时代变迁相融合,将家族悲欢和民族命运相勾连。这是一部反映中国知识分子的心灵史,浸润了他们的欢乐和苦难,记录了他们的探索与思考;这是一部反映中国共产党人的奋斗史,昭示了他们的理想和信念,刻画了他们的奋斗和奉献。

三部往事随笔同样是口述史,它提供了有价值的珍贵史料。李老曾在从地方到中央的共青团系统工作二十三年,新时期以来先后在四川省出版局、省委宣传部、省政协等部门担任领导职务,离休后连任三届省文联主席,工作中接触了众多的各级领导人和文艺界人士。在他的回忆录里,既有邓小平、贺龙、杨尚昆、胡耀邦、张爱萍等老一辈无产阶级革命家的事迹,又有茅盾、巴金、曹禺、叶圣陶、李健吾、冯至、沙汀、艾芜、马识途、王火、高缨、刘绍棠等文坛大家的逸闻,周企何、周裕祥、陈书舫、竞华、王永梭、许倩云、魏明伦、徐棻等艺苑名宿的风采,还有童年伙伴和孩子保姆的身影。三部回忆录为现当代文学史提供了鲜活的史料、为四川文艺史留下了生动的写真。历史书写绝不仅仅是长篇通史。宏大叙事固然重要，但往往追寻大趋势而遮蔽个体、关注大事件而省略细节、重视客观规律而忽视主观因素。马克思说过："人们自己创造自己的历史，但是他们并不是随心所欲地创造，并不是在他们自己选定的条件下创造，而是在直接碰到的、既定的、从过去承继下来的条件下创造。"过去我们的历史研究往往强调"客观规律"而忽略"人的创造"，实际上无论创造历史还是书写历史，其中既有客观的条件也有主观的因素。叙述历史也是在赋予其意义，探索历史也是在认识自己。因此，我们既需要宏观史也需要微观史，既需要大历史也需要心灵史，这正是"往事随笔"的意义所在。"本朝人写本朝事"固然无法避免客观的条件和限制、主观的认知和情感，但当事人的回忆始终有其独特而重要的价值，因为它包含了在场的诸多信息和无法进入"正史"的细节，由此帮助我们重返历史现场、理解历史人物，从而进入历史的细部、体会历史的温度。当我们把眼光从长时段转向当事人，当我们不仅把历史视为冰冷的数据而是人类的故事，我们就会重新发现被大历史所遮蔽的个体的价值、被大叙事所省略的细节的意义。李老的回忆录就是这样一种有价值的充满细节和温度的微观史、有意义的萦绕人情和人性的心灵史，值得我们阅读和研究。

　　文章千古事，得失寸心知。从亲历者到回忆者，从历史创造者到历史书写者，李老用厚重的文字完成了上述身份转换，和巴金先生一样"把心交给读者"，恪守"务求真实"、于人于己于事不加任何虚构的原则，为我们留下了一笔宝贵的精神财富。前事不忘、知史明鉴，希望有更多的人特别是年轻人能够认真读一读它们，从而更好地理解中国道路的由来和民族复兴的梦想。老骥伏枥、丹心著史，衷心祝愿李老身体健康，期待他为广大读者奉献更多的著述，为四川文艺和中国文学留下更多的珍贵史料。

重见贵族精神

——读李致"往事随笔"有感

◎ 田海燕[1]

四川有道传统名菜叫开水白菜,常在国宴菜单中榜上有名,令外宾赞不绝口。这道菜汤色如同白开水清澈见底,几棵嫩绿的白菜心飘浮其中,不见一星油珠,亦不见其他作料杂物,一清二白,素雅到极致。然而,吃在嘴里却鲜香异常,浓醇得久久在味蕾上缭绕。所谓的"开水"一点也不白,而是将老母鸡、老母鸭、云南宣威火腿上的蹄子、排骨、干贝等鲜货熬至少四小时之上,经过复杂的烹饪制作而成。看李致老的"往事随笔",就如同品尝开水白菜,没有华丽的辞藻,没有滥情的粉饰,没有堆砌的成语,没有大量的引经据典,文字简洁,行文质朴,叙述严谨,而内涵就像开水白菜中的"开水"丰富深厚,让人受益无穷。

"往事随笔"一套三本,《四爸巴金》《铭记在心》《昔日足迹》,从书名可看出,一本是专写巴老的,一本是写生命中值得怀念和铭记的人与事,如上自耀邦同志、小平同志等党和国家最高领导人,下自最普通的平民百姓如出版社临时工小白、姨妈保姆等,

---

[1] 田海燕:原《四川工人日报》记者。

一本是写自己、家人家事的。其实,并非分得这样清楚,三本书的内容多有穿插与重复,正如李致老所说:"我没有按时间顺序写,作品独立成篇:好处是写作起来比较灵活,缺点是某些内容难免重复。"也正如腰封所说,这是李致老的"个人化的历史记录",然而,这样的个人化,在我读来却是折射出中国几十年的阴晴圆缺与沧桑,特别是李氏家族的家族史可以说是中国近几十年来风云变迁的缩影,而以巴老为代表的成都李家几代人的信仰、追求、抗争、寻觅、坚守,则让我看到了宽厚的爱心、悲悯的情怀、独立的精神、担当的勇气、人性的良知,平等的意识,实际上就是一种久违了的贵族精神!

为什么说是久违了呢?因为在中国,秦以前有贵族,秦始皇在统一六国的战争中,却把这些国家的贵族不是杀了就是迁徙或流放。虽然秦始皇本身也是贵族,但他更爱专制,取消了贵族的特权,让他们与平民一样,都是皇帝的奴仆,所以秦朝的专制制度使得贵族这一阶层消亡了,而贵族精神也随之渐渐在中国大地上难见其踪影。何谓贵族精神?虽然有多种版本,但不外乎与这样的定语有关:"高贵的""高尚的""伟大的""崇高的""卓越的""辉煌的";与这样的词有关:教养、尊严、真诚、担当、低调、自由、自省、自制。就像贵族不一定富有,富有之人不一定是贵族一样,贵族精神不是贵族所特有,它与金钱多少、财富厚薄无关。

《永恒的手足情》《带来光和热的人》《终于理解父亲》《一部旧书一片兄弟情》《唱片〈小宝贝〉》《不做盗名欺世的骗子》等几篇文章,给读者勾勒出一幅李氏三兄弟的命运图景和与之相辉映的贵族精神——

巴金的大哥李尧枚,也是李致老的父亲,生得眉清目秀,品行高洁。不但在学校功课第一,还练就一身好剑术;追求新思潮,喜读"五四"以来新书报,帮助三弟李尧林和四弟巴金到南京读书,并支持巴金留学法国；乐于助人，为亲朋操办红白喜事，调解矛盾，"甚至给双方作揖，说是他的不是"；君子行为，"帮亲友做生意，赢了归亲友，亏了他赔钱"……这样一个大大的好人，在大家庭分家、田产收入减少、所开书店亏本关门、银行倒闭而致放在银行里的"养命的根源已经化成水"后，既愧对家人又无法优雅地活下去，为了自尊而赴死——这就是贵族精神里的尊严，看得比生命更重要。

李致老的三爸李尧林自1923年离开成都去南京读书后，就再也没有回过家乡。大哥死后，在南开中学做英文教员的他，取消了自己的人生计划，省吃俭用，自制克己，承担起了成都老家九口人的生活费用，"三爸的汇款，每月按时从天津寄来"，直到抗日战争爆发，天津和四川的联系中断。他不愿意做亡国奴，从天津到上海的租界，靠翻译外国文学为生。最后几年，他书买不起了，旧乐片（唱片）买不起了，音乐会也听不成了，门也不出了，房间里"四处堆满各式各样的西洋书"，而他"陶醉于灵魂的独往独来的天地"（李健吾《挽三哥》）。孤洁的他去世时已四十多岁，仍未婚——这就是贵族精神里的担当与奉献。如巴金说的那样，他的三哥像"一根火柴，给一些人带来光与热，自己却卑微地毁去"。后来，接过养家接力棒的是巴金。再后来，李致老的大姐工作后也承担起部分责任。担当与奉献，是李家的好传统。

在《永恒的手足情》一文中，巴金很怀念他的两个兄长，他和李致谈起此事时，常常动容，有一次失声痛哭："我的两个哥哥对我都很好，对我的帮助很大。他们两人都是因为没有钱死掉的。后来我有钱，也没有用……所以我也不想过好日子。"可见他们情之深厚爱之浓烈。

李氏三亲兄弟中的大哥和三哥的生命过早地凋谢，只有四弟巴金不但活得长寿——一百零一岁的世纪老人，还取得了令世人瞩目的巨大成就，是我国杰出的文学大师和文坛巨匠。然而，光芒万丈的巴老，生前表现出的低调，恕我孤陋寡闻，真难在中国再找出第二人。

在《不做盗名欺世的骗子》一文中，最能看出巴金身上所体现出的贵族精神——低调、平等及奉献。

巴金的故居在成都正通顺街，许多人包括官方，都主张恢复巴金故居，而且提了不止一次，但每次都被巴金婉拒。他不想让国家为此花钱，说"我必须用最后的言行证明我不是盗名欺世的骗子"。

不但如此，他不愿意做"名人"，还反对用他的名字建基金会、设文学奖，他说他的写作是因为他对祖国和人民有无限的爱，"我用作品来表达我的感情"，而不是为了沽名钓誉。他在乎的是奉献而非索取。

《找回名字》，让我们看到了这种贵族精神的延续与传承。李致老从少年起就参加地下党，可谓老革命老资格，可他骨子里的贵族精神——低调、平等意识，并没有随着职务的升迁而减弱。特别是到了政府部门，官称代替了名字，他极不习惯，往往反应不过来是在叫他。他喜欢别人叫他的名字，但这很为难部下，直呼其名确实让人无法开口，他就让叫李致同志。"李致同志"，多质朴的称谓，没有高超的品行，没有贵族精神的定力，怎么会有这样的低调与平常心。人与人之间的关系就在这样的称呼里尽现平等与尊重、随和与亲切。

《讲真话的作家》《永远不能忘记的四句话》，让我们感受到自省和真诚的贵族精神，感受到强大的内心、高贵的灵魂和非凡的人格魅力。说真话，是巴金一贯倡导的。早在1942年，李致老才十三岁时，四爸巴金就对他写下了四句话，其中一句就是"说话要说真话"。李致老一直当成他人生的座右铭，并在历次的厄运中坚守。

巴金对自己曾被迫讲过一些违心的话，感到由衷地痛彻——

"欠下了还不清的债",这样自省自责的贵族精神,让我们看到他有颗圣洁的心,令人肃然起敬。李致老也自我检验,"讲真话,我基本上这样做了"。在现实面前,做到百分百地讲真话确实很难,但更难的是敢于自省自律,不断地自我剖析。

著名报人储安平在其《英国采风录》中记述了他对英国贵族和贵族社会的观察:"英国人以为一个真正的贵族绅士是一个真正高贵的人,正直、不偏私、不畏难,甚至能为了他人而牺牲自己,他不仅仅是一个有荣誉的,而且是一个有良知的人。"

良知,就是讲真话。讲真话就是贵族精神的内核!

读罢"往事随笔"合上书的那一刻,阳光从窗棂照射进来,打在封面上泛起一阵金光。这样的光芒滋润心田,也将享用一生。

致公印象

◎ 卢子贵[1]

"致公",是四川文艺界朋友对李致的昵称。大约是因为他一贯平易近人,从不摆官架事,不大主张别人称他什么长,故有此称呼。人们还以为,若称他李老,但与马识途老相比似嫌"嫩"了;若称老李,又嫌随便了点,表达不出对他的一种情怀。于是,选择老与不老之间的一个称谓——致公,似觉较为贴切。也许还因为20世纪五六十年代,四川省委宣传部分管文艺的副部长李亚群,才华横溢,很关心和爱护作家艺术家,人们称之曰"亚公"。现在李致也是分管文艺的副部长,称他为"致公",一前一后,也算是一种传承吧。

我认识致公,大约是他将要从四川团省委上调团中央工作,当时他来到四川省委与分管宣传文教的书记杜心源告别,他们交谈很亲切。其时我在心源同志身边工作。我看见他一头蓬松黑发,戴一副宽大眼镜,年轻气壮,风度翩翩,说话之间,颇有一些儒雅之风。他离开后,一贯爱惜人才的杜心源对我说:"这样有才华又肯实干的人才,四川留不住,实在可惜。"多年以后,致公又从团中

---

[1] 卢子贵:作家,四川省散文学会会长。

央调到四川人民出版社工作，在他的策划和组织下，出版了一大批很有影响、很有价值的图书。心源同志面对这一大批图书，不无感慨地说："在北京工作过的人是不一样，视野宽阔，思路灵活，关系又广，把全国知名作家的作品弄到四川来出版，给四川增添了光彩。"

20世纪80年代初，四川省委宣传部发动部内人员提建议，谁来任分管文艺的副部长，我们好几位同人一致推荐李致。不久，名单公布，居然事已成真。一天，我在省委宣传部办公楼附近偶然碰到了致公，他对我说："你要到电视台工作，我祝贺你。在业务部门工作，大有施展才能的天地。"接着，出乎我的意料之外，他对我说："你跟省委领导很熟悉，拜托你向他们说一说，让我不到宣传部，仍在基层工作，如果如愿，我给你磕响头。"他态度诚恳，不是客套。不禁使我大为惊异。因为前不久当时分管宣传文教的书记聂荣贵已找我谈过话，要我留在宣传部任分管报刊宣传的副部长，不料后来又有了变化，我的思想还有些想不通。这真有点像钱锺书在《围城》中所说，有的不想进城，有的不想出城。听了致公这一席话，我当然不会去向领导反映他不愿去宣传部，因为这不仅是组织的决定，也是我们的意愿，但却使我的思想开了窍，决心走出"围城"。以后的事实证明，致公的话，说得很对，在基层确实可以多做些实事。

致公到宣传部分管文艺，广播电视文艺也属于他分管，恰恰成了我的顶头上司。他这位领导很特别，对我们不是实行管卡压、严批评，而是鼓励、支持、理解和帮助。用他的话说："鼓励为主。"印象最深的是当时四川电视台正在播放香港制作的电视连续剧《霍元甲》，我们过去没有播放过这类武打片，因为改革开放才引进了这部片子。播放时收视率很高，可谓万人空巷。不料，突然上面传来消息，要清除精神污染，电视剧《霍元甲》也是被清除之列。因为片中展现了霍元甲娶小老婆，吸鸦片。我们想不通，立即向致公汇报，说明我们的看法。我们认为这部片子主题思想正确，是宣传爱国主义的，霍元甲在比武擂台上一拳击倒骄横跨扈、不可一世的俄罗斯大力士，大大长了中国人民的志气，粉碎了"东亚病夫"的诬蔑。至于娶小老婆和吸鸦片，在那个历史时代不能算作什么大问题。致公很同意我们的看法，他说："任何文艺作品都应由人民群众来检验，如此受群众欢迎的片子，不能简单化处理。我将向领导汇报。"据说这件事还在省委常委会议上议过，随后省委分管宣传文教的书记、宣传部长等一批领导亲自到电视台审查此片。在那种形势和气氛之下，真有些诚惶诚恐，我已作了最坏的打算。殊不知出乎我的意料之外，领导们同意不修改继续播放。这说明致公等一批领导，很懂得实践是检验真理的标准。关于清除精神污染，"其兴也勃焉，其亡也忽焉。"不了了之，再也无人问津。如果当时听到风就是雨，来一番兴师问罪，不仅给我们的工作带来被动和麻烦，而且还会造成群众思想混乱，以为又要搞什么整人的运动了。

但是对于原则问题，致公毫不马虎，他认真负责，坚持到底。国门洞开之后，泥沙俱下，鱼龙混杂，在引进先进科学技术和文化的同时，也混进来一批黄色录像片，一时黄毒泛滥。中央指示，对黄色录像片要进行认真清理和审查，分别处理，坚决清扫和打击黄毒。省上由宣传部、广电厅和公安厅组成审查小组，由致公牵头，我和公安厅一位厅长参加。以审查小组的意见，作为各地清查处理黄片的依据。致公不遗余力，一直坚持审查到底。

致公的工作作风很有特点。他讲话言简意赅，讲得很实在，从不含糊，模棱两可。他说真话，从不说套话、空话、假话和废话。他很尊重和爱惜别人的时间，在他讲话的桌面上常常放着一个小闹钟，不时看看，是否超过预定的时间。这个小闹钟，就是他不讲长话、不开长会的一个标志。对于此事，我请电视台记者专门拍了一个短片，播放后反响很好，人们从这个小闹钟上得到了启示。

当时，四川电视台准备把四川现代著名作家的著名作品，分批搬上屏幕，这既可以锻炼电视艺术队伍，提高文学底蕴，又可以把四川宣传出去。对此，致公不仅支持，而且给予很多帮助。在拍完十集电视连续剧《红岩》之后，四川台与上海台合作，将巴老的激流三部曲《家》《春》《秋》搬上屏幕，在创作剧本和拍摄过程中，致公不辞辛劳，曾两度带领我们剧组几位同行前往上海，拜访巴老，得到了巴老的亲切教诲，使十九集长篇电视连续剧《家·春·秋》得以顺利完成，在四川、上海和全国播放后，反响很大，评价很高。

对拍摄现代题材的电视剧，致公更是非常支持，多次与编剧、导演交谈，进行鼓励。在拍完《长江第一漂》之后，又准备拍摄《长城向南延伸》。四川台与南极科学考察委员会合作，先派人去南极体验生活，写出剧本，然后组织摄制组随科考船前往南极拍摄。这个剧组出发前，致公亲临指导，并帮助解决困难。拍完回国时，致公又同我们一起前去青岛码头，迎接从南极归来的远征壮士，彩旗招展，锣鼓喧天，致公与他们一一亲昵拥抱，问寒问暖，给剧组同人以巨大的鼓舞。电视剧《长城向南延伸》在北京召开首播新闻发布会，通过致公，请到了时任国防部长的张爱萍参加。张部长十分赞赏地说："四川最近拍摄了三部好电视剧，就是'三长（即《长江第一漂》《"长征号"今夜起飞》和《长城向南延伸》），很有新意和创意，尤其是这部《长城向南延伸》，大大扬了国威，长了中国人民的志气。你们不仅有'三长'，'两短'也不错（指儿童电视剧《小佳佳》和《男子汉虎虎》），希望你们继续努力。"这两部电视儿童剧，也是在致公多次鼓励和关怀下拍摄出来的。

我退下来以后，踱步在散文的天地里。恰巧致公也有此同好，他写的散文随笔不断见诸报刊，可谓风生水起，佳作迭出，并一连出版了好几本散文集。我们四川散文学会许多活动都请他参加，他有请必到，并提出了许多好的建议和鼓励，他还与不少散文作者结交成好朋友。前不久，在成都举办的第二届川渝散文论坛，我们请致公并通过他请马识途老一同参加，他们的精彩讲话，对大家是很大的鼓舞。不少文友说："马老和致公，是四川散文创作的支持者和鼓舞者。"

  我和致公住家地址相距很远，只有在开会时才见面，总觉得意犹未尽，无法在一起促膝谈心。于是近几年来相互约定，一个月通一次电话，彼此能通通信息，交换交换看法。每次在电话上交谈都很愉快。因为对文艺的发展态势和今后的走向，彼此的看法，常常有惊人的相似之处。我们为新人新作品的出现而欢欣鼓舞，也曾为一些问题比如有些作品低俗庸俗等问题而感到担忧，但是，我们都一致认为，这些问题会逐步得到解决的，前途光明。长江后浪推前浪，一代更比一代强。朝前看，明天一定会更美好。

2009年4月开头
于成都西郊浣花溪畔曼云斋

李致的普鲁斯特问卷[1]

◎ 阮长安[2]

问　您认为最完美的快乐是什么样的？

答　对社会有贡献。

问　您最希望拥有哪一种才华？

答　刚开始的时候想当演员，没成功。现在因为我在用笔，我最希望能够用最朴实的语言表达最真挚的感情。

问　您最恐惧的是什么？

答　最怕人们丧失了道德的底线。

---

[1] 普鲁斯特问卷：马塞尔·普鲁斯特（Marcel Proust）系《追忆逝水年华》一书作者，他并不是这份问卷的发明者，但这份问卷因为他特别的答案而出名，因此人们将这份问卷命名为"Proust Questionnaire"。问卷的问题包括被提问者的生活、思想、价值观及人生经验等。

阮长安在对李致的采访结束后请他回答了这份问卷。

[2] 阮长安：时任《华西都市报》首席记者。

问 您目前的心境怎样？

答 还可以。（笑）这个问题其实要你们来回答，你觉得我心境怎么样，是不是还可以嘛？

问 还在世上的人中，你最敬佩的是谁？

答 钦佩的多了。以前我最敬佩的周恩来、胡耀邦、巴金、张爱萍、汪道涵，这些现在都不在世了。目前还在世的这些人，最敬佩的……应该就是马识途马老了。

问 您认为自己最伟大的成就是什么？

答 不是说伟大，这辈子我自己积极参与了三件事情，有一点影响：第一件事情，（20世纪）60年代我与人合著的报告文学《毛主席的好孩子刘文学》，在全国少年儿童中掀起一场学习刘文学的运动，包括当时的苏联、朝鲜、越南、蒙古国，都转载了这篇报告文学。当然，当时这件作品是以阶级斗争为纲的，现在看来，还是产生了一些不好的影响，所以这个事要一分为二。

第二件事情就是20世纪80年代早期，我在四川人民出版社做总编辑，当时整个四川包括重庆在内仅有一家出版社，我们突破地方出版社"地方化、群众化、通俗化"的限制，提出地方出版社要"立足本省，面向全国"，这个方针被国家认可，并迅速在全国各地出版社推行。我们及时出版了一大批好书，特别是我们当时出版的"现代作家丛书""走向未来丛书"等影响很大，得到了全国出版界和广大读者的广泛认可。

还有一个就是振兴川剧，当时让川剧走出国门，在欧洲、日本等地巡回商业演出，这个事是在国际上起了很大的影响。

问 您自己的哪一个特点让您觉得痛恨？

答 我有一个弱点，有时候不太敢很明确地说"不"字，有很多事碍于情面，我不得不做，但本来很多事我可以不做的。

问　您最喜欢的旅行是哪一次？

答　1992年4月到1993年1月，那时我还在美国，去看儿子和孙女。我和老伴从美国西部到东部，最后还到加拿大去了。这趟旅行，我是以一个老百姓的身份去的，体会到旅行的自由和美妙。

问　您最痛恨别人的什么特点？

答　虚伪。包括有一些官员口上说一套，实际做的是另外一套。

问　您最珍惜的财产是什么？

答　书，我的藏书在公务员里面恐怕算是比较多的。我的书大部分都在东城根中街家里，那边起码有三十个书柜，有多少册恐怕我也说不上来。

问　您最奢侈的是什么？
答　想不出来，我好像没有什么特别的。

问　您认为程度最肤浅的痛苦是什么？

答　被别人误解，我本身是对的，被人家误解了，我觉得这个也没什么了不起的，虽然有时候觉得不舒服，但应该是很浅的。

问　您认为哪一种美德是被过高地评估的？
答　（没有回答）

问　您最喜欢的职业是什么？
答　之前是演戏，现在是写作。

问　您对自己的外表哪一点不满意？

答　外表？我没有想过，我觉得就是这样子。

问　您最后悔的事情是什么？

答　说起来那就是贴胡耀邦大字报的事。"大批判"的高潮中，大概是1966年，我贴了一张大字报揭发胡耀邦同志"反对毛泽东思想"。这种胡乱上纲上线的大字报，既是我当时思想混乱的表现，也是我人品污点的暴露。我没有顶住当时的压力，想借此划清界限，保自己。我对不起耀邦同志，此后虽然我也多次自责、忏悔，但我都不会原谅自己。

问　还在世的人当中，你最鄙视的是谁？

答　这个难以回答。

问　您最喜欢男性身上的哪一种品质？

答　敢于承担责任。

问　您用过的最多的单词，或者哪一个词语，或者哪一个句子是什么？

答　这个说不出来，没有什么喜欢不喜欢的。

问　您最喜欢女性身上的哪一种品质？

答　能够共患难。

问　最让你觉得伤心的事情是什么？

答　当然就是亲人的离世了。我的母亲，还有巴老，还有我的老伴，他们的离世都让我觉得非常伤心。

问　您最看重朋友的什么特点？

答　表里如一。

问　您一生中最爱的人，或者是东西是什么？

答　最爱的人实际上我已经回答了，在我的一本回忆录上，里面写了几十个人，他们都是我一生中难以忘记的人。除了家人以外，我最爱的人是周恩来和胡耀邦。

问　您希望以什么样的方式死去？

答　快速的死亡，越快越好。我不喜欢人受痛苦太多，而中国又不许安乐死嘛，明明已经不行了，还拼命用各种方式。过去我们老一辈就叫"吊命"，最后用各种办法吊着命。我最近有一个亲戚，心脏病突然发了，十五分钟就去世了，我觉得这是最愉快了。

问　何时何地让你感觉最快乐？

答　不一定要何时何地嘛，如果我做了对人家有帮助的事，我就感到快乐。比如我现在这样，我的朋友中间有人来找我，给我倾诉很长时间，各种各样的烦恼之类的，我给他提出一些建议，对疏散他的郁闷有好处啊，这个我会得到快乐。

问　如果你可以改变你的家庭的一件事情，那会是什么？

答　我的家庭，我的子女儿孙分布在各个地方，我很希望能够有团聚的时候。

问　如果你能够选择的话，你希望让什么事情重现？

答　现在我这么大年纪，很难再有选择。如果非要说，政治上呢，我希望胡耀邦他们执政的时候那种风气能够重现，自己的事业上的事嘛，我希望川剧能再次辉煌。

问 你的座右铭是什么？

答 就是这句话（指着客厅墙上的横幅）：人各有志，最重要的是要做人。这是巴老对我讲的，我感悟很深。我把这句话摘录出来，请人写了贴在墙上，每天都能看一看，作为我的座右铭。

力行真实　永葆童心
——李致采访录

◎ 郑涵兮[1]

按　采访末了，李老再三叮嘱：千万不要给我带"巴金的侄儿"这个光环。他说，我是巴金的侄儿，他对我的影响很大，这是客观事实，但我不愿用它作为我的称谓。著名作家我也不愿意要，一看到著名作家，我就想到电视中不为人知的商品被称为"驰名商标"，因为要宣传，不著名才会写"著名"两个字。现在电视台已经规定不能用"驰名商标"了。我笑说，李老师您真幽默。

采访完李老，风云突变，孟夏时节的暴风雨说来就来。刚下楼，站在屋檐下焦灼踌躇，李老的电话就打进来了。"需要雨伞吗？""啊……谢谢，我正愁……"掐断连接，转身回头，李老已经握着雨伞站在电梯门口了。"慢走。"八旬老人又闪进了电梯，细致，利落。院子里的栀子花被雨水冲刷，香味遍地。

一、力求讲真话，把心交给读者

我是受"五四"新文学影响，踏上人生旅途的。

---

[1] 郑涵兮：时为《作家文汇》报记者。

说起创作生涯的开端，不得不提起我的初中语文老师，杨邦杰。那年我十二岁，有一天我到他寝室去玩，他翻开《新青年》杂志，给我读了一篇鲁迅的《狂人日记》，一边读还一边给我解释一些我不懂的含义。他为我读鲁迅的文章，对我的一生产生了很大的影响。从此，我对新文学有了兴趣。

在众多作家中，除鲁迅、巴金外，我还喜欢曹禺、何其芳、艾青等人的创作。他们的作品启发了我，影响到我的写作，我浸泡在这些作品的海洋汲取营养。1943年冬，我的第一篇作文选入校刊，铅字印出，时年十三岁。我所在的私立高琦中学是一所教会学校，校刊每年出一次。每一期从目录开始往后算，首先是四川省教育厅厅长、接着是校长、主任、老师等大人们的文章，只有最后一篇是学生的作文。那一年选上了我，这对一个少年来讲是很振奋的事情。此后，在1945年到1948年之间，我继续学习写作，共写了百余篇的文章，在成都、自贡、重庆等地的报刊发表，小小说、散文、新诗、评论等文体我都尝试写过。

1948年底，我最后两首散文诗发表在重庆《大公晚报》的《半月文艺》上，艾芜主编。1949年开始，我成为了一名"职业革命者"，全部精力转移到了党的地下工作上。此后，为了迎接解放和新中国成立初期的工作，我没有顾上写作。1955年，在肃清"胡风反革命集团"运动中，因为我认识一两个"胡风分子"，受到审查，隔离达半年之久。审查结果没有问题，但是我自己的思想却被搞乱了。按照当时的文艺政策，作家要深入工农兵的生活，要反映他们的火热斗争，而我长期在共青团从事学生工作，对工农兵的工作没有接触，我的写作就反映不了"主旋律"，不可能和时代同步。按照阶级分析，我把自己定位为"小资产阶级"。既然小资产阶级要"顽强地表现他们自己"，那么最安全的做法就是"夹起尾巴"做人，于是我再也不动笔。

只是在1959年，我"奉命"与人合写过报告文学《刘文学》。

这一年，我正在《红领巾》杂志当总编辑。采访刘文学这个英雄少年后，我们深受感动，赶写出了长篇通讯《毛主席的孩子——刘文学》。那一期《红领巾》杂志发行量一百二十万份，《中国少年报》《中国青年报》和《中国青年》杂志都全文刊登，刘文学的故事又被改编成了话剧、京戏、歌舞等。胡耀邦同志为刘文学题写了"刘文学之墓"……但是用现在的眼光来看，这篇通讯是受阶级斗争为纲思想影响的产物，时间检验它是有些问题的。

1963年，我调到了共青团中央《辅导员》杂志当总编辑，帮助全国少先队员辅导员开展工作。"文革"时期我先靠边站、被夺权，继被关了十一个月"牛棚"，又在"五七"干校劳动改造。

"文革"中，我发誓再也不写任何作品。

再提笔是在党的十一届三中全会以后，思想得到了解放。巴金老人建议我六十岁以后再写。1992年，我已从领导岗位退下来。当时，我老伴生病，我以照顾她生活为主，不敢设计什么"宏伟"计划，只能灵活机动：有时间就写，想到哪里写到哪里，可长可短，这些文章汇成了后来的"往事随笔"。

回想自己人生几十年，我生在民国，时逢抗日战争、解放战争，参加反内战的学生运动，加入党的地下组织，新中国成立后长期做青年工作、经历多次政治运动，"文革"被关过"牛棚"，在"五七"干校劳动改造五年，又逢改革开放，我感受不少。这些感受既是某个时代的折射，有一定的史料价值；也有许多难以忘怀的人和事打动过我，我曾为之喜悦或痛苦。我有感情需要倾诉，也想借此回顾自己走过的道路，剖析自己的过去。自1993年，我开始写"往事随笔"，累计约有六十多万字了。

"往事随笔"先后汇编为《往事》《回顾》《昔日》等书，以后又按专题出版了《我的四爸巴金》《铭记在心的人》，编印了《终于盼到这一天》等书。书里记录的都是我的经历，不论于人于己于事，务求真实，不对事实做任何加工。这是我恪守的原则，不越雷池一步。

我喜欢真诚、朴实、动情、幽默的散文。不无病呻吟，不追求华丽，不故弄玄虚，不作秀，不煽情，不搞笑。向巴老学习，力求讲真话，把心交给读者。我将继续在这方面探索。

二、热爱关心下一代

我长期从事共青团工作，从1950年一直到"文革"。我担任过区、市和省团委的少年儿童部长，也做过《红领巾》和《辅导员》杂志社的总编辑，对少年儿童有特殊的感情。

"文革"后期，我从团中央调到四川人民出版社工作。

"文革"时期，以扫除"封资修"的名义，几乎将所有政治文艺类书籍封杀了。粉碎"四人帮"后，全国面临一个严重的"书荒"。国家出版局在解决"书荒"问题时，特别关注少年儿童读物。

1978年，国家出版局在庐山召开了全国少年儿童读物出版座谈会，我去参加了。那时候全国只有三家少年儿童出版社，北京的少年儿童出版社，上海的中国少年儿童出版社，天津还有一个新蕾出版社。座谈会呼吁每个大区建立一个少年儿童出版社。身为四川人民出版社总编辑，我感到必须抓住时机，会后立即行动。我们四川人民出版社有个"少年儿童编辑室"，团省委有个《红领巾》杂志社，两处加起来有二十多个编辑。我提议把两家的编辑合起来，成立四川少年儿童出版社。省委主管共青团工作的常委张力行同志给予了及时大力的支持，团省委积极赞同，四川少年儿童出版社应运而生。

我为什么很重视少年儿童的工作呢?

我知道，对下一代是否重视，往往是衡量一个国家、民族、地区和家庭是兴旺还是衰退的标志。早在"五四"运动前后，鲁迅就发出了"救救孩子"的呼吁。鲁迅十分重视对少年儿童进行教育。他认为,"动物界中除了生子数目太多——爱不周到的如鱼类之外,总是挚爱他的幼子"。他又强调不能"只要生,不管他好不好,只要多,不管他才不才"。他对只生不教的父亲作过严厉的批评,指责他们是"制造孩子的家伙",甚至"还带点嫖男的气息"。鲁迅先生这些话,对我很有启迪。

巴金的作品也多次写到教育对儿童的重要性。1942年,我读小学的时候,巴老曾给我写了四句话:

> 读书的时候用功读书,
> 玩耍的时候放心玩耍,
> 说话要说真话,
> 做人得做好人。

1955年,我到北京去参加全国第三次少年儿童工作会。会上,胡耀邦同志讲了几个问题,一个是怎么掌握少先队入队的条件。他说:"你们要搞清楚,我们不是把儿童教育好了才组织起来,我们是把儿童组织起来教育。"另外一个,中国的儿童教育观念中,不少家庭和某些社会舆论,总是想让孩子老实听话,耀邦同志讲,不要把孩子培养成弱不禁风的花朵,培养成小老头;要培养小孩子勇敢坚强,成为小狮子、小老虎,要见风雨、经世面。

前不久,我出版了《李致与出版》一书,其中记录了我与四川少年儿童出版社的往事。

三、永葆青春的热忱

1949年底成都解放,原地下党领导王宇光在分配工作时征求我的意见,我表示愿意当话剧演员,他说:"现在正缺干部,到青年团去。"自此,我在共青团系统一共工作了十七年。

我很珍惜自己的青年时期。20世纪50年代，把十四岁到二十五岁定为青年。记得我满二十五岁那天，感慨甚多，写下了一首短诗：

很早以前我就想到今天
原以为到了今天就不再是青年
到了今天我才明白
青年并不单以年龄计算
我要更加努力学习和锻炼
永远保持青年的热情和勇敢

我们在共青团一起工作的同志，彼此有深厚的感情。在成都，曾经在共青团成都市委、四川省委以及重庆市委共过事的老同志，每年都分别有聚会。我胸前的团徽，是几年前参加共青团成都市委聚会时，赠给我们这些老团干部的。

也许有人认为戴上团徽是在装"嫩"，不是的。戴上团徽，它提醒我要永远保持青年的热情和勇敢。

1955年以前，我曾写过一篇儿童文学，叫《荡秋千》，刊在《新少年报》。我的《往事》一书出来之后，马识途马老说我不仅有幽默感，还有童心。前几年，我为我的狗写了一篇《多多日记》（我的狗名叫多多），想再试写儿童文学。写完《多多日记》后，我发现我确实有童心，但我的童心已经不是现代儿童的童心了，而是我那个年代的童心。尽管我每到一个地方都有小伙伴，在我现在住的院子里，也有三个少先队员是我的小伙伴，但毕竟对他们了解很少，所以没有再写儿童文学。

省青少年作协的成立大会我去参加了，还被聘为顾问团成员。如有机会，我愿意和青少年作者交流，把自身写作的一些实践提供他们参考。我想对他们说：说真话，做好人；读一些中外作家的名作，不要满足于"文化快餐"；留心观察生活，注意能打动自己的人和事；用自己的语言来抒发感情，创作是有个性的，不要抄袭和模仿；习作不是试卷，可以不断修改。

四、巴金给我取的英文名叫"peter"

> 李老递给我的名片上，E-mail写着"Peter Li"，我好奇地问，您的英文名是"Peter"？意外得到了这样一个故事……

一开始，我很不喜欢这个名字，用中文念出来很难听，叫"彼得"。当年反美反蒋的时候，我对英文名就很反感。很多年后，我重读巴金翻译的克鲁泡特金的《我的自传》，克鲁泡特金是一名无政府主义者。无政府主义是一个空想的社会主义，是一个愿景。克鲁泡特金的名字叫"Peter"，我问巴金是不是因为这个原因？他说是。我才知道他是希望我从小就学习为劳苦大众服务。

我到美国去的时候，我孙女的美国同学见了我也会说："Hi Peter！""Bye Peter！"特别有意思。

粉碎"四人帮"以后，巴金第一个计划要争取活到九十岁，第二要翻译赫尔岑将近一百字的《往事与随想》，写两部长篇小说，还要写五本随想录，当时大家很佩服他的雄心壮心。我想，他年纪那么大了，这么大的计划他怎么行？我就劝他不要翻译赫尔岑的作品，因为赫尔岑的作品放在那儿不论谁翻译都行（他翻译得好是另外一回事），我说你应把你的精力摆在创作上。他说不行，这件事我是答应了鲁迅的，我这人说了话就得算数。我说，你要根据你的个人情况嘛，《宪法》都可以修订，国家的计划都可以调整，你的计划就不能调整了？他对我说了一句话，我很难说服他。他说，你的意思是我现在光工作就不学习了吗？我的翻译就是一个学习的过程，比如我翻译赫尔岑的书，我就学习他怎么把感情化为文字。

学到老，把感情化为文字，这对我的写作起了很大的作用。

905

最难风雨故人来
——童心之李致

◎ 陈迎宪[1]

有这样一位老人，他和我非亲非故，却常常会在年节之时，给我打来问候的电话；他那很标准的四川普通话，听起来，是那样的年轻快乐，让你绝对想不到对方是一位耄耋老人；更让你感受着的，是一位可敬的长者的关心呵护，温暖温馨，让你久久感动……

是的，这是李致老。说起来，李致应该离我很远，从地理上说，他在天府之地成都，我在首都北京；从年龄上说，他是八七高龄的耄耋老人，我呢，尚属年轻的"五〇"后退休人员；再从地位说，他曾经是一个大省的宣传部长，而我，则仅是大机关里的小公务员……

或许，这就是缘分？

那是十多年前，四川省文化厅副厅长张在德同志知道我写了一本有关巴金的小书《泥土深情》，他对我说，你应该送给一个人，我说，谁呢？他说，是巴金的侄儿。噢，我说，好啊，就请他带去了一本。之后，我就把此事忘记了。而在大约一两个月之后吧，突

---

[1] 陈迎宪：文化人，曾任文化部科技司副巡视员。

然，我接到了一个陌生的电话。那时不像现在诈骗电话那么多，所以就接了。电话那边，一个很诚恳而年轻的声音在自报家门，并很真诚地感谢我写了这本小书，他读了，感到了其中对巴老的尊敬和爱戴……一时间，我很有点惶惑，因为，没有想过会有这样郑重的致谢，也因为，我已经知道他曾经是省委宣传部部长，而我，对这类领导总是敬而远之……或许，他也感觉到了我的惶惑，因此，彼此很客气但也很真诚地互致感谢和问候，就放下了电话。之后，我曾经向四川的好友表述了我的感受，而没有想到的，她恰也是李老的忘年交，富有地下斗争经验的李老，其实早已经掌握了我的方方面面。也由此，我们的话聊开始多起来并逐渐深入，我告诉他，好些年前，我是流着眼泪读完了他的那篇《我淋着雨，流着泪，离开上海》的文章，并珍藏了那张报纸；我敢于很好奇很幼稚地问他："你就是那海儿吗？……"

好像真的是有点缘分。那一年文化部在成都举办一个重要的文化活动，公干结束我就直接返京。上了飞机，我外侧坐着的是一位有绅士风度的中年男士，说他有绅士风度，是因为我几次起身都需要他也起身让开，而他则是非常谦和而主动，丝毫没有厌烦和粗鲁；而同时，我又感觉他十分勤勉，总是俯身在面前的小桌板的电脑上，一直在处理着有关事务；而他电脑的桌面，让我产生了特别的好感，那是一张十分清纯而秀美的少女的黑白照片，是我们这一代人的青春时代才会有的那种黑白照片……这照片唤起我特别美好而又有些苦涩的记忆……我又发现，他手边有着很多的报纸资料，而好像都是关于巴金的……现在想来，我好像是个"侦探"似的，但由此，我们开始了简单而友好的交谈，当他说到他是回国探亲的，我突然心里一动，莫非……原来，这次入川我本来很想借机去看望李老，但被告知，这一段时间，恰他的孩子从国外回来，家事很多，他比较累，以后再找机会吧……我斗胆一问，哈哈，果然，这是李老的公子！真是巧啊，未见李老先见李公子！

这一奇缘，让我对李老感觉更为亲近了。我试图努力地走近他，而我每走近一步，我就会有一种感动……

他哪里仅仅是一位文化官员？这是一位了不起的出版家！

20世纪70年代末80年代初，正处于"文革"十年造成的文化荒漠之时，全国各地"书荒"严重，书店门口经常有读者通宵排队买书，但各地方出版社却由于当时出版"地方化、群众化、通俗化"的政策限制，"这也不敢出，那也不敢出"。这常常让李致感到难过和内疚。为积累文化和解决书荒问题，时任四川人民出版社总编辑的李致老，正值壮年，他率领出版社，"立足本省，面向全国"，大量重印和编选名家名作，并且顶住压力，大胆编选了《周总理诗十七首》，还编选一些刚恢复名誉和尚未恢复名誉的名家之作，如《陈翔鹤选集》《茅盾近作》《霜叶红于二月花》《巴金近作》《曹禺戏剧集》，纪念彭德怀将军的《在彭总身边》和《最后的年月》等，在全国引起了广泛而良好的反响。《周总理诗十七首》，受到读者热烈欢迎，全国发行近百万册，率先突破了出版"地方化"的禁区。郭沫若、茅盾、巴金、丁玲等一批在"文革"中被打倒的老作家的近作的出版，形成了"近作丛书"和"现代作家选集"丛书。曾任国家新闻出版总署副署长的刘杲称赞他们"为作家的平反胜过红头文件"。

这是怎样的一位出版家啊！1978年，曹禺剧作《王昭君》刚刚在《人民文学》上发表，李致就赶去组稿。尽管李致家里与曹禺家是世交，尽管李致很早就结识曹禺，但是并没有成为曹禺选择四川出版的原因。曹禺的著作，大多还是由在北京的出版社出版。但是李致的学识、积极、热情，感动了老先生。李致带了一大包书去拜访曹禺，向他展示四川出版的质量与实力，但曹禺没有因此表态同意把《王昭君》交给四川人民出版社出版。智慧的李致迂回进军，他从小喜欢话剧，能大段大段地背诵曹禺剧作中的台词。这"让曹禺非常吃惊！"迅速拉近了他与李致之间的距离，叔侄俩在会心的笑声中初步敲定了由四川人民出版社出版《王昭君》剧本。但是，曹禺还有新的要求，他"希望在三个月内见书"。对此，李致没有贸然答应，回到住地，他通过电话局（当时没有程控电话）跟远在成都的社长崔之富通了长途电话，次日又马不停蹄地去曹禺家，立下军令状，"三个月见书，只提前不赶后"。而在当时，一般出书的周期通常都要一年的时间，三个月，几乎是天方夜谭！就是因此，感动了曹禺，1978年12月3日曹禺致信李致："你真能追！居然把我追到上海，也不放！真是个了不起的出版家。"为了《王昭君》的出版，四川人民出版社派出了精良的编辑队伍。李致亲自参与内文设计，由陈世伍设计封面，徐恒瑜插图，令曹禺非常满意。出版社非常重视曹禺的意见，几乎是竭尽全力地满足。1979年曹禺给李致的信中写道："《王昭君》新本收到，此书印得十分精致，见到的都一致说'好'。这要感谢组织工作者、印刷师傅、校对、设计、插图艺术家，以及所有的工作者们。这样迅速印出来，足见你社工作效率高，团结、合作好。李致同志，你的话确是算数的。"之后，曹禺又在1980年给李致的一封信中写道："感谢你的深情厚谊'有求必应'，使我想起童年我父亲衙门里后面荒园中的神树，上面悬挂着很多小小的匾和红布，上面一律写着'有求必应'字样。"而由此，曹禺表示，今后自己的剧本还是要先发表在《收获》上，但出书，都会拿到四川出版，与四川人民出版社结成"生死恋"。这样的信件，在四川新华印刷厂的工人中间引起了强烈反响，他们说，印了这么多年的书，只有曹禺一个大作家写信感谢我们。

而曹禺并不知道，此时，很久以来扣在李致头上的"崇拜胡风及其著作……受胡风反动文艺思想影响较深"的结论尚未撤销，而此时这么奔忙着的李致，或许根本没有想到自己的头上还有着这样一顶帽子！实际上，李致最崇拜的是鲁迅和巴金。

正是有着这样的出版家，当年的川版书风行一时，深深影响了一代人，著名诗人、学者、中国作家协会副主席冯至同志为此高度赞誉李致："你是出版家，不是出版商，也不是出版官。"1986年4月，当四川人民出版社在北京举办书展的时候，冯至同志又兴致勃勃地为之题词："为建设精神文明服务，人民感谢你们，我们的子孙后代也感谢你们。"

一位有胆识、敢担当的文化官员

然而，他确确实实是一位文化官员，今年八十七岁的李致，学生时期就加入中国共产党，历任共青团四川省委《红领巾》杂志社、共青团中央《辅导员》杂志总编辑，四川省出版局副局长兼四川人民出版社总编辑，中共四川省委宣传部副部长兼省出版总社社长，省政协秘书长、四川省文联主席等职，在众多的职务当中，最让人津津乐道的，除了前面提及的享誉全国的"出版家"，就是兼任四川省振兴川剧领导小组副组长时的"李老板。"

在四川，老板有多种解释，其中之一是"旧时对著名戏曲演员或组织戏班的戏曲演员的尊称"。李致和以前同样关心支持川剧的李亚群（"文革"前中共四川省委宣传部副部长）、李宗林（成都市原市长），被戏称为川剧的"三个李老板"。川剧人喊得是那样亲切，那样熨帖，真正把领导当成了自己的亲人！

这是一位有胆识、敢担当的文化官员！在魏明伦眼里，李致是有长者之风的"老大哥"，更是他的恩兄，魏明伦认为，自己在改革开放后能够在偏远的自贡本土成才，离不开自贡、成都、北京的五位伯乐和园丁：他们是王德文、马识途、吴祖光、周巍峙和李致。李致继承巴金遗风，爱才惜才。多次抵制极左棍棒，支持和保护魏明伦。他是川剧人的好朋友，更是一位好读者、好观众，"最难得的一条，就是有胆有识，敢于旗帜鲜明地支持和培育跨越雷池探索与创新。如果说李致支持《巴山秀才》无可非议，他支持《潘金莲》就是招惹非议，敢冒风险了。"而同样的情形也发生在著名剧作家徐棻身上。徐棻说，我第一次和李致同志近距离接触，正是我的一个戏被责令停演的时候。那是1987年，成都市川剧院联合团演出了徐棻与胡成德创作的新编川剧《大劈棺》，剧作家为这部旧剧改编倾注了半世心血，但在剧名上就忽略了有"犯忌"之嫌。这个剧是新中国成立初期被禁演的，因此引起"禁演"风波。而就是李致，作为一任领导，并没有简单并严肃的按"政策"处理，而是以深入周全耐心细致并智慧的方式，最终，成就了一部堪称"划时代"旧剧新编的川剧《田姐与庄周》。剧作在全国引起了广泛赞誉，连曹禺老都为之点赞，并获得了全国优秀剧本奖，文华新剧目奖。然而，让徐棻感动的还不仅仅于此。之后，李致在为徐棻《探索集》所写的序中，两次提到"徐棻和魏明伦"然而，两次的顺序却是不一样的，这很让徐棻和责任编辑奇怪。而李致却特意对此向徐芬解释说，你们二位都是四川最有影响的剧作家，在全国都很有名气，我在为你写序时故意提到他，是想表示我对你们两个都同样看重，也希望别人能这样对待你们两人。这有利于川剧事业……'寥寥数语，表达了他对两位剧作家的高度评价，更表达出他对川剧艺术的精心呵护……由此，徐棻感慨："李致同志在省上，我在市上；他是领导，我是平民。一般来说，我们之间距离不小。然而在我的感觉中，他却是一个可以说知心话的好兄长，一个可以永远信赖的老朋友。"

　　这是怎样的一位官员？——是为审戏看戏，不顾长途车程，冒雨赶路甚至因熄火推车的"川剧艺苑好园丁"；是表演艺术家左清飞眼中一位不耻下问，"懂演员"的李部长。她清楚地记得，那时他们刚认识不久，一天，他突然问她"什么叫'穿帮'？"这让她意识到，他这是要"踩深水，是要干一行，懂一行"。而她不仅清楚地记得自己1984年顶住各种压力组建承包实验演出队时李致部长给予的肯定和支持，更记住了他特别语重心长的嘱咐："我担心你们逆境团结，以后顺境时还能不能团结？"她体会到李致"用自己热爱川剧的这颗心，极力去改变川剧不尽如人意的现状"。

说来奇怪，李致热爱川剧，却始终没有学会唱一句川剧。他曾经率团出访欧洲，一路上团员们热情地教李部长，李部长认真学唱，当时唱得可好了，声情并茂，可第二天却一句也唱不出，如此周而复始，最后还是不会一句……这也成为川剧界的奇闻。但这位不会唱的川剧迷，确实对川剧有了不得的挚爱：

《迎贤店》是著名表演艺术家周企何的代表剧目，"文革"中被禁演。粉碎"四人帮"后，周企何首演《迎贤店》。戏毕，李致到后台祝贺，然后说："周老师演出中漏了两句台词。"可见，李致背台词的背功有多么精准。

就是靠着这一背功，他居然敢和著名表演艺术家陈书舫一起，为张爱萍将军表演川剧折子戏《花田写扇》片段，这是大戏《花田错》的一折，是陈书舫的拿手戏。陈书舫扮小丫头春莺，李致扮卖字画的落魄书生边吉。李致不会唱，但狡黠的他知道，这段戏书生主要是表演和道白，没有唱腔，而台词，他记得清清楚楚。他"把脸抹下来放在衣袋里，豁出去了"，手拿一把扇子，像模像样，演得极为认真，台词对答如流。还没演到一半，陈书舫忽然笑了场，她离开剧本，对着观众说："我一看到李部长这个样子，就想起周企何，忍不住要笑！"李致知道，这是说自己的矮胖身材而非演技，他已然进入角色，只能"稳起不笑，等书舫接着演下去"，从少年起就梦想当演员而终未当上演员的李致这次足足过了把演出瘾，还被年轻的朋友写上了《成都晚报》，说把聚会"推向高潮"。而今，张爱萍老人和陈书舫都已经辞世，这成为李致老和川剧人中的一段美好而温馨的记忆。

一本二十一万字的《李致和川剧》，收入了他关于川剧的讲话、意见、随笔、日记，和川剧艺术家的交往等等，更表达着他对传统艺术发展的清醒认识与忧思。他说，以前大家的娱乐方式只有看电影、看川剧、泡茶馆,现在休闲方式多了,川剧不是必选。我只能说台上振兴了,台下没振兴,也就是观众不多。

三十年前,我们曾组织五百名大学生看《巴山秀才》。有些学校给大学生发川剧票,学生觉得是老师给的票,只能去看。川剧文学性、幽默感很强,大学生看完后反响强烈。近年来,每次川剧走进校园,都受到大学生的欢迎。当然,要送好戏去,否则败胃口。若要人迷戏,除非戏迷人。人品不好、样子也不漂亮,谁愿意和你谈恋爱?

李致说,我热爱川剧,愿意为振兴川剧奋斗终生,当"吼班儿"没关系,打杂也没关系。"我当年负责振兴川剧领导小组日常工作,了解川剧的一些现状,经常听川剧人讲他们的心愿。为了使川剧这个瑰宝不至消失,我愿为之鼓与呼。我既非在职领导,又非专家学者,只能为振兴川剧当'吼班儿'。我年过八十,四肢无力,但中气尚足。既如此,就这样吼下去吧。"离休之后,他辞去了诸多名誉职务,但是"振兴川剧领导小组的顾问,我永远不会主动辞去!"

童心书痴老少年

十多年中,我对李致,渐渐地在敬畏之中,有了一种风雨故人之感。这不仅是因为在他的书房,挂着马识途老人为他所写的篆书对联:莫放春秋佳日过,最难风雨故人来。更何况,我是晚辈,怎么敢妄称"故人"?但或是因为,他并不以长辈自居,而以他丰富的阅历和深厚的涵养在关心呵护着你,让你不由自主就希望和他交流,向他倾诉……记得那一次,在我最难过的丧父之痛时,他来了电话,听到他的声音,我忍不住失声痛哭,电话的那一头,他就那样沉默地耐心地听我哭泣,他不问为什么,只是最后告诉我,生活中会遇到许许多多……他温蔼的话语,让我平静了许多。

每次相见相谈，我们的话题主要是书，而每次，我都有收获归来。最早，他一笔一画给我题签；之后，他说，手写不了了，就盖个印章吧；再之后，他的力气更小了，而书的包装也更精致了，"你自己拆罢"……

《我的四爸巴金》《巴金的内心世界》《巴金的两个哥哥》《昔日足迹》《往事随笔》《铭记在心》……一本本，捧读之中，感受着的，是一份沉甸甸的历史，一份真挚的情感，一份悠悠的思念，对战友的怀念、对智者尊者的敬重、对亲人的眷恋，对岁月的怀想，对未来的遐思，在他的笔下，娓娓道来……

在他身上，有着一种山高水阔的豁达，有着一种妙在天成的意趣，是巴山蜀水带给他的这种乐天吗？由此，他笔下的人物，没有高低贵贱身份的不同，而有伟岸的身影和高贵的品格——他半个世纪不忘贺龙同志，记住了他"不要叫首长，叫同志"，记住了他"什么手掌，脚掌呵"的神采；他含着眼泪向川剧名丑周裕祥告别，记下他临终遗言："不开追悼会——人都死了，何必再开个会，让人家站着听训话呢？不要收祭幛……现在多数人的工资不高，人死了何必还要敲人家的竹杠？"而此时，他想起了这位从旧社会走过来的老艺术家身着戏装，演《花子骂相》、演《芙奴传》，向台下的观众说出以上针砭时弊的道白，也让我们感到了这位昔日名重一时饮誉剧坛的"时装小生"，戏迷心中的"青春偶像"的老艺术家永远的风华……他送别一代大师、谐剧创始人王永梭，他感唱这位八十高龄的艺术家一生的坎坷与执着，感佩他高深的艺术造诣，也满含着歉意——没有能够帮助他解决应该给予的待遇和荣誉，尽管这不是作为一个离任老人的职责。他珍惜珍藏着每一个美好温馨的瞬间——在晦暗的日子里，那小屋的灯光，变得那么明亮，成为新生活的希望；那半天的"阿姨"生涯，是他在苦涩的干校劳改中的欢乐时光，翻跟头、老鹰捉小鸡、现编的喜鹊与乌鸦的童话让他和孩子们都快乐无比，甚至调侃这是对"半边天"理论的重要补充："女同志能办到的事，男同志也能做到"……他就是这样，即使在苦难中，他依然能够发现美，创造美……而在这美好之中，却又分明让你感到沉重，感到心酸，五味杂陈……他记住并写下了每一个发着光和热的人，也把这光和热带给你。和他在一起，你会忘记他是一位耄耋老人，这是一个智慧而快乐的长者，有时候就是一个老顽童，他会狡黠地和你论长道短，和你狡辩，甚至会和你斤斤计较，很认真而快乐地和你讨价还价，锱铢必较……他总是有意无意提示你，记得，欠账要还哦！

有这样一个瞬间，让我久久难忘：那一年，我终于有机会到李致老府上拜访。他执意要请我们吃饭。记得他斜背一个布挎包，步履蹒跚，远远望去，真好像一个上学路上的淘气顽童。更为奇幻的，是在我们告别之际，他说起在我身上有一种傻乎乎的孩子气，好像很不合时宜的孩子气，而说着说着，他似乎有些不服气起来，说道，我也做过少先队工作，还做得很不错噢，就在这刹那间，他忽然笔直站立，右臂高高斜过头顶，行了一个标准的而神圣的少先队队礼！在这一瞬间，我似乎呼吸停止了，我被震撼了！这一镜头永远定格在我的心里！是的，这是一个永远的少先队员，尽管在他这一生的"布礼"的追寻中，有过坎坷，有过迷茫，有过困惑，但他坚信：光明在前，他将永远吟唱着"准备好了么，时刻准备着……"

写到这里，我翻开百岁老人马识途的《致公素描》，马老是李致的老师和挚友。他们的友谊，保持有大半个世纪。就在猴年新年中，马老还约了李致老一起很时尚地、兴致勃勃地去影院看了最新出产的电影《老炮儿》，感受着最清新的新春和时代气息。马老谈起当年的李致，一脸快意。马老记得，当年的李致，头上长着两个旋，旋边儿头发直立，那是"一个活泼跳跃，手舞足蹈，颇有点孙大圣天不怕地不怕、心直口快、勇猛向前的少年"。

哈哈，今年恰为猴年。在此新春之际，谨以此文遥祝李老——大圣归来，何止于米，相期以茶！

八旬李致"往事随笔"
风雨人生的心灵自传

◎张 杰[①]

种种"官衔"之外,他认为
"一介书生"是对自己贴切的称谓

李致是巴金的侄子,巴金视李致为己出,叔侄关系亲密,心意相通。这早已被众多读者熟知。不过,李致在散文写作上的造诣,其文学思想上的深刻,却也值得更深入了解。

李致少年开始受"五四"新文化思想熏陶,喜爱鲁迅、巴金的作品,很早就表现出相当的文艺才华。早在学生时代,李致就已经开始在报刊上发表杂文、小说等文艺作品。后因客观原因,在文艺创作领域停笔近三十年之后,20世纪八九十年代,李致又重新拿起笔,创作出一批散文佳作。他在散文中擅长白描,文笔简练质朴,情感真诚,思想深刻,备受文艺界同行及读者的喜爱。李致因此也被称为"差点被时间湮灭的作家"。

李致长期在共青团系统工作,曾任共青团中央《辅导员》杂志总编辑、四川省出版局副局长兼四川人民出版社总编辑、四川省

[①] 张杰:时任《华西都市报》首席文化记者。

委宣传部副部长等职位。但李致说，种种"官"衔之外，"一介书生"对他是贴切的称谓。在2014年11月25日巴金一百一十周年诞辰纪念日前夕，李致的《四爸巴金》随笔集再版，让读者有更详细深入了解巴金的机会。与《四爸巴金》一起，李致的《铭记在心》《昔日足迹》，也由四川天地出版社以"往事随笔"系列同时出版。李致说，这套"往事随笔"是他新时期以来二十多年内业余从事散文创作成果的汇总，"往事随笔"系列写到我个人在大时代里寻求真理和光明的人生道路，写到对我人生有重大影响的人物，其中有领导人物，也有普通百姓。里面有我的情感、我的思考、我的困惑、我的期待，这套书是个人化的历史记录，也是我本人八十多年风雨人生的'心灵自传'。"

喜欢文学，从读《狂人日记》开始
痴迷话剧能背《雷雨》《日出》大段台词

李致喜欢文学，是从他在成都私立高琦中学读初中开始的。他和同学到国文老师杨邦杰老师的寝室玩，杨老师取下一本《新青年》杂志，给他们念了鲁迅的《狂人日记》，并作讲解，引发了李致对新文学的兴趣。后来，另一位老师出了一个名叫《一年容易又秋风》的作文题。从小就受到爱国抗日教育的李致，设想了一位日本妇女的丈夫参加侵略中国的战争，一到秋天她特别期望丈夫回家，为她作了反战的心理描写。老师给他这篇作文做了这样的批示："笔姿婉转，意思深刻，可造之才。"给李致很大的鼓舞。他开始读自己家中的藏书，尤其是新文学作品，"我读了鲁迅的《呐喊》和巴金的《家》等小说，特别喜欢《阿Q正传》"。直到今天，在李致的家中书房，放在最显眼位置的，仍然是鲁迅的作品，"鲁迅是伟大的思想家！他的文笔锋利、幽默，对人性的剖析和反讽，犀利深刻，我极为佩服！"

因为爱读书，让李致的作文水平有了很大进步。他的作文还被校庆校刊选中发表。之后就读华西协合高级中学，李致和同学陈先泽办壁报《破晓》，被国文老师、巴金的朋友卢剑波发现。在卢剑波的鼓励下，李致在《今日青年》发表了多篇散文。1945年，"一二·一"反内战的运动后，李致与一批志同道合的同学成立了破晓社，办铅印《破晓半月刊》，李致发表了散文和小小说。1948年到重庆以后，李致又开始在《大公报》和《新民报》发表评论和散文。

除了阅读文学作品，青年时代的李致非常热爱文艺，尤其喜欢话剧。抗日战争时期，全国许多话剧名演员，集中在重庆和成都两地，演出了许多好戏。李致特别喜欢曹禺、夏衍和陈白尘等作家创作的戏，经常买最后一排的价格最低的票，然后站在剧场前边把戏看完。李致说，他当时喜欢曹禺的戏，喜欢到了可以背诵大段台词的程度，"《雷雨》《日出》《北京人》的台词，我都能大段大段地背！"新时期，在出版界工作的李致到北京向曹禺约稿，在曹禺面前背起了《日出》里的台词，"让曹禺非常吃惊！"新中国成立后，李致还一度想要去当职业的话剧演员，但最终还是被组织安排在共青团系统工作。

笔耕二十多年　"写出一生经历是我应尽的社会责任"

1949年初，李致全力从事地下党工作，为避免暴露身份，停止写作和发表文章。之后近三十年，李致忙于工作，又在特殊年代遭受误解，就一直没再提笔写文章。提笔再写，已是20世纪党的十一届三中全会以后。李致说："回想自己几十年人生，时代几度变迁，许多难以忘怀的人和事，我曾为之喜悦或痛苦。这些人和事，也可以说是时代的某些缩影或折射，也许有一些'史料'价值；我有感情需要倾诉，也想借此回顾自己走过的道路。剖析自己的一生。鲁迅反对'忘却'，他说,记性不佳是有益于己而有害于子孙的。人们因为能忘却,所以自己能渐渐地脱离了受过的苦痛,也因为能忘却,所以往往照样地再犯前人的错误。我感到,写出一生的经历,是我应尽的社会责任。"

在过去二十多年的散文创作中,李致所涉猎的内容丰富,时间跨度长,从抗日战争、解放战争、新中国成立,一直到当下。在他的笔下,地下工作的同志,国家领导人,文艺工作者,普通劳动者等,都有各自精彩的亮相。比如在《铭记在心》中,李致记录了他生命中重要的人物,其中既包括贺龙、胡耀邦、张爱萍等党和国家高级领导人,革命家兼文学家马识途等对自己重要的影响,还包括他与曹禺、沙汀、艾芜、刘绍棠、王火等文坛名家的深入交流,此外,还有他与音乐家周巍峙(大型音乐舞蹈史诗《东方红》总导演之一,音乐家王昆的爱人)、编辑家范用等人的交往。而在普通小人物的刻画上,李致的笔也是情真意切令人动容。比如他在《胖舅舅》中回忆自己的舅舅对自己的爱,在舅舅去世后,对舅舅的怀念,语言真挚幽默。而在他家做了十多年活儿因而结下终生情感的保姆,也被李致写进《姨妈》一文中,真情流露,让人感动。

因为与巴金有着天然亲近的血缘关系,在李致的笔下,巴金自然是被表现的重头人物。与其他人写巴金的文章都不同,李致笔下的巴金,有其独特的视角:巴金对亲人的情感,对后辈的关爱,晚年的思考、困惑,对时间和亲人的留恋,以及他对自己小说代表作《家》原型人物的深刻理解,等等,都在李致的随笔集《四爸巴金》中有所呈现。《四爸巴金》全书共四十一篇,写作时间跨度近三十年,记录了李致与巴金六十多年交往细节的回忆,所涉内容贯穿巴金的青年、中年和晚年直至生命的最后一刻。

马识途是当年中共地下党川康特委副书记,又是李致所在学校的老师。提到马老,李致总是语气带着发出内心的敬意:"他对我是亦师亦友。我们心灵相通。"在《铭记在心》中所收录的一篇长篇随笔《历经斧斤不老松——记马识途》中,李致就用细致真挚的文笔，记述了他与马老超越半个世纪的交往细节，以及他所结识和见证的马老：从20世纪40年代"戴土耳其帽的英文教员"，成都新中国成立前夕"爱护青年的组织部部长"，20世纪70年代马老在"雷区"工作，一直到新时期"优秀的文艺工作领导人"等等。对于马老的文学成就，李致还回忆20世纪60年代，马老写长篇小说《清江壮歌》时的感人细节，以及马老敬佩巴老"说真话"精神等。

纪实手法受业界肯定：有史料价值
李致不赞成别人称自己是著名作家

李致的"往事随笔"系列，字里行间流露出对国家、民族、历史、前途的关切思考，饱含着对战友、同志、亲朋至爱的真情实感。一片赤子之心。学者王地山在论及李致作品的艺术特色时说："这种秉笔直书的写法，即是《春秋》《左传》《史记》《汉书》等历史散文的纪实手法。它既是严谨的文学作品，也具有史料和史学价值。"对于《铭记在心》，评论家廖全京说："李致一直把理解别人，尤其是理解自己的亲人，作为通往人格理想的一条重要的路径，努力想在理解别人的过程中获得内心的纯洁、光明、温暖。"诗人沈重则这样评价李致的作品："诸多篇章，总是与时代风云紧紧相扣，事情也许都是平凡的。却从平凡中折射出高尚的情操，温暖的人情，加之作者的坦诚，便更觉其可亲。"李致说："无论写人或写事，我力求真实，决不加一点虚构。我写的是第一手资料，因此有自己的特点和可能保留的价值。"2012年，李致荣获四川文艺终身成就奖，专门嘉奖李致继承巴金"说真话"的精神，"为历史留下一份珍贵的记忆"。李致的随笔文章，言辞朴实、幽默真诚、行文简练。他说："文字准确和简练。不求技巧花哨，不用华丽辞藻，正是我一直行文追求的境界。我最爱鲁迅的作品。鲁迅主张文字简练，大意是中篇不要拉成长篇，短篇不要拉成中篇。我赞同鲁迅的主张，努力这样做。"

虽然在散文创作上成就斐然，但李致很低调，不赞成别人称他为著名作家。他说："我不是为当作家而写作的。我写了几本书，是中国作家协会会员，算是个业余作家。至于著名作家，我听到这个称谓，一下就想起电视广告：一种并不为人知的商品，突然被冠以驰名商标，显然是炒作。"在四川作家中，李致跟马（识途）老、王火关系很好，来往也多。谈及二位，"马老一百岁，王火兄九十岁，著作等身，影响很大，仍坚持写作。我向他们学习。"

2014年12月13日

有担待的领导，讲真话的老师

◎ 包　川[①]

1980年罗荪夫妇入川，李致老师和我陪同他们参观杜甫草堂。参观草堂之前，我们先去参观了武侯祠。武侯祠还专门派了一个解说员陪同，那是个个子高高的年轻姑娘，可能刚刚高中毕业不久，还十分稚气。她在讲解中难免出现一些失误，我猜想大家也许没太在意。但就在行走途中，李致老师故意落在我们三人之后，悄悄对小姑娘说着什么……看见小姑娘频频点头，我猛然明白了，他是在纠正她的某些失误，又考虑到小姑娘的自尊心，给她留面子，刻意不让其他人听见，多么周到！那时他还是四川人民出版社的总编辑。

大约是1983年左右吧，李致老师调到省委宣传部后发生的一件事，给我留下了深刻的印象：那年，全军的部队作家来川参观访问，因宣传部长许川和李致要来和他们座谈，作协就安排我们本省一些人去参加，我也去了。我的同学李云良是海军的，海波是从四川大学出去的，熟人难得见面，所以我们就坐在一起，这样也就认识了乔良和黄其卉。听完两位部长的讲话后，大家开始提问，两位部长也一一作答，气氛十分融洽。突然，有人问道："你们四川

---

① 包川：作家。

的反自由化开展得怎么样？"这是个在当时非常敏感的问题，怎么回答呀？我都替两位部长捏了把汗。不料，李致部长随即回答说："我们四川存在的问题，我看，主要还是思想解放的问题……"当时，我们坐在一起的几个人都很感慨，记得是乔良吧，他悄悄跟我说："有这么开明的宣传部长，你们四川作家真幸福！"这就是实事求是的李致部长，讲真心话的李致老师！

开明的宣传部长令我们觉得有幸福感的是1984年，我们《四川文学》准备再办一个大型纪实文学刊物《人世间》，这个刊物能够顺利地在1985年初出版发行，并首发创出六十万册的高纪录，多亏了李致部长的支持。因为，那个头条"十年动乱"还未发表，就已经引起了很多人的异议。但是，李致部长是个事业心很强的人，当过出版社总编辑的他，岂肯让好稿子从自家手中流向他处？所以他让我们把稿子送审，他亲自逐字逐句审完稿后，同意发表。他这是为了保护我们，为我们承担责任啊！果然，一经发表，在全国引起了很大反响，很受大家喜欢；但是，也有那么一些"报告文学作家"的作品，雪片般飞到省委宣传部。我完全能想象，当时李部长承受了多大的压力，弄不好，那是要丢官的……他就是这样一个有担待的事业型的官！难怪，乔良会说"有这么开明的宣传部长，你们四川作家真幸福"。

而开明的宣传部长让我直接感受到幸福的是一件小事。大概是1989年初，之光老师生病住院了，化石老师和我去医院看望。碰巧，李致部长也来了，他见到我就说："小包川，我告诉你一件事，你听了会很感动。有一天我去看沙老，他问我：包川为什么还待在编辑部不下去写东西？是因为没钱吗？要是有困难，我借钱给她，等她今后拿了版税再还我；若是还不起的话，就算了。"他的话音刚落，化石老师马上接嘴道："沙老这话哪是给包川说的，他是说给你听的，说给你听的！"李致部长一愣，恍然明白地"啊"了一声，我敢肯定没停顿三秒钟，立即表态说："好，小包川，你打一个创作计划的报告,直接交到宣传部来,我来处理这件事。"我想,他知道几年前党组就决定不再设专业作家,而作协的年轻人都想搞创作,明白我这事党组很为难,他又用自己的肩膀,为党组把责任承担了。不到一个月,我的创作假就获准了。

没错,他是官——是个勇于担待的官,却更是出版家、作家、跟作家们心灵相通的好朋友!

2013年春

行文中矗立丰碑
——李致先生的怀人散文

◎ 张叹凤[1]

近二三十年四川散文界涌现并活跃着一批老作家，他们比较相近之处都在有着参加革命工作的资深经历，并以风云动荡、坎坷曲折的人生道路、时代见证为题材，书写真实传奇，发抒历史幽思，寄寓丰富饱满感情，字里行间洋溢着浓浓的巴蜀文化气息，行文以质朴、"事核"、生动见长，文学与史料的价值并见，国家意识突出。这批老作家中有代表性的如马识途、王火、李致等，他们的散文成果是当代四川散文乃至全国散文创作园地里不可忽略的重要收获，他们堪称老当益壮的一支文学生力军。李致先生是这其中至今笔耕不辍、颇有代表性的一位。正如评论家廖全京所感受："李致一直把理解别人，尤其是理解自己的亲人，作为通往人格理想的一条重要路径，努力想在理解别人的过程中获得内心的纯洁、光明、温暖。"[2]

李致先生的散文创作尤其以怀人记事见长，题材引人注目。

---

[1] 张叹凤：原名张放，四川大学中文系教授，中国现当代文学专业博士生导师。
[2] 李致：《铭记在心的人》，四川文艺出版社2010年版。

这不仅缘自他比较特殊的身世——他是巴金先生长兄的儿子——名义上曾经过继给巴金为子,身经亲历,见证了家族的变迁、衰落潦倒乃至时代翻腾巨变;他更有着传奇般的特殊经历,20世纪40年代中叶即发起并加入学生进步组织继而加入中共地下党组织,冒险犯难,积极活跃,迎接解放,以后多年供职共青团中央以及四川省文化出版宣传部门。李致先生的散文(先后出版散文集有《往事》《回顾》《昔日》《我的四爸巴金》《终于盼到这一天》《铭记在心的人》等)统以"往事随笔"总称形容,这里边他记写巴金先生的散文(包括他与巴老的大量通信),无疑已是研究巴金文学创作的重要参鉴读物。他另一类重要创作题材,即怀念与书写与之有交际甚至患难与共(有的还是生死相托)的时代人物,这里边有领袖,有将军,有同事,有亲属、邻居,也有不知名的所谓芸芸众生中的"熟人"。李致先生的散文特色可借用梁启超"笔端常带感情"加以形容,这尚是广义怀人记事散文所共通常见的特征,他的个性体现于何处呢?细阅其二十余万字结集《铭记在心的人》,最大的感受,一如前述,当代"蜀中四老"比较相近的风貌,如古代扬雄形容司马迁:"太史迁,曰实录。"另如方土地理文化洋溢纸面的巴蜀文化气息——包括方言、人情旷达幽默等。而李致先生更能侧重地体现出如传记体散文"子长多爱,爱奇也"这一自太史公以来的生命哲学审美特征元素。这缘于他跌宕起伏、冒险犯难、追求真理的人生经历,也缘于他动乱时代身居政治文化惊涛骇浪的中心区域,行文更能体现地缘关系的人事冲突乃至更具有典型意义的喜怒悲欢。从中颇能展现叙事散文的魅力,尤其是以史为鉴的主题。即如《文心雕龙》"史传"篇所云:"文非泛论""信有遗味"。这与刻意追求"精致""华丽""文艺范""风花雪月"的散文路数颇有不同,虽然我们不可偏废从而扬此抑彼,但阅读李致先生的怀人散文,你是确能感受并联想到昔年如杨振声形容朱自清散文的名论:"他文如其人,风华从朴素出来,幽默从忠厚出来,腴厚从平淡出来。"①李致先生形貌敦厚，行文采取的是这路朴实厚重散文的路线，他显然更多、更直接地师承巴金散文"讲真话"和痛定思痛、用情深厚的风格，但他没有模仿，行文自然，直言其事、直抒胸臆的散文更多、更能体现时代风云气象，往往能"于细微处见精神"，文中更多出一些"苦恼人的笑"，以及悲剧意味的审思、反省乃至反讽。也许，这正是李致先生散文创作的独到之处，也是他散文整体上表现出来的现代性。

近万言长文《我所知道的胡耀邦》是《铭记在心的人》一书压卷之作。真实、细密、独家述写了"文革"中乃至"文革"前后作者与胡耀邦同志的结识过从与相处，非常生动具体地再现了胡耀邦"文革"期间在团中央受到造反派的非法冲击与迫害，及至回归领导岗位后的大公无私、锐意改革与机智风趣、潇洒担当的伟人风采。作者亲炙其謦欬，体验与观察可称细大不捐，采写笔到之处，往往非同凡响。如写到"文革"关押"牛棚"中的情节：

> 有一天早晨我先醒来，看到耀邦同志起身，轻手轻脚，十分小心。但可能他太紧张了，一不小心把铜盆摔在地上，所有的人都被惊醒。有人破口大骂："胡耀邦，你这个人就是自私自利！你每晚上吃了安眠药倒床就打呼噜。我们好不容易睡了一会儿，你起来就把大家闹醒。光这一点就该斗争你！"
>
> 耀邦同志站在那儿，既委屈又尴尬。

再如写劳动改造：

> 耀邦同志的个子比较矮，我只比他高一点儿。凡排队，我

---

① 杨振声：《朱自清先生与现代散文》，载《朱自清研究资料》，百花文艺出版社、北京师范大学出版社1981年版。

们总在最后面。吃饭也常在一桌。因为我过去和耀邦同志少有接触,无嫌疑可避。有一次分配我们两人一起劳动,是在机关浴室附近一间房屋的墙壁上端,打通一个缺口。我记不清站在什么地方,反正容不下两人同时劳动。工具是一把锤子,一根短钢钎。耀邦同志说:"我们一人打几锤,一人劳动时,另一人就喘口气。"尽管没有谈别的事,但我们靠得很近,有一种亲切感。

……耀邦同志劳动积极,插秧一天能插六分地,能扛很重的粮食麻袋往仓库送。到几十里路以外去拉石头;耀邦同志的学习抓得紧,夏日高温,蚊子又多,晚上多数人在室外乘凉,他却在蚊帐里读《资本论》;耀邦同志与群众打成一片,一些小青年(印刷学校学生和干部子女)经常和他打打闹闹,叫他"老胡",要他拿钱买糖请客……

在新时期散文里颇有一些干校题材的散文作品,多描写文化人、著名学者的"文革"遭遇,像直接描写革命领袖人物干校"劳改"经历的,殊为少见。而李致先生珍惜这些往事见证,往往采用白描与写意手法,不粉饰,不矫造,不回避,不虚增,同他"爹"巴金先生一样,行文间有反躬自省与忏悔,如关于自己曾迫于形势压力捏造罪名检举揭发耀邦同志的行为,深感内疚:"这些胡乱上纲的大字报,既是我'思想混乱'的表现,也是我人品污点的暴露。我没有顶住当时的压力,想借此划清界限,保自己。我对不起耀邦同志,尽管多次自责、忏悔,都无济于事。"所谓"无济于事"是指作者自己的良心背负与人格严检,这种自法国大革命、俄国十二月党人等以来倡导民主自由有着鲜明现代性启蒙意义的人生态度,正是巴金散文的一个突出特征,也反映在李致先生的行文中,时或掷地有声,与巴金散文形成互文效应。事件因亲闻面睹,更有同类风格散文如或间接道听途说所不可替代的"共时性"与亲历、在场美感，从而更贴近读者。如写到"文革"后百废待兴，作者回川主持出版工作，出版了一部述写彭德怀元帅"文革"遭遇的作品发行受阻，作者找到耀邦同志申述并请求支持：

耀邦同志听了我的陈述，显得有些犹豫。这是因为有不同意见，他感到难处。但我知道耀邦同志的为人，便据理力争。我说："您叫我们出好书。现在好书出来了，又不许发行，而不准发行的理由又站不住脚。"

我望着耀邦同志。他终于表态了："你们可以——"同时两只手各向左右摆动。但我没有明白他的意思。"自己发嘛！"他说。

一股暖流传遍我的全身。我说不出任何感谢的话，尽管眼睛已经湿润。带着耀邦同志的意见回到成都，经过一年多的奋斗，主管部门最终准予内部发行。

司马迁《史记》中有句名言："古者富贵而名磨灭，不可胜记，唯倜傥非常之人称焉。"李致先生散文中，即多见"倜傥非常之人"，他善于在观察或亲历其事的细节中表述敬意、热爱或同情，描写丝丝入扣、神情毕肖地写出"铭记在心的人"。革命领袖、领导类还如贺龙元帅、朱德总司令、小平同志、杨尚昆同志、张爱萍将军、汪道涵同志、任白戈同志、杜心源同志、安法孝同志、李亚群同志、胡克实同志、马识途同志等；革命战友、同志、同事类，如戴云、许光、贾唯英、洪德铭等人；亲友类如父母、舅舅、姐姐、妻子等，后一类的行文堪称力作的是写及自己对父亲（在作者降生一岁多时自杀）的再认识与态度转化（从心底谅解了父亲），对自幼称作"大妈"的母亲的深情回忆纪念，都特别令人动容。再有一类即因作者职业关系，对享誉国内外的一批文学艺术家的怀念与纪实，如茅盾、曹禺、沙汀、艾芜、李健吾、叶圣陶、周企何、陈书舫、竞华、许倩云、王永梭，等等。在这些兼具文学写实与史乘价值的篇幅中，尤以写到读者此前极难得知的"秘辛"——如解放前作者从事地下工作的详细细节，堪称"独家报道"，书写起来，得心应手，更见胜长，往往是步步惊心、气贯长虹，在朴实洗练的行文追述中，饱含着诗兴与追寻真理的青春激情，那是作者的青少年时代，记忆尤深。例如写自己加入地下党的"引路人"贾姐姐（贾唯英）、以中学英语老师身份作掩护的马识途，就多有神来之笔，前者如：

贾唯英同志比我们大，对我和先泽十分爱护。我们从认识她那一天起，就叫她贾姐姐。未名团契只有先泽和我是中学生，在会上我们还不大发言，更不敢参与争论。但散会以后，特别是在从陕西街（燕大所在地）回华西坝的途中，我和先泽总是走在贾姐姐的身边，向她提出各种各样的问题，听她热情洋溢尖锐深刻的观点。当时没有人民南路，回华西坝得从南大街经过南门大桥。夜深人静，河水撞击着石桥，发出巨大的响声。贾姐姐的谈话在我心中引起的震动，也像大桥下的流水，有力地叩打着我的心扉。

这就颇有些巴金小说中如觉民、觉慧等人的情节意境了。这却是真实的回忆录。事实上李致先生走上追求真理与参与革命的道路，正因为受到他四爸巴金以及"五四"新文学的影响与促进。作者不写小说，但行文间的叙事，有波澜，有曲折，不免带有小说情节鲜活的感染力，来自史实，更觉警新珍奇。再如写到地下党时期认识的马识途：

1946年底，地下党员贾唯英（我叫他贾姐姐）告诉我，有一个叫马谦和的先生要到华西协中（简称协中）教英文。贾姐姐说他政治上很好，要我关心和支持他。

我和马先生见过一面，但没交谈。马先生身材魁梧，头戴土耳其帽，身穿中式长袍。

……

1949年底，成都和平解放。在解放军进城的前一两天，我得到通知去暑袜南街开会。一到会场便见到身穿军装的地下组织领导人：王宇光、贾唯英、彭塞等同志，还有马谦和先生。王宇光介绍马先生时说："这位是老马，马识途，老马识途。我们川康特委的副书记。"会上主要布置欢迎解放军入城的工作。会后，我握着马先生的手，他说："我记得你！"地下党没有官气，称呼也随意，我与其他同志一样，长期叫他为老马。他对我直呼其名，叫我爱人为小丁。

诸如此类的行文，从史料学角度，有党史与地方史志的价值意义；从文学散文角度看，真人真事，跃然纸上，颇感爽直亲切。还有如写到战友、同志或牺牲于黎明曙光之前，如冤死于极左路线，作者曲尽其经过，都有不尽之情。还特别值得一提的，是有关成都、重庆等巴蜀城市地景特色、关系的精确描写，颇多耐人寻味，更生今昔之感。李致先生在记述地下党时期出生入死的人物叙事散文类中，举重若轻，往往看似不经意的笔调，却存在紧张的氛围与生死攸关的时空叙事，这类题材堪称特有张力与生命气息、吸引力的行文，与其写及"文革"中遭受屈辱磨难的时代人物事状，堪称双绝，同为力作。书名题写"铭记"，堪称名副其实，那确是以生命鲜血及至牺牲为代价所镌刻出来的心灵碑铭，字词力透纸背。梁启超评《史记》有曰："《史记》之行文，叙一人能将其面目活现；《史记》之叙事，能剖析条理，缜密而清晰。"李致先生的纪实散文写作，往往即能够达到这样的境界，至少在朝着这样的方向行进。

931

《铭记在心的人》文集中还写到一些大时代里的"小人物"、普通人甚或"中间人物",作者或直书其事,或半隐其名,却一样坦诚,怀着感情、同情以及谅解,同样写得生动活泼,例如《焦某"文革"轶事》,写出不正常的年代如何造就一个智慧甚至是狡黠的人;《许光的遭遇》中写及因受威逼神经失常在旷野不停奔跑的同事,作者奉命带领他回"牛棚",采取反向奔跑从而引诱他追赶的机灵战术。《小萍的笑容》写及自己遭遇冤屈时,邻居孩子们的不谙世事与童真可爱。《冬娃儿》写儿时的伙伴,一派天真。相对而言,叙述文艺界因职业关系有所交际、过从的一批名家,在集子里分量稍显轻微,比较泛泛,缘于应酬毕竟不同至交,关系也不等同"同甘共苦""生死与共",如前类题材那么更能打动人、发人深省。文集中多篇怀亲念慈的题材散文,则亦为心血之作,作者这些家族记忆,交织着人世真情、骨肉情、同胞情,以及时代的悲剧与幻灭感。这类散文,对于研究作者以及巴金家族世系用作旁证资料参考,可称宏富。

  李致先生三十多年来的散文创作,有比较鲜明的特色风貌。如前所述,除比较共通的"实录"与巴蜀文化气质外,马识途先生的散文似多一些"龙门阵"的喜剧审美效果,王火先生记叙大时代中一名资深新闻记者的奔走见闻,李致先生则重在怀人,题材的特别,文中映射着的"多爱""爱奇"的特征,以及并不刻意为之的"史诗"气息,动荡时代的悲剧意味,相提并论之间,兴许还要更胜一筹。

  古斯塔夫·缪勒讲解但丁《神曲》不肯迎合世俗偏爱,"他是为所有人写作的,以一种'丰富而爱怜的慷慨'盛邀我们全体,但他只期待着不多几个客人的到来。"[①]李致先生"多爱"的怀人散

---

① 古斯塔夫·缪勒:《文学的哲学》,广西师范大学出版社2001年版,第78页。

文,即有这样寄寓他严肃人生态度与潜在诗兴的作品,同巴老生前"用心写作"一样,他行文间无疑矗立着纪念的丰碑。

2018年6月30日于四川大学南门太守居

笔尖纸头方寸地　赤子痴心真性情
——论李致的"往事随笔"

◎ 朱丹枫[①]

作为一种文体，散文特别自由灵动。它源于古代笔记，形式灵活，篇幅不限，内容不拘一格，既可叙古今中外奇闻野史，也可抒思古感今伤春悲秋之情，市井人情、历史经纬、哲理思辨无不囊括其中。作家的人生历程、情感立场、价值判断等，都是决定散文风格的重要因素；散文又总是与时代精神紧密联系的，是作家学识修养与时代潮流交融激荡的结晶。纵览一个时期的散文，往往可见一个时代世态人情的嬗变。如民国的周作人、梁实秋、朱自清，对社会变迁的书写，表现文化转型时代文人的矛盾心态；新中国成立后十七年，秦牧、杨朔的散文表达出人们对美好生活的期待和热切向往；新时期以来巴金的《随想录》、韦君宜的《思痛录》等，反思历史，关注知识分子的良知和职责；20世纪末余秋雨、董桥等的文化散文，表现了对传统文化的审视，为散文增添了理性的深沉；当下一些优秀的青年散文作家如李娟、刘亮程关注文学与自然的对话以及社会剧烈变化对传统生活方式的影响，赋予了当代散文新的时

---

① 朱丹枫：评论家，曾任中共四川省委宣传部副部长。

代内涵。可以说，一篇篇散文，就是一段历史多姿多彩的横切面，也是一个作家生命历程和思想情感朴素直白的履历表。

李致同志是我的老前辈老领导，我们亦师亦友，他的做人、为事和作文都让我受教匪浅。他出身于旧式大家庭，成长于"五四"新文化、新思想的时代氛围中，受鲁迅、巴金等进步文学家的影响，学生时代就已经在报刊上发表一些不满现实、渴望光明的文章。但后来因时代历史的原因，他被迫中断了创作，直到20世纪八九十年代，改革开放的洪流冲破对思想的束缚，摒弃"文艺从属于政治"的桎梏，李致同志又开始重拾创作。他长期从事青年、出版、文艺和宣传工作，担任过总编辑、党政领导、文联主席等职务，一生既有风平浪静的安逸光阴，也有几次经历暴风骤雨的危急时刻，有狂飙突进的燃情岁月，也有壮志难抒的阴郁日子。在八十多年的人生历程中，接连不断的身份转换、起伏跌宕的生活经历、优秀人文作品的大量阅读，使李致同志的文学创作获得了丰厚的思想资源的滋养。这一时期，他回顾几十年风雨，写出大量以"往事随笔"为总题的散文，收入《往事》《回顾》《昔日》《我的四爸巴金》《铭记在心的人》等几部散文集。这些作品情感丰富，内容广泛，是了解李致同志精神世界的重要窗口。特别是其中一些历史、文化、革命题材的作品，是他一生坚定理想信念，执着追求真善美，为国家民族兴盛上下求索九死不悔的心路展示，也为研究考察新中国筚路蓝缕的艰辛历程提供了大量难得的第一手资料，具有重要的文学和历史价值。

李致同志的散文纵横捭阖，时间跨度长，内容涉及面广。从时间的纵向看，抗日战争、解放战争、新中国成立、社会主义建设、改革开放等重大历史时期的种种往事历历可见；从人间百态的横向看，旧式家长、革命者、建设者、文学艺术家、底层劳动者等各色人物一一展示。读其散文，恍如徜徉于深远悠长的历史长廊之中，两边墙上画框中一个个历史瞬间从幽暗的迷雾中缓缓浮现，黑白的画面逐渐变得绚烂斑斓。其平实质朴的文字总是蕴含着浓烈的感情，爱憎分明，感慨良多，点滴日常事，映射的却是一个时代的风云变幻。如《大妈，我的母亲》记叙"我"的大妈，一位封建地主家庭妇女的一生经历，侧面展示了从旧社会到新社会人情世态的变化，歌颂了人性的纯真善良；《看戏遇兵》《七星岗》以看戏与宪兵起冲突、买书被特务监视两件事，活画出反动政府的狰狞嘴脸，表现了人民对严酷压迫的不屈抗争和对美好自由生活的热切向往；《捐寒衣》从"我"不吃午饭省下钱捐给抗日战士做棉衣、抵制日货摔坏心爱的玩具、跑警报目睹敌人暴行等事中，表现抗战时期国人对日本侵略者的切齿痛恨，释放出火热的爱国激情；《失去自由的日子》记载了"我"作为被捕学生的一员，目睹了1947年6月1日国民党反动派逮捕进步人士并关押审讯的过程，展示出国民党统治穷途末路垂死挣扎的疯狂；《蹬三轮》《我淋着雨，流着泪，离开上海》《1969年春节》《特殊的纪念日》等文描写"文革"期间"我"被责令蹬三轮和交出信件、关"牛棚"、烧信件等事，刻画"四人帮"的倒行逆施、知识分子的坎坷遭际，流露着深深的无奈和伤痛，又于苦难中始终保持对真理和公义的执着信念，读来催人泪下；《终于盼到这一天》叙说"我"听说四人帮倒台的经过，洋溢着目睹祖国上空乌云驱散的喜悦，表达了个人与国家命运休戚与共的赤诚情怀；《川剧团访欧演出日记》主要记录川剧团在欧洲各国的演出状况，不仅表现了在封闭将近二十年后，中国艺术对世界产生的日益巨大的影响，蕴含着作者对传统文化的深厚情感和推动新时期文化发展振兴的热情，更是当代川剧演出活动和影响的重要资料，对四川乃至中国当代艺术活动研究来说都有重要价值。作者把自己多年见闻娓娓道来，不事雕琢，不由得让人回想起共和国数十年风雨历程的点点滴滴，心潮起伏，思虑悠远。

李致同志总是把人的经历言行作为记述的中心，从具体的人以及围绕他们发生的事情上生发开去，这是窥见历史真相的有效途径。德国人格奥尔格·西美尔在《历史哲学问题——认识论随笔》中曾说："历史认识的理论可以定义如下：其探究的对象也是各种人物的构思、意图、愿望和感觉。换句话说，人是历史认识的主题。"而在各色人群中，知识分子作为传统意义上文化的记录者和传承者，为社会运行提供精神动力和智力支持，他们往往具有比别的群体更加敏锐的触角和更加深刻的见解，是预知风浪来临的海燕、变革急流中的弄潮儿、时代精神的风向标。换句话说，知识分子的心灵，是对他所处时代世界更精确的反映，考察他们的精神世界，则更有可能了解一个时代的底色。李致同志对知识群体生活和思想的记述，特别清晰地反映了时代风貌。他有一组记20世纪40年代成都进步青年团体未名团契、破晓社众成员的文章因此显出重要价值。众所周知，解放前党的地下工作、进步青年的活动，由于各种原因，缺乏系统完整的文字记载，白色恐怖的腥风血雨中革命火种的燃烧极其隐秘，而大多数地下党人都把光荣隐藏，在当时就不可能为外人所道，加之这一批出生入死冒险斗争并做出杰出贡献的知识分子，是在20世纪40年代抗日救亡和反对国民党独裁的学生运动中成长起来，具有独立思想和民主观念，他们不为"三十亩地一头牛"，而为着理想，为着信念，在看不见硝烟的战场上，迎来了新的天地。遗憾的是，新中国成立后不少人重新被打入"地下"了，即使他们有幸熬过"文革"的长夜，他们一生中的大好时光也已耗尽，历史留给他们的只有一声深长而无奈的叹息。他们大起大落的人生，他们曲折多变的故事，他们惊险多舛的命运，他们出人意料的结局……到现在就更渺然难知。现在很多人对这段历史的了解，主要源自带有艺术夸张色彩的影视作品，不仅是浮光掠影的印象，而且大多缺乏真实性。而比较有说服力，尤其兼具历史真实性和文学可读性的口述历史、回忆录等还是太少。理解中国共产党团结带领全国人民推翻三座大山，建立独立自主新中国，开创中国特色社会主义这一伟大历史进程，显然不能仅仅依靠面目刻板的历史教科书、学术典籍和宏大叙事的"意义"阐释层面。从私人忆旧的细碎点滴记载中挖掘时代大潮对普通人的思想冲击、命运改变，还原当时社会暗流涌动、岩浆蓄积的原生状态，从而营造出鲜活的在场感，更能引起人们的情感共鸣。比如《大姐，我叫了她半个世纪》，记录了一群普通青年在革命斗争中成长，于内战前夕如何串联起来，成立团体，参加声援反对内战集会等活动；《忆贾唯英》记叙了解放战争时期，"我"的革命引路人女地下党员贾唯英加入进步青年团体未名团契，在燕京大学、华西大学广交朋友，帮助中学生创办破晓社，引导青年学生读进步书籍、关心政治、讨论时事，并推荐"我"入党等事件。这些记载从私人生活的角度展现了进步思想与学生的满腔热血融合汇流，形成改天换地的强烈意志，进而影响国家命运的过程。其他还有《再见，三哥》《十二桥前的思念》等，记载在国民党统治下地下党员、爱国学生、进步人士的精神面貌和活动情况。大姐的成熟执着，三哥的正直忠诚，"贾姐姐"的热情坚毅，杨伯恺的长者风范……把模糊不清，千人一面的"革命者"化成了一张张富有个性的面孔，各自风采熠熠，个个亲切鲜活。可以说，小人物、大事件，小片段、大历史的独特叙事视角，赋予了李致同志作品以特殊的情感张力。

　　李致同志的散文具有丰沛的文学审美价值。他长于细节刻画，往往寥寥数语，人物的性格、形象就跃然纸上。如对老一辈无产阶级革命家的记述，在《我所知道的张爱萍》中写自己代表四川人民出版社请张老出诗集，张老自谦地笑道"我那个算什么诗？豆豉、萝卜丝……"在《怀念贺龙同志》中写贺龙不要别人叫自己首长，说"什么手掌、脚掌哦！"这些原汁原味的大白话，生动表现了老一辈革命家的质朴、本真、平和，读来可喜，崇敬之情油然而生。在众多记人的篇章中，李致同志对文学家、艺术家的记叙尤为眼光独到。李致同志是巴金老的侄儿，自己也从事文艺工作，因此与文化名人多有结交，熟悉他们的生平和言行，这成为他写文化人事得天独厚的优势。他始终以一颗善感的心去看待名人，对他们赋予"同情之理解"，绘制了一幅幅惟妙惟肖的文化名人剪影。李致同志写四爸巴金的文章最多，水准也最高，他用一支摇曳多姿的笔描画出巴金作为知识分子铁肩担道义的凛然严峻和作为师长甘为孺子牛对后学晚辈的关爱照拂：巴老以文学做武器与国家和民族的敌人作斗争，不屈不挠，战斗到底；甚至对自己，他都以超人的毅力严格要求，他主动退还部分稿费，他提倡讲真话，对自己的言行深刻反省，反对恢复自己的故居，不做"盗名欺世的骗子"；他鼓励青年人多读书，多思考，"在生活的急流中搏斗"，自己出钱买书送他们；他患病手抖仍坚持为读者签名并称他们是"衣食父母"；捐出大笔稿费支持文学事业。巴老的铮铮风骨、坦荡胸襟、练达人情都得到了全面表现。在这些文章中，李致同志总是自然而然地表现出对尊者的恭谨。在《要有信仰》一文中他写巴金对自己十分关爱但也不乏批评，叹息"我说过我欠了巴老很多债，将认真反思和努力清偿"。《不知如何弥补》标题就是表达自己对工作太忙以至于无暇看望巴金的愧疚，一再地说"我真不知如何弥补这些遗憾和过失"。除了巴老，著名文学家曹禺、沙汀、艾芜、马识途，川剧表演艺术家周企何、谐剧创始人王永梭、剧作家魏明伦、徐棻等也在李致同志文中惊鸿照影，留下片段写真。李致同志用朴实的文字，对这些知名人物给予深深的尊重、理解和同情，不仅记述其言行逸事，更力图刻画出一代革命家、知识分子的精神世界，他的写作因此也具有了炽烈真诚的情感内核。

说到这里，我想，任何读李致同志文章的人，都会在第一时间有一个共同的感受，那就是他字里行间洋溢的"真"：真挚、真实、真性情。巴金曾经赠李致同志四句话："读书的时候用功读书，玩耍的时候放心玩耍，说话要说真话，做人得做好人"，又说"人各有志，最要紧的是做人"。就我多年所见，李致同志在公私两方面都严格奉行做好人（绝不是当下盛行的"庸俗好人主义"）、说真话的宗旨。李致同志对家人和朋友充满真挚情谊，在《姨妈》中，写自己当年因为经济原因，没有给姨妈购买卧铺车票，感到"无地自容"，又对后来姨妈去世不能再见十分遗憾伤怀；《带来光和热的人》中写自己对为供养家庭而付出艰辛劳动的三爸李尧林的孺慕之情，当得知李尧林的坟墓因破四旧被铲平时，"心像刀割似的绞痛"。情真意切，催人泪下。李致同志与朋友的感情更多是建立在志同道合的同志情谊基础上，在《再见！三哥》一文中革命战友三哥仙逝后，他不是一味悲痛，而是放言"我们的信仰不会变，到时在马克思那里再见！"显出共产党人的豁达豪情。也许读者很奇怪，为什么我言必称"李致同志"，这在《找回名字》中，可以知道答案。受贺龙、胡耀邦等革命前辈的影响，李致同志对别人称呼自己官衔很不适，明确要求无论职务高低，党内一律称同志。这本是党内一贯的传统，但现在往往被各种"首长"、老板等奇怪称谓取代，导致领导称呼符号化、庸俗化，我想，这是李致同志等前辈革命者所不愿见的。李致的真，更体现在他对自己过失、错误的严厉自省上。他最耿耿于怀的一件事就是在"文革"中贴了时任共青团第一书记胡耀邦一张大字报。在那个疯狂的年代，这种事显得如此平常，以至于同样干过这事的很多人后来再也回想不起来，而李致却为此不安了数十年。在《大姐，我叫了她半个世纪》中，他说，自己过去一段很长的时间，满足于顶住压力没有乱揭发，敢于实事求是写材料，但后来知道破晓社结识的大哥余文正还能做到不怕划不清界限，帮助受难友人大姐贺惠君的家属，这让他感到非常惭愧，说"大哥是巨人，我是矮子。大姐，我相信你能原谅我，但我必须责备自己"。一般人往往宽以待己，而李致同志反其道而行之，对自己十分严苛，对自己作毫不留情的剖析，其为人之真诚、胸怀之磊落，展示出老一辈革命家令人敬仰的高风亮节。经历了战争与和平、理想与现实、崇高与卑微、真诚与虚假、正义与邪恶……凡此种种的世态炎凉和人事沧桑，更见出讲真话、吐真情的不易。也或许正是有了这些的经历，李致对信守巴老所言的"真"有了更刻骨铭心的自觉。正是在这一点上，他和巴老之间建起立了灵魂与灵魂之间沟通的桥梁。对个人荣辱得失举重若轻，对历史事件秉笔直书，对真理、真实孜孜以求，对真情、真感自由抒发，不怕"丢脸"，不惮大胆暴露自己、解剖自己，这不正是巴金老《随想录》所追求的人格和精神境界吗？

历史是由过去、现在和未来混合而成的长河，过去投射于现在，现在影响着未来，记忆因此就成了超越时空的现世存在。在这个意义上，对历史旧事故人的追忆，并非一种单纯的怀旧式感伤，回溯历史也不仅仅是了解已经发生的事件本身，更重要的是品味和体验其他人、其他时代、其他地域的思想、理念、情感，并将之与自己当下的遭际融合，获得精神资源和思想养料。如抗战时期，文学艺术家创作了大量的历史小说、戏剧和电影，田汉写《岳飞》，郭沫若写《屈原》《南冠草》等，就是用历史英雄人物的斗争精神鼓舞人民的抗日意志。当前，中国社会思想空前活跃，保守的、激进的、进步的、落后的……各种思想激烈碰撞，传统与现代、东方与西方、乡村与城市……各种文化理念和生活方式交织融合，既有的仪礼伦常被打乱、重组、拼贴，一元化的指导思想面对各方的冲击和解构，不少人陷入信仰缺失、价值观混乱、思想空虚的精神危机中。面对这纷繁复杂的情势，如何正确认识特定历史时期出现的特有现象，李致同志笔下那些革命者对党和人民的事业"咬定青山不放松"的坚定信仰和执着情怀，李致同志面对人生起落那所具有的淡定、平和，也许能为某些干涸的心灵提供滋养。

人生如书，人格致远。李致同志对理想信念、历史功过、人事是非、毁誉成败坦然直书，对别人不吝理解同情，对自己不惮苛刻剖析，在他身上，兼具了传统知识分子的担当情怀和优秀共产党员无私无畏的革命精神。他的书写从叙事中见真情，在平常中蕴伟力，于细微中传递正能量，不求技巧花哨，难见华丽辞藻，却具有直抵读者内心深处的强大穿透力。他的散文,是文学作品,也是个人化的历史记录,在四川乃至中国文学史上都有其独特的价值和意义。

2013年12月7日

·后记·

2017年春节刚过,四川人民出版社社长黄立新来到我家,希望出版我的文集。

我既感激,又惶恐。为什么惶恐?因为这几年,四川出版了李劼人、沙汀、艾芜、马识途和王火等著名作家的文集,不敢与他们"为伍"。为了有所区别,我想:如果要出,就叫"文存"吧。

有必要出"文存"吗?我征求了多位文友的意见。他们认为,我年近九十,写的一百多万字的往事随笔,无论是欢乐还是坎坷,都具有时代的某些折射或缩影。何况我与巴金老人之间特殊的亲情和相互的理解,以及改革开放之初于四川出版、振兴川剧的亲力亲为,都值得保存。我被说服,便有了《李致文存》。

四川人民出版社的编审谢雪,作为"文存"责任编辑之一,做了大量统筹工作。我们共同商定了"文存"的卷次、编排的体例和收编的原则。拟定"文存"共五卷六册:第一卷《我与巴金》,第二卷《我的人生》(上、下册),第三卷《我与出版》,第四卷《我与川剧》,第五卷《我的书信》,将我前后公开出版和编印的十种单行本,加上早年一些没有成集的、这四年新写的,一并收入。

早期写的文章，这次辑集时稍有补充，或加了附记；有的文章因发表时的侧重不同，辑集后某些细节有重复；还有极少数几篇文章，为适应不同的主题，也为方便分卷阅读，故重复收入，如巴金的《偏爱川剧》一文，在《我与巴金》和《我与川剧》两卷中都能找到。特此说明。

感谢四川人民出版社！

本书如有差误，恭请指正。

2018年12月9日